CHENG ZHONG
ZHI CHENG

城中之城

滕肖澜◎著

滕肖澜

ARTTIME 时代出版
时代出版传媒股份有限公司
安 徽 文 艺 出 版 社

图书在版编目（CIP）数据

城中之城/滕肖澜著. —合肥：安徽文艺出版社，2019.3（2024.5 重印）

ISBN 978-7-5396-5523-9

Ⅰ. ①城… Ⅱ. ①滕… Ⅲ. ①长篇小说－中国－当代 Ⅳ. ①I247.5

中国版本图书馆 CIP 数据核字(2018)第 295519 号

出 版 人：姚　巍　　　　责任编辑：朱寒冬　姜婧婧

责任校对：段　婧　裴文娟　　装帧设计：张诚鑫

出版发行：时代出版传媒股份有限公司　www.press-mart.com

安徽文艺出版社　www.awpub.com

地　　址：合肥市翡翠路 1118 号　邮政编码：230071

营 销 部：(0551)63533889

印　　制：安徽联众印刷有限公司　(0551)65661327

开本：710×1010　1/16　印张：21.75　字数：340 千字

版次：2020 年 8 月第 1 版

印次：2024 年 5 月第 6 次印刷

定价：48.00 元

引　言

这是一部书写上海陆家嘴金融行业的小说，也是一部并不仅限于书写上海陆家嘴金融行业的小说。

相比其他区域，浦东在这几十年的变化是令人吃惊的，它几乎是改革开放最有力的见证者。这里有着全国首个国家级的金融贸易区——陆家嘴金融贸易区。时至今日，它已是上海、全中国乃至整个亚太地区的金融中心，为上海、为中国的经济腾飞保驾护航，其重要性与地位无须赘言。

金融城，这是上海跳不过去的一块，是城中之城。如果说，石库门里的“上海”，是原生态的、单纯的、感性的，那么，这里的“上海”，则更加多元、更加理性。凝视今日的陆家嘴，拼搏在其中的金融从业者，正是上海城市精神“海纳百川，追求卓越，开明睿智，大气谦和”的践行者。归根到底，写金融和金融人，写上海，写上海人，其实就是写今日之中国，今日之奋发昂扬的中国人。

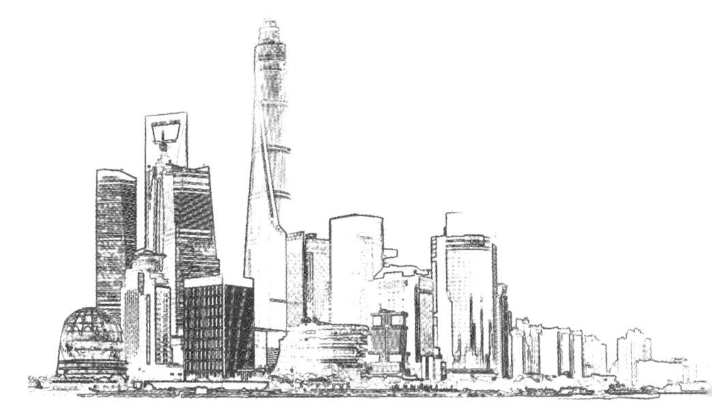

三十九楼的视角有些奇特。高是高的，却还未至那种超然通透的地步。左右都是高楼，倒有些阡陌比邻的亲密意思。明晃晃的外墙反光玻璃，仿佛无数面镜子，夹杂着正午的阳光四散投射，刺得人睁不开眼。一只脚还踏在地上，晃了两晃。人有些晕，却不难受。深吸一口，从鼻腔到胸肺，转个圈再出来。窗台上那株兰花，叶茎已出了花苞，心爱物什，舍不得糟蹋，往旁边稍移开些。另一只脚也跨上去。窗户开到最大，足够一个身子进出。

那瞬，倒是轻松了。大脑什么都不想。嘴里念念有词，自己也不察觉的。半晌，才知竟是个人名。翻来覆去地念。惯性作用，停不下来。都说弥留之际念着谁，便是最牵挂谁。似乎也不至于。这当口儿哪有什么规律可言？便是真有规律，人都没了，后面人又是如何知晓的？想当然罢了。——这些念头统共不过一秒钟的工夫。又是空白一片。

直直地看着下面。脚迈进一步。人家说“一步之遥”，再遥也遥不过这一步了。生与死，世间哪有比这更远的距离？偏偏又隔得这么近。他怔怔的，忽然皱眉，长叹口气，继而又摇头，苦笑。三十九楼的窗台，一个男人身体微屈，随时准备飞翔的姿势，却恁地表情丰富。没有观众，本色出演。他深呼吸一口，提醒自己冷静。谁说跳楼非得靠一时冲动？无论做什么都要冷静，不冷静成不了事。跳楼也不例外。

黄浦江上传来汽笛声，沉闷又宏壮，像极了这城市的底色。即便是莺歌燕舞、热闹璀璨，其实也是藏了三五分，往里收的，力气不放在面儿上。这城市的人，又有几个说话是张口便来，不管不顾的？俱是屏气敛息，笑不露齿。有好，也有不好。事倍功半还是事半功倍，真正难讲。倒是有些沉着的气度。总比那些张牙舞爪的要好看。不小家子气。不论黄浦江这头，还是那头，差别只在表面，内里的东西，着实是差不多的。他诧异自己在这当口儿，竟是愈想愈多了。思绪起个头，后面密密层层，刹不了车。忍不住又苦笑。

他忽又想起初入行那天的情形，看什么都觉新鲜，耳朵里新名词此起彼伏的，走路都夹着肩膀，像顺拐。那时S行分行只是幢十来层的楼房。陆家嘴也与现时不同，中规中矩，地广人稀，哪来的这许多摩天大厦？一夜间，变戏法似的。世界变得快，金融业尤其如此，快得让人看不懂。都说“人生如梦”，寻常听见，只是一笑了之，抒情罢了，轮到自己头上，才知这话里的意思。像银行单据上的那串数字，后面“0”再多，终究要前面那个实打实的数字撑着，否则就是泡沫，就是梦。这与普通的梦还不同。梦醒那刻，真正是一败涂地。代价要大得多，也快得多。连悲伤还没觉出，便已到了边缘，自己都来不及反应的。

——脚，一步步移过去，终于到了边缘。身子晃了两晃。手扶住窗框。风打在脸上，汗毛一激灵，人也跟着猛地一颤，兜头一盆冷水浇下的感觉。

只当是蹦极，他对自己说。

一

浦东支行在世纪大道、东方路交口，与市分行同属陆家嘴板块。这里是陆家嘴的中心位置。陶无忌听苗晓慧说过，四十年前，这里农田遍布，芦苇摇曳；四十年后，陆家嘴中外金融机构汇聚，成为上海国际金融中心的核心功能圈。

刚出梅，阳光总算酣畅淋漓了一把，又是委屈又是放肆，火辣辣的，关照着城市的每个角落。陶无忌出了陆家嘴地铁站，再换金融城1号线。去年入行的学长教的，从网上下个公交APP，掐好时间坐车，天热，少走几步是几步。两站路，下来便是S银行上海分行。偌大一座高楼，前庭空阔，艺术喷泉，浅灰色的玻璃幕墙。楼顶那个蓝色的S标志分外显眼。陶无忌上前几步，保安从人流中迅速分辨出陌生面孔，示意他站定。

"哪个单位的？"

陶无忌亮出实习证："今天报到。"

"挂在脖子上！"保安响亮地叮嘱，"进去吧。"

陶无忌应了一声。挂绳有些短，他原地摆弄一阵，挂上，又整理一下衬衫领口。

忽地，身后扑通一声巨响，似有重物坠落。未及回头，已有人嘶声尖叫起来：

“啊——”陶无忌转身，见地上躺着一个人，脸朝下，血竟是不多，点点滴滴的，身体兀自扭动几下，抽筋似的，随即才完全不动。陶无忌呆了几秒，心一沉，下意识地往后退，脚在台阶上绊一下，差点儿摔跤。刚站稳，又被人撞了一下，跌在地上。周围瞬间乱成一团，人们先是惊叫着散开，不多时，又渐渐围拢来。

“是戴副总——”慌乱中听见有人道。

许多年后，陶无忌回忆起这入行第一天的情形，觉得忒重口味了。统共三百名大学毕业生，青涩面孔，你看我，我看你，没到开大会，小道消息已听了一圈。金融这行的险恶，之前也不是没有耳闻，但哪及得上这么血淋淋的第一课？警车、救护车，方圆几百米都戒严了，不出不进，阵仗有些骇人。胆小的连眼泪都吓出来了。据说是受贿，拆借过桥那套，从家中搜出来好几箱现钞。大学里都是纸上谈兵，术语堆起来的纸老虎，案例再骇人，金额再大，都是虚的，摸不到触不着。眼下才是落到实处。前台点钞机上实打实的真金白银，哗哗流水般进出。空气里的味道也与别处不同，再是人声鼎沸，也隐约透着生铁般的凌厉的气息，仿佛与尘世格格不入似的。另一个天地。

一上午都有些蒙。下午开新员工见面会，人力资源部的葛处长主持。各人做自我介绍，轮到陶无忌时，他站起来微一颔首：“陶无忌，财大毕业，山东潍坊人。”

“我记得你，”葛处长拿钢笔朝他一指，“——有个大侠的名字。”

陶无忌认出葛处长是面试官之一。面试那天因为苗彻在场的关系，他表现得有些过头，像忒入戏的演员，用力过猛，反倒失分了。他直截了当地表示，想进审计分部。在场几人，除了苗彻，都觉得这孩子挺有意思。“为什么？”葛处长问他。他回答：“一方面，审计专业性强，同时又必须熟悉行里的所有业务；另一方面，除了过硬的专业素质外，还要求员工有魄力、决断力和良好的职业操守。我想挑战一下自己。”葛处长便转向苗彻，开玩笑：“苗大侠，接招吧。这位看名字也是个大侠，你们挺有缘。”苗彻不带任何表情：“进哪个部门，是行里统筹安排的，等你被录取以后再操心吧。——下一位。”

事后陶无忌挺后悔。不该这么横冲直撞的，就算目标明确，也该采取迂回战略，小心经营。苗晓慧说过许多次，她爸爸的个性，是未必吃软，但肯定不吃硬。“你这等于把矛盾提前摆到台面儿上，不划算。敌人更提防了，对你没好处。”陶无忌表示没想到苗彻会是面试官，自己又紧张又激动，一个把持不住，就犯错误了，说到底还是心理素质不过关。苗晓慧说她爸爸当即就给她发了条短信：“还有神经病面试时直接说想当行长的。你男朋友不算特别弱智。”苗晓慧当笑话似的说给陶无忌听：“……希望不是打击你。”陶无忌只好道：“让他先把我的印象分打得低一点儿也好，这叫先抑后扬。”

按行里的流程，新员工统统先到前台实习。陶无忌去了浦东支行。临别时葛处长还要打趣：“审计部就在二十五楼，等着你再杀回来。”陶无忌有些尴尬，笑笑。

浦东支行与市分行同属陆家嘴板块，在世纪大道、东方路交口。这里是陆家嘴的中心位置。陶无忌听苗晓慧说过，四十年前，这里农田遍布，芦苇摇曳；四十年后，陆家嘴中外金融机构汇聚，成为上海国际金融中心的核心功能圈。S行按各区域设立支行。浦东支行是所有支行里规模最大的一个，行政上也高半级。到浦东支行的实习生并不多，二十来人，行里派了辆大巴送过去。陶无忌坐最后一排，地势高，正对着前排众人参差不齐的后脑勺，听他们还在议论早上跳楼的事。葛处长在会上特意强调，心思放在工作上，闲事莫理。这是让大家管住嘴。单位里出了这种事，传谣是大忌。陶无忌懂分寸，半句不提。财大这届分到S行的统共也不到十个人。国有银行朝南坐，收入稳定饭碗牢靠，百里挑一，有的是人选，这是一桩。另一桩，相比过去，金融这块涉及面也越来越广，选择多了，许多毕业生倒未必钟意传统银行。蒋芮上周进了一家民营P2P（互联网金融点对点借贷平台），前三天不上班，组织新员工进行野外拓展训练，为的是培养团队精神和凝聚力。老板专门请了个心理老师给他们上课，讲了一堆“我肯定行，我最棒，我要当第一”之类的话，其实是心理催眠。第二天蒋芮过来找陶无忌，整个人像打了鸡血，看人的眼神都不同了，有些斗鸡了，信心十足地说第一个月业绩肯定能超千万。陶无忌不排斥P2P，也没有看轻民营公司的意思，况且蒋芮也不是因为找不到工作才去的P2P。关键人和人是不同的。蒋芮父母都是上海普通工人，家境不算好，但再不济，自家住的房子，面积不大不小，总是一份家底。

算起来陶无忌老家的房子也有两套，自家盖的，红砖绿瓦。但小乡镇与大上海，区位摆在那里，房价还及不上人家的零头。况且，也不只是经济问题。孤身一人在上海，虽说四年大学，眼下工作落实了，房子也找好了，上海话也能结结巴巴说上几句，但感觉还是差了些什么，没着没落的，只能每一步都求稳，实打实。不能冒险，不能走小路——何况还有苗晓慧那层。就算不为自己，也该为人家女孩子着想。为了你人家都豁出去了，再不稳扎稳打步步为营就忒说不过去了。

到了浦东支行，先去人事部门报到。简单交代几句，各人都有带教师傅。陶无忌的师傅是个三十来岁的少妇，叫白珏。每位师傅带两名徒弟。除了陶无忌，还有个叫程家元的男生，立信会计学院毕业，上海人。白珏刚休完产假不久，脸和身子都有点儿肿，桌上摆着小毛头的照片，隔一阵便要打电话回家，询问儿子的情况。电话里她语速很快，急吼吼的态度，追根究底不依不饶，工作时却似换了个人，说话、动作都慢半拍，一张单据要看半天，像《疯狂动物城》里那只树懒。倒不全是仔细的意思，更近似于走神。她对待两个徒弟并不十分热情，初见面时还对主任咕哝“刚上班就让我带徒弟”。扔给两人一本操作手册，也不说明，照旧做自己的事。两人只好站在她身后，看她干活儿。心情好时，她也会稍稍教两人一些简单的操作，比如如何开户、销户，或者同一个账户内，如何活转定、定转活；要尽量劝客户买理财产品，但必须向他们说明风险；客户签名一定要端正，不能潦草。白珏说着说着，一个急刹车，便去看手机里儿子的照片，看完了，又进入消极状态，抱怨“带徒弟，没津贴没好处，纯粹义务劳动”。陶无忌听同事说她得了产后抑郁症，情绪不稳定，还有点儿神经质，便有些懊恼，心想怎么摊上这种师傅？好在前台人多，彼此又靠得近，东家听一些，西家听一些，柜面上的业务也不复杂，勉强还过得去。

初来乍到，难免要被派些杂务。十八个实习生，女多男少，六个男生自然都是苦力。行里为吸引顾客，隔一阵便要搞活动，送油送米，都是实惠的东西，价格不贵，分量不轻，一箱箱从仓库搬到大堂，实打实的活计。办一张卡，送一瓶油；存五万元定期，送一袋米。多半是上了年纪的阿公阿婆，都很雀跃。几名男生站在门口派发，来一个，发一个，圣诞老人似的。因是实习生，便格外殷勤，任劳任怨。大堂经理在一旁指挥。这是个二十六七岁的男人，叫朱强，名字和身材都很健硕，举止却小家子气，嘴也碎。他听说跳楼那天陶无忌就在旁边，便不停地询问细节，落在哪个位置，摔成什么样，现场有没有砸到人。陶无忌敷衍几句。他又拐弯抹角地问陶无忌怎么进的S行，“外地生进来，不简单哦”。一会儿他又说到程家元，“那小子肯定有关系，二本生，又长得那样，嘿”——是说程家元脸上的胎记，从眉尾到太阳穴，紫红的一块，不算大，但到底是有些碍眼的。银行是窗口单位，形象多少要讲究些。程家元这人也是有意思，实习第一天，看了白珏的名牌，脱口便称呼“Bái Yù”，不知道“珏”其实读“jué”，引得旁人都笑。陶无忌对他没什么好感，但到底不会表露出来，更不会与旁人谈论。陶无忌很看不惯朱强这样，便离得远些，留个背影给他。

午饭后，程家元凑过来：“晚上聚餐，你去不去？”说的是部里为新员工办的欢迎宴，就在支行隔壁的川菜馆。

“能不去吗？”陶无忌反问。

“去吧——”他居然凑近了，有些撒娇的口气。脸对脸，那块胎记看得愈加清楚了。

陶无忌朝旁边让了让。他记不清跟这家伙有什么交情。本来完全不搭界的两人，不会因为共同拜了个莫名其妙的师傅，便形成了某种默契。至少陶无忌不会。程家元不是他的菜。男生与男生之间也要讲感觉的。陶无忌挺看不惯这人见谁都是一脸笑，倒也谈不上谄媚，但至少是有些讨好的。小女人似的，畏畏缩缩，从不表达自己的意见，但别人不管谁开口，他都使劲点头。好几次白珏班中溜回家看儿子，关照两人“领导来了就说我上厕所”，陶无忌不置可否，他抢在前头答应：“师傅你去吧。”真碰到领导查岗，他又支支吾吾慌里慌张，还要靠陶无忌出面才搪塞过去。白珏教徒弟没耐性，两三句话一说，翻个白眼：“懂了没有？”陶无忌还未开口，他已先表态：“懂了！”陶无忌径直问他：“你懂了？那你教我。”这人又无言以对。陶无忌很烦这种人。偏生他还很黏陶无忌，到哪里都同进同出，一口一个“阿拉无忌”，搞得俩人真跟同门师兄弟似的。依着陶无忌的个性，是要撇清的，也不怕得罪他，但到底是初来乍到，大家都是新人，只得比平常更多了三分慎重。

晚餐时，新老员工各占一半。除了白珏，其余几个带教师傅都出席了。科长发话,徒弟都要敬师傅酒。白珏不在,陶无忌乐得清闲,缩在一边。程家元推他:“我们也去敬敬吧。”他不动:“要敬你自己敬。”程家元踟蹰了半天,抖抖豁豁(方言,意为因过于谨慎而显得胆小怕事的样子)地出动了,从科长到各个师傅,敬了一圈,回来时脸色泛红,有了七八分酒意。他一把抓住陶无忌的手臂:

“你……是不是挺看不起我?”

陶无忌摇头:“没有。”

“我知道,你们人人都看不起我,”他大着舌头,“你嘴上不说,心里肯定这么想。”

陶无忌甩开他:“你喝醉了。”

临到尾声时,浦东支行副总赵辉忽然出现,把气氛倏地带入高潮。他笑容可掬地招呼众人继续:“没什么,就是过来见见大家。怕来早了把你们弄得太紧张,影响胃口,所以现在才到。你们喝,我就坐一会儿。”科长忙不迭地腾出位子:“赵总坐,坐。”压低声音,“听说今年支行做成一桩大单,就算十年不开张也饿不死了?”凑趣的口气。赵辉笑笑:“不信谣,不传谣。”科长嘿的一声:“怎么是谣言呢?都传遍了,您带着一支小分队,打了个大胜仗。关键还是您有眼光有胆识。去年浦东区政府刚开动员会那阵,一家家银行都往后缩,觉得高楼这块已趋饱和,不管写字楼还是商场,风险太大,都不敢碰。只有您站出来表示支持浦东新区建设。现在政策有变化了,这帮家伙听到风声了,又一个个凑上来抢,争着当牵头行。那也来不及了,您都快到终点了,他们才启动,赤着脚也追不上啊。什么是叫好又叫座,面子里子双赢?说的就是赵总您啊。”

赵辉依然笑笑。科长又问:“听说,支行下一步主要是海外并购?”

“消息很灵通啊。”

“去年X汽车并购A集团,国内都轰动了。大家都说,并购境外品牌,扬我国威,好当然是好,可惜这种大case(项目),外资银行永远是主力。啥时候我们国有银行也威风一把,好好做几桩大的,让那些外国佬看看。”

“一步步来,有机会。起步迟,后劲足,这些年我们见得还少了?国有银行迈向世界,领先全球,早早晚晚的事,也是大势所趋。只要好好干,大家这辈子都能见到。”

“赵总给我们鼓劲来了，听得热血沸腾。”科长递上杯子，“我敬您。”

赵辉笑着与他干杯，扫视一圈，目光停在陶无忌身上：“股神，你好啊！”

陶无忌脸红了一下，知道赵辉说的是面试时的事。一人问他有什么值得骄傲的才能，他当时有些紧张，也不知是脑子转得太快还是太慢，居然说对金融这块有特殊的敏感。那人便让他举个例子。他想也不想，便说上大学时炒股：“大一下学期拿到两千块奖学金，我全买了股票，大学毕业时，两千块变成了十万块。”在场的人都很惊讶，问他是怎么做到的。他回答：“不听消息，不炒概念，不跟风，只看技术面。”一人问：“中国股市看技术面能赚钱吗？”他道：“是那种技术面。看K线图，有些是真的，有些是假的，庄家故意把线做坏或是做好，诱空、诱多什么的。一半是分析，一半也是凭感觉。”

这事在行里传得很广，都说今年招来个小股神，只是对不上人。赵辉这么一说，席间众人都惊呼：“原来是你啊！”一人问陶无忌：“真的假的？”陶无忌只好笑笑：“只是闹着玩，不上台面的——”众人纷纷凑上来，问他最近该买什么股票。陶无忌勉强说了两个，借口去厕所，逃也似的离开。他解完手，正遇到赵辉进来，叫了声“赵总”。

“我不该提的，”赵辉歉意道，“还以为他们都知道呢。”

“没事，”陶无忌道，“怪我自己，不知天高地厚。”

“听说你还去证券公司把交易记录打印了一份？”

“都说出口了，怕他们以为我吹牛，索性打印出来让他们看看。”

赵辉笑了笑，在他肩上轻轻一拍：“分行很少招外地生。我听人力资源部的朋友说，你的专业分和面试分都排在前面。好好干，小伙子。”

陶无忌点头。私底下听人聊起，都说赵总在支行口碑最好，能干又谦逊，很受人敬重。

“听说，你想进审计分部？”赵辉又道。

陶无忌想，说谎没意思，整个分行都传遍了，只好嗯了一声。

“审计部里都是‘御史’‘钦差大臣’，查犯事查违规，哪个项目有问题都逃不过他们的火眼金睛。”赵辉开玩笑，“每次见了他们，我们都脚软，发虚，一个个手放在膝盖上，老实得不得了，生怕被他们抓到小辫子，对着审计部的人，比对着行长还紧张。”

陶无忌也笑笑。

“不管怎样,我喜欢有雄心有冲劲的青年。但光说不行,还要有实际行动,要努力,否则就变成豁胖了——上海话能听懂吗?”

“懂,就是吹牛的意思。”

“很好。”赵辉在他肩上又拍了拍,出去了。

结束后,陶无忌送程家元回去。这小子也不知喝了多少,躺在后座上不省人事。出租车司机途中关照了几遍别让他吐,陶无忌只得拿个塑料袋随侍在旁。他家地址是没人知道的,好在他的手机没设密码,翻出“妈妈”打过去,电话那头详细说了路名和门牌号。距离倒是不太远,全程高架,晚上不堵车,一会儿就到了。车子开进小区,一个中年女人守在楼下,见到陶无忌便致谢,又问:“要不要上楼坐会儿?”陶无忌本不想上去的,但程家元身材敦实,凭他妈妈一个人肯定不行,只得帮着扶上楼。进门把人放倒在床上,陶无忌便立即告辞:“阿姨再见。”

“真是麻烦你了,——吃杯茶。”女人挺不好意思。

“不了,谢谢。”

陶无忌坐地铁回家。口袋里躺着刚才的出租车票,三十二元,与饭票放在一起。支行每人每天发一张饭票,职工食堂就在三楼,十块钱标准,两素一荤一汤。中午程家元请客吃比萨,叫的外卖,饭票便省下了,月底可以到小卖部换饮料或是方便面。程家元不是第一次请客,上周刚请过寿司,也是外卖,一盒盒精致得很,各种口味,还配上红姜、海藻和茶包。“一个人吃没意思,大家一起才有劲。”程家元每次都是这句,话说得潇洒,神情却很局促。若有人推辞,他便越发紧张起来,窘得面红耳赤,做错事似的,反倒让人家不好意思,只能笑纳。陶无忌本来不爱占人便宜,见他这样,也不好拒绝。餐到付费,程家元掏出皮夹子,抽出几张给送餐员。旁人问他:“怎么不刷卡?”他回答:“不习惯,还是现金方便。”那几人便笑:“朋友原始森林来的。”陶无忌坐在边上,瞥见皮夹子里厚厚一沓,只看一眼,便把目光移开。关于程家元的身份,有各种说法。流传最广的,说他是富三代,爷爷或者外公不知是做官还是经商,反正身家不凡,也不知是真是假。

陶无忌对别人的事向来不太在意，但刚才送程家元回去，一进小区，便不由得换了坐姿，坐得更挺拔些。那样的环境，是会让人生出些莫名的情绪来的。连保安都是西装领带白手套。城堡似的大门，巨型喷泉泛着金光，陶无忌以前从未到过这么豪华的住宅。程家在二十八层，一梯一户，刷卡进门。电梯里好大一面镜子，陶无忌看着镜中的自己，多少有些不自然。安置好程家元，他逃也似的匆匆出来。便是只待一会儿，也会觉得不真实，像水土不服。还有程家元妈妈手上的钻石戒指，忒大忒闪了，看得他眼花。

他拿出手机，拨了苗晓慧的号码。

“在干吗？”他问她。

“看书。你呢？”

他简单说了：“打车送喝醉的同事回家，然后自己再灰溜溜地坐地铁回家。”

“叫辆车吧，没必要这么省。”苗晓慧劝他。

“小姐，这里是静安区啊，打车到我住的城乡接合部，车费顶小半个月房租了。”陶无忌停顿一下，没有让这个话题继续下去。“胡悦呢？”他又问。

“加班，还没回来。”

“住得惯吗？”

“放心。本来就是朋友，再说胡悦这人你也知道，好人里的好人。”

“挺不好意思的。”

“就是。还不收我房租。”

“不只是对她，”陶无忌顿了顿，“还有对你，也觉得抱歉，不好意思。”

挂掉电话，陶无忌发现车厢又空了些，零零落落几个人。深夜的地铁，各自翻着手机，或是看向正前方，目光空洞。倦意，还有茫然。陶无忌看表，十一点十分。他忽然想到，应该给苗晓慧买个戒指什么的。不可能像程母手上的那么大，也镶不了钻，但无论如何，应该有一个，是心意。他猜想苗晓慧不会在乎戒指的价格，否则也不会跟定他。“我离家出走了。”上个月，她轻轻巧巧一句，带着笑意，让他完全说不出话来，不知该赞同还是反对。“我爸犟不过我的，迟早会同意。”她安慰他，却让他更不好受了，惭愧得心都揪紧了。他想说对不起，又觉得不妥，那刻的气氛，似是有些欢乐的，至少对苗晓慧来说是如此，摆脱旧社会迈入新天地那样。她竟还拉着他去逛超市:“胡悦那里什么都有,但我用不惯人家的床单被套,还有牙刷毛巾,零零碎碎一大堆,都要买起来。”

面试那天,陶无忌第一次见到苗彻。之前看过照片。真人更瘦一些,皮肤也黑。在他说出“下一位”之后,陶无忌停了半晌才站起来,兀自有些不甘心。经过苗彻身边时,他忽地大声道:“我会努力的!”几位面试官都是见惯场面的,笑笑,并不以为意。唯独苗彻目光径直向他扫来。陶无忌又说了一遍:“我会努力的!”两人目光相接。只一秒,陶无忌便从他眼神里读到一些负面的意思,诸如“你小子别张狂”“你等着,我来收拾你”之类的。面试时亢奋得有些过头的情绪,在那一刻忽然跌到谷底,像被从开水里捞起来直接投进冰水,整个人都起鸡皮疙瘩了。陶无忌从小就是个不服输的人,倔起来十头牛都拉不回。但那一刻,他忽然觉得完全使不出力,对人对事都是,很奇怪的感觉,别扭得他都想笑了。

二

每隔十天半个月，陶无忌便会收到父亲的信。那种黄黄的有些粗糙的传统信封，格子信纸，字也是一笔一画，端正得有些刻板。

几周后，实习生独立上岗。陶无忌坐在柜台前操作，旁边站着白珏和程家元。通常是存钱、取钱或是转账，难度不大，陶无忌轻松搞定。一会儿，换程家元操作。这人手脚慢得离谱，一个简单的存钱，办了足足二十分钟。后面顾客抱怨"派什么实习生，浪费时间"，白珏只当没听见，站得笃笃定定。大堂经理朱强过来打招呼，赔笑脸。亏得不是高峰时段，人不多，一会儿便去其他柜台了。朱强说白珏：

"不行就自己顶上啊。你是师傅，节奏要控制好。"

白珏鼻子出气："不行就自己上，那一百年都出不了师。索性这个师傅你来当?!"

朱强不跟女人计较，尤其是神经质的女人，识相走开。

陶无忌冷眼旁观，觉得程家元还是太紧张，心理素质差，操作其实没问题，平常大家都一样学的。白珏数落程家元："帮帮忙，换个师傅吧，我怕了你了……"程家元脸涨成猪肝色，嗫嚅着，低头去翻手册："对不起对不起……"旁边几个实习生都朝这边看，被各自师傅训斥："看什么看？你们又好到哪里去?"

休息时，陶无忌走到旁边拿矿泉水，递了一瓶给程家元。程家元脸上红晕未退,连带着那块胎记,越发紫得有些发黑了。陶无忌怕他难堪,只说些闲话。

“立秋都快大半个月了,还这么热。今年这只‘秋老虎’厉害。”

“嗯。”

“晚上有空吗?一起喝酒?”

程家元有些意外,朝他看。

“不去外面,就到我家。冰箱里有啤酒,待会儿下班路上再买点儿小胖龙虾。”陶无忌停顿一下,“——好男不跟女斗。别放在心上。”

程家元先是不语,渐渐地,放松下来。“好。”

路上很堵。陶无忌是第一次坐程家元的车。白色Q5,每天停在支行附近的大厦停车场,来回要走二十分钟。陶无忌知道他为什么不停在支行楼下——太扎眼。支行里开好车的多得是,但无论如何,刚刚大学毕业就开五十来万的车,总是有些高调。

车厢里弥漫着又香又辣的小龙虾味。

“我妈的车。”程家元解释。

陶无忌点头:“这车不错。”

花了比平常坐地铁多一倍的时间,总算到了。天还没有全黑。两人下了车,一前一后走上台阶。是底楼。陶无忌掏出钥匙,用力跺了跺脚,楼道灯亮了。与此同时,有人从后面蒙住了他的眼睛,娇笑着道:“Surprise(惊喜)!”陶无忌闻到淡淡的护手霜的清香,咦了一声:“你怎么来了?”转过头,果然是苗晓慧,旁边站着胡悦。

陶无忌为三人做了介绍。程家元有些手足无措,说自己是“不速之客”。

“我们才是不速之客,”苗晓慧道,“想弄个惊喜,结果搞砸了,打扰你们喝酒了。”

“人多热闹。酒有的是,菜不够,我再叫点儿外卖。”

陶无忌从冰箱里拿了啤酒,正要打电话,被胡悦拦下:“天热别叫外卖,不卫生。你冰箱里一点儿存货也没有吗?我看看。”她边说边翻冰箱,找到半袋虾仁、几个蛋、一棵卷心菜、两根黄瓜,“这就差不多了,等着,我去烧菜。”

陶无忌铺好一次性台布,把小龙虾装盘,摆好碗筷,打开电视,把空调开足,招呼苗晓慧和程家元入座。那边胡悦已端了菜出来,虾仁炒蛋、醋熘卷心菜、凉拌黄瓜。

“化腐朽为神奇啊,”陶无忌赞道,“本来一顿垃圾食品,胡悦一来,健康指数就直线上升了。”夹了一筷子,赞不绝口,“好吃。”

“可不是,跟胡悦同居,我都胖了好几斤。”苗晓慧道,“白吃白住,还享现成,我都挺不好意思。”说着朝胡悦看,“——再不收我房租,我可就真的搬出去了,啊?”

“我本来一个人住,又冷清又不安全,现在多个人陪我,是我赚了才对。”胡悦笑笑,见程家元盯着菜不动,对他道,“尝尝。”

程家元应了,夹了一筷子虾仁炒蛋,还未嚼,便急道好吃,没提防,食物从嘴里喷出来,他顿时便窘红了脸:“对不起对不起……”

“没事。”陶无忌拿餐巾纸将桌上的蛋屑擦去,把几罐啤酒放在他面前,“随便喝,喝醉了就睡我这里。明天再搭你的顺风车上班。”

程家元果然又喝醉了。陶无忌费了不少力,才把他扛到床上。苗晓慧和胡悦略坐了会儿,便说要走。陶无忌送她们到小区门口,猜她们应该是有什么事,否则不会跑这一趟,又不是节日或某人生日,连周末也不是。苗晓慧给他看手机里的照片,某个和他年纪相仿的男生。陶无忌问她是谁,心里却猜到,多半又是她父亲逼她去相亲的对象。

“长得有点儿像唐国强,对不对?”苗晓慧问胡悦。

胡悦瞥了陶无忌一眼,笑笑:“我看不像,王宝强还差不多。”

“比上次那个好多了。我爸喜欢这种老派的长相。”

陶无忌一直觉得,女朋友有点儿没心没肺是好事,不会玩心眼儿,但过了头,就让人有些吃不消。比如,像这样把相亲对象当笑话似的说出来,一点儿也不遮遮掩掩。他只好赔着笑,连一丁点儿吃醋的意思都不能露出来。事实上,他也确实没必要吃醋。苗晓慧说了几次去领证,是他不同意,怕将来还没进丈人家门,腿已先被打断了。苗晓慧是那种连午饭吃了什么、地铁挤不挤、上厕所有没有排队都会一一向他汇报的人。他与她的微信聊天记录,几乎便是她每天的日记。她比他只小两个月,感觉却像是个小妹妹。她依赖着他,这让他觉得安心,甚至有些别样的笃定。说到底,许多东西是要拿时间去证明的。时间是最实打实的东西,半分折扣也打不得,童叟无欺,对女孩子更是考验。倘若她不是这样的个性,他怕是要束手束脚狼狈许多。那些男人的照片,苗晓慧当笑话似的评价,不顶撞父亲,也不去相亲,软逗佻皮的作风。陶无忌放松时,也会问她:"你到底喜欢我什么?"她回答:"全部。"陶无忌又问:"如果你爸一直不同意,怎么办?"话一出口便后悔了。何必提这个?苗晓慧想也不想便道:"那就私奔呗,去你老家。"

"过两天,我们就是同事了。"离开前,胡悦丢下一句。

"有胡悦盯牢你,别妄想出轨。"苗晓慧笑。

陶无忌先是一怔,随即明白了——这就是今天的"surprise"。胡悦毕业后一直在某会计师事务所实习,没想到突然就跳了槽。"怎么,还是觉得国有银行更牢靠?"他问。

"压力太大,不想未老先衰。以后我就跟着你混了,啊?"

"来吧,谁问你收保护费,就报我的名字,我罩着你。"

回到家,陶无忌收拾完碗筷,简单洗漱后,在地上铺了条席子,躺下。程家元的鼾声,断断续续,时短时长。地板到底是有些硬,这么躺着,骨头硌得生疼。小时候夏天都是这么睡的,在水门汀(方言,意为水刷石地面)上直接铺条席子,一点儿事没有。到上海这些年,是有些养娇了。陶无忌翻看手机,见苗晓慧发了条微信:"就是那个傻子?"他曾向她提起过程家元,言语间不怎么客气。他回过去:"别这么说,都是朋友。"猜想苗晓慧应该是憋了许久,不好意思在饭桌上问他。程家元不大吃菜,也不说话,却使劲喝酒,仿佛不喝酒就对不起主人,不够朋友似的。陶无忌索性由他。他醉了,剩下三人倒还自在些,否则他难受,别人看着也难受。这人到哪里都像个不和谐音符。偏生他还用劲过猛,比如翻来覆去地夸赞菜肴美味,说他从没吃过这么好吃的菜。胡悦听得都脸红了,说:"不会吧,都是家常菜。"他说他妈妈是宁波人,烧菜很咸,而家里请的保姆又是苏州人,口味偏甜。"真的,都没你做的菜好吃。"胡悦很快看出这人其实是窘迫,没话找话,便笑笑,不再纠结于这个话题。她聊起她大学里在某个证券公司实习,那儿的经理也是立信会计学院毕业的:"你们学校是不是有个姓林的老师,教英语的,一口标准牛津音,声音又好听,唱艾尔顿·约翰的歌,迷倒台下一片女生?”程家元使劲点头:“是有这么个人,其实已经五十多岁了,但保养得好,看不出来。”胡悦趁势与他聊了下去。陶无忌在旁边看着,内心挺感激胡悦。胡悦是那种到哪里都不会让人难堪的女生。倘若没有她,陶无忌倒不知与程家元聊些什么了。临下班那个邀请,纯属一时冲动,平白无故把人弄到家里,都没想好下一步该如何。陶无忌脑子里闪过“接近”这个词,过了头,就有些潜伏的意思。这样的念头,只能靠“冲动”来启动,好多些掩耳盗铃的安全感。否则,连他自己都会看不起自己。

床上那个男人鼾声不止。陶无忌细细看了他一会儿,随即把灯关了,睡觉。

隔了两日,胡悦果然来支行报到,照例也是跟着师傅学手艺。旁人见她与陶无忌熟稔,便问陶无忌:“女朋友?”陶无忌回答:“好朋友。”实习生里论年齿,胡悦是7月底生日,最小,大家便叫她小师妹,有时到星巴克买个下午茶跑个腿什么的,都让她去。一来她入行晚了几日,二来也是因为她个性随和。再说星巴克就在隔壁,并不十分辛苦,大家AA制,也不至于让女孩子会钞。原先这活儿是程家元的,胡悦跑了几次,他觉得不好意思,“怎么好让小姑娘去?”,便仍坚持自己去。胡悦看众人对程家元的态度,便知道这人是有些被孤立的,私底下问陶无忌:

“就因为人家脸上有块胎记?不至于吧?”

“关键是人家出身豪门,我们这群草根,由妒生恨。”陶无忌开着玩笑,换了话题,“你呢?为什么会换工作?”

“晓慧不是说了?我是她安插过来的眼线,盯着你。”

“我这种人还要盯?头上插根草标都不会有人买。”

“就是因为你搞不清楚自己的价值,才更要盯着,不能随随便便就被人骗走了。”胡悦笑。

吃午饭时,实习生都在谈论下周转岗的事情。届时会根据各人的表现,分派到不同的岗位。通常这个阶段,不可能分到太高端的岗位,像国际结算部、审计部、风险部那些,至少要有个两三年资历。但基层岗位也是有区别的。最抢手的是业务部,负责企业存贷款,累是累,但比较有挑战性,奖金也高。次一些的,像会计部之类,也过得去。最差的就是前台,直接跟散户打交道,鸡鸡狗狗,事多钱少，评职称还难，最没前途。众人说着，觉得自己业务上既无过人之处，也没后台撑着，便都有些心灰意冷。

“你肯定没问题的啦，”一人忽地转向程家元，“就等着平步青云吧。”

程家元张口结舌起来：“什么……什么呀——”

几个人存心要看他的笑话，一来逗乐，二来也是宣泄。

“真要发达了，将来可别忘了我们。好歹是同一年进来的，拉兄弟一把，啊？”

“下一任的分行行长肯定是你。我们这批人，就你面相最好，升官发财逃不掉。”

陶无忌酝酿着措辞，准备开口制止。大家都是同届，没必要戏弄人家。通常电影里有人欺凌弱小时，正面人物就该适时出现，不怒自威，头上自带光环。陶无忌构想着，晚上可以再邀程家元去家里喝酒，或是换个地方也行。上次被俩女生搅局，虽说问题不大，但男人之间的友谊往往是在喝酒过程中建立的，尤其这样半吊子的相识，不是同学也不是发小，其实是有些突兀的。陶无忌怕程家元也觉得“突兀”，所以才要有更多铺垫。喝酒也不能每次都让他喝醉，至少要留三分清醒，聊个天抒个情什么的，否则就成酒肉朋友了。说话也要点到为止，程家元的个性，面儿上看着自卑，你好我好大家好，其实心里肯定特别敏感。还是要随意些，不能太着痕迹。陶无忌拿捏着分寸，还未开口，已听见胡悦脆生生的声音：

“下午茶，让他们自己去买。”她撺掇程家元。

众人咦里呀啦地叫起来。胡悦朝其中一人道：

“你自己说的呀，他将来要当行长，你这么大胆，敢支使未来的行长？”

陶无忌瞥见程家元的神情渐渐松弛开来，忍着笑，像得了某种庇护，偷着乐似的。两人目光不经意相接，陶无忌立即嘴角上扬，做了个同仇敌忾的善意笑容。

晚上的邀约很顺利。临下班前，有段小插曲。一个上了年纪却火气依然旺盛的老男人，冲到柜台揍了程家元一拳。他叫嚷着“没看过这么木腾腾的生活”，想要再往那张满是鼻血的脸上补一拳，立刻便被保安拉开。程家元应该是彻底混乱了，对着电脑程序和一堆单据手足无措，僵在那里。陶无忌没有迟疑，轻拍他肩膀，说声“我来”。程家元有些机械地站起来。这时科长急急地奔过来，旁边是业务部的苏见仁经理。

“怎么了怎么了？”

朱强简单汇报了情况。

“接着干活儿，那么多人等着。”科长朝程家元看了一眼，随即把目光投向大厅——坐满了顾客，无论男女，脸上统统写着“不耐烦”。

“高峰时段。”朱强辩解了一句。

“有了徒弟，自己就解放了。”科长鼻子出气，是说白珏。按规定，徒弟上岗，师傅应该在旁边盯着。“人呢？”他问朱强。

朱强没吭声，做了个喂奶的动作。

陶无忌在键盘上敲出一串熟练的音符，干净利落，煞是好听。他很快帮三名顾客办完了业务，两个存钱，一个开户。复印证件、打印单据、电脑操作，动作行云流水般潇洒，很吸引目光。巧的是，隔壁柜台的电脑也适时发生故障，打电话报修，说一刻钟后到。顾客们又开始抱怨起来。科长哎哟一声，叫苦不迭。陶无忌二话不说走过去，摆弄了几下，再重启系统，竟是好了。他回到自己座位，接着干活儿。科长看他的眼光都有些意味深长了。一旁的苏见仁夸了句“生活清爽的”，陶无忌听在耳里，依然是不动声色。那边程家元被人陪着去医务室。这人大约是个沙鼻子，只打一拳，脸上便血淋淋的，像受了重伤。经过科长身边，他还要打招呼：

“对不起对不起……”

科长只好安抚：“好好休息。”朝苏见仁看一眼，苦笑摇头。后者淡淡地把目光移开，掏出手机查看消息。“按理新同志都有过渡期，这位小同志属于时间长的。”科长说完又摇头。苏见仁轻轻嗯了一声，依然盯着手机键盘，头也不抬。

“他是我爸爸。”

回家的路上，程家元告诉陶无忌。高架上排着长龙，一眼望不到头。刹车踩踩放放。空调开内循环，车厢里还残存着一丝隔夜的小龙虾香味。

“我两岁不到，他和我妈就离婚了。我随我妈姓程。”

陶无忌很吃惊。早听人说过，苏见仁生性风流，当年离婚便是因为这个，抛妻弃子，很决绝，再加上业务能力普通，纯粹倚靠老父亲的关系，纨绔子弟，口碑向来不好。只是完全没料到，他和程家元居然是这种关系，平常抬头不见低头见的，竟是一点儿马脚都不露。父子俩都是当特务的料。银行有明文规定，直系亲属不允许在同一家分行工作。陶无忌瞬间有些混乱，很意外，没想到程家元会同自己说这个。

“嗯，”陶无忌斟酌着措辞，“——你和他长得不太像。”

“我像我妈。人家说，儿子像妈有福气。”程家元说到这里，笑笑。

陶无忌也跟着笑笑。

依然是啤酒。冰箱里现成的。少了胡悦，只能叫外卖。地沟油炒出的油光锃亮的小菜，日期不明的香味可疑的卤味，很适合这样氛围中的两个小男人。浓郁得有些腻味的气息，还稍带些不伦不类。程家元说起他的童年，没有爸爸的少了半边天的残缺的童年。他妈妈是家庭妇女，没有经济来源，但问题不大，靠他爸爸的抚养费，还有爷爷的关照，生活比上海滩大部分家庭都要宽裕。高三时，他妈妈劝他去英国念大学，他拒绝了。

“纯粹拿钱买个文凭，没意思。再怎样，坍台不能坍到国外去。况且，把我妈一个人留在上海，也不忍心。”他道。

“你妈挺不容易。”陶无忌道。

收拾完碗筷，陶无忌清理了马桶，盖板反面一圈呕吐物的残渍，拿卷纸蘸水，拭去。回到客厅，程家元瘫在沙发上，口齿不清地说着“对不起，又要麻烦你了”——应该是做好了睡在这里的准备。陶无忌绞了把毛巾给他擦脸，听他说“今天换我睡地板”，笑笑，扶他上床。他又道：“你酒量倒好，怎么喝都不醉。”陶无忌替他盖上毯子，闻到他嘴里酒肉混杂的浊气，便有些懊悔——新洗的床单枕套，迟几日请他来才对。

正看着电视，忽接到科长的电话：“知道你师傅去哪儿了吗？”陶无忌怔了怔，看墙上的挂钟，十点差五分。科长的声音像初秋的天气，干燥，上火，还透着凉意。“找不到你师傅，大家统统吃不了兜着走。”结束时，咕哝一句“有消息就打我手机”，匆匆挂了，应该是没抱什么希望。

临下班时,白珏被科长训了一顿:“你干脆请哺乳假算了,我还好向上头再要人。像你这样,人在心不在,神龙见首不见尾,说实话我很为难。”

其实科长平常不是讲话促狭的人,白珏也不是脸皮这么薄的人,应该是凑巧了,或者说是不巧。科长骂完很畅快,以至于没有发现白珏脸色不对劲,像被枪打中一样。事后有人告诉他,下午白珏跟丈夫大吵了一架,因为男人给小毛头拍嗝时,指甲不小心在孩子小脸蛋上划了一道血印。白珏当场便歇斯底里起来,觉得万一自己有什么三长两短,孩子落在这男人手里必然凶多吉少。她丈夫脸上被她抓出“五指金山”,他实在受不了这女人不知是抑郁症还是躁狂症的毛病,提出离婚。白珏幽灵似的回到银行,脸色惨白。科长说完那番话后,她转身便离开了。直到五点半下班,她一直没有出现。去厕所找,没有人。打手机,始终是关机。众人都紧张起来。前台系统是全分行联网,只要一台终端没有清账退出,整个系统就都无法退出。也就是说,白珏不出现,全上海的S行营业所都下不了班。事情很严重了。支行的几位老总都陪着找人,边找边数落科长:“你知道她精神不正常,还跟她计较什么?”科长一边挨骂,一边应付铺天盖地的电话,来自分行以及各个支行、路支行的熟人,纷纷问怎么回事。科长不胜其烦,却还不能抱怨,自嘲:“今朝出门忘记翻皇历,不宜上班,尤其不宜跟女同事较真……”

陶无忌给科长发了条短信:“支行二十三楼,那个女厕所,试试。”

陶无忌等了许久,没有回音,给朱强打个电话,果然是找到了。“你怎么会晓得?”电话那头抑制不住地好奇,“你连你师傅上哪层楼的厕所都晓得,这么神?”

陶无忌想起几周前,他去支行二十三楼找一个学长,迎头撞见白珏从厕所里出来。他当时便有些讶异,底楼又不是没厕所。白珏那天也不知怎的,居然问陶无忌要不要喝咖啡,陶无忌不好推辞,说声谢谢。她在咖吧买了两杯拿铁。关系不尴不尬的师徒俩在二十三楼的走廊尽头站着喝咖啡。那天刚下了场雨,随即又出太阳,空气好得离奇。蓝天、白云、红日,色彩分明。窗户小了些,俯瞰视野不算好,但因为高,便也有些腾挪空灵的意思。身处陌生楼层,感觉与平常上班自是不同,还有那杯咖啡,氤氲浓香,在两人间缭绕,平地生出些温润和煦的气氛来。她先是夸赞了他一番,说他聪明、能干,一点就通。陶无忌还来不及谦虚,她便把话题转开，说，活着没意思。陶无忌吓了一跳，本能地想去关窗户。她说她算过命，二十三是她的幸运号码。"真的，每当我心情不好的时候，跑到二十三楼，就会舒服许多。"她又指了指手里的咖啡，"十一块五一杯，两杯正好二十三块。"陶无忌这才明白她为什么会突然请喝咖啡，而且问也不问便选了拿铁。

近凌晨时，陶无忌收到科长发来的短信："多亏你了。"

程家元的鼾声，上次陶无忌已领教过了。他从抽屉里翻出一副全棉耳套，戴上，热是热了些，隔音效果不错，便想这家伙倒是好睡，换了自己，陌生地方，人也是半熟生，无论如何是睡不着的。那样放肆地打鼾，毫不避忌。陶无忌翻了个身，把头埋在毯子里。

无病呻吟。他脑子里闪过这个词。刚才喝到最后，程家元的眼眶忽然就红了，声音都带哭腔了。他没来由地起了一身鸡皮疙瘩。大男人一个，至于吗？陶无忌也想说点儿自己的事，人家连这么私密的底都透给他了，他无论如何也该回赠些体己话才对。礼尚往来，有来有去。但说什么呢？说亲妈在他出生后不久就病死了？说他的两个姐姐只念到高中就辍学嫁人，他最大的外甥已经读小学了？还是说家里人把辛苦存下的大学学费给他缝在内裤里，结果在火车上脱了线，上厕所时一把全撒在马桶里？——陶无忌觉得，这些事好像没法跟程家元提。像一个人站在地上，一个人爬在树上，怎么可能聊得起来？那次与白珏也是如此，经过的人都朝两人看，看陶无忌的目光额外带着讶异，仿佛在说："原来你竟是这疯女人的知己。"白珏从孩子聊到丈夫，又聊到公婆。陶无忌第一次听她说这么多话。她说如果离婚的话，儿子肯定判给丈夫。她公公婆婆都是公安局的退休干部，公检法那条线有很多熟人。她甚至担心儿子会死在丈夫手里。"他那人粗枝大叶得很，到时候两手一摊，防不胜防呀，我到哪里再生个儿子出来？我都三十出头了，身体又不好。"陶无忌手里的拿铁都凉了，好不容易想喝一口，她忽地把头伸到窗外，说好像下雨了，唬得他立即把咖啡一扔，腾出两只手来，免得这女人神经病发作往下跳，那可真是大事了。

喝酒时，程家元大着舌头骂了句"赤佬"。陶无忌做出有些沉痛的表情，拍一下他的肩膀："这世界，陈世美太多了——"说这话时，想到自己的父亲，二十来年一直鳏居，直至前年才新讨了女人。这是个厚道得有些犯傻的人，觉得继母必定会苛待孩子，所以等最小的儿子出道，才肯再婚。陶父不大会用微信、飞信什么的，长途电话又不便宜，父子俩联系主要靠写信。每隔十天半个月，陶无忌便会收到父亲的信。那种黄黄的有些粗糙的传统信封，格子信纸，字也是一笔一画，端正得有些刻板。老派的联络方式，老派的内容大意，老派的父子间的问答，一来一回。写在信上的话，与嘴里说出来的不同，更正式，也更郑重。嘴里说的，一会儿便溜到脑后了；信上写的，一封封摆在抽屉里，存了档，想忘也忘不掉。

陶无忌翻来覆去睡不着，索性起来写信。拿钢笔，写出来的字有棱有角，父亲看了欢喜。只写了几行，手机又响了，是朱强发来的微信："你到底是怎么知道的呢？"陶无忌没理他。一会儿，他又发过来："告诉我吧，否则我睡不着。"陶无忌回过去："二十三楼那个女厕所，最干净，没味儿。她说过的。"停了半晌，在纸上写道：

"爸，等我转正，接你到上海来玩。"

三

没有最高，只有更高，这话说的就是现在的浦东，还有金融界。山外有山，不去尝试，永远不知道我们可以做得有多好。

9 月底，赵辉参加了 2017 年金融投资理财博览会。博览会汇聚 P2P 理财、互联网金融、期权、期货、黄金、外汇、贵金属房地产投资、海外移民、第三方理财，数百个理财项目，看得人眼花缭乱。名片满天发，认识的不认识的，一个个都是自来熟。赵辉不喜欢这种场合，一结束便匆匆逃了出来。路上他接到一家财经杂志的邀约，说要采访他，谈谈“上海 1 号”的项目，还有支行今后几年的重点规划。“浦东支行连着几年被评为 S 行的全国模范分行，您还入选了去年的上海金融领军人才。方便的话，想听听您对金融界整体走向的看法。”记者在电话里小心翼翼，知道这位赵总向来低调，不爱接受采访。果然，赵辉虽未拒绝，却也说得不多，着重讲了支行下一步的规划：“国内银行起步晚，目前在海外并购融资这块还未涉足，其实很有潜力可挖。就像浦东的高楼，早几年有金茂大厦，觉得怎么那么高啊，后来又有了环球金融中心，想这下应该差不多了，可没几年，‘上海 1 号’就在筹建了。没有最高，只有更高，这话说的就是现在的浦东，还有金融界。山外有山，不去尝试，永远不知道我们可以做得有多好。加上现在政策环境又好，国家鼓励国有银行‘走出去’，去年国内企业对外投资增加了几十个百分点，大部分是通过海外并购形式，但一般都是找国际投行操作。可惜啊！这方面国内银行不缺实力,缺的是经验,还有信心。谁能够把这块做好,就能拓出一片新天地。”记者听得激动无比。赵辉却是点到为止:“我认识不少圈里的朋友,比我能干,也比我会聊。我推荐两个给你。”转了薛致远的名片给他。记者便笑:“薛总上过几次我们杂志了。您的名片,还是他给我的呢。”赵辉也笑:“那就让薛总再推荐几个给你。他比我在行,认识的人也多。”挂掉电话,刚好一条微信进来,说曹操,曹操到,竟是薛致远:“我和老张他们打赌,说你肯定拒绝采访。赌一包烟。”赵辉回过去:“你赢了,问他们拿烟去吧。”薛致远打个笑脸:“下个月老同学聚会,他们说让你当司仪。”赵辉道:“找个专业的吧,您薛老板还缺这点儿钱?”是指薛致远应承了,那天一应开销都是他的。薛致远又打个笑脸:“我出钱,你出人。前几年同学聚会,你因为出国没赶上,班上那些女同学都懊恼得要命,嚷着下次不来了。这次一说你当司仪,出席人数就有保证了。”

国庆节后,陶无忌便去业务部报到了。讲起来还是实习,但相比三个月前,已有些尘埃落定的意思了。十几个新人,分配各自不同。近一半人原地踏步,照旧在前台。几个人去了行政部门,像人力资源部、科技部、总务部、办公室什么的。会计部也去了几个。到业务部的除了陶无忌,还有程家元。照一些过来人的意思,其实还是行政部门好,稳当,没风险,晋升机会也有。但放在年轻人眼里,自是有些不屑的。“稳当”和“平庸”差不多是一个意思,有风险才有成就感。至于晋升机会,业务部门哪里没有了? 支行几个老总,统统是业务部门出来的,一步步走到今天。便是那些关系户,后台再硬,再怎么也要走个形式,基层部门转一圈才好意思往上挪。这是流程,也是规矩。

临分配前,实习生们聚了一次。十几个人,便是个小小社会。有人称心,有人失意。酒也是有人喝得多,有人喝得少。程家元破天荒地没有喝醉,任凭那几个嘴欠的借酒装疯,说他“朝中有人好办事”“青云直上”,他也只是笑笑,不辩解,也不狼狈。他与胡悦相邻坐着,席间一直道“你这么优秀,是领导没眼光”。胡悦被分在前台,本来也没怎的,被他这么一直安慰,倒有些别扭了。她朝陶无忌做个鬼脸,陶无忌回了个笑容,表示“理解”。陶无忌冷眼旁观,觉得程家元对胡悦其实是有些依赖的。他那样的个性,只有在胡悦面前,才能坦然些。在旁人眼里,三人俨然是极要好的。实际上胡悦更像是两个男生的黏合剂。若没有她,单单陶无忌对着程家元,往往是要冷场的。

结束后,先送胡悦回家。叫不到出租车,地铁站又不近,三人索性走一段,天气不错,也好散散酒气。夜深了,路上行人不多,因是闹中取静的一块,连车也很少。这便是浦东与浦西的不同之处了。浦西即便是时辰再晚,地段再偏,也是充满烟火气的,弥散着人与人之间狎昵的气息,又像烧熟的麦秸发出的香味,踏实、温润。浦东则是另一番景象,世纪大道再宽阔,东方明珠再绚烂,终究是有些"偏"的。隔一条黄浦江,这个"偏"字,来源于历史、地理位置,也与心理有关,还有惯性,所以便有些剑走偏锋的意思。也正因为如此,今时今日的光景,便越发难得,是别样的空灵,有些出世的味道。几十年前,又有谁能猜到浦东会是如今光景?这便是上海,表面上柔和,内里却有些不羁的意思。嘴里不说,手底下却是怎样都敢去试,实打实去做,不管不顾的。说到底需要胆量,还有气度。这里该是怎样,那里又不该是怎样,上海人不信这些,只信自己双手去搏。黄浦江是一面镜子,这边是澄黄的调儿,影影绰绰,说不尽的旖旎风情;那边陡然光线大亮,正是旭日升起的方向,真正是从新开始。这新陈交叠的分寸,上海也是把握得极好。

"你们说,明年这个时候,我们在干什么?"程家元忽道。

陶无忌沉吟着:"不好说。"

"我多半还在前台。"胡悦笑笑,"不过你们两位就难讲了,前途不可限量。"

陶无忌嘿的一声:"瞎讲。"

"那我们约好,明年这个时候,谁混得最好,就请客吃大餐。"胡悦提议。

"我没问题,反正肯定不是我。"程家元耸耸肩。

"不管是谁,到时都不准赖皮。"胡悦向两人各要了一百块钱,"先存在我这里,明年谁赖皮,一百块没收,还要罚请双倍。"

两人答应下来。

到业务部没几天,陶无忌便做成一笔大单——有公司代表找到他,说要存五百万到行里。陶无忌自己都迷糊了,想不起是几时发的名片,竟有人找上门。客户经理讲究到处跑业务,拉存款,也拉贷款。五百万数目不算大,但部里几十个客户经理,一个月吃白板的也大有人在,他初来乍到,能拉到这样一笔,自是相当可喜。他师傅姓关，是个五十多岁的半老头，见状便说他是烧了高香：

“你晓得吧，做我们这行是靠感情投资的，谁手里没几个熟客？隔三岔五就要去请人家吃饭打球K歌，逢年过节还要意思意思，保持联系维持感情，人家才肯把单子交给我们。像你这样，零基础零投入，不是瞎猫碰到死老鼠，就是运气好到天花板。”

“是瞎猫碰到死老鼠。”陶无忌谦虚道。

“信贷这行，偶尔做成一笔没啥，关键要有常性。客户要靠养的，既是我们的衣食父母，又像我们的小孩，要捧着他，侍候他，时时刻刻惦记着他，保护他不被别人拐走。全上海有多少家银行？国有银行、外资银行、地方银行、民营银行，还有那么多财务公司，大大小小的金融机构，网上的网下的，这个宝那个宝的。钱给你还是给他，全靠你一张嘴两条腿。——晓得了吧？”老关在业务部待了近二十年，级别不高，经验不少，讲起道理来一套一套的。

业务部不像前台，因为业绩靠自己跑，便有些各顾各的架势。程家元跟着一个姓马的师傅，这人与老关不太对路，据说早年曾被他撬掉一笔单子，明里暗里便有些竞争的意思。老马住在静安区，上只角，而老关是奉贤那边拆迁过来的，口音也隐隐带着本地味道，人前人后，老马便自我感觉好许多，视老关为“乡下人”。两人是业务部的元老，带的徒弟比做成的case还要多。流水的徒弟，铁打的师傅。时间久了，两人便都有些心灰意冷，加之有了年纪，讲话便愈加不上不下。那口气，不能对领导发作，也不甘闷在肚里，便拿徒弟发泄，诸如派个苦差让小伙子跑腿，自己做不成便怪小的经验不足，指桑骂槐，夹枪带棒，等等。其实是气苦，五十多岁，勉强混个技术正科便止步不前。相比之下，陶无忌还好些，程家元更作孽，常常被老马劈头盖脸一顿训斥，连个辩解的余地也没有。一次，老马居然当着苏见仁的面，拿起桌上几张资料兜头朝程家元扔过去：“生性点儿！”苏见仁只看一眼，便走开了。程家元也不吭声，默默把资料捡起来，放回原处。陶无忌倒有些替这父子俩难受了。那样九曲十八弯的尴尬，钝刀剜肉似的别扭。

苏见仁做了七八年业务部经理，以他的背景，混成眼下这样自然算是失败。不出意外的话，看样子他要在业务部干到退休。他自己倒无所谓，不求有功，但求无过，太太平平就是胜利。儿子幽灵似的出现，让他吃惊过一阵，但很快他也就不在意了，每个月按时付抚养费，经济上从未让那母子俩吃亏，他自觉已是仁至义尽了。女人是当初父亲相中的，他稀里糊涂地被安排去相亲，稀里糊涂地答应了，稀里糊涂地结婚、生子，又稀里糊涂地离婚。他就是这样的人，对什么都不上心。唯独一桩，是他摆在心尖上的，怎么也放不下。有一阵，他只当自己已淡忘了，直至遇见周琳，才晓得，他到底是放不下的。一样的眉眼，连神情也一样。初见她时，恍惚间他还以为李莹又活过来了，连年纪也与李莹走的时候相仿。与她目光相接那瞬，他几乎要落下泪来，心里翻来覆去想的便是，老天爷可怜他，又把李莹送回来了。

周琳是南京人，三十多岁，某私营服装公司的高管。托了朋友的朋友，找到苏见仁，意思是再清楚不过的了——资金周转不灵，要贷款。苏见仁查了一下公司资质，不具备放款条件。换了别人自然是一口回绝，但眼前这张脸……他无论如何要帮忙争取一下。行里上上下下打探一圈，他人缘本就普通，过气的高干子弟，花花公子一个，多少是有些遭人嫌的，谁也不愿帮他这个忙。偏偏周琳那边盯得紧紧的，一口一个"苏总""苏大哥"，叫得他心猿意马。便是不为这个，他也早下了决心，无论如何要替她办成——他把所有的人脉在脑子里过了一遍，一咬牙，将薛致远的电话给了周琳。

"这个家伙，人品一般，但说不定会有办法。"话说得不甘不愿。

再见到周琳，是一个月后，大学同学聚会。周末，某五星级宾馆的大包厢。除了特别忙或是混得特别差的，江浙沪周边一带的，基本都来了。二十多个人，S行的倒占了五六个。苏见仁到得最早，过了一会儿，赵辉和苗彻也到了。彼此打个招呼，各自坐下。赵、苗二人在大学里便是好友，相比之下，苏见仁要疏远些，便是平时在行里见到，也是淡淡的。赵辉还好些，苗彻是棱角分明的个性，脸上写的就是心里想的，连客套话也懒得敷衍。

"女朋友没来？"苗彻径直问苏见仁。

苏见仁嘿的一声："你替我介绍？"

"还用我介绍？谁不晓得你苏公子最不缺的就是女人？"

"一见面就损我。"

"不是损你，是捧你。"

“行啊，”苏见仁耸耸肩，“那我就当补药吃了，谢谢你。”

旁边几人过来，与三人寒暄。都是六七年不见的，甚至更久，大家模样变了不少，几句话一说，名片一发，便清楚彼此的境遇。金融这行，时间空间上差不得一丁半点儿，往往昨天身家亿万，今天就成了瘪三，上午还是横着走，下午咣当一下就被掐进去。来得快，去得也快。彼此都清楚这个道理，讲笑话似的讲着人生如戏，但摊到自己身上，照旧是勘不破。当年班上四十来个人，最牛的一个家伙，做到过副部级，几年不到就销声匿迹了；一个得癌去世了，据说光留下的房产就上亿；一个去了香港做投行，娶了个 TVB 明星太太，隔三岔五便上八卦周刊；也有几个不济的，到现在还在基层打混；S 行这几个，属于中等偏上。国有银行胜在一个“稳”字，也吃亏在这个“稳”字上。有个当年成绩垫底的朋友，一直不上班，单靠买卖房产便赚了不少，限购令下来，稍稍收敛些，但也不怕，先是一动不动吃房租，去年要换别墅，便和老婆离婚，再复婚，买进卖出，最后每人手里捏着两套房，存款照样七位数，还省了房产税。一年工资是多少，一套房子的差价又是多少？这是个讲不清的时代，一会儿是胸有成竹，一会儿又成了举棋不定。变得太快，让人都来不及反应。同学间聊天，几乎每人都会长叹一声：“看不懂啊——”

薛致远是来得最晚的一个。侍应生开门，他与周琳双双而入。他穿着正式，登喜路的条纹西装，巴利的尖头皮鞋，头式清爽。周琳则是一袭露背黑色长裙，头发盘起，妆容精致。两人出现那瞬，众人都怔了几秒，目光先是集中在周琳身上，随即又齐刷刷朝赵辉看去——赵辉浑身一震，酒杯落在地上，摔碎了。

薛致远牵着周琳的手，缓缓走近，俨然明星登场的架势。约好六点，他足足迟到了三刻钟。要的便是这个气势。薛致远心知肚明，今晚的受关注度，一半要靠身边的女伴。他第一眼见到她时，也是惊呆了。完全不搭界的两个人，居然会长得那么像。从严格意义上讲，周琳比李莹更漂亮些，李莹是温婉居家的气质，周琳则要妩媚跳脱些，从成熟男人的角度看，自是更有魅力。当年追李莹，薛致远没尽全力，班上二十多个男生里，他家境条件是倒着数的，成绩也是普通，说自惭形秽或许过头，但至少是底气不足。因此，今晚同学聚会带上周琳，便有了格外的意义。漂亮女人是男人的体面，尤其是有渊源的漂亮女人。当然，除了这层，薛致远自身也是发光体。致远信托公司成立不到三年，经营得风生水起，在座众人，十个倒有六七个买了他的产品。薛致远赚足真金白银，也赢尽口碑人心。都说薛致远是贫家子弟白手起家的典范，有眼力有拼劲，也有手段，而且还肯帮人。老同学有困难，他只要能做到，那是绝无二话的；助朋友发财、借点儿钱调个头寸什么的，一般没问题；还有像苏见仁这种，朋友的朋友有难，也是能帮就帮。

薛致远想到这里，忍不住朝苏见仁看去，与后者目光相接。两人其实都算是隐忍的了。薛致远是忍着不笑，做出云淡风轻的样子；苏见仁则是忍着不发作，把怒气和眼泪往肚里吞——很有意思了。当年读书时，两人一个宿舍，关系糟糕。苏见仁倒不是故意摆高干子弟的谱儿，关键那时年轻，想什么便说什么，行事做人都不顾忌。而薛致远那样的处境，自然是异常敏感和脆弱的。往往是，一个得罪人而不自知，一个受伤害了却又说不出口。当然也有抖落包裹的时刻。是因为李莹。薛致远的情书写到一半，不知被谁抢了过去，本来也没啥，一笑了之的事，偏偏那天苏见仁告白失败，一肚子闷气，见了便道："我都被打回来了，凭你还敢痴心妄想？"男生的心眼儿，说大很大，说小又实在是小。那天两人为了这句话，居然大打出手，一个下颌骨被打得骨折，另一个更绝，头重重撞在桌角上，硬生生撞成了脑震荡。两人都被学校记了大过，从此再无交集，老死不相往来的模样。这几年稍稍好些，到底上了年纪，又在同一座城市，面儿上总要过得去才是。周琳是苏见仁介绍来的，乍一见她，薛致远还有些迷糊，猜不透姓苏的是什么路数，几句话一说，再一想，便清楚了。苏见仁是真心想讨好这个女人，有些慌不择路了。薛致远一口答应下来，话还说得很漂亮："老苏的朋友，就是我的朋友。"周琳自是千恩万谢。在百度上搜一搜，圈内再打听一下，她晓得眼前这人才是帮得上忙的，便不再缠着苏见仁，一心只奉承这位薛先生。苏见仁给她打过几次电话，她也只是随意应付。苏见仁早知会是这种结果，但电话里听她敷衍的口气，仍不免伤心，想，这是自找的，怨不得别人。

"那个女人——"苗彻望着不远处的周琳，忍不住摇头，"太不可思议了。"

赵辉嗯了一声，强自按捺着，继续吃盘里的沙拉。

"李莹有妹妹吗，从小失散的那种？"

“据我所知，没有。”

“肯定是同父同母，否则不会这么像啊，”苗彻兀自纠结，“简直一模一样。”

赵辉不说话，挑起盘里一个小番茄，放进嘴里，然而咬的力道不对，一股鲜红的汁水喷出来，直溅到邻座人的脸上。他忙说声“对不起”，拿纸巾给那人擦拭，心里晓得自己今天是有些失态了。从摔碎酒杯那瞬开始，他和薛致远、周琳一起，便成了全场的焦点。赵辉脸上强自镇定，一颗心却是七上八下，偏偏苗彻还在那里喋喋不休。赵辉放下刀叉，霍地站起来。苗彻吓了一跳：“你怎么了？”

“肚子不太舒服。”

赵辉说完，径直去了洗手间，不想继续这个话题，也不想被来来往往的人行注目礼——见到他，清一色地神情不自然，用力过猛的态势。敬酒，寒暄，说场面话，偏生这些一样都少不了。赵辉都有些后悔今天来了。他坐在马桶上，调整呼吸。外面陆续进来几个同学，聊着聊着，自然而然地，聊到周琳，接着又带到他身上。

“他女儿最近怎么样？”

“还不是老样子？唉，生下来就得病，夫妻俩怕她将来没人照顾，又生了个儿子。谁晓得李莹走得早，只剩他一人照顾两个孩子，又当爹又当妈。啧啧，也作孽。”

“女儿多大了？”

“二十来岁吧，儿子也读高中了。”

“唉，这是命。人拼不过命的。”

赵辉早习惯了人前背后的这些嗟叹。当面不提，看你的眼神里或多或少带些异样。其实也分厚道与不厚道。厚道的，只是同情、怜悯；不厚道的，还掺杂着别的。当年那些追求李莹的男生，到头来一个个落了空，对他不能说完全没有恨意。亏得他做人做事挑不出岔儿来，大家公平竞争无怨尤人，便也勉强道贺，只说“羡慕”不说“恨”。后来的事，他总觉得是老天爷跟他开了个大玩笑。前面十几年太顺了，重点高中到重点大学，顺顺当当地念书，顺顺当当地进了银行，顺顺当当地娶了校花，不到三十岁就评了正科，如花美眷，前程似锦。女儿初出生那阵，也是极欢喜的，生得白净可爱，像极了母亲。可谁知直到两岁，女儿依然不会走路不会说话，连“爸爸”“妈妈”也发不出音。去医院检查，诊断结果不啻晴天霹雳——竟是先天性视网膜劈裂，加听力障碍，间接影响智力发育。医生说耳朵可以戴助听器，还好些，但眼睛没法治，基本就是个半盲人，视力会越来越差，将来能做到走路不撞墙就算好的了。李莹应该是从那时起落了病根，隔三岔五便说胸口疼，但也没心思细查，全家都乱套了。等到女儿四岁时，夫妻俩商定，再要个孩子。父母总有老的一天，女儿这个样子，将来必须要有人照顾。这也是没办法的办法。所幸儿子倒是健康。稍稍安定些，单位体检，李莹被查出肝癌，已是晚期，没两个月便走了。赵辉现在回想，都不知道那段日子是怎么过来的。那阵子的状态，诸如“伤心”“糟糕”“绝望”这些词都不足以形容。他甚至有些羡慕妻子，虽然得的是恶毛病，但好在时间短走得快，也没吃多大苦。他便不同了，连眼泪都流得不尽不爽。有时候能够痛快哭一场也是件奢侈的事，要天时地利人和，气氛到位才行。那种欲哭无泪的痛楚，蚀骨钻心的窝塞，真正是比死还难过——亏得是走过来了。

等人离开了，赵辉出来，洗手，顺便把脸也洗一下，再出去，拿了些吃的。他正与苗彻边吃边聊，薛致远挽着周琳过来打招呼。

“老同学啊老同学，我不过来，你们只当没看见我，伤心伤心。”薛致远开着玩笑，替几人介绍，“周琳小姐，新怡服装公司高管，美貌与能力并重。赵辉、苗彻，这两位可不得了啊，一位是S行浦东支行的老总，一位是审计部的高层，都是上海金融界的中坚力量，如日中天啊，呵呵。”

“那是真的不得了。幸会幸会。”周琳递上名片，“以后还请两位多指正。”

“不敢当。”赵、苗二人也分别递上名片。

“薛老板最近红光满面，发财了。”苗彻说薛致远。

“哪里，小打小闹，入不了您二位的法眼哪。”

“你自己说，‘致远二号’今年翻了几番了？前两个月都上财经杂志封面了。这还叫小打小闹，那我们干脆都别干了，退休等死吧。”

“退休好啊，”薛致远趁势接口，“退休就到我这里，一起干，凭两位的能力，我们兄弟三人合作，还不其利断金？”

“又来了，”苗彻嘿的一声，“又来挖社会主义墙脚了。早跟你说了，我们啊，就是捧铁饭碗的命，结实、经摔。像薛老板您那种水晶饭碗，不是人人都捧得上的，心脏吃不消。再说了，三十九楼刚跳下去一个，想发财，也实在没那个胆子。”

此言一出，几人都停顿一下。连赵辉都瞥了苗彻一眼，似是觉得他不该提这个。戴副总也是财大毕业，早几年入行的学长。金融这行，进监狱的有的是，自杀的却极少。今晚戴副总的话题是禁忌，倒不是没人好奇，但终归校友一场，落得那般惨死，各自心里有三五分明白也就罢了，又何必多提？苗彻自知失言，打个哈哈，岔开话题：

“我们是扶不起的刘阿斗，不耽误薛总发财。”

“你们啊，就是太谦虚。”薛致远摇头道，“我知道，国有银行是好，稳当、保险，但眼下这个社会，太稳当也有缺点，好多机会就是这么溜走的。我是替两位惋惜，说句老实话，当年班上这些老同学，论智商、论才干，你们绝对是数一数二的。尤其是赵兄，”他说着，转向赵辉，“大学三年级就在《财经界》上发表论文，当时轰动整个学校，不得了啊！在《财经界》上面发文章，这连系主任都未必能做到。”

“呀——”周琳惊叹道，“这么厉害！”

“豆腐干文章。其实也是不知天高地厚。”赵辉笑笑。

“还有最近圈内的头号话题——‘上海1号’银团招标，据内部消息，牵头行很有可能落在S行浦东支行。带队的便是这位赵总。”薛致远叹道，“一套融资方案做得相当漂亮，可以拿出来当教科书的，方方面面都顾全了，上头喜欢，下面也拥戴，不服不行。这可是浦东发展的大事啊，中国第一高楼，设计方案上写得清清楚楚，‘绿色、智慧、人文’，市委书记亲自审定的设计方案，要写进政府年报的。了不得的大case。做成这笔大单，也只有我们赵总不声不响，换了别人，各路媒体，线上的线下的，早闹得满世界都晓得了。”

“哪里。”赵辉谦道。

“还是那句话，致远这扇门，永远为两位打开，随时欢迎。”薛致远举起酒杯，与二人相碰，又对苗彻道，“开瓶茅台，算在我账上。”

苗彻爱喝白酒，听了也不客气：“好啊，你薛老板送上门让我敲竹杠，不敲白不敲。”

赵辉礼貌地与薛、周二人碰杯，余光瞥见周琳在看自己，没来由地，心里一痛，什么东西被撕拉一下，已结了痂又剥开，新肉并未全长好，热辣辣地生疼。好在两人很快便离去，他放下酒杯，坐下，竟差点儿扑空，打个趔趄，脸上想做得自若些，却是僵的。

苗彻看在眼里，在他肩上轻轻一拍："没事吧？"

他摇头："没事。"

"老薛这人啊——"苗彻叹了口气，想说"不厚道"，忍住了没出口。换了他是薛致远，自是不会带酷似李莹的女人参加聚会，戳老同学的痛处，轧自己的台型(方言，轧台型意为出风头)。他记得当年薛致远并不是这样张牙舞爪的个性。一众男生里，他是格外地低调，极少发声音。或许也是这个原因，如今他才要加倍地补回来，当年追不到的女人、得不到的尊重，统统要显露一番。

周琳去洗手间补妆，走出来，见苏见仁等在走廊上。她停下来，叫声"苏总"。

"好久不见，周小姐。"苏见仁道。

"是啊。"

苏见仁朝她看，猜她应该是不想久谈，满肚子的话一时竟不知从何说起。刚才听薛致远与别人聊天，才知他在帮周琳公司筹备上市事宜。企业要募集资金，上市是个好办法，但操作起来比较困难，牵涉的事情太多太复杂，尤其是中小企业。听口气，薛致远应该是有八九成把握。说到底，做这种事靠的是胆量、人脉和财力，这三点，姓薛的都不缺。苏见仁有些气馁，却连个发牢骚的由头都没有。

"那个……上市的事，还是要考虑清楚，别惹什么麻烦。"苏见仁说完，便觉得不妥。果然，周琳看他："苏总有什么好建议？"有些嘲讽的口气。

他无言以对。周琳是年初找到他的，整整半年搞不定的事，人家薛致远几周就办成了，他还在这边说风凉话。换了是他，也会觉得这人没劲。

"我是真的想帮你——"苏见仁有气无力的。

"我知道，"她点头，"我一直都很感激你。国有银行是比较麻烦，我懂的。再说薛总也是你介绍给我的，你是我的恩人。"她很认真地道。

"我借给你的那笔钱——"话一出口，苏见仁便想打自己耳光。说这个干什么?

“明白,我会尽快还给你的。”周琳神情不变。

苏见仁几乎想哭了。当初贷款迟迟批不下来,他觉得内疚,自掏腰包借了她一百二十万。她要写借条,他死活不收。现在是有些急了,怕她不念他的好,他才会鬼使神差提这个——他又怎么可能会催她还钱?苏见仁委屈极了。面对这个比自己小十几岁的女人,他竟像个孩子了,一直做傻事说傻话,一直懊恼。

周琳转身离去。苏见仁兀自在原地待了半晌,抽了根烟,得而复失的感觉,难受得竟有些想笑了。苏见仁回到大厅,偏偏薛致远还要招惹他,拉他到角落:

“最近挺空啊——我看你正经事干不成,拉皮条倒是把好手。”说完耸耸肩,做出开玩笑的模样。

苏见仁先是不语,忽地一拳抡过去。薛致远被打得后退几步,踉踉跄跄,撞在服务生身上。

咣当!一堆餐盘跌落在地,摔个粉碎。

四

从穿开裆裤起，赵辉便跟着这位“阿龙哥哥”玩，弄堂里弄堂外，掏鸟窝、抽陀螺、玩弹弓、打香烟牌子——老房子、老邻居，大人也都在同一个单位，二人关系委实比亲兄弟还亲。

赵辉上班时接到吴显龙的电话，犹豫着，没接。一会儿又打过来，他索性调了静音，由它自生自灭。好在电话那头也是识趣的，连着打了两个，便不再继续。

赵辉盯着沉默的电话，倒有些别扭了，做错事似的。换了别人，要贷款，又要通融，自是无须理会。但吴显龙不同。这辈子除了李莹，赵辉觉得最亏欠的，便是此人。从穿开裆裤起，赵辉便跟着这位“阿龙哥哥”玩，弄堂里弄堂外，掏鸟窝、抽陀螺、玩弹弓、打香烟牌子——老房子、老邻居，大人也都在同一个单位，二人关系委实比亲兄弟还亲。四十多年前的一天，赵辉父母外出，把儿子反锁在屋里，谁知邻居家失火，附近整片房子都跟着烧了起来。当时鸡飞狗跳，乱成一团。要不是吴显龙冒死冲进去，把睡午觉的赵辉背出来，谁也不晓得里面还藏着个小把戏。老房子给烧成了废墟，亏得人没死伤，未酿成大祸。那年赵辉七岁，吴显龙十六岁。直到现在，吴显龙后背上还有道五六寸长的印子——救人时房梁脱落掉下来，被砸伤的，每到阴雨天便酸疼。中医的说法，是伤到了督脉，督脉主血，脏腑也跟着受损。也不晓得准不准，反正吴显龙这些年是苍老了不少，头发斑白，背也有些驼了，又瘦，还不是那种精干的瘦，而是可怜巴巴的单薄，六十岁的人，看着像是七十好几。上个月，赵辉母亲过八十大寿，吴显龙专程来拜贺，送了一尊手臂高的白玉佛。礼太重，赵辉立刻给他退了回去。朋友做到这份儿上，其实也是有些无奈了。当初吴显龙赚得第一桶金，是赵辉帮的忙。那时还不像现在，贷款的人少，人也相对守规矩。讲起来算帮忙，其实也都是按章程来，只是有熟人在，效率高些，细节上也更宽待些。吴显龙是天生的生意人，一桶桶的金，一笔笔地赚，从钢材生意入门，搞过运输，也当过包工头，最后进军房地产，四十岁不到就成了沪上百强民营企业家。显龙集团也成了家喻户晓的房地产公司。当年弄堂里那群光屁股小孩里，就数他混得最好。赵辉妈妈隔三岔五便念叨："别看毛头（吴显龙小名）书读得勉勉强强，做生意赚钞票倒是一只鼎（方言，意为最出色的）……"

这几年，显龙集团在走下坡路，几乎隔一阵就有状况：到期交不出房，业主到公司门口静坐示威；跟装修公司闹纠纷，保安与包工头大打出手；被收购的传闻也时有发生……外行看热闹，内行看门道，赵辉自然知道症结所在。吴显龙岁数上去，野心也跟着只涨不跌，一门心思要做大，生态城、天鹅岛、高尔夫球场……什么时髦就搞什么，不计成本地扩张。资金链是环环相扣的，无论哪个环节出问题，整个计划都要受影响。去年年底，他找赵辉帮忙贷款。赵辉硬着头皮，搞定了四千万。他嘴上称谢，心里自然是嫌少。但对于赵辉来说，这已是前所未有地出格了。聚会那天，苗徊也隐约露了意思，说审计时有人提了这笔贷款，但因为不牵涉过分的违规，便没有深究。苗徊的语气，也是为难得很。赵辉知道苗大侠素日的办事风格，多少也是看在他的面子上，才网开一面，便愈加惭愧。至于吴显龙再开口，那是无论如何不能应承了。这一阵，显龙集团似是更加窘迫，看网上报道，因为拖欠工钱，建筑工人们集体罢工，还有人给市长写信讨要说法，闹得很难看。上周，吴显龙给赵辉打电话，把再次贷款的意思说了，赵辉自是拒绝。电话那头的叹息声，听得他心里一阵发酸，却也无可奈何。吴显龙问候了一圈："你母亲好？蕊蕊好？东东好？"——把谈话拉长，既增添了希望，也好少些尴尬。赵辉其实比他还要尴尬。帮不了朋友的忙，何况还不是一般的朋友。儿子东东七八岁时，有次在体育课上摔了一跤，手指骨折，偏偏位置又很促狭，在食指与大拇指的连接处，又是韧带，又是经脉，医生说接好没问题，但不保证将来没后遗症。吴显龙认识一个北京的老中医，建议让东东去试试。那几天赵辉银行里恰巧有事，不允许请假，吴显龙二话不说，买了机票，当即带着东东就飞过去了。医药费、住宿费，还有给医生的红包，都是他垫付的，一切办得妥妥当当。事后东东的手指也灵活如初。类似的情况时有发生。赵辉一个男人带两个孩子，还有四个老人，有的是手足无措、天地不应的时候。出钱出力，费时费心，这些年来他没少领人家的情——因此便更多了几分内疚，解释不好，不解释也不好，只好一个劲儿地说抱歉。

赵辉下了班，到停车场拿车，远远便看见吴显龙倚在车旁，朝自己微笑。他不禁暗暗叹了口气，想，早早晚晚的事，逃不掉的。于是赵辉挥了挥手，走上前。

“怎么不打个电话?”话一出口，赵辉便想，问得忒傻了。

好在吴显龙只是笑笑：“特地过来查你的岗，看有没有早退。——晚上没约吧？一起吃个饭?”

赵辉只能答应。他以为是去外面吃，谁知吴显龙上了他的车：“去你家。”赵辉怔了怔。吴显龙道：“我叫了苏浙汇的外卖，半小时后送到。和你一个人吃饭有什么劲？实话实说，我主要是想见见孩子们。好久没见了，怪想的。”

回到家，打开门，保姆便告状，东东瞒着她把姐姐带出去，害她在小区里找了一圈又一圈：“吓死我了，万一走丢了怎么办？我担不起这个责任的——”正要再唠叨，瞥见赵辉身后的吴显龙，才闭嘴。赵辉习惯了保姆的脾气，每天都要挑些毛病，其实是变着法子想涨工钱，他也不理会，招呼吴显龙进屋，让保姆倒茶。

“时间都花在找人上了，到现在饭也没做——”保姆端上茶，有些为难地说。

“那正好，”吴显龙笑道，“一会儿饭菜就送到，做了倒浪费了。”说着环顾四周。摆设有些乱，几张报纸掉在地上，熨了一半的衬衫摆在角落。桌角橱角贴了防撞条，应该是怕女儿撞到受伤。沙发上还乱七八糟地堆着几个洋娃娃。吴显龙暗自叹息，拿起茶，喝了一口，赞道：“好茶。”

赵辉进屋把一双儿女叫出来。女儿赵蕊完全是大姑娘模样了，生得很清秀，只是神情中透着一股稚气，看人时眼睛眯起，也不打招呼，耳朵里塞着助听器。赵辉说“叫人啊”，她才怯生生地叫了声“爷叔”。儿子东东今年读高二，与吴显龙是熟稔的,哥俩好似的,见面就互拍肩膀:“你来啦——”吴显龙问他:“最近功课怎么样?”东东嘿的一声:“你怎么也喜欢问这个?”吴显龙便换个话题:“女朋友有了吗?”东东朝父亲看一眼:“怎么可能——”吴显龙道:“不会啊,这么帅气的小伙子,没有女孩子喜欢,讲给谁听都不相信。肯定是你要求太高了。”

赵辉咳嗽一声,岔开话题:“你刚才带姐姐去哪里了?”

“老是关在屋子里,人都要发霉了,我带她去透透气。”

“你说得倒轻松,”保姆兀自恨恨地道,“要是人弄丢了,你爸不会怪你,我要吃不了兜着走。我跟你讲,你不用管你姐姐,读好你的书就行了,少给我添麻烦帮倒忙,我就烧高香了。”保姆是做久了的,也算半个自已人,讲话很是随便。

“就算是小孩,每天也要定时下去晒晒太阳补补钙,接触社会接触大自然。她那么大个人了,整天待在房间里,不是傻子也成傻子了。”东东不买账。

“我没有三个脑袋六条手臂!上次你也不是不晓得,带她去散步,好好地走着走着,人就掉到河里去了,亏得旁边有人会游泳,才没出大事,吓得我都快得心脏病了。你要带她出去,就在合同上写清楚,万一有啥意外统统和我没关系。或者让你爸再找个保姆。我一个人又要买菜做饭,又要收拾屋子,又要整天管个大孩子,实在没这精力。”保姆是江苏徐州人,上海话里掺着苏北口音,听着倒也呱啦松脆。她抱怨了一圈,碍着有客人,才打住。

一会儿外卖送到,六七个菜,有荤有素,开了瓶红酒,煮了点儿面条当主食。赵蕊吃饭很快,呼噜呼噜,半碗面条便下肚。赵辉对她道“吃菜呀”,她才搛了几筷,吃饭时凑得很近,眼睛都快碰到饭菜了,却不小心又被鱼刺卡住了喉咙。大家一时手忙脚乱,又是倒水又是拿醋。好不容易鱼刺出来了,小姑娘打个饱嗝,拿过 iPad,坐到一旁“切水果”,眯缝着眼,边玩嘴里还边配音:“切——劈呀——切——”

“眼睛别离那么近。”赵辉关照女儿。

“晓得了。”赵蕊将 iPad 往上抬了一寸。

赵辉与吴显龙互望一眼,都笑笑,随即碰了杯:“干杯!”动作有些不协调,洒了些酒出来。赵辉拿纸巾抹去了。两人停顿一下。背景音乐还在那里“切——劈呀——切”。东东站起来,拉姐姐进屋:“走,我陪你到里面一起玩。”

“小家伙懂事多了。”吴显龙说东东，“上次见他是春节时，才半年工夫，个头都比我高了，还会照顾姐姐了。”

“其实是个小捣蛋。不过，姐弟俩关系蛮好，我也放心许多。”赵辉拿起酒杯，与他一碰，“——阿哥，我们认识多久了？四十多年了吧？”

这声“阿哥”一出口，两人顿时都有些感慨，什么东西在胸口那里漾啊漾的，眼睛不由得湿湿暖暖的。经年累月的发酵的味道。人都这样，话题只要往岁月、时光那里靠，便会变得感性起来。沉默了几秒，赵辉抱歉地说：“阿哥——对不起。”

吴显龙摇了摇手：“我晓得，能帮的话，你一定会帮我。你说不行，肯定就是不行。我要是太为难你，也不配你叫我一声‘阿哥’。”

“土地这块，分行现在基本是封掉了，除非是行长特批，否则一律通不过。”赵辉解释，“现在的形势大家都有数，尤其是上海，政策条例在那里，不可能太野豁豁（方言，形容说话办事不讲规矩）。”

“搭个桥，帮我引见个人。”喝到最后，吴显龙露了意思。

赵辉猜想或许会是薛致远。果然，吴显龙提了这个名字：“——行不行？”

“我试试看。”

“如果为难，就再给我找个中间人，你不必出面。”

赵辉想了想：“没事。我去找他，希望更大些。”

当着吴显龙的面，赵辉给薛致远打了个电话。果然，那头很爽快地答应了：“老赵你的朋友，那还有什么话说？赴汤蹈火呗。”赵辉听见电话里有女人的轻笑声，似是周琳。想到那张脸，赵辉微一走神，随即说声“谢谢”，挂了电话。

隔了两日，吴显龙在外滩某饭店设宴，盛邀薛致远，赵辉作陪。薛致远带着周琳出席，两人十指紧扣，俨然一对情侣，看情形似比上次愈加亲近些。席间，薛致远提出预先想好的方案——致远信托出面，找一家银行，发行定向基金，受资方就是吴显龙的公司。“一点儿也不复杂，资金来得快，相对也安全。”

吴显龙朝赵辉看了一眼，赵辉不作声。薛致远说得有些轻描淡写了。凭显龙集团的现状，发行信托基金是不太可能的，先不说政策规定房地产这块要审慎融资，就算没有这茬，资质不够，审核通不过，也是白搭。退一万步，即便审核通过了，到期没能力回购，照旧还是麻烦，顾头不顾脚了。

薛致远似是看出了赵辉的疑惑，又是一笑："吴先生的公司不用直接出面，弄一家子公司，项目就挂在子公司的名下，到时候稍微动点儿手脚，资金不是照样过去？回购也是一两年后的事了，到时不行，再想办法。上海这么多金融机构，公的私的，黑的白的，这么多人要吃饭，难道还会找不到路？眼下顶顶要紧的，是先拿到资金。有了资金，才好谈后面的事，否则，保险倒是保险了，事情也干不成了，是不是？——吴先生是行家、前辈，想问题比我透彻，您自己斟酌。"

薛致远说完，拿起酒杯，朝两人让了让。他鼻子上的伤还未全好，淡淡的一片瘀青。苏见仁那拳着实不轻。当时众人都有些蒙了，想这两人老毛病不改，二十岁打到五十岁。薛致远那天酒喝得不少，到后头就有些得意忘形，该说的不该说的，统统蹦了出来，尤其对着苏见仁，即便什么也不做，对视三秒钟就能燃起斗志的那种。那天他直嚷着要打110，被旁人死死拦了下来。他又拿出手机自拍了一张，说要留证据。要命的是，他居然还问苏见仁讨医药费。酒醒后，薛致远隐约记得苏见仁把钞票扔在自己头上的情景，懊恼至极。不用旁人总结，自己便蹦出"轻狂无状"这个词来。尤其还当着周琳的面。当然，周琳是思路清楚的人，只淡淡问了句："你跟他一定追过同一个女人，对吧？"把话题往男女那方面带，既避重就轻，也显得不敷衍，还添些趣意。他问："你怎么晓得？"她便叹口气："男人嘛。"那晚她很快进入了状态，从女伴到女友。或许是因为那张脸让薛致远觉得新鲜，同时也感到亲切，像老朋友，勾起无限往日情怀。即便没有这层意思，她也是个不错的女友人选，年轻，漂亮，充满魅力。因为目的不单纯，彼此心照，倒也省去许多铺垫。追女人也要花费精力的，男人到了一定岁数，更喜欢直奔主题，简单粗暴。谈情说爱是这样，做生意也是如此，几句话一说，利益和风险一条条摆到桌面上，懂的人自然懂。

回去的路上，吴显龙问赵辉怎么样。赵辉早听闻薛致远的风格，但这么近距离地打交道，还是头一回。

"他脸上写了两个老大的字——违规。"

"人是有些浮夸，不过讲的话也有道理。这世道，不冒点儿风险，什么事也干不成。"

赵辉知道吴显龙是心动了。生意人一看到钱，本能地就会两眼发光。对他们来说，资金链就是根本。赵辉想再劝几句，又觉得意思不大。

“那个女人——”吴显龙终于没忍住。

“第二次见了。”赵辉道。

“乍一看觉得很像，但再看下去，还是不一样。论气质，跟李莹差远了。”

赵辉笑笑。吴显龙拿出烟，给他一支。各自点上。赵辉年轻时不抽烟，还是妻子去世后开始抽的。瘾不大，偶尔抽一根，在家从来不会。蕊蕊眼睛不好，鼻子却很尖，一闻到烟味就叫：“爸爸抽烟啦——”他每次抽完烟，都要在楼下待上一会儿，等烟味散尽了才回家。

“想过没，再找一个？”吴显龙问他。

“从小童话故事看多了，觉得后妈都是巫婆。不敢。”赵辉笑笑。

“孩子们都那么大了。”

“孩子们大了，我也老了。”

“老什么？正当壮年。”吴显龙在他肩上一拍，“我要是女人，老早嫁给你了。‘上海好男人’，你当之无愧。”

又隔了几日，吴显龙那边传来消息，说薛致远替他做成了。赵辉有些意外，虽然早晓得那家伙神通广大，但效率如此之高，委实也是没想到。他便打了个电话给薛致远，谢了又谢。到底是看在自己面上才帮的忙，很该承人家的情。

吴显龙再次设宴，依然是上次四个人。开了一瓶1988年的茅台。这次话题要轻松许多，真正是只谈风月了。薛致远问吴显龙：“你的梦想是什么？”吴显龙故意道：“《中国达人秀》吗？问这个。”几人都笑起来。薛致远更是模仿周立波的口吻，怪声怪调的：“请问，你的梦想四啥么？”吴显龙回答：“天天能次麦乳精，喏，调一调，调一调。”边说还边做手势。

席间，又说到“上海1号”那个项目。官方通告出来了，S行浦东支行果然是牵头行，统共一百二十五亿，占了五十亿出头。几人都向赵辉表示祝贺，说这项目不同以往，一个抵十个都不止。中国第一高楼，世界第二高楼。吴显龙还把财经杂志拿来，头版便是赵辉的访谈文章，标题用偌大的黑体字——“没有最高，只有更高”。那记者年纪虽轻，却极聪明，把“上海1号”与S行拓展国际业务联系在一起，既贴切又凑趣，意思也好。文章也写得澎湃激昂。吴显龙开玩笑："我原先还纳闷，为什么第一高楼都建在浦东，现在想通了，因为我们赵总在浦东呀。"薛致远一拍大腿，恍然大悟状："原来如此。你这么一说，我总算也明白了！"

谈笑中，周琳忽地转向赵辉："赵总是上海人吗？"赵辉一怔："是啊。"周琳道："我听你的普通话很标准，还带点儿北方口音。"赵辉道："大学里跟几个同学搞过一阵配音，还去戏剧学院报了个业余班练发音。"周琳赞道："赵总真是全才。"赵辉笑笑："哪里，不过是一时贪玩。"薛致远在一旁道："老赵的本事远远不止这些呢，能说会写，还是钢琴八级。"周琳惊讶道："真的啊？"赵辉嘿的一声："我家隔壁的小孩，才十三岁，就已经是钢琴十级了。"薛致远道："那是家长逼的，又是现在。我们读书那阵，有几个会弹钢琴的？能吹个口琴就算不错的了。——你们晓得，老赵的钢琴是怎么学会的？"吴显龙是知道答案的，笑而不答。周琳略一思索："带孩子去学琴，在旁边看着学会的？"

薛致远哈哈笑道："聪明！——他那宝贝儿子，是个爱热闹的，喜欢摇滚，哪里静得下心弹钢琴？倒把我们老赵给硬生生逼成钢琴八级。也好，总算学费没白交。"

"惭愧惭愧。"赵辉瞥见包间里那架钢琴，暗忖不妙，担心薛致远会出花样。果然薛致远撺掇道："老赵，来一个，让我们饱饱耳福。"赵辉推辞道："不好吧，别倒了你们的胃口。"薛致远径直问周琳："你说，老赵弹琴，会倒你胃口吗？"周琳微笑道："当然不会。就怕越听越开胃，上瘾了，以后没赵总弹这么一段，饭都吃不下呢。"

"哎，美女发话了，你不弹怕是不行了。"吴显龙也凑趣道。

赵辉只好弹了一小段《月光奏鸣曲》。一曲奏罢，他起身，与周琳目光相接，后者的神情似有些异样，节奏上顿了顿，虽只是一秒钟，却也有些突兀了。很快，她脸上又堆满笑意，眼睛弯成月牙儿，鼓掌道："赵总弹得真是好！"赵辉拱手致谢。

结束后，薛致远说后面还有事，不送周琳了。"老赵你帮个忙，让她搭个顺风车，怎么样？"他看向赵辉。

赵辉还没回答，周琳已道："我住打浦桥，赵总在 9 号线地铁口放我下来就行。"

话虽如此，但自是不好意思让女士中途下车。好在赵辉住复兴公园附近，打浦桥转一圈，也不算十分绕路。途中，两人随意聊着，又提到钢琴。周琳说："赵总，你弹琴时的样子，就像是一幅画。"赵辉想，这女人说话有些夸张，便道："是漫画吧，那种日本漫画里的怪兽，奥特曼，对不对？"周琳抿嘴一笑："赵总真会开玩笑。我是说像山水画，伯牙抚琴，高山流水那种。你身上有一种很古典的气质，西洋的钢琴被你弹得像古琴一样。"

"哪里，周小姐过奖了。其实我是老粗一个，什么也不懂。"

"赵总，"她看向他，有些郑重的，"我第一次看到你，就觉得你很眼熟，好像以前曾经见过面似的。"

赵辉笑笑，竟不知说什么好了。这对白，像极了男人追求女人时的套路，诸如"你的气质真特别""你整个人就像一幅画""我们之前是不是见过面"之类。

"我是大众脸。"他装糊涂。

"赵总什么都好，就是太谦虚。"她道，"现在不流行太谦虚的人了。"

"那流行什么？"他随口问。

"张牙舞爪、咄咄逼人、棱角分明，就像——"她眼珠转了转，俏皮地一笑，"赵总见多识广，我不说你也知道。"

赵辉想，这女人说话有陷阱，嘴上道："周小姐成语说得很溜啊。"

"刚才吃饭的时候，我见你一直在看表，是有事吗？"她问。

他怔了怔，实话实说："孩子在家里，太晚，有些不放心。"

他担心她会问下去，诸如几个孩子、为什么不放心、妈妈也不在吗等等，那回答起来就有些麻烦了。好在她只是点了点头："嗯。"他揣摩她的口气，猜测她该是知道他的情况的。她说得没错，薛致远是太张牙舞爪了，以至于连借口也不愿意好好找一个，就那样大剌剌地说"搭个顺风车"。他的女伴，便是他有事，叫辆出租车也是方便的，就这样托给别人，着实是奇怪。赵辉不是傻子，薛致远的用意，他便是用脚指头也猜得出来。好在这人就是那样嚣张，也不怕别人猜出来，有那张脸打底，他笃笃定定。

赵辉忍不住朝周琳看去,恰恰她也在看他,两人目光一接,又立刻移开。

很快到了她家。她下了车,对他道谢谢。

“不客气,应该的。”

他正要离开,她忽然凑近了,倚着车窗。他瞥见她的脸,月光下更是皎洁,眉目如画。赵辉一颗心不自禁地跳了跳。

“赵总——”她停顿一下,“如果,我说我喜欢你,你信吗?”

五

临下班前，陶无忌又做成一笔大单。这个月已是第三次了。

临下班前，陶无忌又做成一笔大单。这个月已是第三次了。客户直接打他电话，说要存款，数目都在五六百万。都说部里来了个小福将，不用跑业务，客户自己找上门。陶无忌自己也有些莫名其妙了。要说是运气，不至于一个月内摊上三次；要说不是运气，就更解释不通了。这一阵跟着老关，陶无忌也学了个大概。对客户经理来说，顶顶要紧的就是客户。一存一贷，通常都是有来有去，这次贷款给他，下次存款自然也是找你。老关说得没错，客户是要养的，好好呵护，才能建立长期联系。找上陶无忌的这三家公司，以前都没在S行开过户，纯属新人新户头。天上掉馅饼，砸在他头上。操作时，陶无忌忍不住想多问几句，打听些端倪，但人家一副公事公办、闲话莫提的模样，他竟也无从开口。

“会不会是苗晓慧她爸?”

蒋芮异想天开。这家伙上周刚辞职。其实也不能叫辞职。P2P公司倒闭了，老板卷钱跑路，留下一群莫名其妙整天打满鸡血的员工，工资基本没拿，还要倒贴饭钱和交通费。当然也并非全无收获，警察局都去过几次了，录口供，查档案，也算长见识了。这几日蒋芮在找工作，简历投了一圈，还没下文。他不敢告诉爸妈，怕他们担心，便谎称出差，拿了几件换洗衣服，搬来与陶无忌同住。陶无忌倒也无所谓，反正白天不在家，就当多个看门的，晚上弄个睡袋打个地铺，也凑合。蒋芮在男生里属于不邋遢的,内衣裤基本天天洗,会扫地,勉强还会烧两个小菜,番茄炒蛋、醋熘土豆丝那种。

“我猜,可能是程家元他爷爷,想提拔我当支行行长。”陶无忌正色道。

蒋芮哈的一声:“少来——怎么就不会是苗晓慧她爸呢?天底下哪个当爹的犟得过女儿?他嘴上说不接受你,心想早晚要答应,还不如现在先把你弄妥帖了,给你铺路搭桥。老头子拎得清,对你好,也就是对他女儿好——没错,肯定是这样!”

“你想象力太丰富。”陶无忌摇头,“人跟人是讲感觉的。我跟她爸爸打过两次照面,就已经完全清楚了,气场不合,两条平行线,老死不相往来。”

“那怎么办?只有私奔了,偷户口本去领证?”

“这话题太没劲,不提也罢。”

“咱不能当鸵鸟啊。”

“那行,我把她爸爸电话给你,你替我搞定。”陶无忌作势去拿手机,被蒋芮嬉笑着拦下。“你小子,吃我的住我的,”陶无忌笑骂,“还不给我老实点儿。”

老关的一个客户在五星级酒店上班,送了些自助餐券给他。老关丢了几张给陶无忌:“喏,哄女朋友去吧。”

陶无忌带苗晓慧去吃了一趟,生鱼片帝王蟹牛排,还有哈根达斯。苗晓慧感慨:“跟着大户吃香的喝辣的,感觉真不错。”陶无忌嘿的一声:“我要真是大户,就直接花钱请你来吃了,哪里还用蹭免费券?”苗晓慧撇嘴:“花钱哪有白吃的感觉好啊,一顿饭七八百块钱,那不是大户,是冲头(方言,意为傻乎乎的人)。我们不是花不起,是没必要。”

陶无忌知道她是哄自己开心。这阵子跟胡悦住得久了,傻大姐也开始走善解人意路线了。——这么说,其实对苗晓慧有些不公平。她与胡悦是不同风格的好姑娘。陶无忌第一次接触苗晓慧,是她分发巧克力给大家,那种很贵的小众品牌。陶无忌本想走开的,不好意思占女孩子的便宜,苗晓慧一把拉住他:“同学,来一颗。”他只好接过,却没拿稳,掉在地上。他当时有些窘。苗晓慧先他一步拿起了巧克力:“没关系的。”又给了他一颗新的,然后吹了吹那颗脏的巧克力,若无其事地放进嘴里。后来陶无忌渐渐了解到,苗晓慧家里很有钱,她曾外祖父早年在杭州做丝绸生意,大户人家。她妈妈是那种标准的千金小姐,吃穿用度都很讲究,咖啡只喝现磨的,茶叶只喝明前的,随便一件夹克衫就是好几千。苗晓慧十岁那年,父母离婚了,她被判给父亲,依然是被掌上明珠似的养着。一众女生里,唯独她用全套的雅诗兰黛化妆品,里里外外都是名牌。她妈妈每隔几周便从国外寄来一批服饰和日用品。某年她的生日礼物竟然是一辆宝马MINI。但难得的是,她身上并没有一丝一毫的娇气,相反,还有些粗线条。她与陶无忌第一次约会,看电影,半途去洗手间,然后突然消失了。等到散场后,陶无忌才在前排的某个座位发现了她——她与一个年龄相仿的男生坦然坐在一起,完全没发现异样,甚至还吃光了人家手中的爆米花。

直到现在,陶无忌依然有些不明白,苗晓慧为什么会喜欢上自己。换个角度,如果他是她,应该是不会的。外地人,家境贫寒,长相也普通,读书是过得去,但也没有到那种让人五体投地的地步。至于前景,那更是一两句话说不清的,看不见摸不着的东西,尤其在女孩子家长的眼里,是顶顶靠不牢的,是虚的,是为眼下窘境开脱的借口,很无力,也很可笑。搬去胡悦家之前,苗晓慧拉着陶无忌逛商场,竟然还买床单。她说别人家的床单用着不习惯。两人在喜来登的柜台前挑了半天,像极了一对新婚夫妇。最后,她看中一款淡紫色锦缎四件套,打完折三千块不到。他抢着埋单,被她拦下:“钱留着给我买戒指。”她真的带他到珠宝店,指着某一款。“记住了没?”她一本正经地问他。那一瞬,他是有些感动的,觉得欠了人家姑娘,无以为报的感觉。

苗晓慧其实和父亲很亲。上周,苗彻到浦东支行办事,恰恰苗晓慧也来等陶无忌下班,父女俩在大堂碰见。陶无忌从电梯里出来,瞥见苗晓慧挽着父亲的手臂晃啊晃的,噘着嘴,像撒娇,又像在商量什么。苗彻板着脸,眼睛里的笑意却掩饰不住。陶无忌躲在旁边,犹豫着要不要上前打招呼。好在苗彻很快便走了,离开前还嘲了苗晓慧一句:“见你一面不容易啊。”苗晓慧咯咯笑着,回道:“我是慈禧太后老佛爷,要预约的。”

陶无忌的父亲在信里提了几次,“等我啥时候来上海,约姑娘的家里人一起见个面”,陶无忌都敷衍过去,不知该怎么跟父亲解释。老派人的想法,尤其看重对方家长的意见。倘若父亲看见他与苗晓慧眼下的局面,不知会多么担心。

说是担心，其实伤心倒占了大半。儿子是自己辛苦拉扯大的，家里唯一的男孩，也是心尖儿上的宝贝，从小到大在镇上拔尖的，也是出了名的。愈是这样，便愈是尴尬。陶无忌的二姐嚷着要看弟妹的照片，陶无忌只得发了一张过去。二姐看了，评价说，还行。照片上的苗晓慧，穿着休闲服，不施脂粉，也没戴首饰，用家乡人的眼光看，其实是有些普通的，二姐心里必然还觉得配不上自家兄弟——考虑问题倘若不在一个层面上，通常就会尴尬，还是那种拐弯抹角的窝塞，一两句话解释不清。陶无忌几次遇到苗彻，鼓起勇气想要对个眼笑一笑什么的，他都故意别过脸去，装作没看见。那一瞬间陶无忌便格外灰心，想，倘若找一个外地女孩，或是家境差些的，也不致这般折腾了——当然这念头只是在脑海里一闪而过，否则便真的对不起人家姑娘了。

“他想找个什么样的女婿？非得是上海人？”蒋芮问。

“那也不见得——像你这样的上海人，肯定不行。”陶无忌笑笑。他与蒋芮是铁哥们儿，从大学起就无话不谈百无禁忌的那种。

“我不跟兄弟抢女人。”这家伙厚颜无耻，又道，“——程家元那种呢？”

“那也得苗晓慧答应。”陶无忌耸耸肩。

蒋芮与程家元打过一次交道。程家元约陶无忌喝酒，喝到一半，蒋芮给陶无忌打电话，诉苦说冰箱都空了。陶无忌便对程家元说家里还有一口，“离家出走了，连吃饭的钱都没有”。程家元听了便道：“一起来啊。”那天气氛不错，蒋芮是那种扔在冷水里都能冒热气的个性，宾主尽欢。回到家蒋芮听陶无忌聊起程家元的情况，当即便懊恼了，一拍桌子：“嘿，早晓得让他爷爷介绍个工作多好！”又说陶无忌“攀上高枝了”。

陶无忌忘了那天自己是什么反应，应该是极力撇清，或者笑笑，显出岂有此理的模样。喝了酒，脑子就有些跟不上。其实不该叫蒋芮来的，平白又牵扯上一个。与程家元的关系，陶无忌是再三权衡过的，顶要紧的是分寸，太过头或是不到位都不行。怕过不了自己那关，也怕失了机会——“机会”这两个字，便是放在心里，也是一笔带过的，有点儿那个了。程家元很少提到他爷爷。唯独一次，他说他爷爷身体不好，像是心脏病什么的，他去医院看望，碰到叔叔、婶婶、姑姑、姑父，大家聊天，言谈间都把他爸爸当笑柄，诸如“傻乎乎”“缺根筋”之类。那次陶无忌才知道，原来苏见仁离婚时与父亲闹得很僵，差点儿还为这个断绝关系。老爷子是军人出身，是家里的绝对权威，说一不二，几个子女的婚事，桩桩都是他老人家做主。苏见仁当初说要离婚，老爷子一口便弹回去："放屁！"苏见仁那次是铁了心了，几乎被老爷子一脚踹出来。用程家元的话说，是"鬼迷了心窍"。

同在业务部，程家元与苏见仁打照面的机会不少，食堂、电梯、会议室、卫生间、停车场……哪里都是耳目众多，这父子俩居然一直没露馅儿。也不是没有短兵相接的时候——老马那人属于一点儿委屈都受不得的，又很会诉苦，在苏见仁那里都说了几回了，程家元做事木腾腾，反应又慢，"带他一个，比带十七八个还累。人的精力就这点儿，我自己也有生活要做，顾着这头，顾不到那头。带徒弟没啥津贴，业绩差了，奖金倒是照扣不误"。业务部墙上有个公告栏，每个月都排座次，业绩最差的要罚扣奖金。老马做事不大卖力，上了年纪，懒得风里来雨里去地搏命，连着轮到两次倒数第一，面子上有些挂不住，便拿程家元出来说事，其实也是欺负老实人。过几年就要退休的人了，老资格，横竖横拆牛棚，倒也不怕程家元有后台什么的。苏见仁居然也真的把程家元叫去谈话。隔着一扇玻璃门，陶无忌瞥见苏见仁脸上公事公办的神情，略微带些安抚，留有余地。到底是新同志，不好一棍子打死。领导也要讲究策略。程家元则是有些沉痛的模样，间或还点一下头。不用说旁人，便是陶无忌，也丝毫看不出异样来。他又觉得纳闷，想既然如此，程家元又何必巴巴地跑来 S 行？在自己讨厌的人面前出丑，那自是更加难堪。全上海那么多家金融机构，便是大大小小的银行也有十几家，凭他爷爷的关系，完全可以挑挑拣拣。

"我来 S 行，我爷爷本来不同意。我对他说，去不了 S 行，我就待业在家，他才答应了。"一次，程家元这么告诉陶无忌。

陶无忌有些意外。

"就是想待在他边上，"程家元补上一句，"——让他不自在。"

陶无忌点头，表示理解，心里却很不以为然。上海话叫"吃得太空"，吃饱了撑的。关键还是衣食无忧，有大把的时间可以挥霍，做无聊的事。

苏见仁也找过陶无忌一次，面儿上是鼓励，诸如"干得不错，很有前途"之类，东拉西扯一通，又带到程家元身上。"你是他朋友，他家里情况你了解吗？"

苏见仁一脸若无其事。陶无忌便摇头，说不太清楚。“放在学校里，还可以家访什么的，现在上班了就有点儿麻烦，总不能给他父母打个电话，让他们到行里来一趟咯。”苏见仁开着玩笑，又叹气，“小程人不错，老实孩子，就是干起活儿来有点儿牵丝攀藤。”陶无忌帮着程家元说了几句，也是点到为止，心想，这父子俩捉迷藏似的，都是吃得太空。

不久，蒋芮在证券公司找到工作，请一众同学吃饭。陶无忌临赴约前，程家元忽对他道：“我晚上还有事，不去了。”陶无忌这才知道，蒋芮也邀请了程家元，想他倒是有意思，只见一面就成朋友了。以程家元的性格，自是不会轻易参加陌生人的聚会——谁知吃饭时，程家元竟又来了，与胡悦肩并肩走入。见到陶无忌，程家元解释道：“本来是有事，后来临时取消了。”陶无忌便笑笑，装作不知道他是为了胡悦。胡悦把程家元介绍给大家，旁人还当是她男朋友，纷纷起哄。胡悦澄清：“是普通同事。”众人道：“普通同事怎么带来这里？”胡悦便朝蒋芮一努嘴：“问请客的朋友呀，人是他请的，跟我没关系。”

“他喜欢胡悦。”上厕所时，蒋芮对陶无忌道。

陶无忌耸耸肩，做了个“还用你说”的表情。

“胡悦喜欢你。”蒋芮说下去。

“胡说八道。”

“少装蒜，全世界都看出来了，我就不信你不知道。”

陶无忌没吭声。说不知道肯定是骗人。男女之间有时候很微妙，不说开，心照不宣留有余地，倒是能做一世朋友的。陶无忌觉得与胡悦就是这样。男女间若也能成为哥们儿，那他与她肯定便是。两人都极聪明，也知道分寸，有那层朦朦胧胧的感情打底，比哥们儿更多了三分知己的意思。当然，站在男生的角度，有个不错的女生暗恋自己，说完全不得意那肯定是假的。唯独那次，胡悦悄无声息地调来S行——陶无忌是吓了一跳，归根结底还是觉得愧疚，她对自己的心意是一桩，接纳苗晓慧同住又是一桩。她自己也是租的房子，小两室，四五十平方米。女生不比男生，杂七杂八的东西多，苗晓慧说要来，她非但没有为难，还欢天喜地地把书房腾出来，说这下好了，有伴了。苗晓慧一住就是大半年，研究生宿舍偶尔也住，但她嫌那里环境不好，大部分时间还是与胡悦同住。换了别人两三天或许无所谓，日子一久难免要别扭，唯独胡悦毫不介意，亲姐妹似的待人。这里头多少是有些为了他——偏偏她连一丁点儿意思也不露，是怕添了他的负担。这点陶无忌心知肚明。胡悦在大学里不乏追求者。蒋芮也曾断断续续追过她一阵，碰了钉子，嘴上却还是念她的好，“我这块料，配不上人家姑娘”——这就是胡悦的魅力了，追过的，没追过的，男生也好，女生也罢，提到胡悦，都只有两个字：服气。

吃到一半，苗晓慧才出现。导师的工作室搬家，她去帮忙，又碰上堵车。进门后她跟同学们一一打招呼，说抱歉。蒋芮往杯子里倒满酒，递到她面前：“光说没用，罚酒。”陶无忌半途截下，一饮而尽：“别欺负女生。”蒋芮嘿的一声：“没劲。”

“现在成证券界精英了？”苗晓慧说蒋芮。

“证券界是进了，不过成精英还早，不能跟你老公比。”蒋芮推陶无忌一下，“——拿出来呀！”

众人听了，都是一怔。“拿什么？戒指吗？求婚？”一人道。大家顿时兴奋起来，盯着陶无忌揣在兜里的手。陶无忌瞪了蒋芮一眼，慢慢掏出首饰盒，打开——果然是一枚戒指。在众人的起哄声中，苗晓慧被推到陶无忌面前。两个当事人互望一眼，虽是再熟稔不过的，但这当口儿，竟也是涨红了脸，十分局促的神情。苗晓慧瞥见戒指正是当初自己拣定的那个款式，想虽是句玩笑话，亏他倒还记得，一时也不知说些什么，反剪着手，把下嘴唇咬得血红。呆了半晌，陶无忌拉起苗晓慧的手，低着头，把那枚戒指套了上去。

“套牢了。”回去的路上，蒋芮对苗晓慧道。

几人都搭程家元的车。陶无忌坐副驾驶位置，蒋芮、苗晓慧和胡悦坐后排。苗晓慧向胡悦展示那枚戒指，问她款式怎么样。胡悦拿着苗晓慧的手，认真地看了一会儿，说：“就是这样经典的款式最好，不是那种花里胡哨的。”陶无忌道：“钻石小了点儿。”苗晓慧撇嘴道：“太大了像颗玻璃球，有什么好的？我就喜欢这样小小巧巧的。”蒋芮插嘴道：“少虚伪，我不信拿颗五克拉的来，你会不喜欢。”苗晓慧点头道：“好啊，我等着，看你将来送你女朋友五克拉的钻戒。”蒋芮嘿的一声：“还不是陶太太呢，就已经这么向着你老公了。”苗晓慧从后面一把抱住陶无忌的脖子，娇笑道："那当然了，我不向着我老公，难道还向着你？"

求婚的事，其实是苗晓慧先起的头。她的一个表姐刚生了孩子，她去探望，回来便感慨，有个孩子真好啊，太可爱了，趁势对陶无忌道："我们结婚算了。"陶无忌觉得不切实际，没接口，其实是不想仓促做决定，说到底结婚这事对女孩子的影响更大，老丈人还没答应呢，又不是过家家。谁知隔了几天，胡悦跑来找他，说苗晓慧不大高兴："误会你不想负责。"陶无忌连忙叫屈。胡悦表示理解："女孩子容易多心，你要从她的角度考虑。"陶无忌不禁道："难道她还怕我始乱终弃？"胡悦笑了："谁晓得，陈世美脸上又没写字——"随即又劝他，"我知道你是怕委屈晓慧，可天底下最没道理可讲的，就是'爱情'这两个字。要是非得把两个人放在天平上称一称，分量必须一模一样，那就不叫爱情了，变成做买卖了。你觉得自己是高攀，外地小伙找上海姑娘，可在晓慧眼里，你就是不折不扣的蓝筹股，现在不抓紧，等将来身价涨上去，想不做陈世美都难了。"这番话倘若从别人口中说来，多少有些刺耳，可胡悦不同，说得贴心贴肺，完全是为了两人打算。陶无忌考虑了几天，托胡悦悄悄弄来苗晓慧的手寸，隔日便去订了戒指，为表郑重，借蒋芮的饭局，请一众同学做个见证。

"你小子，我请客，给你做场子，风头全让你出了。"蒋芮对陶无忌表示不满。

"等将来我们结婚，请你当证婚人。"苗晓慧抿嘴笑道。

"女孩子，还是矜持点儿好，"蒋芮提醒她，"不要人家送枚戒指就忘乎所以了。"

"他这是妒忌，"胡悦笑着对苗晓慧道，"等你们的小孩将来上小学了，他那颗五克拉的戒指还未必送得出去。"

"钻石王老五晓得吗？男人跟女人不一样，越老越值钱。"蒋芮道。

"那你等到六十岁好了，结婚喜宴和人家孙子满月酒放在一起办。"

几人都是在学校里说笑惯了的，唯独程家元一人插不上话，自顾自地开车。一会儿，蒋芮又说起这次面试的经过："本来都不抱希望了，人家上来就问，懂几门外语，CFA（特许金融分析师）、CFP（国际金融理财师）考过没有。我就搞不懂了，不过是应聘个小小的客户经理，有必要吗？我要是真懂八门外语，四大证齐备，吃饱了撑的来赚你这每个月几粒小米？"陶无忌安慰他："面试也是种锻炼嘛!”他摇头叹气:“怎么说也是一本毕业,找个工作咋就这么难呢?本来还想和你们当同事的,全上海的银行投了一圈,不管是国资银行还是地方银行,统统没回音。那些小财务公司什么的,倒是抢着收人,可我吃过亏上过当啊,说什么也不敢了。别的不提,手机号都换了两回了,当初我拉来的那几个客户,天天盯着我要钱,要死要活的。我说我也是受害者,工资没拿到多少,还整天提心吊胆,怕好好地走在马路上被人砍,小命不保。”胡悦叹道:“资金链就这样,一个环节掉扣子,后面统统兜进。”苗晓慧道:“让你跟我考研吧,你不肯,好歹还能再潇洒两年。”蒋芮嘿的一声:“我怎么能跟大小姐你比呢?我妈还等着我赚钱养家呢,潇洒不起来啊。”胡悦问:“那后来呢?怎么又成功了?”他胡诌:“面试官里有个女的,一直朝我笑,估计是看上我了。”苗晓慧在他头上作势一拍:“去你的!”

正说笑间,苗晓慧的手机响了。她看一眼:“我爸——我刚才把戒指拍了张照,发朋友圈了。”几人顿时安静下来。苗晓慧接通电话:“喂。”手机隔音效果不好,电话那头的内容能听个六七成。苗彻应该是生气了,劈头盖脸便是一顿训斥,夹着金属音的嗡嗡的回声,盘旋在车厢内。陶无忌有些担心地朝苗晓慧看。苗晓慧吐了吐舌头。

“你再不搬回来,我就打110,告他拐带妇女!”苗彻最后这句,说得杀气腾腾。

电话挂了。

车内几人面面相觑。唯独苗晓慧满不在乎:“我爸就这个脾气。没事。”

车子先到胡悦家。送完两位女生,然后是蒋芮,这家伙一找到工作就搬了回去,他父母纳闷,怎么刚出完差就换了工作?他胡诌说出差有补贴,捞完最后一票再走,他妈还夸他够精明会算计。最后剩下陶无忌和程家元。起初二人也不说话,被刚才的气氛带累着,找不到由头,也没心情。陶无忌让他在附近的地铁站停车:“不早了,我自己坐地铁回去。”

“没事,”程家元手指在方向盘上轻轻敲着,“——要不要再去喝一杯?醉了睡我家,我妈去巴厘岛旅游了。”

他们先去程家元家,停好车,到附近的酒吧,点了酒,边喝边聊。陶无忌说要弄根藤条,绑在身上去见苗彻:“看样子只剩这条路了。”程家元不会劝人,翻来覆去只是“没事，没那么严重”。喝到四五分的时候，陶无忌忽问他：“如果你是我，你会怎么办？”

他想了想：“我要是真心喜欢这个女孩，就算全世界都反对也没用。”

“谁？你喜欢谁？”陶无忌借着醉意，逗他。

程家元拿起酒杯，停了停：“——刚才在厕所里，你和蒋芮讲话，我听见了。”

陶无忌一怔，酒醒了一半，有些尴尬。

程家元将杯里的酒一饮而尽。

“其实就算蒋芮不说，我也知道，胡悦喜欢你。”

不等陶无忌开口，他径直说下去：

“存款那件事，你真的猜不到是谁在帮你吗？”

陶无忌先是愕然，随即一凛：“难道——”

“没错，”程家元点头，叹了口气，“你总算想到了。”

六

“那种官儿，我不想当，也当不了。再说，真坐了那个位置，我就未必是现在的我了。我有我的虚荣心，你别学我。”这番话，赵辉当时并未多想，直到二十年后当了支行副总，再回想，才品出其中的意味来。

周日，苗彻和赵辉去医院看望大学里的班主任欧阳老师。

医院在青浦，靠近淀山湖，风景不错，病房却简陋，七八个人一间。区级的小医院，要求不能太高，费用也省。欧阳老师是退休那年查出的胃癌，发现得早，做化疗，再切掉小半个胃，平常饮食小心，倒也维持了四五年。每隔一阵要复查，验血、做B超。前一日，赵辉接到师母的电话，才晓得老师又进医院了，胃癌指标翻了几倍，这倒还不要紧，问题是B超报告不大好，又拍了CT，癌细胞有扩散的迹象。老师是个乐观豁达的人，对生死看得很淡，医生劝他去市区大医院，化疗、手术那些统统再做一圈，他不愿意，说无非是早走几天晚走几天的区别，不想吃苦头，也不想再折腾家人。师母的意思，是请赵辉来当说客，该怎么治疗就怎么治疗。“老头子道理一套又一套，我说不过他。你和他谈得来，你的话，只怕还管用些。”赵辉自是答应，又叫了苗彻，一个唱红脸，一个唱白脸，走软硬兼施的路线。

两人到病房时，欧阳老师正躺在床上看报纸，脸色有些发暗。见到赵、苗二人,老师显得很高兴,顿时有了神采,又埋怨老伴:“他们都是大忙人,通知他们做什么?”

“再忙,还是要来探望恩师大人的。”赵辉微笑道,替老师把靠枕垫得舒服些,又接过师母递来的水,“师母不用忙,都是自己人。老师早饭吃了什么?”

“白粥,茶叶蛋。”

“胃口还行?”

“胃口是可以,就是医生不让多吃。你们呢,给我带了什么好吃的?”欧阳老师说着,去看两人带来的一篮水果,开玩笑,“——油墩子有吗?”

“还油墩子呢,”师母恨恨的,“医生说油炸东西碰都不能碰。”

“毛病都是吃出来的,”老师对两人苦笑,“年轻时候喜欢吃油墩子、麻油馓子,还有炸猪排,那时候觉得是好东西,照现在的观点看,统统都是垃圾食品。像野菜、玉米面什么的,放在过去都是没人要的,现在倒成了健康食品。看不懂啊。”

“明白了,下次过来,带一斤油墩子。”苗彻说着,瞥见师母的眼神,吐舌头,“——野菜馅的,外面是玉米粉,不过油,直接清蒸。”

“那还是油墩子吗?窝窝头吧。”

几人都笑起来。

闲聊片刻,赵辉说起S行最近新推出的一项理财产品,专门针对六十岁以上的客户,风险指数是A,回报率也蛮好。“年利在8%和9%之间,存满一个月后,随时赎回。是和一家保险公司的合作项目,说实话人家也不是为了赚钱,纯粹是想打开局面,提高知名度。下周推出。现在知道的人还不多,等正式上线了,肯定抢手。我手里有额度,自己人,先给老师和师母透个底。怎么样,有没有兴趣?”

“我们都审计过了,项目没问题,放心投资。”苗彻补上一句。

师母呀的一声,显然是心动了,还未开口,便被老师截下:

“年利8%到9%,比银行活期高了二十多倍,而且随时赎回,零风险。更绝的是,项目还没上线,居然已经审计过了。是审计部抢了风控部的饭碗,还是现在内审的工作越来越超前了?——你们两个,真把我当老糊涂了?想白送我钱就直说，这样拐弯抹角的，累不累？”

赵、苗二人互望一眼，笑了笑，有些讪讪的。

“你们啊——”欧阳老师拍拍赵辉的肩，“好意我心领了，不过，真的没必要。”

谎话是赵辉和苗彻在车上商议好的，自己也觉得匪夷所思，不过除了这个，好像也想不出更好的办法。前几年，在班上发起过捐款，四十来个学生，凑起来也是笔不小的数目，结果被老师全部退回来。同学里不乏混得特别好的，有个在外地当老板的，话说得很直接：“我压根儿不缺这点儿钱，每年给慈善机构捐款，最起码都是七位数，花在自己老师身上，那还有什么话说？”一封红包送上去，也被退了回来。赵辉为了老师的病，还专门找到母校的相关部门，希望由学校出面，给予一定补助，最后没办成。赵辉为这事很不舒服。其实再想想，学校也有学校的难处，退休教师那么多，每年得大病的也不少，人多摊子大，桩桩件件自然是要按章程来，不能坏了规矩，否则就乱套了。赵辉是觉得，欧阳老师不是别人，当初要不是他站出来仗义执言，系里那么多老师，难免要受一辈子委屈。

当年的系主任，背景很深，作风也是嚣张得很，不把别人放在眼里。人家的论文，他拿过来稍加修饰，大笔一挥，换成自己的名字。系里分房子，老老实实排队的，永远比不上那些开后门的。评奖评职称，更是他一手操控。很有些暗无天日的意思。老师们怨气很重，但谁也不敢当出头鸟，怕被穿小鞋。唯独欧阳老师在一次大会上当众提出弹劾。那真是非常精彩的一幕。之前也不是没有老师跳出来过，但这位系主任一贯采取的办法便是，赖皮加反咬一口，诸如“我有错，你也不见得干净”那种。鸡蛋里挑骨头，谁不是爹生妈养？谁不吃五谷杂粮？工作上、生活上，又有谁能保证不犯点儿错？这种做法很卑鄙，却很有用。但凡抓到一星半点儿，他便大做文章。迟到早退、与女学生说笑、背后谈论其他老师、照顾亲友的小孩转系、安排大姨子小舅子到学校工作——到他嘴里，都被渲染得很不堪。加上他有后台，好几次对他的举报不了了之，倒让举报的那些老师丢尽颜面。唯独欧阳老师，是个例外，学养深厚，人品端正，受学生爱戴，人人都服气。欧阳老师把系主任这些年的事情，大的小的，统统整理成文，呈到校长那里，都是有理有据，很客观，也很犀利。早些年，系主任申请过一笔基金，弄了个项目，邀请欧阳老师一起合作，其实也是想拉拢他。欧阳老师拒绝了。类似的情况还有多次。欧阳老师学问好，口碑也好，黑白两道都需要这样的人才，倘若想要赚钱或是出名，他有大把的机会，也不用怎么动作，只需稍稍顺水推舟即可。金融系本就不像中文系、数学系、历史系那种，不靠死工资，靠项目申报和专项资金。一个项目只要通过，少则几千，多的能批下好几万，放在80年代，绝对是笔巨资。许多老师的心思都不在课堂上，光想着那些“锦上添花”的名堂，来钱快，评职称也快。人人全盯着项目和钱，轮不到自己的，与其说是气愤，倒更像是妒忌，更没心思上课了。这种风气，也间接助长了系主任的气焰。事情很快有了结果，系主任被调走，算是起义成功。接下来，有人推荐欧阳老师当系主任。他婉拒了。那时，赵辉是他最看好的学生，两人像父子，又似推心置腹的朋友。当着别人，欧阳老师话不多，点到为止，唯独对着赵辉，才说掏心窝的话：“我这样的人，其实没什么用，能当个教书匠，教几个像你这样优秀的学生，就很满足了。那种官儿，我不想当，也当不了。再说，真坐了那个位置，我就未必是现在的我了。我有我的虚荣心，你别学我。”这番话，赵辉当时并未多想，直到二十年后当了支行副总，再回想，才品出其中的意味来。这些年，他每隔一阵便去看望老师，也顺便说说自己的情况。工作上的事，老师只是静静地听着，几乎不过问。神情中，他对这个学生是极满意的，端严方正，比当年的自己还多了几分儒雅，愈加收放自如，很有些名士风度。唯独一桩，他劝赵辉再找个女人：“李莹都去世那么久了，没必要对自己太苛刻。君子不是圣人，日子是自己的，不需要过给别人看。差不多就行了。”老师说话稍有些剥皮拆骨，也是因为极亲近的缘故，更是以己为鉴，怕爱徒矫枉过正。他不止一次地对赵辉说：“我这个性格，自己吃苦头是咎由自取，连累的是身边人。”老师是指这些年都没让师母享过什么福，临到退休竟又得了大病，还要靠她照顾。

赵、苗二人待到中午，便告辞离开。两人好说歹说，留下一个信封，也是把话说绝了：“再不收，就是不让我们做人了。”欧阳老师这才收下了。五千块，不敢再多，怕又被退回来。临走前，老师问起上海几个学生的近况，赵辉都往好里说——薛致远很能干，生意越做越大，苏见仁也比前几年本分了许多，很踏实。老师点头：“都蛮好。”

回去的路上,赵、苗二人俱是不说话。方才师母送两人出来时,眼圈都红了——医生的意思,怕是拖不过今年。两人安慰了师母几句,也已哽咽。师母说:“有空常来,他看到你们,说不定还能多活几天。”

两人回忆起当年与老师一起打篮球的情形。老师结婚晚,三十七八岁还是单身汉,每天下午倘若没课,便招呼一众男生打篮球。老师球技不算好,但胜在个子魁梧,抗撞击,倒也有些威慑力,和一众“小鲜肉”每日酣战到黄昏时分,再一起去食堂吃饭。老师结婚后,房子分得远,篮球便打得少了,偶尔打一局,师母在旁边观战,掐着表,到时间就招呼他去买菜。小两口分工明确,老师负责买和汏,师母负责烧。那时有个没规矩的男生,调侃老师“上得厅堂,下得厨房”,老师也不以为忤,自嘲“上海男人,你懂的呀”。老师和师母感情很好,但唯一的遗憾是,两人始终没有小孩。关于这点,老师的说法是,“丁克也蛮好”。但大家猜测,应该是某一方不能生育。只是当事人不提,旁人也不好多问。

弹劾系主任那件事后,老师一度被视作英雄,但很快便冷了下来。那些原先与他还亲亲热热的老师,渐渐地,看到他竟也不怎么说话了,眉里眼里多了些东西,像隔阂,又像提防,两个世界似的。老师知道什么原因。他一贯的主张是,老师就要本本分分上课,少搞别的名堂。这些话听在多数人的耳里,自是不怎么舒服的。他也不以为意。他本就是这样淡然的个性,照旧不理闲事,上课,过自己的日子。波澜不惊地等到退休,那些与他年龄相仿的老师,俱是名利双收,唯独他两袖清风,拿赤膊的退休工资,当初分的那套婚房,一直住到现在,也没置换新的。双方父母条件也不好,帮不了子女,倒要靠他们接济。家境是可想而知的了。头几次化疗,药水是进口的,不能入医保,顿时就把积蓄花了大半。这次说什么也不肯再做化疗,一来怕折腾,二来也是实在折腾不起了。挑个郊区的小医院,区政府建的,一半是医院,一半是养老院。闲时,老师便去隔壁活动室和那些老头下象棋、打牌。也有球场,却只能拿来散步了。师母说:“是一门心思在这里等死了——”听着委实让人心酸。

车上,赵辉托了几个朋友,代为打听胃肠肿瘤方面的专家,越快越好。费用方面,大家一起凑,倒不是问题。只是担心老师的倔脾气,半分好处也不肯受人家的。苗彻说:“实在不行,拿根棍子把人敲晕,还不乖乖的了?——我待会儿就找薛致远讨钱去,老师有困难,这样的大户不出手,谁出手？不能整天光想着怎么哄女人——”苗彻是说前几日,薛致远替周琳公司办妥上市那事。这在朋友圈里都传开了。现在不是过去,规章制度摆在那儿,政策漏洞越来越难钻,人人都想靠上市回笼资金,没那么容易。都说薛致远真有能耐,居然给他办成了。这下周琳那小女人不死心塌地跟他都不行了。

赵辉没接口。那晚,周琳是把他吓到了。“……我说我喜欢你,你信吗?”——他自是不信。早过了幻想一见钟情的年纪了,何况又是那样的女人。赵辉当支行副总也有好几年了,平日里应酬不少,通常是能推就推,但实在推不掉的,也只能敷衍。他见过不少场面上混的女人,貌美如花,眉目传情,酒喝得愈多,话便说得愈真诚无比,都成套路了。周琳属于比较出格的。在他看来,连火候都没掌握好,太心急,内容也犯忌,反让男人吃不消。那天赵辉没有让她太难堪,一来出于礼貌,二来也是看在那张脸的分上——他对她说:“周小姐,你有点儿喝多了。”她也知道分寸,自己找台阶下:“唉,年纪大了,酒量也差了。”他报以微笑:“你要是年纪大,那我就是老了。”

薛致远隔日打来电话称谢:“麻烦你啦——”还特意强调,“周琳一个劲儿地夸你,说赵总风度翩翩,绅士气质,听得我都有点儿妒忌了,哈哈。”赵辉猜他应该还有下文。果然,他提出最近有项投资计划,想跟S行合作,搞个私募基金:“找时间一起聊下?”赵辉忙不迭地拒绝了。吴显龙那件事,光听着已让他心惊肉跳了。都是在圈子里浸淫多年的人,做与不做看各人的胆色和做派,但内中关窍所在,彼此都是心知肚明的。哪里能钻空子,哪里可以稍微试一试,哪里坚决不能碰,每个人有自己的底线。薛致远属于底线比较低的那种。若不是情非得已,赵辉本不想与这种人搭上界。他也委实是不客气,刚施了恩,立刻便要回报。赵辉也不是刚出道的愣头小子了,话说得很客气很到位,但态度是明确的。道不同不相为谋。吴显龙那边,应该也已经意思过了。生意场上的人,多大的忙,还多大的礼,人情都是现开销。赵辉本想劝吴显龙,以后不到万不得已,不必再寻薛致远,想想还是算了。

车还未进市区,便传来消息:苏见仁进医院了。

讲起来竟像电视剧里的情节了。苏见仁去找周琳,贺她公司上市,称心如意。谁知周琳竟把之前借的那一百二十万还给他。他欲哭无泪:“难道我是专程来问你讨钱的吗?”周琳也不辩白,只是说谢谢。苏见仁赌气说不要了。周琳道:“行啊,那你捐给希望工程吧。”苏见仁气苦,当晚便冲到酒吧,存心将自己灌醉。他那群狐朋狗友,素日里都是不务正业,真正是成事不足败事有余,问他:“你就放任那个姓薛的不管,甘心让他霸占你的女人?”他道:“不甘心还能怎样?人都已经跟他了,还能怎么办?”那些人便撺掇他写匿名信,举报薛致远。苏见仁不假思索,说,好。问服务生讨来纸和笔,用左手洋洋洒洒写了一页,给了陪酒女五百块钱,让她送到附近的公安局。次日酒醒,自是有些后悔,但也无计可施。隔了两日,他走在路上,两条大汉冲出来,将他一顿暴打,当场肋骨被打断两根。

赵辉去医院看他。两人既是同事,也是同窗,见床上那人脸上青一块紫一块,神情委顿,赵辉又好气又好笑,安慰了几句,叮嘱他好好休息。苏见仁闭目不语,生自己的闷气。这种事还不好叫屈,自己都觉得坍台,又是心有余悸,想不到薛致远竟会下此毒手。赵辉与他是一样的想法,便是天大的仇,同学一场,也万万不至于此,不禁暗自叹息。

正说话间,周琳手捧鲜花,出现在病房前。苏见仁呀的一声,激动得便要坐起来,被赵辉按下:“老实点儿,护士说你不能动——”周琳瞥见赵辉,淡淡地打个招呼,远不及之前的热情。赵辉只当没察觉,敷衍几句,便离开了,走到楼下,才发现车钥匙没拿,又折回去,在病房门口听见周琳的声音:“你是整他还是整我?”苏见仁讨好的口气:“我怎么会整你? 那天我喝醉了。”周琳嘿的一声:“我只听说法律规定神经病犯法不坐牢,不知道原来喝醉了也行。”苏见仁忍不住道:“现在是谁犯法——?”觉得不妥,又把声音压低了,“小姐,你搞清楚,是他把我打成这样,我是受害者啊!”声音都有些哽咽了。赵辉在门外听了直摇头,想这男人也实在窝囊。

“你活该!”周琳毫不留情,“你明晓得我和他是一根绳上的蚂蚱,如果那封信真的捅上去了,他倒霉,我也跟着倒霉。业绩虚报、财务报表做假、贿赂管理人员——这些事情我一桩也逃不脱,统统兜进。判三五年那是小意思,弄不好十年二十年都有可能。到时候你两手一摊,‘我喝醉了呀’,然后就一点儿关系也没有了,是吧?”

苏见仁怔在那里，说不出话来："我——"

"你这种人，我见得多了。"周琳冷冷地说下去，"头脑简单，做事不考虑后果，不负责任，也负不起责任。偏偏自我感觉还特别好，稍微受点儿委屈就觉得不得了。说得好听点儿，叫孩子气；说得不好听，就是任性、自私、为所欲为——"

赵辉还是第一次听她说这么刻薄的话。未及反应，周琳已开门出来，脸上兀自怒气冲冲。两人打个照面，赵辉下意识地往旁边一让，她也不客气，看也不看，二话不说便走了过去，高跟鞋在地面上踩出清脆的叮叮声。赵辉一怔之下，又有些好笑，想你也晓得要判十年二十年，搞得倒像别人做错事似的。他走进去，见苏见仁躺在那里，一副生无可恋的模样。

"我刚才录音了，"赵辉道，"帮你送到公安局，这次肯定不落空。"

"少笑话我。"他动也不动。

"她来医院干吗？"赵辉不明白，"就为了骂人？"

"不能怪她。她吓坏了。"

"你没救了，"赵辉摇头叹息，"看样子要再挨一顿打，才能清醒。"

赵辉到了楼下，又碰见周琳。其实也不能叫碰见——她应该是在等他，站在大门口，似笑非笑："赵总是要去公安局吗？"她朝他看。他只好装傻。一人偷听一次，扯平了。"回家。"他脚下不停，有些担心，怕她又要蹭车。

"方便搭个车吗？"果然不出所料。

"地铁站行吗？我还有事。"赵辉讨价还价。

"1号线。谢谢。"

车上，她问赵辉："您跟苏见仁的关系好吗？"赵辉说："一般。"她不客气地道："这人脑子缺根筋，您说是不是？"赵辉不吭声。与她的关系没好到可以在背后数落老同学的地步。赵辉瞥见她从包里拿出粉盒，对着遮光板上的小镜子补妆。只看一眼，目光便移开。李莹很少化妆，偶尔出去应酬，才涂个口红什么的。有次他送了她一盒粉饼，直到人不在了，还没用完。李莹也很少买衣服。有时赵辉劝她买些衣饰，她总是回答，底子好，不用打扮也漂亮，反问他，"清水出芙蓉"晓得吗？及至两个孩子出生，更是没心思了。三十多岁，便有了白头发。女人到底是要靠保养的，也与心情、境况有关。班上一些长相平平的女生，渐渐地，倒是有些韵味了,唯独她一天天衰老下去。赵辉看在眼里,想着等哪天形势好些,要好好给她打扮一下,名牌衣服名牌皮包,还有太太口服液什么的,却是再也没有机会了。赵辉想到这,心头一阵酸楚,佯装打个哈欠,掩饰微红的眼圈。

周琳又问:“那跟薛总呢,关系怎么样?”赵辉道:“也是一般。”她道:“如果他俩打架,您帮哪一个?”赵辉一怔,想这算什么问题?她却不依不饶,盖上粉盒,转向他:“嗯?您会帮谁?”赵辉看着前方,缓缓地道:“如果他们是为了你打架,那我谁也不帮,每人再补一脚。”他以为她听了会笑,或是插科打诨两句。谁知她沉默了几秒,正色道:“赵总,对女士这么说话,好像不太客气啊。”赵辉有些窘。他委实是看不惯这女人的做派,才一时脱口而出的。不是他平时的风格。被她这么一说,赵辉顿时有些尴尬:“这个——”正要说些什么补救,她却突然咯咯笑起来,神情愉快:“赵总,现在我们扯平了。”赵辉一怔,才知到底还是着了她的道,不禁暗自摇头,想,这女人啊,还是少搭理为妙。

她下车后,赵辉径直开回家。说家里有事,倒不是托词。东东班主任今天家访,时间是早定下的,下午四点半。赵辉到家刚坐定,门铃就响了。班主任是这学期新换的,四十多岁的中年妇女,人生得很文气,话也讲得很客气,先是表扬了东东:“这学期成绩有所进步,期中考试上升了两名,排在年级第316名——”赵辉知道宝贝儿子的成绩,倒过去比正过来数要快得多的那种。这样的夸奖,比直接批评更让人难为情。

“赵东爸爸,有件事情,不知道您清不清楚。”老师话锋一转,眼睛瞥向沙发边正在“切水果”的赵蕊,“——是关于赵东为他姐姐找男朋友的事。”

老师离开后,赵辉与儿子进行了一次深谈。东东坦言上周曾经偷偷带姐姐出门,跟他一个同学的表哥喝咖啡。“您不用想得太严重,不是相亲,就是见个面,大家聊一聊。赵蕊这个年纪,是时候要接触一些异性朋友了,不能总是傻傻地待在家里。”

赵辉提醒他:“我记得上个月,你还准备搞个乐队,让你姐姐当鼓手。”

东东点头:“对,没错。您不知道,赵蕊其实乐感挺好……”

“还有上上个月,”赵辉打断他,“你给姐姐报了个中医推拿班,想让她去学推拿。”

“对，我是觉得推拿……”

“我记得你还劝过我，给姐姐投资开个网店，让她学做小生意。”

“嗯。”东东看了看父亲的脸色，没说下去。

赵辉缓缓地道：“首先，我必须充分肯定你对姐姐的关心。这点非常好，也让我很感动。但同时你也应该知道，你姐姐不是普通人。她几乎看不见，耳朵也不好使。一个视力、听力都有障碍的人，我认为你提出的那些想法，是有点儿强人所难了。你觉得呢？”

东东看着地板：“所以，就让她一辈子这样下去是吗？一辈子在家里等着别人照顾？”

“我有更好的选择吗？”赵辉努力不让音量提高。

“这也就是你们把我生出来的原因是吗？”停顿片刻后，东东忽然道。

“什么？”赵辉怔了怔。

“如果她好好的，根本就不会有我这个人。我的存在，就是为了将来照顾她，对不对？”

这场谈话，最终是不欢而散。其实也在意料之中。东东把自己关进房里。类似的事情之前也有过几次。赵辉知道儿子的为人，倒不是怕担责任，归根结底还是替姐姐着急。赵蕊的眼睛最近又恶化了，医生说她的视力已经接近0.1，三十岁前全盲的概率基本是百分之百。亏得赵辉这些年练就的定力，才勉强做到人前若无其事。心是彻底乱了。脑子里全是女儿。更多的是想她将来的事。成家也是不指望了，但至少要衣食无忧，平安度日。当年他与李莹商量要二胎时，也觉得对未来的孩子有些不公，但除了亲生的弟弟妹妹，又能指望谁？赵辉也曾想过让女儿学点儿手艺，之前上盲童学校时，老师推荐她学习打字，说有专门给视障群体使用的计算机和软件，学习后也可以照常写字、上网、收发邮件。赵辉动过心，但想这玩意儿只是个新鲜，不可能普及，便没有去试。还有诸如盲人按摩、盲人乐器、盲人翻译什么的，他都没答应。他舍不得女儿吃苦，说实话也没什么信心，怕瞎折腾。他宁可每隔几天带女儿去跑步，还让她练过一阵芭蕾，倒不是为了形体美，主要是锻炼身体。眼睛、耳朵已经不行了，别的地方无论如何不能再出问题。东东将来养个瞎姐姐或许还行，如果再有别的毛病，那就真要命了。赵辉每每想起这些,便觉得心口一阵阵地疼。

晚饭时,东东照常出来。赵辉看着儿子,也不知该说什么好。一家人默默地吃饭。晚餐是馄饨。保姆说隔壁新搬来的邻居挨家挨户送上门的。"都说搬家要送馒头糕,这人倒是新鲜,送馄饨。"馄饨是三鲜馅的,味道不错。赵蕊吃了一碗,还要再添。东东站起来替她又盛了一碗,她又说太多了。东东嘿的一声,拨了两个到自己碗里。瞥见父亲在看自己,东东迟疑了一下:"您也再添一碗?"赵辉点头,把碗递过去:"谢谢。"

有人敲门。赵辉走过去,在猫眼里一看,顿时愣住了,停了几秒才开门。

周琳站在门口,笑吟吟的:"赵总!"不待他表示疑问,她径直说下去:

"我来没别的事,就是想问一下——馄饨好吃吗?"

七

前阵子“上海1号”那个项目，几十家银行在争，亏得赵辉做足功课稳扎稳打，才拿下来，赢得漂漂亮亮。中国第一高楼，陆家嘴又一个新地标。

次日一早，赵辉在电梯口遇见周琳。因有了昨晚的照面，两人只道了声“早”，便各自站着，也不说话。昨晚赵辉问她：“既然搬过来了，干吗不直说，还让我在地铁站放你下来？”她瞪大眼睛，有些无辜的：“是赵总您说家里有事，十万火急的模样，我怎么敢再麻烦您？”他明知她是胡搅蛮缠，却也无话可说。邻居是上周刚卖的房，没料到竟是卖给了她。她说南京上海两地跑，老是租房觉得不便，索性趁着眼下政策收紧房价回落，买了一套。“谁知竟然就买在您隔壁，天底下居然有这么巧的事情，啧啧，也实在是稀奇。”赵辉心里哼了一声，也不戳穿她。昨晚这女人冷不丁出现，自然是引起了骚乱。蕊蕊倒没什么，反正也看不清。东东是彻底惊呆了。李莹走的时候他还小，但照片是一直看的，这是妈妈，这是宝宝，一路念叨长大的。他整晚都记挂着这事，早上起床还问父亲：“我妈真长这个样子？一模一样？”赵辉费了不少劲才让他恢复平静，便越发气愤，想好端端的并没招惹谁，竟被欺负到家里来了。

到了支行，赵辉头一件事便是给薛致远打电话。电话那头表示惊喜：“老同学大清早找我，肯定有好事。”赵辉直截了当：“让周琳搬走。”薛致远回答得也是干脆:“不行啊,刚买的房,不满两年就交易,税费吓死人。”赵辉心里暗骂一声“无赖”,道:“那我搬。”电话那头沉默了一下:“何必呢?”赵辉也停顿一下:“你发你的财,我犯我的傻,井水不犯河水。”薛致远道:“我晓得,你想学欧阳老师——唉,这一阵老师是瘦多了。”赵辉一怔,随即想到他必然也去医院探望过了。读书时,老师没少关照薛致远,见他在食堂吃饭时只买一个素菜,便自己掏钱替他加菜,还把自己的旧衣服送给他。一众学生里,除了赵辉,老师最看好薛致远,说这孩子有韧性,也有潜力,贫家子弟发力晚,后劲足,前途不可限量。事实证明,老师是有眼光的。毕业分配时,薛致远原本是被分到嘉定一家储蓄所,后来不知用了什么办法,竟留在了市区。那时,国有银行是香饽饽、铁饭碗,多少人争破头。这家伙干了没几年,便跳槽到一家外资银行,做到项目主管,接着又辞职,自己创业开公司。一路向上,夹着风雷之势。这些年母校出来的人才不少,混得好的也大有人在,但薛致远属于特别出挑的,起点低是一桩,鲤鱼跃龙门,故事自带传奇色彩,还有就是他会炒作,电视、电台、网站、杂志……利用一切媒体效应,三分本事七分吹,每一步都走得轰轰烈烈。赵辉知道他的心思,民营信托搞得再大,终究少了些基建,不够稳,要往长远发展,势必要抱棵大树才牢靠,比如S行。他跟赵辉说过几次了,话也一次比一次直白。赵辉不搭他的腔。他送过钱,也送过房,都被退回去了。这次是用美人计,都送到跟前了。

“你真要搬,房子我搞定,地段你随便挑。”电话那头兀自不死心。

赵辉叹了口气:“你不是说了我想学老师。老师是怎么样的人,你最清楚。”

“你,学不像的。”沉默了一下,薛致远道。

“那也要试试。”

上午下午连着开了两个会。一个是支行每周例会,另一个是去分行,关于金融网络平台安全的视频会议。碰到苗彻,咬牙切齿的模样:“那个叫陶无忌的,有机会替我好好整整他。”赵辉听说了戒指的事,点头:“明白,各种式样的小鞋我都备下了,一双接一双地给他穿——”两人说了会儿闲话,苗彻压低音量:“恭喜啊。”赵辉知道他的意思,摇头:“八字还没一撇。”苗彻嘿的一声:“都传开了,不是你还能有谁?——别忘了请客。”

苗彻是说分行领导调整的事。戴副总纵身一跃,空出一个副总位子。赵辉可能性最大,资历、人品、能力,都是中层领导里拔尖的。前阵子“上海 1 号”那个项目,几十家银行在争,亏得赵辉做足功课稳扎稳打,才拿下来,赢得漂漂亮亮。中国第一高楼,陆家嘴又一个新地标。圈里在传,今年谁赢下“上海 1 号”这个项目,便是“业界 1 号”。绩效倒在其次,关键是意义不同。不光是国内,全世界都盯着呢。高楼一幢接着一幢,纪录一次次刷新,面儿上看着是数字,多高,多少层,多少面积,其实更要紧的,是那股劲,真正是万丈高楼平地起了,迎风生长——下回再轮到这样大的项目,还不知要等到几时。上周分行顾总也找他谈过话了,基本已是板上钉钉。但这事不到最后关头,谁也不敢保证没变数。赵辉这阵子便格外谨慎,稳扎稳打,夹牢尾巴,又忍不住自嘲,五十岁的人了,到底是勘不破名利这关。

说曹操,曹操到。下班前回到支行,赵辉迎头便撞上陶无忌,想到苗彻的话,有些好笑,与他寒暄几句:“新同志进部里还不到两个月,就上业绩榜,不简单啊。”

陶无忌想说运气好,觉得不妥,又想说是朋友帮忙,也不合适,嘴巴动了动,什么也没说出口,神情倒有些局促了。赵辉本来还想拿戒指的事情跟他开个玩笑,见他这样,便不再多说,鼓励了两句,离开了。

陶无忌是到前台找胡悦。他约了苗晓慧,晚上三人一起看电影。胡悦在电话里还说:“我这盏电灯泡不会惹人厌吧?”陶无忌说:“你是小学课本里的‘小橘灯’,非但不讨厌,还温暖人心。”电话那头咯咯直笑。陶无忌其实是专程来跟她说谢谢的——那天程家元一提,他才恍然大悟。其实早该猜到的,朋友圈就这点儿大。又有些奇怪,胡悦哪来的门路?又不是几万几千。程家元说他是无意间撞破的,胡悦与存钱那人在角落说话,“谢谢”“麻烦”之类。他想躲开,但没来得及。胡悦拜托他不要声张:“我想做田螺姑娘,说出来就没劲了。”程家元只有答应。

程家元说他很佩服胡悦,“从来没有一个女生让我有这种感觉”。陶无忌懂他的意思。胡悦是孤儿,出生不久父母便出车祸去世了。大学录取通知书来的那天,福利院特意为她举办了一个庆祝会。孤儿考上名牌大学,属于凤毛麟角。“看到她,我都会觉得难为情。不是那种意思,是真的难为情。她那么开朗,那么可爱。我跟她比起来,就是一个地下,一个天上。以前读书时,老师总让我们找个榜样学习,我觉得很可笑,但现在我不这么认为。胡悦在那么艰苦的环境中成长,都可以这么完美。我要向她学习。”

程家元难得说上这么一大段话。那晚他应该是有些激动,还有些伤心。说到“田螺姑娘”那段,他声音低沉,不无妒忌地扔下一句“你都送人家戒指了”。陶无忌觉得这是两码事。他不会因为胡悦的心意,而对苗晓慧的感情有所动摇,否则就成电视剧里那种举棋不定的渣男了。但不管怎样,是该挑明了,不能打闷包(方言,意为故意隐瞒,欺骗别人),生受人家女孩的好处。

前台全是熟面孔。朱强迎上来:“领导体察民情来啦?”陶无忌嘿的一声:“说反了吧。最近挺好?”朱强道:“还不是老样子?我们下面水深火热啊,不比你们上头逍遥快活。”陶无忌道:“这话要给我师傅听见,一口血当场喷出来,业务部风里来雨里去,苦啊。——胡悦呢?”朱强嘴一努:“那不是?”陶无忌朝柜台处看去,上头的工号是熟识的。朱强压低声音,又道:“真正苦的是她,神经病的关门弟子。老板都说了,过了年就请白珏走人。实在是吃不消。上周又发作过一次,莫名其妙失踪一天,吓得行里差点儿报警。”

“产后抑郁症,到底能不能治好?”陶无忌叹息。

“谁搞得清楚!”朱强摇头,“天晓得,这女人居然还在上班时间挤奶,就在柜台里,大方得不得了。”陶无忌惊讶,又忍不住笑:“你怎么知道?你见到了?”他道:“我当然不会去看。猫着身子,一会儿从里面端个杯子出来,里面全是奶。傻子才拎不清。”陶无忌开玩笑:“那说明人家工作太辛苦了,连去厕所的时间都没有。你这个大堂经理要负责任。”他嘿的一声:“负个屁责任。每个月那点儿破工资,捧着这帮祖宗不算,还有一堆破事,发米发油发毛巾,下雨天借伞,老人家借眼镜,三伏天借清凉油。讲起来是大堂经理,其实就是全天候保姆。不讲了,讲讲眼泪鼻涕一把。”

胡悦从柜台里探出半个头,看见陶无忌,指了指表:“十分钟!”

陶无忌做了个“OK”的手势。

一会儿,胡悦换完衣服出来,旁边跟着白珏。陶无忌上前,叫了声“师傅”。白珏眼睛一翻:“你老早不是我徒弟了——”径直走了过去。陶无忌暗自无语,瞥见胡悦忍俊不禁的神情:“我已经是过去式了,你怎么样? 还扛得住吧?”她吐了吐舌头:“反正二十三楼的咖啡已经喝过了,拿铁,一人一杯,刚好二十三块。”

电影开场前,趁苗晓慧上厕所的空当,陶无忌对胡悦表示了感谢。

“程家元说的?”她问。

“谁说都一样。反正你不能做了好事不留名。”陶无忌道。

她解释,是一个初中同学的父亲,在某国企当财务负责人。“反正是存钱,哪家银行都一样,肥水不流外人田嘛。”她对陶无忌道,“不用放在心上。帮你就是帮晓慧,晓慧跟我什么关系啊? 你早点儿脱颖而出,她爸爸才能早点儿让步。”她依然和过去一样,凡事都往苗晓慧身上带。陶无忌停顿一下:“谢谢。”她笑笑:“自己人,客气什么?”

看电影时,陶无忌一直想,这样似乎不太好。虽然人家女孩自己不说开,但作为男生,这么揣着明白装糊涂,白占人家的便宜,多少有些不厚道。但真要说,好像也挺难,处理不好就变成惹是生非了。一个半小时,他都在想这事,电影完全没看进去。结束后,苗晓慧说再去吃点儿东西。陶无忌问胡悦:“你决定,吃什么?”胡悦提议吃火锅。三人便挑了附近的一家火锅店。席间,苗晓慧语出惊人,问陶无忌:

“你为什么会喜欢上我,而不是胡悦?”

陶无忌摸头,做沉思状:“是啊,为什么呢? 这个问题我也问过自己很多次,找不到答案。”说着,朝胡悦笑。胡悦也笑,作势在苗晓慧头上打了一下:“你真无聊。”

“如果我是男生,肯定喜欢胡悦,”苗晓慧一锤定音的口气,“论长相、身材、人品、气质、能力……陶无忌你肯定是视力不好,或者是脑子缺根筋,才会找上我。”

“你倒有自知之明。”陶无忌道。

“本来就是嘛。我们胡悦是内外兼修、男女通吃,关键还特别仗义,尤其喜欢助人为乐——”苗晓慧说着,掏出手机,翻出一张照片给胡悦,“帮个忙。我爸新给我找的相亲对象,扬言这次如果我不出现,就去民政局脱离父女关系。你也知道我爸这个人,更年期加偏执狂,吃不消他。所以亲爱的,只有拜托你了,代我去碰个头。这人条件不错,如果你们能互相欣赏,那就是两全其美——明天晚上八点,浦东八佰伴对面那家哈根达斯。"

陶无忌以为胡悦会拒绝,谁知她竟答应了。

"怪不得给我戴高帽,原来是另有目的。"

"关于你讨人喜欢这点,我完全是实事求是。"苗晓慧一脸正色。

锅里的汤煮沸了。三人的脸笼在氤氲的热气中,衬得五官愈加温润朦胧,看不甚清。吃火锅其实是吃酱料,每样食材都在酱料里滚一遍,赤条条的,千篇一律地炮制。吃个新鲜热辣,其实也是简单。陶无忌将涮好的牛肉夹起,放进胡悦的碗中:"——多吃点儿。"

送女生们回家后,陶无忌在地铁上打了个盹,迷迷糊糊中,梦见苗彻冲过来,兜头便是一巴掌:"我让你癞蛤蟆吃天鹅肉——"一颤,打个激灵,人顿时醒了。旁边人诧异地朝他看,想这人也是有趣,乘个地铁也会做梦。陶无忌是有些累了。前一晚与蒋芮喝酒喝到深夜,这家伙请客,求陶无忌介绍客户:"我现在就跟街上发传单的没啥两样,西装笔挺地在银行门口兜生意,见人就问,爷叔,开户吗? 阿姨,炒股票不? 家里亲戚已经被我全部动员过了,不炒股票的马上开户,炒股票的统统换到我这家。前两天我大姨妈还在发牢骚,说:'蒋芮你到 P2P 混一趟,我们掏腰包买你的理财产品,现在到证券公司,又被你忽悠去炒股票,独吃自家人嘛。'"他拿了一沓名片给陶无忌,"兄弟帮帮忙——"陶无忌应允下来。蒋芮说这一阵在准备从业资格考试,通过了就打算当证券经纪人。"你觉得我行不行?"他问。陶无忌拿起酒瓶与他一碰,毋庸置疑的口气:"绝对没问题。"

兄弟是用来互相打气的。一打啤酒,喝得微醺,胆色和信心都被挑了起来。蒋芮说他今年要努力赚到五十万,想想又说:"一百万。"陶无忌点头:"我觉得行。"蒋芮道:"我妈说我小时候是个财迷,压岁钱都自己藏着,有时她买菜没零钱,问我借个一块两块的,我都收利息。"陶无忌笑起来:"那你干这行是对了,从小就很有经济头脑。"蒋芮告诉他:"之前那个骗人的 P2P 公司,我妈投了三十万。我爸为这事天天骂她,说她贪小便宜,偷鸡不着蚀把米。其实我知道,我妈不是那种人,她是为了我。那个月我业绩排在前三,拿了五千块钱提成,给我妈买了根手链。你也晓得,我爸是铁道局的,不大顾家,我差不多是我妈一个人带大的。说实话，我找工作赚钱，不为别的，就想着能让我妈享福过上好日子。退一万步，至少得把这三十万先还了，还得算上利息。”陶无忌同意：“按当时说好的利息。”他嗯的一声：“八分利，必须的。不能独吃自家人。”两人又举杯，一饮而尽。

给苗彻打电话，是蒋芮的主意。他说：“你必须表个态，与其等你老丈人拿菜刀冲过来砍人，不如你自己先找他谈，把话敞开了谈。用男人对男人的方式。”陶无忌觉得有道理，拨了苗彻的手机。次日酒醒，脑子兀自昏昏沉沉的。看电话记录，足有十多分钟。吓傻了。隐约有些印象，好像说了“给我三年时间，你要还是看不上我，就把晓慧嫁出去吧”。陶无忌一整天都是恍恍惚惚的。苗晓慧约他晚上看电影，没提苗彻。他也不好意思问。一个醉汉半夜里耍酒疯，说出来都要被人笑的。陶无忌又安慰自己，已经是零分了，总不见得还带负数。再仔细翻手机，发现昨晚还给苗彻发了照片，CFA(特许金融分析师)、CET(大学英语等级考试)八级和雅思证书。苗彻竟也回了短信：“这些面试时都见识过了，还有新的没有?”——陶无忌恨不得找个地洞钻进去。及至遇见赵辉，知道他与苗彻的交情，领导脸上的笑容挺暧昧，意味深长，猜他也是知情的，便愈加难堪。偏偏大姐又发来微信，问外甥放寒假想来上海玩，方不方便。他自是说方便。大姐说，爸爸也来，顺便和亲家碰个头——这又是点了死穴了。陶无忌回了个 OK 的表情，心想，离寒假还有两个多月，听天由命吧。

隔了一阵，又有人来存钱，点名找陶先生，数额还是差不多。同事们看陶无忌的眼神都有些不同了。余光瞥见程家元在一旁坐着，也不作声。这一阵两人的关系有些微妙，见面反倒更客气了些，自然是因为胡悦的缘故。程家元跟着老马出去与客户谈业务，回来时老马怒气冲天，说这小子吃到一半拉肚子，来来回回地去厕所，害他在客户面前下不来台。众人心知肚明，老马丢了老客户，把怨气都撒到徒弟身上。午休时陶无忌过去找程家元聊天，想着安慰他一下。谁知他竟出乎意料地淡定，还趁着空当背英语单词，又说已经报了 CPA(注册会计师)的培训班，每周上三个晚上，次年 8 月份考试。“多半通不过，就试试看，总比浪费时间要好。”陶无忌记得胡悦也提过上培训班的事，猜想这两人应该是同学。果然榜样的力量是无穷的。程家元这段时间开朗了不少，相比刚进 S 行那阵，有了些不卑不亢的意思，待人接物自如了许多，不整天惦着请人吃饭，被人嘲讽时也只是一笑了之。他对陶无忌说："现在没空陪你喝酒吃小龙虾了。"陶无忌微笑："这个季节也没有小龙虾，等你考试通过，我们再买个十七八斤，吃够本。"

下班前，支行出了些状况——来了两个公安局的人，调查银行卡信息泄露的案子。其实已是前阵子的新闻了，复制银行卡，在 ATM 机上取钱，一夜间数百名客户卡里蒸发上千万，当时闹得人心惶惶。这样的案子，必有内鬼，专门出售客户信息。制卡卖卡的人已经落网了，交代了一些线索，上下家的接档、流程什么的。内鬼很狡猾，每次交易都换地方，聊天也在不同的网吧，今天普陀明天虹口后天奉贤。公安局把所有涉事的银行卡进行汇总分析，S 行浦东支行的可能性最大。这是了不得的大事，连总行都惊动了，下文要严肃彻查。支行几位老总统统出动，如临大敌。一时间行里议论纷纷，猜测谁会这么胆大包天。前台那些朋友更是紧张，直接跟客户打交道，一手的信息，讲起来嫌疑最大。

白珏被叫进会客室，一个多小时才出来，脸色惨白，眉眼透着几分憔悴。那些银行卡十张有八张是她经手办的，也不知是巧合还是别的，重点审查对象逃不脱的。众人越发不敢招惹她，尽量避开，唯恐这女人发作起来收势不住。果然，离五点半还差一刻钟，她正替顾客办存款，冷不防将钞票一丢，站起来，快步离开了大厅。顾客被搞得云里雾里。旁边人不敢吱声。朱强冲过去打招呼："大概吃坏肚子了——"忙不迭地让胡悦补上。

市分行几位老总也到了。大事情，各部门都要留人，到点也不能下班，召开紧急会议。大家坐着，俱是神情凝重。顾总平常很内敛的一个人，这当口儿也有些按捺不住，把话说得很重，杀气腾腾的。会开到一半，有人匆匆跑进来，嚷着："出事了，神经病要跳楼——"众人闻讯奔到二十三楼，见白珏坐在窗台上，两只脚挂在外面，只留个背影，长发随风飘扬。有人过去拉她，被她一喝"死开"，窗外双脚晃了几下，便吓得不敢靠近。她叫道："统统退后，离开两米！"众人不敢轻举妄动，退到两米之外。顾总悄悄做了个"报警"的手势，嘴上道：

"小白，你冷静一点儿。"

"我要是坐牢，我儿子非死不可。"她喃喃自语。

“你先下来，有话好说，我们慢慢商量。”

“我儿子非死不可——”她兀自不停，神情恍惚。

几位领导退到一边，商量对策。有人建议去把她儿子抱过来。也有人怕她见到儿子反而受刺激，倒不如趁她不注意，强行拉她下来。正犹豫间，忽听众人惊呼，只见她身子晃了几下——风太大，没坐稳，一只高跟鞋径直掉下去，从二十三楼落到地面，也不知砸到人没有。下班时间，消防车堵在路上。电话那头刺耳的鸣笛声，连声关照“要稳牢伊”。这边接电话的是支行刘总，脾气有些急，张口便冲一句：“我们没本事稳牢伊，你们快点来！”又过了一会儿，消防车总算是到了，在地上铺了层黄色的救生气垫。顾总以前当过兵，有些常识，见了便摇头，说气垫最多只能承受六层楼以下的冲击，纯粹摆个样子，真要跳下去，接住接不住都是个死。一会儿，消防官讲了大概的营救策略，说已经派人到二十四楼，从窗口吊下来，看准时机直接把女人踢进去。众人都觉得匪夷所思，那消防官却说这在巴西有过成功案例，网上有视频，可以去看。

纷乱间，一个人蹿出来，叫了声“师傅”——正是陶无忌。

白珏眉头一竖，逼尖喉咙：“离我远点儿！”

“师傅，喏，拿铁，一人一杯。”他递了杯咖啡过去。

白珏迟疑了一下，还是接过了，左手撑住窗框，右手拿咖啡。众人见了，越发紧张起来，想她两只手都摇摇晃晃，现在还腾出一只手拿咖啡，要命。

陶无忌趁势上前一步：“师傅，我有话跟你讲。”她道：“你讲。”陶无忌道：“不能告诉别人，我偷偷讲给你听。”她狐疑地看他：“什么话？”陶无忌说：“我上来告诉你？”她看看他，再看看咖啡，点了点头。陶无忌便又上前一步，凑到她耳边，轻声说了句话。众人只当他是虚晃一枪，目的是把人拉下来，谁知他竟真的只是说话，便都有些惋惜，觉得错过了机会。

“瞎讲！”白珏忽然叫起来。

“真的，不骗你。”

“那你去告诉他们。”白珏手一挥，指向后面众人。

“我肯定会说的，不过你要先下来。这么坐着太危险，万一摔下去怎么办？来——”他朝她伸出手，语气平缓，“师傅，我扶你下来。”

白珏看了他一会儿，终于，把手伸向他。

众人松了口气，以为事情总算结束了。谁知突生不测，她一个扑空，陡地失去重心，整个人竟直直地朝下倒去。惊呼声中，陶无忌反手去抓她，但下坠力道太大，他又没有支撑，大半个身子顿时也跌出窗外——总算人是接住了。陶无忌一只手抓牢她，另一只手死死攀住窗沿。与此同时，全副武装的消防员从二十四楼一跃而下……

八

人生在世，各有各的福气，老天爷是公平的，这里缺的，那里说不定会补上……

“二十三楼的拿铁”，一度成了支行点击率最高的词。平常二十三楼咖吧的生意并不好，咖啡味道淡，价格也不便宜，员工们宁可舍近求远去隔壁的星巴克。白珏那件事后，不少人的好奇心倒是被勾起了，午饭后跑一趟二十三楼，点名要拿铁，站在走廊尽头的窗口，边喝边往下看，想那女人应该是真的有病，这么高，光站着都觉得发瘆，更何况还脚朝外坐着。普通人肯定不行。那天消防员先是抱住陶无忌，绳子往上拉几分，随即一脚将白珏踢进窗里，干净利落，比巴西那个还要专业，分毫不差的。有人录了视频，网上传得很火。点赞的人不计其数，都说消防员好本事，像武林高手。

陶无忌和白珏被送进医院。同来的还有另一个人，在底楼好好走着，被从天而降的咖啡砸个正着，没受伤，主要是吓傻了，还以为被泼了硫酸。陶无忌和白珏基本没大碍，一个手臂脱臼，一个背上有瘀青。戏剧性的事情还在后头。白珏去找领导，说她是冤枉的，内鬼其实是朱强。领导很惊讶，说：“你怎么知道？有证据吗？”白珏手一指，说是陶无忌说的。领导又找到陶无忌。陶无忌有些尴尬，硬着头皮说：“我是瞎猜的，不能作数。”领导懂他的意思，当时情况紧急，应该是随便报了个人名，目的是“稳牢伊”，便也不以为意。谁知又过了几天，公安局那边传来消息，案子破了，内鬼竟真是朱强，从他家里搜出一堆银行卡信息，还有窃听器、探头之类。本人也招了。支行所有人都跌破眼镜。没料到朱强那样一个老实本分还带点儿娘娘腔的人，竟会做出这种事。也有嘴碎的人，跑去问陶无忌，到底是巧合还是事先真的知情。陶无忌懂分寸，没接茬。唯独一次赵辉也来问他，他才说了："S行和其他银行不同，柜台位置高，工作人员坐着只露个头，常被人笑话像反过来的当铺。朱强说他看见我师傅挤奶，当时我就觉得奇怪，除非跳起来，而且要离得很近，否则不可能看得见啊。我还注意到他换了新表，江诗丹顿。我不大懂名牌，但S行顶上那块广告牌就是江诗丹顿的，一只表要几十万。说实话，我本来也没往那方面去想，又不是侦探剧，根据一两个细节就能判定谁是杀人凶手。我跟我师傅说'内鬼是朱强，他肯定在你柜台附近装了探头，才会知道那些客户的密码'，完全是胡诌，想引她下来，没想到竟然成真的了。这真是瞎猫碰到死耗子。其实我自己清楚，这次处理方式很有问题，不该那样冒冒失失地冲出来，万一人真的摔下去怎么办？也不该随便点同事的名，亏得真是他，否则就变成败坏人家名声了。总之给行里惹麻烦了，非常过意不去。"

"这小伙子挺懂事，人也聪明，我看做我侄女婿可以。"苗彻到赵辉家看望蕊蕊和东东，聊起那事，赵辉趁势赞了陶无忌几句，"反正这孩子我觉得不错。"苗彻没好气："你觉得不错，那就给蕊蕊留着。"赵辉苦笑："我倒是想留着，就怕人家不乐意。"

苗彻与赵辉差不多年纪结婚生女。苗晓慧与赵蕊出生只差了几个月，两人小时候常在一起玩。论长相赵蕊还胜了一筹，皮肤白皙五官精致，像极了洋娃娃。苗彻没离婚时，常把蕊蕊带回家，让妻子替她打扮，扎花式小辫，再换上漂亮衣服。男人带孩子，总是有些粗糙。赵辉其实也算是细心了，但家里没有女人，到底是两样。苗彻的前妻也很喜欢蕊蕊，平常不管吃的玩的，给自家女儿买一份，也给蕊蕊带一份。苗晓慧是有些假小子的个性，不怎么服帖，反倒是蕊蕊，始终透着几分稚气，更像是从童话里走出来的小公主，格外惹人怜爱。直到如今，苗彻前妻每次回国，依然惦着蕊蕊，礼物是少不了的，还要拉出来吃顿饭，两个男人是不叫的，单叫苗晓慧和赵蕊，像带着一对女儿，看着欢喜。

"玛丽让我问你，上次她发过来的链接你看了没有？"苗彻问赵辉。他前妻姓马，英文名是玛丽。过去一直叫中文名，离婚后也不知怎的，渐渐便称起了玛丽。中国人叫外国名，听着隔了一层，多了些生分，似乎才符合两人现在的关系。

“看了。”那个链接是美国某医学院眼科的主页，针对先天性视网膜劈裂症，新研制出一项“人工视觉”技术，基本已通过审核，很快用于临床。

苗彻瞥见赵辉的神情，便知他没什么兴趣。倒不是怀疑美国佬的技术，关键价格摆在那里，压根儿没可能尝试。苗彻其实也怪前妻鲁莽，不跟自己商量一下，便这么贸贸然地发过来，让人家空欢喜一场。四百万美元——倘若四十万美元，倒是可以试试。赵辉在银行干了这些年，说实话工资不低，单位早年分的福利房，加上后来自己买的商品房，置换过一次，两房变三房，市价也不是小数目，大不了卖掉一套，总是够的——可后面再多个零，那是无论如何也没操作性的。玛丽在电话里还说得轻松：“让他借嘛，为了女儿豁出去了——”苗彻反问：“问谁借？问你借，你肯吗？你以为在银行上班就能自己印钞票？开玩笑，四百万美金啊，你当是四百块人民币？”

“她是好心。”苗彻道。

“当然。”赵辉点头，“——替我谢谢她。”

离开时，赵辉送苗彻出去，刚按下电梯，隔壁门打开，周琳穿着家居服走出来。“苗总，好久不见。”脆生生的声音。苗彻愣了一下，没搞懂什么情况，朝赵辉看去。

“邻居。刚搬来的。”赵辉也懒得解释。

电梯到了。两位男士停顿一下，让周琳先请。周琳也不客气，拎着垃圾袋走进去。赵辉看到她的露趾拖鞋，脚趾涂成鲜红。“苗总……”周琳没说完，便被苗彻打断：“别叫我苗总，听得鸡皮疙瘩都起来了。我算什么‘总’啊，你旁边这个才是如假包换的‘总’。”赵辉朝苗彻斜了一眼。周琳咯咯娇笑：“‘总’是尊称呀，两位在我心里，都是很值得尊敬的人，所以才叫‘总’呀——苗总要是实在不喜欢，那我就叫你苗大哥。”

“谢谢你了，还是苗总吧。”苗彻说完，轻轻推了一下赵辉，眼里满是询问。赵辉摇头，做了个回头再说的手势。

赵辉送完苗彻回来，远远便看见周琳等在楼下。他停住脚步，想着要不要到超市弯个圈，买点儿小零小碎什么的。“被这女人缠住，你有的搞了。”刚才，苗彻替他担心，把话说得很直，“你到底对她什么感觉?”赵辉莫名其妙：“什么什么感觉?”苗彻道：“真要什么感觉都没有，倒也不用怕了。别说搬到隔壁，就是姓薛的直接让她搬进你家，也没事。”赵辉好笑：“你觉得我会对她有想法?”苗彻反问：“你以为老薛是傻子，专做无用功?”

“赵总！”周琳朝赵辉招手，抵住防盗门，等他。赵辉伸出两只手，在半空中胡乱晃了几下，示意还有事，转身便走。这副情形落在她眼里，应该是有些狼狈的。赵辉到小区门口转了一圈，买了点儿水果，折回来。悄无声息地上楼，拿钥匙开门，做贼似的。可惜还是惊动了她。“赵总，红酒扳手有吗?”女人探出半个脑袋。赵辉暗自叹口气：“等着，我拿给你。”心想这女人倒是好兴致，一个人在家喝红酒。

东东开始有意无意地念叨“隔壁的阿姨”。他问：“隔壁的阿姨大概几岁?”赵辉说，三十多吧。他又问：“是上海人吗?”赵辉回答，南京人。东东便不吭声，到一旁翻旧相册，李莹年轻时的照片，一张张地翻，看得很慢很仔细。一会儿，蕊蕊也凑过来，把眼睛贴在相册上：“妈妈——”东东不无嫉妒的口气：“你还见过真人，我是一点儿印象也没有的。”又问父亲，“声音呢? 她的声音和妈妈的像不像?”赵辉断然道：“不像，一点儿也不像。”瞥见儿子有些失落的神情，又觉得不忍。东东其实脾气性格像他，男人太敏感，有好也有不好。赵辉年轻时也是容易感触，碰到事情想得多，翻来覆去的，面儿上还不露出来，便格外受煎熬。后来岁数上去了，见惯了，才稍好些。眼下儿子正是胡思乱想、举一反三的年纪。每次隔壁一有动静，这小子便冲过去，扒在猫眼上看。赵辉见状，又是好笑又是心酸。偏偏隔壁那位又是一百个不安分，成天借东借西，酱油、醋、老姜、蒜头……专挑赵辉在家的时间，有次居然还跑来问：“赵总，沐浴露有吗? 刚好用完了。”赵辉不与她废话，径直拿了瓶新的给她。她也是有借有还，隔日便去超市买了一模一样的还他。连保姆都看出端倪了，问赵辉：“她有男人没有?”赵辉回答：“不知道。”保姆的眼神便有些暧昧了。赵辉只当没看见，心想，就算隔壁搬来一只老虎，这日子还是照样过。

“女人是老虎。”苏见仁受伤后，请了半个月病假，再上班时，很有些大彻大悟的意思。他到赵辉办公室表决心，说以后再跟这女人有瓜葛，他便不姓“苏”，改姓“贱”。赵辉表示赞同，装作不知道他前几天还被周琳放过鸽子。那天保姆兴冲冲地拿着一大捧红玫瑰进来，赵辉问她哪儿来的花，她说是隔壁女人不要的，扔在门口，被她捡了来。他还没来得及阻止，恰恰周琳来借蒜头，一眼瞥见茶几上的花。赵辉尴尬得背上都出冷汗了。她倒也快人快语，说花是苏见仁送的：“约我晚上去看歌剧，赵总你说，我怎么可能会答应？嘿，票子我收下了，待会儿就去趟大剧院，卖给门口的黄牛，多少还能赚点儿——总比扔掉浪费要好，赵总你说是吧？”说着，又朝那束玫瑰看，意味深长的。赵辉窘得头皮都麻了，这情形像是与她达成了某种“实惠度日”的共识。要命。也不好提醒苏见仁。这女人妖精似的，说话虚虚实实，倘若最终还是去了，自己倒是枉做小人。结果晚上不到八点，周琳便回来了，喜滋滋地告诉赵辉，卖了四百多块钱。赵辉倒不知说什么好了。本不打算给她开门的。有些事情是要做得绝些，才能表明态度。葱姜蒜也是不打算再借了。到了赵辉这个年纪，男女间那些你迎我却、欲擒故纵的把戏，看得太多，心知肚明，不说穿罢了。苏见仁那束玫瑰，必然是在外头送给她的。哪里不好扔，偏要带回家扔。保姆前脚捡，她后脚便来敲门。两家阳台隔得近，分明见到她家花盆里种了蒜头，偏偏还要来借蒜头。她也不在乎被看穿。这女人便是如此张扬，一个回合接一个，像调戏，又像挑衅——是保姆开的门，说前一日便讲定了，邀她一同来包粽子。赵辉莫名其妙，又不是端午节，居然想起这个了。两个女人在厨房里忙碌，从菜场买的新鲜粽叶，肉是隔夜浸下的，加酱油和料酒，一块块斩成寸许。糯米用浸过肉的酱汁搅匀。现煮的咸蛋，剥出蛋黄。绳子一头咬在嘴里，用巧劲，托叶匙的手撑着，配合另一只手的动作，把粽叶剩余部分折盖上去，握住粽身，将盖叶部分捏合折下，用草绳绕扎整个粽身。大锅里烧开水，粽子一只只放进去。不多久，屋里便满是粽香。

“是东东想吃粽子。”保姆告诉赵辉。赵辉起初有些纳闷，随即想起，相册里有一张李莹包粽子的照片，才晓得这孩子的用意。赵辉装作不经意问他：“粽子好吃吗？”东东答非所问：“她不怎么会包粽子。”赵辉自然看得出，周琳做家务是外行，连粽叶都拿不牢。保姆那样嘴欠的人，竟也没计较什么，任由她胡乱打下手。厨房里一片和谐。东东在旁边默默看着。周琳有一搭没一搭地同他聊天，几岁了，读书好不好，有女朋友没有，喜欢什么运动。东东倚着墙，眼睛看地下，简洁地逐一回答。粽子煮熟了,周琳剥开一个让他尝味,他有些不好意思。周琳把筷子递到他手里:“尝尝看呀。”他才尝了一口,烫得直咝气:“蛮好。”

赵辉冷眼旁观,猜想他不在家的时候,周琳必定也是光顾的。看保姆与她说话的口气,谈不上很熟,但应该不止一两面的交情,竟有些邻里间日长时久的意思,也是很家常的。她称呼东东“赵公子”,倒不全是戏谑,亲切的成分占了大半。“赵公子,替我把袖子卷上去些”“赵公子,帮个忙,倒杯水”“赵公子,电视机开大声些”——东东被她使唤,看不出脸上表情,也不吭声,动作倒是很顺畅,一点儿疙顿不打。

欧阳老师去世的前一晚,赵辉在医院陪夜。应该是有些预感的,他说要留下来,老师没有像往常那样拒绝。赵辉借了把躺椅,支在病床边。师生俩头碰头,聊了大半夜。赵辉多是听老师说。老师中气不足,语速比平常慢了许多,声音也轻,但好在周围安静。老师又劝他再婚,到底不是七老八十,将来的日子还长,要有个伴才是;万事都看淡些,工作上生活上,顺其自然,自己开心最重要;身体也要当心,烟酒适度,管住嘴迈开腿。老师还提到了蕊蕊,说人生在世,各有各的福气,老天爷是公平的,这里缺的,那里说不定会补上……道理是老生常谈,过去也不是没提过,但在这样的夜里,又是医院,便多了些肃然的意义。老师说到后头,停顿一下,道:

“有空多来看看你师母。她不容易。”

赵辉点头,没让这个话题继续下去:“——老师想吃油墩子吗?我明天买一个。”

“好,想死这味道了。”

次日中午,老师便走了。癌细胞扩散到肝脏,胸腔严重积水,还有吐血。好在走得很快,从急救到拔管子,前后不到两小时。医生安慰师母说,对一个胃癌晚期病人来讲,他吃的苦头不算多。宣告死亡的那瞬,师母先是一动不动,被点了穴似的,随即抢上去,一把扯下老师脸上的白被单,怔怔地看着,过了两三分钟,忽地扑倒在老师身上,声嘶力竭的:“骗子,你真的走了,你抛下我走了,你这个骗子,抛下我走了——”师母的哭声,像孩子那样肆无忌惮,泥沙俱下般,完全不留余地。

隔两日大殓。师母身体几近虚脱，葬礼主要由赵辉、苗彻和几个老同学负责张罗。薛致远也很早便来帮忙，还带了个二十出头的青年。几人打个照面。薛致远问："有啥要做的？"赵辉说了几件，搬花圈、签到、发黑纱。薛致远转向那青年："听见没有？"青年应了声，走到一旁接过花圈，默默地按工作人员指引，摆到合适位置。几人互望一眼。赵辉倒还没什么，苗彻是直筒子脾气，就算再忙，该数落的还是要数落。他说薛致远这家伙没药救了，参加老师葬礼还要带个随从，这点儿懒都要偷。"没钱赚的事，这人完全不来劲。"苗彻说得有些刻薄。赵辉倒不在乎这些，主要是觉得那青年有点儿怪，也不与人说话，自顾自地干活儿，动作却不怎么利索，把花圈碰倒了几次，还老是踩别人的脚。灵堂里人来人往，各自悲伤，唯独他像个不规则的音符，在人群里站着，神情与举止都有些脱节，说不出地别扭。

仪式前，工作人员让家属进到后面接棺木。老师无儿无女，亲戚也很少，赵辉本意是想陪师母过去，再加上苗彻、苏见仁、薛致远几个，就差不多像样了。谁知薛致远嘴一努，那青年便走在前面。赵辉更是莫名其妙。这人倒也不忌讳，薛致远怎么说，他便怎么做。老师的遗体被推出来，化过妆的脸比前阵子红润许多，五官倒不像了。工作人员说："大家跟着出去，妻子排前面，晚辈在后面。"师母抽抽噎噎地走在头里，接着是赵辉等几人。那青年依旧跟着。赵辉瞥去，见他鼻尖处亮亮的一大块，头低着，看不出神情，走路夹着肩膀，都有些顺拐了，不知是紧张还是什么，更是纳闷。

追悼会开始。默哀、作悼词、三鞠躬，最后向遗体告别。众人排着队，缓缓绕行。哭声连成一片。那青年排在队伍里，忽地身子一软，晕倒在地。众人吓了一跳，手忙脚乱地说叫救护车。苗彻打的120，朝薛致远恨恨地瞪了一眼。与此同时，师母的哭声愈加凄厉起来：

"你抛下我走了，抛下我孤零零的一个人，你这个骗子，你这个骗子啊——"

吃过晚饭，薛致远邀赵辉再去喝一杯。赵辉没有拒绝。两人找了个清静的餐厅，不点菜，只叫了红酒。"还是这种地方好，酒吧已经不适合我们这种老头子了。"薛致远道。赵辉朝他看，示意有话就说。服务员送上酒，给两人分别倒了半杯。薛致远举起杯，晃了几晃，喝了一口：

“这酒还行。”

“那小伙子是谁?”赵辉径直问他。

“你都猜到了,还问我?”薛致远笑笑。

“说。”

薛致远没有回答,换了个话题:“我记得,你们一直都很好奇,当初大学毕业分配时,我是怎么留在市区的。那个年代都是从哪里来,到哪里去,我这种乡下人,居然没有被分回乡下,你们是不是都很想不通?不过老赵,你这么聪明,现在应该完全清楚了,是吧?”

“我不清楚。你说。”

“我早说过,你想学老师——学不像的。”薛致远缓缓说完,举起酒杯,向他一让。

赵辉朝他看了一会儿,忽地,拿起半杯红酒,往他脸上狠狠泼了过去。

出租车开到半途,竟下起雨来。冬日的雨,打在车窗上,细细密密,又是清冷的,固执地凝在玻璃上,半晌,淌下来,硬生生凿出几条透明的小径。赵辉甩了甩头,似是想把什么甩出去——讨厌的人,还有讨厌的话——然而做不到,薛致远的脸,一直在眼前晃。他语速向来很慢,这更糟糕,让他说的每一句话都被听得清清楚楚,也更容易被记住。

青年的母亲是个发廊女。二十多年前的某个夜晚,老师光顾了她。或许是喝醉了,或许是心情不佳,比如,因为师母的不孕。那晚老师放纵了自己。九个月后,女人生下孩子,她找到老师,敲诈一笔钱。老师把这事向师母和盘托出。师母原谅了他。夫妻俩凑了几万块钱给女人。至于那个孩子,两人考虑再三,决定交给城郊一对夫妻收养。那是一对老实巴交的农民夫妻,结婚多年没有生育。他们是真心疼爱这个孩子,视如己出,也答应让老师每隔一阵便过来探望。说好彼此守口如瓶,但天底下的事就是这么巧,薛致远的家竟然也在附近,平常也有来往。老师某一次以远房表叔的身份出现,刚好与薛致远撞个正着。解释都是徒劳的,那种情形下,再沉稳的人都慌了,眼神都不对了。守住秘密的代价是,让薛致远毕业分配留在市区。老师费了不少劲才办成。人生头一回找关系托人,请客送礼,竟是为了这个。自己都觉得荒唐,别扭得想死。好在总算是过去了。

无惊无险地过了二十多年。这孩子学习成绩不行，家里又养得娇气，高中毕业后便没心思读书了，打算去外地跑钢材生意。夫妻俩死活拦下，找老师想办法。老师哪里有门路？干着急罢了。后来还是薛致远听到风声，说，来他公司试试吧。让这孩子当了个文员，不用跑业务，朝九晚五，接电话、收发文件之类，工资也开得比旁人略高些，算是看在老师的分上。

“这小子，没什么用，莫名其妙就晕过去了。女人似的。”刚才，薛致远这么评价。赵辉回想那青年的相貌，比年轻时的老师略瘦些，也是一米八的高个，眉眼间是有几分相似。他叫薛致远薛总，看人时眼睛往下，不与人正眼相对，举止略有些小家子气。赵辉想象不出，老师每次面对这个孩子，会是怎样的心情。还有师母。二十多年的心结。倘或没有孩子，倒还好些。又倘或，老师与师母自己有个孩子，那也好些。偏偏是这样的局面。赵辉极其讨厌薛致远讲话的语气。他讲起这段往事，竟带些调侃的意思，好像刺啦一下，把什么东西撕开，或是打碎，带着破坏者的快感与促狭。这也是最让赵辉难以接受的地方。这些年来，与老师共同呵护着的、彼此珍视的一些东西，就这样被破坏了，却窝塞得连骂人都找不到由头。泼红酒那瞬，赵辉晓得，其实是自己露怯了。撒泼斗狠向来不是他的风格。他竟然差点儿还要动拳头，准备把那张讨厌的脸打成肉饼。“同学一场，我晓得老师去世，你心情不好受，回去好好休息。”就在那家伙说这句话的时候。

赵辉回到家，电梯门一开，便看见周琳。“赵总你回来了？你——”她停下来，“脸色不大好，不舒服？”

赵辉深吸一口气，再吐出来，不说话，拿钥匙开门，瞥见她站着不动。“进来坐坐？”他问她。她识相地摇头，退后一步。赵辉走进去，砰的一声，重重地关上门。

九

“你是我最钟爱的学生，我希望你能过得好，过得称心如意。”

追悼会后，这句话一直在赵辉耳边盘旋。老师说这话时，嘴角带着一丝微笑，还有希冀……

赵辉记得，老师对他说的最后一句话是：

“有时候，其实我挺讨厌自己。”

那是师生间最后一次长谈。病床靠窗，窗户没有关严，风一吹，掀起窗帘一角，月光漏了些许进来，在地板上投下亮白的影子。也是时有时无的，一会儿明一会儿暗。那样静谧的夜，又临着淀山湖，水汽重。什么东西沉下去，结结实实落在地面上。反倒是安心。两人的谈话其实也没什么主题，想到哪儿说到哪儿，断断续续。说过的，没说过的，看着慢腾腾，你一言我一句，不知不觉倒说了许多。都存着个念头，心照不宣——以后怕是再没有这样的机会了。将面儿上那层悲伤的意思掩去，像回忆，又像倾吐。

老师说他对不起师母。赵辉说，师母是好人，也是可怜人。老师说，别做好人，好人都可怜。赵辉说，那也要做好人，难不成做坏人？老师沉默了一下，说：“我是坏人。”赵辉笑笑：“天底下哪有十全十美的人？”老师问他：“如果时光能倒流，回到二十岁，你最想做什么？”赵辉说：“不去追求李莹，装不认识。”老师提醒他:“李莹的死,跟你没关系。”赵辉说:“那也不追,我受不了她死在我面前。”说着,眼泪流下来。他道:“老师,我心里很难受。”老师说:“我知道。”赵辉说:“我每天都在想,要是李莹没死,我会比现在开心许多。”老师说:“你还年轻,有的是让自己开心的事。”赵辉摇头,道:“有时候,我甚至还想,如果早点儿给蕊蕊、东东找个后妈,在银行里睁只眼闭只眼,我会活得比薛致远还风光。”

老师沉默着。赵辉也停下来,等着被老师训两句。谁知老师叹了口气,说:“那就去吧,找个漂亮女人,做事也不用那么顶真,差不多就行了。”赵辉倒笑了,说:“老师你在讲反话。”老师说:“我是说真的。”赵辉说:“你晓得,我不可能这么做的。”老师又叹了口气,道:“所以说呀。”过了片刻,老师又说:“你别学我,要是时间倒流,我都不会走老路。”赵辉问:“老师你会怎样?”老师想了想,说:“讲不清,反正不会再让你师母受苦。是我害了她。我是坏人。”

那晚,老师前后讲了好几次“我是坏人”,赵辉只当他是指自己的病。老师最后阶段的医药费,是赵辉他们几个凑的。师母实在是撑不住了,几张银行卡加起来,余额都不到五位数。师母也有些发急了,生死关头,话也说得比平常狠:“家里还有一抽屉借条呢。他要真走了,我也跟着去——活着还不如死了。”赵辉印象里的师母,是个典型的上海女性,很会操持家务,即便条件有限,也把自己和丈夫拾掇得山青水绿。老师对她很服帖。这个服帖,其实也是尊重的意思。老师曾经开玩笑地说过,男人稍有些妻管严,是社会文明的体现。念书时,赵辉常去老师家蹭饭。师母做菜的手艺相当不错,红烧鸭膀、冬瓜小排汤、丝瓜毛豆、马兰头拌香干,色香味俱全。老师买那种零拷的黄酒,与赵辉边喝边聊。喝到最后,师母往往会煮一锅桂花酒酿圆子,端上来,盖子一掀,屋里满是甜香。老师说:“我们喝酒的,不吃甜食。”师母嘴一撇,说:“吃点儿,醒酒。”老师乖乖舀了半碗。赵辉好笑,想,酒酿圆子醒酒,有趣。其实是师母自己喜欢吃。吃过饭,碗筷照例是老师洗。老师做家务完全不行,洗完了碗边还剩一层油。师母不介意再返工,但每次还是让老师洗,关键是态度。那时候,赵辉觉得老师和师母是标准的恩爱夫妻。虽然后来也听过一些传闻,说老师与师母的关系其实并不好,他也不以为意。夫妻间的事是最难说清的,真正是冷暖自知,一两句话没法概括的。唯独一次,大半夜老师把赵辉从宿舍里叫起来,说师母去娘家了,他又丢了钥匙,求借宿。赵辉猜想是夫妻俩吵架了,也不说破。两个男人挤在一张床上,天热,通身的肉呷气。老师有时反而是带些孩子气的个性。他劝赵辉不要结婚。赵辉问为什么。他想了半天,挤出一句,结婚还要洗碗。赵辉说,不结婚也要洗碗。

“你这辈子做的最后悔的事,是什么?”那晚,老师躺在病床上,眼睛望向窗外,问他。

赵辉说:“没有早点儿逼李莹去检查身体。”

老师说:“我这辈子最后悔的一件事,是——”他停顿一下,似是有些犹豫。赵辉也不催促。沉默了许久,老师终是没有说下去,却劝他提防薛致远。

“这个人,做事有些出格,你弄不过他的。”

老师很少背后指责学生,而且还是这样的措辞。赵辉有些意外,但还是点了点头。

“你是我最钟爱的学生,我希望你能过得好,过得称心如意。”

追悼会后,这句话一直在赵辉耳边盘旋。老师说这话时,嘴角带着一丝微笑,还有希冀,像西方神话里的先知。遗像也是差不多的风格——老师在教学楼前的一张旧影,还是七八年前拍的,穿着灰色夹克衫,手插在裤兜里,背着他那只黑色公文包。旁边就是花坛。春天,正是姹紫嫣红的季节。光线、角度都很好,人沐浴在阳光里的感觉。赵辉那天一直盯着照片看,看久了,眼睛发花,会有错觉,仿佛老师还没走,静静地在那里。

赵辉生病了,高烧发到四十度,吃药不管用,吊了两天水,温度才一点儿点儿下来。请了一周病假。后面几日其实好得差不多了,也懒得上班。躺在沙发上看电视,遥控器上上下下地按,什么也没看进去。脑子里忽地蹦出一个词来,“自暴自弃”——分行换届的事情,已正式下文了,总行空降的一个处长,黑马似的杀出来,补了那个缺。顾总电话里安慰的话说了一圈,也是无可奈何。古人说,谋事在人,成事在天,便是这个道理。许多事情是讲不清的,倘若投下几分,便能收获几分,天底下就没有“委屈”两字了。其实朱强那事一出,赵辉就有些预感了。不早不晚,偏偏在这个当口儿出事,老天爷都跟他过不去。再加上那个“空降兵”也确实不简单:英国的 MBA,年纪比赵辉还轻了五六岁,一直在海外分行工作,去年被评为 S 行“十大杰出青年”之一,势头很劲。被这样的人取代,赵辉还不好十分叫屈，便越发郁闷。在家里戴口罩，怕把感冒传染给孩子。但防不胜防，蕊蕊还是中招了。过两日，又传染给东东。鼻涕加眼泪，很遭罪。一屋子人都是颓的。全家感冒的情形过去也不是没有，但此时此刻，在赵辉眼里，家里弥漫的便不仅仅是病菌了，还有某种说不清道不明的东西，黑压压的，兜头兜脸地扑将过来，逼得人胸口生疼，喘不过气。空闲也能助长坏情绪。躺在那里，什么也不做，像个老人那样回忆从前。从李莹去世那段开始，十几年的光景在脑海里过一遍，一幕一幕，放电影似的。赵辉长长地叹口气，得出结论：这就是命。赵辉想到老师那句“我希望你能过得好，过得称心如意”，竟像是讽刺了，忍不住苦笑。

玛丽回国，邀赵辉一家吃饭，席间，又说起美国那家医院的事。玛丽说：“我查过了，这事不假，已经有好几个成功案例了。”苗彻在桌下踢她的脚。她不睬，径直问赵辉：“你不考虑一下吗？”赵辉笑笑，没吭声。玛丽又问苗彻：“你们都是在银行里干的，想办法弄个贷款，先把孩子眼睛治好，不行吗？”苗彻点头：“行啊，我把我们总行行长的电话给你，你直接打给他试试。”蕊蕊吃完了，自顾自地“切水果”。赵辉瞥见女儿与苗晓慧坐在一起，差不多年纪，却像是小了十来岁。苗晓慧把一块鱼挑去刺，放在蕊蕊盘里：“吃鱼。”蕊蕊也不道谢，夹起来便吃，嘴巴塞得鼓鼓囊囊。苗晓慧问她：“你身上这件衣服真好看，谁买给你的？”哄小孩的口气。蕊蕊回答：“网上买的。”苗晓慧便惊讶道：“真的呀，你告诉我哪家店，我也买。”蕊蕊打开淘宝，搜出那家店。赵辉道：“蕊蕊，眼睛离 iPad 远一点儿。”她答应着，却依然凑得很近，很热情地为苗晓慧挑选款式和颜色，与店主发消息交流。两个女孩叽叽喳喳，忽地，蕊蕊哎哟一声，整个人跌坐在地上。众人都吓了一跳，蕊蕊却道没事，一拍屁股，利索地爬起来。赵辉知道必定是她没看清椅子，坐了个空——家里这种情况时有发生——便岔开话题，问苗晓慧的近况。玛丽插嘴道：“现在灵光了，会玩金蝉脱壳了。”赵辉一怔，没明白。苗彻也板着脸。苗晓慧嘻嘻一笑，说出上次相亲找人代替的事。那青年也是糊涂，隔了一阵才搞清“苗晓慧”竟是冒牌货。对方父亲是苗彻的旧邻居，有些交情。苗彻押着女儿上门赔礼，回到家就说要打 110。苗晓慧问父亲做啥。苗彻说，脱离父女关系。苗晓慧说，110 不管这事，应该去民政局。苗彻拿这宝贝女儿没辙，恨恨地说要找黑社会，把那个姓陶的做掉。苗晓慧说："你把他做掉，那我就先打 110，再去民政局。"

"这丫头实在不让人省心。"

苗彻提起这事，兀自火气未消，想说"还是你们蕊蕊乖"，忍住了，不能触人家心境。单是两个女孩坐在一起，画面已经很让人难受了，赵辉又是那样敏感的一个人。早些年，苗彻还经常约赵辉一家出来吃饭，现在渐渐少了，主要是考虑到赵辉，怕他不舒服。自家女儿再淘气，终是身体健康，蕊蕊就有些那个了。其实苗彻挺佩服赵辉，饶是这样的局面，平常他也一星半点儿不露，待人接物从没有难看的时候，换了自己早就乱套了。又怪玛丽多事，以前单叫女孩们出来，倒也省事，偏偏这次要全家出动。苗彻知道她的心思，是想把看病那事再郑重地提一提。她也算是尽心了，在网上以蕊蕊的名义设了个捐款，挂些照片上去，零星竟也有人捐个五美金十美金的。医院那边她也托了朋友去问，可以分期付款。她甚至对赵辉提出，借一部分钱给他，不收利息。苗彻对这个前妻再了解不过了，人品绝对 OK，就是有些没心没肺。富贵人家的孩子，通常都有这个毛病，很理想化，考虑问题直来直去。她喋喋不休，把赵辉逼得像是一个不舍得为孩子花钱治病的坏爸爸。苗彻劝她闭嘴："我们穷人的世界你不懂——"苗彻猜想，苗晓慧将来多半也是这副德行。女孩子太宝贝太一帆风顺，有好也有不好。那天老邻居或许是为了缓和气氛，与她开玩笑："我儿子不好吗？看不上他？"她回答："挺好的，可惜我已经快结婚了。"说着亮出那枚戒指，弄得大家一阵傻眼。这丫头居然还不罢休，一直夸她那女伴怎么怎么好。他在旁边听着，恨不得把她的嘴捂上。亏得那青年很有礼貌，始终没打断她，甚至还微笑地说了句"认识你很高兴"。

苗彻始终觉得，以女儿的个性，应该找个各方面都更成熟的男人。经济条件只是其中一桩。在他看来，陶无忌也是个孩子。当然，通常男生在这年龄都不会成熟到哪里去，只是，上海男生至少占个"地利"，行事便会平和许多。苗彻年轻时也是有些急吼吼的性情，尤其是追玛丽那阵，贪她的美貌、可爱，多少也有点儿贪人家的家世。虚荣心人人都有。现在想起来，其实是有些后悔的。门当户对是老生常谈，却也是亘古不变的道理。苗彻不想女儿走前妻的老路。他倒也谈不上多么讨厌陶无忌，说到底人家也是个好孩子，别的不提，单单能考来上海，就相当不易了。女儿读书算是让人省心的了，倘若放在外省市，顶多考个当地的二流大学。成绩不能跟人家比。但选女婿实在不是选状元。那天陶无忌喝醉了，在电话里语无伦次，证书一张张传过来，发扑克牌似的。苗彻声音冷冰冰，脸上却是忍俊不禁，想这孩子挺逗。苗彻觉得，自己现在就跟当年的老丈人差不多，为了女儿，棒打鸳鸯也是没法子的事。老丈人没挺住，最终妥协了，自己无论如何要坚持下去。吸取教训，关键一点就是，心不能软。玛丽有时说起这事，竟还帮着女儿胡闹，说晓慧像她，脱俗，不食人间烟火。苗彻好笑，说："没错，晓慧是神仙姐姐，你是神仙外婆。"

赵辉又休息了几天，回去上班。同事间聊起副总换人的事，都对他表示惋惜。赵辉一一拱手相谢，不沮丧，也不故作释然。巧也是巧，下午分行领导一行人过来视察，那位新副总也在。赵辉原本与他就有些相识，同他握手，说恭喜。那人也很客气，寒暄了几句。苗彻还要打趣，把赵辉拉到一边，说手心里应该藏把刀片。赵辉道："你怎么晓得我没藏？——还是把生锈的刀片。"这位仁兄做事很是雷厉风行，上任没几天，便撤了个分行业务部的经理。坏账三五千万，金额说大不大说小不小，处理起来也是可轻可重，主要是拿了人家的好处，在信用证打包贷款上眼开眼闭，一张已经过期，另一张索性连企业名字也对不上，有些嚣张了。讲起来还是苗彻他们审计时查出来的，报到上头，新副总态度很坚决，说必须严肃处理，旁人也不好再讲什么。苗彻平常也算是做事顶真了，碰到这位仁兄，也有些吃惊。苗彻上任以来得罪的人，加起来组建两三支足球队总归不成问题。每次审计报告交上去，就跟交辞职信差不多，豁出去的感觉——名气倒也做出来了。反得领导器重，都说审计部是该有这么一头犟驴。这次连他都有些跌破眼镜了，居然判得那么重。内审不比外审，又是国有银行，树大根深，每个动作都牵扯甚多，领导要考量的地方也多，所以说新副总这"三把火"烧得很旺。苗彻对赵辉道："这朋友是拉仇恨来了——"赵辉拍他的肩，笑道："论这个，咱不输给他。"

下班前，赵辉接到母亲的电话："毛头（吴显龙小名）进医院了，你晓得吗？"赵辉吃了一惊，忙问是什么病。母亲说是脑溢血。赵辉知道吴显龙素来有高血压，心脑血管那块不大好，便道："我晓得了。"母亲又加了句，好像最近生意上不大顺当。赵辉嗯了一声，挂掉电话，便给吴显龙打过去。是助理接的，说吴总正在休息。赵辉问了医院和病床号，立刻赶过去。到了医院，吴显龙还在睡。助理说要叫醒他，赵辉拦下了，随意聊了几句。助理说，吴总是前天晚上突然晕倒的，送到医院时情况很坏，医生还下了病危通知书。赵辉心里叹口气。吴显龙无儿无女，父母也都已过世，偌大的病房里空空荡荡。母亲也是听老邻居说起，才晓得他住院了。赵辉猜测他是故意瞒着自己。天鹅岛的项目前一阵出了纰漏，贷款到期付不出钱，银行告到法院，判了个强制执行，已定了司法拍卖的日程。在网上搜"显龙集团"，铺天盖地都是负面新闻。赵辉做好准备，他会来找自己求救——谁知竟没有。赵辉猜到他的心思，不上门不开口，留些他日相见的余地，否则真的连朋友都做不成了。生意圈里开口闭口都是"朋友"，其实顶多算是"伙伴"，弄得不好便是"仇人"，真正的朋友不多，尤其是从小到大推心置腹，为对方赤膊上阵都没二话的那种。赵辉瞥见吴显龙额头上的皱纹，刀刻似的，鬓角的白发密密麻麻，脸上一点儿血色也没有，白得像纸，忍不住心里难受。

赵辉又坐了一会儿，吴显龙醒了，见到他："你怎么来了？"

赵辉径直问他："没去找薛致远想办法？"

吴显龙不吭声，让助理替他把枕头垫高些。

"这次连他也帮不上忙？"赵辉又问。

"能帮。"吴显龙停顿一下，"——我不想让他帮。"

赵辉朝他看，有些诧异，忽地，明白了。薛致远必定是提了什么苛刻的条件。像赌场里设套，头一次是引人入局，再下去就没那么容易了，必然要让你吐些出来。赵辉知道薛致远会提什么条件。两人沉默了一阵。吴显龙问他："蕊蕊、东东都好？"赵辉点头："蛮好。"

晚饭时，保姆做了锅贴。东东问赵辉："要不要给隔壁阿姨送一碗？"赵辉怔了怔，还未开口，保姆道："人家送过馄饨，上次包粽子，米和肉都是她买的——"赵辉不好再说什么，答应了。东东盛了一碗，端到隔壁。赵辉听见周琳咯咯的笑声，说"谢谢你啦"。一会儿，东东回来，手里多了一张照片。赵辉不认识上面的人，问是谁。蕊蕊一把抢过，嗔道："爸爸你连某艺人都不认识啊——"东东说某艺人到上海参加活动,周琳托朋友千辛万苦搞来他的签名照。赵辉这才晓得原来女儿也追星,瞥见她掩饰不住的兴奋,眼睛鼻头都快挤到照片上了,不禁暗自叹息——家里三个人,统统被她套牢。这女人,天生做公关的材料。

临睡前,赵辉弹了会儿钢琴。许久未弹,手指都有些僵了。怕吵着邻居,也只弹了一小段。关了灯,在黑暗中静静坐着,不想动。窗帘未拉全,一缕月光透进来,夹着树影,微微晃着。听见自己的呼吸声。发了一会儿呆。说是发呆,脑子竟似比平常更清醒,人和事,轮廓鲜明。也许这样的夜,给人一种格外的安静的力量。

他陆续去看了蕊蕊和东东。蕊蕊睡相不好,趴手趴脚,整条大腿都在外面。他替她盖上被子。睡着时的蕊蕊和别的女孩并无不同,长长的睫毛盖下来,皮肤雪白。赵辉眼睛眨也不眨地看着女儿。日子久了,倒也谈不上多么难受,只是担忧,心都是揪起来的,半空中打个结,生疼生疼的。

东东也睡着了,手里兀自拿着手机。赵辉把手机拿开,无意中按了键,屏幕上一张照片跳出来,竟是那天周琳包粽子,脸上还沾了一粒米,很专注的神情。赵辉又望向床头柜,相册翻开,刚好是李莹包粽子那张,头发扎起,穿一身淡青色衣服,手拿粽叶,嘴里咬着粽线,衣服与粽叶的色彩很协调。隔得久了,照片有些发黄。翻过一页,是李莹抱着东东在街心花园。那时东东才出生不久,被李莹抱在怀里。大冬天,东东被里三层外三层地裹着,脸蛋红扑扑,像个大阿福。时间生着脚,会走路,还会轻功,倏忽一下便过去,完全不察觉的。赵辉静静看了一会儿,关灯,轻手轻脚地开门出去。

赵辉走到阳台上,点了支烟。少顷,听见隔壁有动静,周琳穿着睡衣出来。两人打个照面。“赵总弹钢琴啊?”她道。他问:“吵着你了?”她忙摇头:“我喜欢这支《秘密的庭院》,好听。”赵辉笑笑。停了几秒,她问他:“这两天心情好点儿没有?”他愣了愣。她道:“你老师——”他哦了一声:“都过去了,生老病死,老天爷都没法子的事。”她道:“每个人都有这么一天。”他点头:“没错。”她朝他看:“第一次看你抽烟。”他停顿一下,把烟掐灭:“偶尔抽抽。”她道:“心情不好的时候?”他道:“不一定。”她道:“我猜也是。”他没明白:“什么?”她道:“如果只有心情不好的时候才抽烟,烟厂都要关门了。”赵辉嗯的一声:“我本来就抽得不多。

再说，人生不如意十之八九，真这样，也不见得会关门。”她笑笑，又道：“我倒是蛮喜欢你抽烟。”他一怔：“嗯？”她道：“感觉亲切许多。不抽烟不喝酒不玩女人，刀枪不入，这样的男人其实挺可怕。”说完耸耸肩，做好他生气的准备。谁知他竟没有，只是把头转向远方，半个身子探出去，闭上眼睛，做了个深呼吸的动作。

“赵总好像很累？”她问。

他没有回答，半晌，缓缓道：“今天，是我和妻子的结婚纪念日。”

阳台那头似是有些意外：“哦。”

“二十三年了。”

两人沉默了一下。

“时间过得真快。”她叹道。

“这话应该我说，”他感慨，“——快得仿佛一切都是昨天发生的事。”

真是很奇怪的夜晚呢。放在之前，赵辉无论如何也想不到，会和这样一个女人，谈论自己的妻子，而且还是自己挑的头。灯光昏暗，中间隔着那些花花草草，他看不清她的脸，隐约有种错觉，好像是李莹站在那里，听他倾诉，恍如隔世般。李莹是个好女人。她的好，比旁人看到的还要多。倘若没有她，不会有今天的他。她是那么聪明、善良，还有些倔强。周琳听得很认真，似是期待了很久。呼吸声随着他的讲话内容而抑扬顿挫。他跳开那些格外忧伤的片断，尽可能让叙述变得平缓、从容。事实上，这也是他希望达到的效果。

“生老病死，老天爷都没法子的事。”她拿他刚才说的话安慰他。

“没错。”他点头。

回到房间，赵辉拿起手机拨了个号码。那头接起来，薛致远的声音：

“这么晚……？”

“上次你说的私募基金，有空可以聊聊。”赵辉说完，很快地挂断。

十

“我爱人,是土生土长的浦东人,她在陆家嘴住到二十岁才拆迁搬走。花园石桥路1号——这是她家原来的门牌号,因为好听,我便一直记着。这么巧,刚刚好是‘上海1号’的位置。这块地拆了盖,盖了拆,建过菜场、超市、小学,现在竟然要建一幢全国最高的楼。”

午饭时,苏见仁看见程家元与胡悦坐在一起,拿着托盘从两人边上过去,故意放慢脚步。胡悦叫声“苏处”,程家元则不吭声。苏见仁问:“我能坐这里吗?”胡悦把餐盘朝旁边挪了挪:“请坐。”苏见仁放下餐盘,瞥见程家元面前只有两个素菜:“减肥啊?”程家元嗯了一声。苏见仁朝胡悦笑笑:“现在时代变了,男同志也减肥——”程家元不睬,低头吃饭。胡悦觉察出一丝异样。苏见仁讨个没趣,也不多话。三人不尴不尬地吃饭。

“到我办公室来一趟。”苏见仁给程家元发了条短信,瞥见程家元拿起手机看了一眼,又放下。“我待会儿去买咖啡,给你带一杯?”程家元问胡悦。胡悦说:“谢谢。”

吃完饭,苏见仁先回到办公室。一会儿,程家元到了:“找我有事?”苏见仁嘴一努,示意他把门关上。程家元关上门,转过身,有些倔强地站着。苏见仁朝他看："坐吧。"他依然站着："有事就讲。"苏见仁停了几秒，问他："去看过你爷爷了？"

程家元哦的一声——音拉得很长，一丝讥讽的意味从嘴角漏出，他迅速朝父亲看了一眼，恍然大悟的神情。苏见仁有些窘。其实也是意料之中。老爷子情况不大好，医生说也就是这一两个月的事了。之前苏见仁每次去，都是偷偷摸摸的，怕讨骂。老爷子身子再不济，嗓门依然是响亮的，混着陕北口音的上海话，很有威慑力。五个兄弟姐妹，唯独他每次出现，都格外让老人家提神。老爷子骂人是不留余地的，狠话加脏话，还有土话，一股脑儿端出来，呱啦松脆，也不管别人是否下得来台。前几日，老爷子说"统统来"，一众子女，加上儿媳女婿、孙子孙女，在病床前排成几排。苏见仁站在最后一排，躲在前面人的脑袋后头，听老爷子道："那个东西呢？出来！"语气一出，大家都知道是说谁。前排很自觉分开一条路，他上前，叫了声"爸"。老爷子破天荒地没有骂人，话依然说得直逼逼的："孙子姓苏不姓程，你要是不复婚，以后清明冬至就别来——"众人都朝苏见仁看，眼神很有内容了。被这样的氛围压着，苏见仁有气无力地应了声"晓得了"。消息传到程家元妈妈那边，应该是得了鼓励，本来很软弱的一个女人，竟也有了脾气："要复婚，除非太阳从西边出来！"苏见仁听闻，又是好气又是好笑，想你倒也不用太担心。苏见仁的大姐，做了几十年妇联干部，很稳重的一个人，把弟弟拉过来谈心。兄弟姐妹里头，苏见仁最买这个大姐的账。大姐的意思也很清楚，清明冬至这种话不听也罢，但至少一点，说明爸爸很在意家元，希望他能复婚。大姐到底是大姐，看问题透彻，话也说得实在："关键是态度。爸爸的时间不多了，你就是做戏，也要做得让他放心。晓得吧？"苏见仁懂了。常言道："孝顺孝顺，要孝，更要顺。"苏见仁决定顺着老爷子。当然这事光自己努力不行，还得前妻和儿子那边配合。十几年没主动上门了，苏见仁一时倒有些没方向。好在儿子离得近，他便打定主意，先从这边入手。

"你是为了爷爷的家产吧？"程家元斜着眼，看他。

被儿子这么揶揄，苏见仁有心理准备。事实上，要说跟家产一点儿关系没有，苏见仁也不好意思。更准确的说法是，让老爷子开心，大家开心，你好我好大家好。苏见仁没贪财到那个份儿上，但也没清高到那个份儿上，该自己的，也不用客气。苏见仁有自知之明,真要像老爷子当年赌气说的断绝关系,下半辈子就难过了。这些年虽说没直接跟家里要钱,但老爷子到底还是睁只眼闭只眼的,别的不提,单是眼下住的房子,旧是旧了点儿,勉强也称得上一线江景,顶层带阁楼。他住一层,上头一层再租出去,也是笔可观的收入。老爷子真要做绝了,把房子收回去,少了租金进账,倒要贴钱去租房,每个月一来一去就是好几万。苏见仁知道自己的弱点,吃不得苦,也没常性,除了追女人,干什么事都是三天打鱼,两天晒网。老爷子活着还好些,倘若咽了气,兄弟姐妹是再现实不过的,一句"爸爸说的呀",半毛钱都不会同他客气。因此无论如何要趁父亲还在,讨着一句半句准话,后面才不至于落空。除了这番心思,到底父子一场,以前做得不够好,都到了这个时候,无论如何该补上些才是,尽尽孝道。还有程家元母子那边,要说一点儿愧疚没有,苏见仁也没皮厚到那个程度。当着父亲的面,道个歉,讨几声骂,最好再流几滴眼泪,做成一团和气。苏见仁想,若能这样,那是再好不过了。

"让我们原谅你,你就死了这条心吧。"程家元道。

"那你忍心让爷爷带着遗憾离开人世?"苏见仁问。

"这是两码事。"

"怎么会是两码事?你爷爷的身体状况你最清楚,你不原谅我,他肯定死不瞑目。我承认,过去是我不好,对不起你们母子,可爷爷他总归待你们不错吧。看在爷爷的分上,大家把之前的恩怨暂且放一放,以大局为重,让他老人家走得安心,走得称心,不是蛮好?"

"苏见仁,"程家元忍不住摇头,"我发现你真是无耻到极点,没药救了。"

"连名带姓叫你老子,"苏见仁嘿的一声,"你妈教的?"

程家元翻个白眼,转身就走。苏见仁喝道:"等等!"他停下来。苏见仁丢给他一份文件:"行里新推出的一个基金,只对高端客户开放,交给你了。"程家元并不领情:"我手里又没几个高端客户——"苏见仁打开抽屉,扔过去一沓名片:"打断骨头连着筋,一家人就是一家人。别说老爸没照顾你。"程家元依然不睬。苏见仁说下去:"男人要做点儿成绩出来,才会有女人喜欢。你别学我,没出息,只好吃老本。你年纪轻,将来的路还长。我是为你好,你别拎不清。"这话说得有些贴心贴肺了。程家元犹豫了一下。苏见仁趁势道：

“前台那个姓胡的小姑娘，皮肤白白，眼睛大大——你喜欢她，是不是？”

程家元一惊：“你、你怎么晓得？”

苏见仁暗自好笑。这些年在风月场里打滚，别的或许不行，唯独男女间的情事，轧苗头看山水，他是再拿手不过的了。程家元又是那样单纯的个性，小男生初涉爱海，心里想的，都一五一十在脸上写着呢，哪里瞒得了他？苏见仁愈是笃定，神情便愈是郑重：

“跟你妈妈说了没有？——这女孩子我看着也不错，真有那个意思，就要抓紧。”

“人家又未必肯——”程家元皱眉，有些烦躁的。

“追女孩，首先自己要有信心，否则什么都成不了。再说了，你哪里差了？家世就不用提了，免得人家说我们俗气。本科毕业，在大银行里上班，身高长相也差不到哪里。稍微有些减分的也就是这块胎记，但现在医术那么发达，激光去斑也就是分分钟的事。性格稳重低调，要求上进，周一到周五天天排满，又是英语又是 CPA。你自己说，这样正派又努力的小青年，到哪里去找？你不要妄自菲薄，我不是瘌痢头儿子自己好，而是客观分析。人家女孩也不是傻子，一边是你，一边是陶无忌，你说她会选谁？”瞥见程家元眼神中闪过一阵惊诧，苏见仁更加得意扬扬，拍他的肩，“我是你爸，别看我平常不响，其实你的事啊，我都清清楚楚。我只有你这一个儿子，不为你考虑，为谁考虑？”苏见仁说着，又把那份文件和名片交到他手里，语速放缓，“这种项目不是人人轮得到的，平常跑断腿，还不及这里随随便便签一笔来得多。这个月业绩榜你要是再上不去，我‘苏’字倒着写。”

下班时，苏见仁在电梯里遇到赵辉。赵辉又提了一下那个项目。苏见仁说，已经交代下去了。赵辉极少亲自关照，这次是有些例外了。上周，赵辉找到他，说了意思，又指定与致远信托合作。苏见仁听到致远信托，便有些不爽，故意挑毛病，推三阻四。赵辉也不吭声，待他说完了，问起他上个月给自贸区的一笔贷款。苏见仁头皮发麻。那客户是朋友的朋友介绍来的，关键是看情面，好处倒没拿多少，不过两副清一色的事。苏见仁本来没放在心上，但冷不丁被顶头上司拎出来,竟也有些忐忑。好在赵辉只是一提,并没细问,反把那事向他兜了底,话也说得很诚恳,说这次是为了个老朋友,从小玩到大,感情相当好,资金上有些困难,实在是不能不帮。苏见仁听说过吴显龙这个人,也隐约知道他与赵辉的关系,心里想,老赵难得徇个情,不找别人,单单托了自己,于公于私都该接手。再说,以他的脾气,项目必定也是牢靠的,不会给人添麻烦。行里一年专供高端客户的基金也就那么几只,利率高,又是刚性兑付,只只都是抢手货,客户经理们争得打破头。其实也是笔大生意,大家得便宜。苏见仁便应承下来,说马上就办。他当天写了项目申请书,呈上去。分行审批部那边也是神速,隔了四五天便批准了。苏见仁向赵辉保证,加大力度,首推这个项目。唯独一点,该发的牢骚还是要发:"我对薛致远那个人没好感,你也晓得的,搞不懂这次为啥非要跟他合作。"赵辉叹道:"说实话,我也不喜欢这个人。但必须承认,致远信托最近搞得不错,尤其跟银行合作这块,非常有优势。老苏,我们都不是小孩子了,工作上要撇开个人恩怨,以大局为重。再讲了,到底是同学一场,也没什么深仇大恨,器量放大些,不吃亏。"

苏见仁说起周琳:"她打算在你家隔壁住多久?"赵辉说不知道。苏见仁恨恨地说:"姓薛的还骂我拉皮条,我看他才是!"赵辉提醒他:"要改姓'贱'了。"他讪讪地说:"我不是那个意思。"心里断定老赵这次跟薛致远合作,必然跟周琳有关,只是嘴上不好说出来。赵辉明白他的心思:"我对周琳没想法。"苏见仁酸溜溜地说:"日久生情。"赵辉好笑:"一把年纪了,什么情也生不出来了。"说着,拍他肩膀,"不好跟你比啊,风流多情苏公子。"苏见仁叹口气:"其实我是比较长情。"赵辉停顿一下:"也对。我们这班同学里面,论痴情,谁也及不上你。"

次日晚上,吴显龙设宴,邀了赵辉和苏见仁。这顿饭是专程感谢苏见仁的。结束后,吴显龙说要找个地方打麻将。苏见仁明白他的意思。麻将台上有输有赢,现金往来,不露痕迹。老办法了。苏见仁也不推辞,跟着去了。赵辉是不打麻将的,说要离开。吴显龙送他到门口,初时一直不语,只是搭着他肩膀,及至车门要关上了,才幽幽地道了句:"兄弟,实在不晓得说什么好,反正——又是感谢又是惭愧。"赵辉忙道:"阿哥,不要这么讲。"吴显龙叹道:"换了别人,总有办法报答,有来有去,大家都是交易。唯独对你,不晓得怎么办才好。"赵辉道:"兄弟之间，讲感情不讲别的。只要你好，我就好。再客气就见外了。”吴显龙点头：“好兄弟。”

赵辉在车上接到薛致远的电话：“吃得挺好？”赵辉径直问他：“有事吗？”那头笑笑：“没事，就是告诉你一声——德清那边，摆平了。”赵辉知道这人是邀功来了。天鹅岛那个项目，当初贷款是拿浙江德清的两块地做抵押物，司法拍卖就在昨天。这边基金还在募集阶段，时间上来不及，只能另想办法。薛致远找了几个当地人，交了保证金。起拍价只有市价的百分之六十，因此参拍的人不少。那几个地头蛇堵在门口，说些恐吓的话，或是拿三万五万利诱，逼走了几个，剩下一两个，便硬碰硬地拍，不管价格多少，只是举牌，人家哪里跟得起？最后也只得作罢。这边再放弃资格。从程序上讲，是要赔保证金的。薛致远通了些路子，找到拍卖行和法院，象征性地交了些钱，便也全身而退。两块地都保住了。薛致远还用手机发来当时的画面，真是有些惊心动魄呢，那几个人，俱是一身短打扮，流氓般架势，对周围人推推搡搡，不停地爆粗口。薛致远建了个微信群，把周琳和赵辉都拉进来，视频便是发在群里。周琳问薛致远：“不能用点儿文明的手段吗？”薛致远回答：“称得上‘手段’的，都文明不到哪里去。”周琳又问赵辉：“赵总您觉得呢？”赵辉不搭腔，转身便退了微信群。

“我跟你不是同道中人。”

赵辉很想这么说，犹豫了半晌，到底没出口。说了就忒小儿科了，像喊口号。电话那头问：“这周日老师下葬，去不去？”赵辉道：“去。”他道：“我也去。”两人停顿一下。不知怎的，赵辉竟不愿再继续这个话题，敷衍两句，便挂了电话。

半途，赵辉发现家里钥匙没拿，应该是落在支行了，看时间还不太晚，便又折回去拿。到了大堂，电梯门一开，见陶无忌从里面走出来，赵辉问了声：“刚下班？”陶无忌叫声“赵总”，道：“看会儿文件，顺便蹭个空调。”赵辉拿了钥匙下来，车开出一段，见陶无忌走在前面，便停在他边上，摇下车窗：“要不要再蹭个车？”

陶无忌下周调去审计部。他在车上向赵辉致谢：“赵总，一直想郑重地跟您道声谢，但都找不到机会，不知道该怎么开口。”赵辉道：“不客气，你是个很棒的员工，我只是做了分内事。”审计部是分行唯一直属总行的部门，门槛高，一直只招有资历的优秀员工，极少对新人开放。这次也是凑巧，审计部内部调整，近三分之一的人员调至其他岗位,重新招人。其实也是大换血,由各部门负责人推荐,再统一考核。赵辉向分行推荐了陶无忌。一众名单里,陶无忌是最年轻的,却也由不得别人不服气——他悟性高,思路清楚,人又勤奋,业绩摆在那里,实打实的数据。老关的好几桩 case,靠陶无忌才谈下来,那些客户竟是看在陶无忌的面上才答应的。捡这现成的便宜,老关嘴上还要逞能,“名师出高徒”。还有白珏那事,现场那么多人,唯独他挺身而出,勇气可嘉。整个分行都传遍了,说果然叫“无忌”的都是大侠,有胆色。赵辉事先并没告诉陶无忌,待文件下来,陶无忌才知情。他还是从别人口里听到消息,说是赵总写的推荐信。好消息突如其来,陶无忌倒有些蒙了。

“这下如愿了,”赵辉跟他开玩笑,“总算在未来岳父身边扎下来了——”

陶无忌摸摸头,有些不好意思:“谢谢您。”

“没什么,我只是顺水推舟。”

“不止这件事,”陶无忌停顿一下,“我知道,您帮过我很多次。其实我早该跟您说谢谢的。”

赵辉笑笑,没吭声,想,行里到底是没有秘密的。陶无忌的班主任,是赵辉当年一个关系很好的师弟,毕业后留校当了老师。“陶无忌”这个名字,之前他听师弟提过几次,评价很高,便有些印象。师弟也是个端正的人,素日极少开口,唯独这次请他尽量关照,说这孩子家境不好,但有天分,人也刻苦。赵辉看了档案和面试成绩,点名向人力资源部要了陶无忌,但也只是暗暗关注,见他果然优秀,又拍板将他从前台调到业务部。国有银行摊子大、人员多,实习生里好几个都是有背景的,通了路子,一层层地托人。赵辉也不是没收到过条子。名额就那么几个,陶无忌再出众,若没有赵辉伸手扶一把,也只能原地踏步。至于去审计部,更是难得的机会。支行里那么多人,一个个饿狼似的盯着。让陶无忌去,赵辉有自己的想法。提这个不提那个,横竖是一人欢喜百人忧,索性拉个新同志,剑走偏锋,倒让人没话说。况且这孩子也确实不错。那天与苗彻提到这事,苗彻开玩笑说:“故意跟我过不去——”赵辉说:“看到他,就想到我们自己。”苗彻沉默了一下。两人回忆当年刚进银行那阵,也是意气风发,做人做事都是横冲直撞。吃过亏,碰过钉子,走过弯路,也被抬过轿子,什么没经历过?倏忽几十年过去,头发都白了大半。苗彻说:“现在的青年人,比我们那时更聪明。”赵辉知道他的意思。白玨那事,陶无忌其实是有些过火的,强出头,搏出位。青年人的那些心思,到了他们这个年纪,又如何会看不明白?亏得没出人命,否则就难收拾了。

“孙老师一直很关照我。”陶无忌道。

赵辉点头。师弟必然向他提过与自己的关系。

“每个出色的学生后面,都有一个好老师。”赵辉说到这里,停顿一下,“——当年有不少人劝我留校,说我的性格,很适合当教书匠。”

“那后来呢?为什么没当?”陶无忌问。

赵辉耸耸肩:“还是觉得不适合吧。世界上最了解自己的,永远只有自己。别人眼睛里看到的,都不准确,往往只是皮毛,片面、单一,甚至是截然相反。哪怕再熟悉再亲近的人,也是如此。”

陶无忌点了点头:“您说得对。”

赵辉从他的眼神里读到一丝诧异,应该是觉得自己的语气有些怆然。对着一个孩子。赵辉调整了一下情绪。今晚吴显龙本来是劝他喝点儿酒的,他借口开车,没喝,其实是怕喝醉失态。通常心情越乱,便会醉得越快。吴显龙翻来覆去地说谢谢,他恨不得把耳朵捂上把眼睛蒙上,不听,也不看。以前的路,是一步步走的,大脑指挥手脚,这几天,却是一下子飘过去的,身子控制不好方向,便愈加慌乱,手心里全是汗,却还不能露出来,连个倾诉的人都没有。

车子撞上围杆那瞬,赵辉听见陶无忌叫了一声“小心”,已是晚了。砰!眼前一黑,便没了知觉。及至醒过来,赵辉发现自己躺在医院的病床上。旁边,陶无忌坐在轮椅上,戴着护颈。

交警陆续给两人做了笔录。对方车辆负主要责任,会车时打远光灯,影响司机视线。好在气垫弹出及时,才没有大碍。一个脖子脱臼,一个轻微脑震荡。赵辉挺抱歉:“难得让你搭个车,还害你受伤。”陶无忌说没事,又问赵辉要不要打个电话回家:“我反正是一个人住,您是否要跟家人说一声?”赵辉一想没错,连忙打电话给保姆,谎称临时出差,次日再回上海。

“这一阵老是到医院探病,现在轮到自己了。”

两人在急诊病房观察一夜,病床紧挨着,睡不着,有一搭没一搭地聊天。因有了刚才同生共死的交情，靠得又近，话题便也更亲密些。陶无忌想听“上海1号”的事，便让赵辉聊些细节：“大家都说，这是S行几年来最漂亮的一个case。”赵辉笑笑，说无非是胆子大些，别人不敢投，自己冲在前面：“人人都想赚钱，又怕蚀本，天底下哪有面面俱到的事？我这人，别人只当我稳重，其实我骨子里野豁豁得很，认准一件事，死活都要干成。”陶无忌笑了笑。“其实，还有个原因，”赵辉说到这里，停顿一下，似在犹豫该不该对这孩子吐露，“我爱人，是土生土长的浦东人，她在陆家嘴住到二十岁才拆迁搬走。花园石桥路1号——这是她家原来的门牌号，因为好听，我便一直记着。这么巧，刚刚好是‘上海1号’的位置。这块地拆了盖，盖了拆，建过菜场、超市、小学，现在竟然要建一幢全国最高的楼。我那天拿着‘上海1号’的效果图看，那么高的一幢楼，上面一半都在云里，就像《西游记》里的天宫。她要是还活着，不知会感慨成什么样。她对浦东有感情。我时常想，这幢楼再怎么高大上，脚下的土地始终是那一块，不会变的，是我爱人的家，也是我的家。我把‘上海1号’的项目做好，她泉下有知，必然也是欢喜的。你懂的，上了年纪，就会有些乱七八糟的傻念头冒出来，自己也控制不住。”瞥见陶无忌怔怔听着，笑了一下，“——也说说你的事吧。”

陶无忌说起自己的家乡。小县城，不过几千户人家。青石铺就的路，小河浜，老柳树。冬暖夏凉。生活节奏缓慢。陶无忌说他父亲原先在县医院当会计，后来被人开后门挤掉铁饭碗，便在医院附近开了爿小文具店，兼职当账房先生。县城结婚流行请账房先生。拿张大红纸，男女两家分开，按亲疏远近，写下客人的名字，后面跟着各户的礼钱数目，钱和账要分文不差，最后交到双方家长手上。陶父人厚道，字写得漂亮，又当过会计，很适合干这个，时常被叫去，赚一封红包。但也不是没出过岔子。有一次，女方没交代清楚，把新娘的亲舅和表舅名字说反了。“娘舅大过天”，按理舅爷是要排在第一位的，这是风俗。陶父大笔一挥，错把表舅的名字写在首位。本来这也没什么，重写一份就是了。偏生那亲娘舅是个极蛮横的人，冲上来把红纸一抢，便撕个粉碎，还差点儿动手。陶父吓坏了，回来就说以后不干了。第二天，娘舅带着烟酒上门赔罪，说自己喝醉了，得罪先生了。陶父觉得他是个爽快人，一来一去，倒成了朋友。陶无忌和两个姐姐，从小到大吃过的喜酒，几个巴掌都数不过来。县城的喜宴多是露天席，搭个棚，从早吃到晚,哪里还安插不下两三个孩子? 尤其陶无忌,念书好,方圆几里都有些名气的,跟在父亲后面,不用开口,人家便拉了他坐下,好饭好菜地招待。“秀才”,大家都这么叫他。及至考上大学,“秀才”变成“状元”。比起上海这样大城市里的人,老家的人倒似更看重学习。陶父一个人拉扯三个孩子,经济条件不好,但很受人尊敬。甚至陶无忌十几岁的时候,就有媒婆上门,说有女孩家想先把婚事订下,将来好就最好,若是不好,他们也没怨言的。还有愿意资助学费的,说将来婚事若是成了,就算嫁妆,不成就当借给孩子,不收利息。

赵辉忍不住笑:“很抢手啊——如果你回老家,肯定能娶到最漂亮的媳妇。”

陶无忌脸红了一下:“那也不一定。”

次日,陶无忌请了病假,去五角场监狱看朱强。上周判的,五年。看守把人带出来,瘦了一圈,脸颊那里凹下去。见到陶无忌,他先是一怔,随即问:“吃过生活(方言,吃生活即挨打)了?”——是说陶无忌的脖子。陶无忌道:“交通意外。”他嘿的一声:“没死,运气不错。”陶无忌道:“差一点儿。”他道:“老天不长眼。”

陶无忌带了一袋水果。看守接过,检查了一下,示意可以。朱强手被铐着,不能动,忽地飞起一脚,把那袋水果踢得老远,苹果葡萄滚一地。“干什么!”看守喝道。朱强呸的一声,朝地上吐了口痰,看向陶无忌,冷冷地道:

“滚!”

回去的路上,陶无忌觉得舒畅了些,脱臼的脖子也舒服许多。他就是去挨骂的。可惜隔着玻璃,否则再挨两下打,就更舒服了。胸口那里被什么充溢着,有许多东西不吐不快。他拿出手机,拨通一个电话。半小时后,他到了胡悦家附近的小茶馆。胡悦已等在那里,靠窗的位置,点好了茶和果盘。她听出电话里他的异样,神情便愈加温柔:

“有事?”

他告诉她,有一阵县城里流行天主教,好多人都入了教。天主教要告解,把自己犯的错如实地向神父说出来。很多时候,告解亭成了孩子们的玩具。他们钻进去,扮作神父,偷听别人的秘密。很少有人会真的告解。但偶尔也会碰到一两个傻子,跪在那里倾诉。一次,某人来告解,说自己爱上了张小冬的老婆,求而不得，非常苦恼。张小冬是城西开水果铺的，其貌不扬，还酗酒赌博，娶的老婆却是如花似玉，远近闻名，暗恋她的人从城东排到城西。本来这也没什么，想吃天鹅肉的癞蛤蟆多了去了。偏偏那人说得很具体，写小说似的，起承转合，还有心理描写和细节，但也是很有节制的，不觉得淫邪，反而很动人，催人泪下的那种。这事很快便传开了。最终现实情况竟真像小说了，女人和张小冬离了婚，跟了这人。更妙的是，众人提起这两人，竟一丁点儿责怪的意思也没有，反倒认为，这么痴情的男人，傻子才不嫁。

“挺有趣啊，”胡悦笑道，“这人很聪明，懂得利用舆论的力量。”

陶无忌喝了口茶：“是我教他的。”

胡悦一怔。

“那女人是我大姐，很没用，整天被老公打，还不敢离婚。那男的也不敢，怕被人戳脊梁骨骂狗男女。你知道，我们那里风俗还是很守旧的。我爸心疼女儿，逼我想出这个主意。是不是觉得，我有点儿阴险?”

胡悦停顿一下。“你是为了你姐。出发点是好的，应该叫机智。”

陶无忌告诉她：“朱强泄露客户信息那件事，其实我早就知道了。”

胡悦又是一怔，茶泼了几滴出来。陶无忌径直说下去：

“那天，我加班到很晚，下楼的时候，看见朱强在柜台旁装摄像头。他跪下来哭着求我不要说出去，说以后绝对不会再犯。我答应他了。但我最终还是食言，出卖了他。”

“你是为了救你师傅，跟出不出卖没关系。”

“错了，”陶无忌摇头，“我是为了我自己。如果是救人，我可以随便点个人名，为什么非要说他？——我是故意的。因为现场那么多人，还有分行和支行的领导，统统看着我。我想把这件事做大，我希望他们记住我——你知道的，我是多么希望他们能记住我。”他说到这里，竟然笑了笑，继而低下头，又喝了口茶，有些掩饰的。

胡悦看着他，不说话，伸出手，在他背上拍了两拍。

“我不是个好人。”陶无忌双手蒙住脸，长长地吐出一口气，“我只是挑了这么一个自欺欺人的办法，好像我是为了救人。其实不是。我很阴险。”

“不要这么说——”胡悦轻拍他。

“你知道吗?”陶无忌忽地抬起头,看她,“昨天出车祸,我第一感觉竟然是挺高兴,想,领导把我撞了,欠我一份人情了。晚上和赵总在医院里,他聊到他女儿,我听着听着,脑子里忽然冒出个念头:如果我去追求他的女儿,不知道会怎么样——”

他说着,眼睛眨也不眨地看着胡悦,那瞬竟有些自暴自弃的畅快,又感到一丝歉意,把这女孩吓坏了。可是,除了她,他真的想不出可以对谁说这番话。他与她的关系,刚刚好处在那样微妙的位置。好像,他不担心她会看轻他,永远不会。

“你是在向我告解吗?”她道。

他没吭声。

“尽管你来找我,说这些话,让我有点儿吃惊,”她顿了顿,“但我还是挺开心。这表示你信任我。我很想安慰你,但没必要,因为你没有做错什么。你在我心目中,永远是个忠厚的好人。没有人必须为他脑子里一闪而过的恶念负责。这世上没有十全十美的人。每个人都会为自己打算,这是再平常不过的事了。”

胡悦说到这里,停下来。她瞥到他有些诧异的目光,猜想他必然以为她在说漂亮话。其实不是,她是真的这么想。接到他电话的那刻,她正与苗晓慧边吃零食边看电视,手还是油的。他让她出来,“别告诉晓慧”。她心跳了一下,只一秒,便猜到不会是值得小鹿乱撞的事。她对苗晓慧说临时有个约会。“你或许可以找陶无忌去看场电影。”她故意这么说。苗晓慧当然不会。都快九点了,她不喜欢夜里活动。胡悦来到茶馆,点了陶无忌喜欢的薄荷茶,静静等着。远远看到陶无忌的身影,还有脸上的神情,她知道自己没有猜错。每当他觉得无助、彷徨的时候,他都会找她。最近的是半年前那次。临近毕业,他跑来找她,说 S 行的录取通知书还没到,很忐忑。她安慰了他一下午,然后托人去打听。那个 S 行郊县支行的副行长,接到电话时还问她:“男朋友?”她扔下一句:“要你管。”

她喜欢陶无忌这样依赖着她。尽管对许多女生来说,这样的境地多少有些悲凉。但她不会。在孤儿院待的那些年,让她懂得,要珍惜每一份情感。还有就是,不要奢望幸福。如果起点是零,那么,再小的收获都会让人满足。这些年来,陶无忌那些难以启齿的、不足为外人道的小心思小算计，或是苦闷，只会告诉她一个人。她乐意听他倾吐。他在她眼里常常就像个孩子，有时故意夸大，有时避重就轻。她是他的告解亭。偶尔她也会想对他说些什么。这种时候，谈话内容让两人更接近，气氛也变得有所不同。她当然不是准备告白，只是想告诉他，人生就是这样，每个人都具有复杂的多重性格，很无奈，也很难说清。比如，她高中时有一阵曾去夜店打工。直到现在，她都没完全弄明白为什么。青春叛逆期只是原因之一。好像，更多的是因为寂寞——这个词，她从未向别人提及，但它就是那样真实地存在着。自懂事起她就是一个人，没有父亲，没有母亲。那种令人窒息的寂寞，仿佛有人拿手掐她的脖子，逼得她喘不过气来，想哭，想尖叫，想奔到外面找个悬崖跳下去。她在胸罩里垫海绵，戴假发，化浓妆，纤纤玉指夹着摩尔，熟练地吐着烟圈。与生俱来的好酒量。跟男人调情，三言两语，真真假假，撩拨得他们心痒难搔。她是个聪明的女孩，不仅仅体现在学业上。那些男人到最后甚至都愿意与她做朋友。抽屉里一堆名片，拿橡皮筋扎着。她几乎不联系他们，除非有必要。比如，那个郊县支行副行长，终年戴一顶假发，平常看着体形还过得去，其实是鸡胸，靠衣服撑出来的。他对她也真是用情，至今仍存着与她的合照，她几次劝他删了，他都不舍得。他夸耀自己在 S 行手眼通天，没有办不成的事，口气比分行行长还大。胡悦便给他机会。这人也真是卖力，辗转托了几层关系，把她调进 S 行，到底是办成了。又比如，点名找陶无忌存款的那些人，在电话里拍胸脯担保，五百万太少，一千万够不够？二千万、三千万也不成问题。她只是笑笑，细水长流，别一下子吓坏人家。想想罢了，她当然不可能把这些事情告诉陶无忌。不合适，也没必要。告解有时也是种奢侈。说出来，这头轻松了，那头自然就重了。能量守恒定律。

她为他续上茶。

“你是好人，也是我最珍视的朋友。我希望你不要对自己有所怀疑和失望。也请你相信——不管怎样，我永远站在你这边。”她说完，微笑了一下，握住他的手。

十一

“等着你在审计分部大干一场，让我爸刮目相看。”苗晓慧柔声道。

周日，赵辉、苗彻、苏见仁、薛致远几人去了墓地，帮着师母处理下葬事宜。那青年也来了，依然是跟着薛致远。除了师母和赵、薛两人，其他人都不知情。苗彻悄悄问赵辉：“这人什么毛病?”是说他年纪轻轻，竟不忌讳。况且做事也不利落，薛致远竟然每次都带着他。不像司机，也不像助理。莫名其妙。午饭时，薛致远向大家介绍：“钱斌，我的一个远亲，大家多关照。”师母垂着眼，不搭腔。赵辉冷眼旁观，觉得这青年是有些回避师母的。两人不说话，眼神也无交流，偶尔撞个正着，便立刻绕道而行。赵辉猜想他们之前应该也见过面。倘若老师在还好些，依师母的脾性，也不致让他多么难堪。现在老师不在了，两人这么相处，便完全是煎熬了。这倒也不能怪薛致远惹是生非，亲生骨肉，总是要来送一程。中国人的习俗，逃不掉的。师母便是再别扭，也不好说他。方才，从殡仪馆取出骨灰，师母捧着盒子，青年低头跟在后面，隔开一段，似是怕踩到她的脚。到了墓地，烧了锡箔，把骨灰放入穴内，再由工作人员封穴。众人一一鞠躬。轮到那青年时，薛致远嘟哝一句“要磕头”，师母忙道：“鞠躬就行了。”那青年依然是跪下，磕了三个响头。苗彻和苏见仁互望一眼，啼笑皆非。“是不是早就过继给老师了?”苗彻私底下问赵辉。赵辉说：“不知道。”苗彻忍不住又去问薛致远。薛致远不回答，嘲了他一句：“你想象力很丰富啊。”

离开时，薛致远给了师母一张支票，五十万。

“老师投了五万，买我一只基金，翻了十倍不到，我凑个整数。”

师母疑疑惑惑。薛致远也是有备而来，拿了原始买卖的凭证、转账记录，一张张清清楚楚：“还是上届奥运会的时候，老师说，私房钱全交给我了，要是亏了，就跟我同归于尽。幸不辱命，呵呵。”薛致远把支票塞到师母手里，“您收下。”

几人去停车场，各自拿车。苗彻问薛致远：“真的假的？”

“你说呢？”薛致远忍不住叹气，“做那些单据，费了我一整天工夫——送钱给人，比赚钱还累。”几人都不语。苏见仁嘿的一声：“反正你擅长造假，也没什么。”薛致远朝他看：“老师还没断七，怎么，来一架？”苏见仁道：“行啊，来就来，别把老师扯上。”说着就捋袖管。赵辉阻止道：“行了，都五十岁的人了，又不是五岁。”苗彻道：“五岁倒好了，牙都没换齐，怎么争女人？”苏见仁恨恨地说：“女人我有的是，要同他争？”

上车前，薛致远丢下一句：“有件事我要声明——我现在跟周琳女士没什么关系，最多只是生意上的伙伴，绝不涉及男女私情。我对她没啥感觉，她喜欢的也不是我。所以老苏，要打架，记住别找我。”

青年朝几个人微微欠身，说“再见”，眼睛朝着地上，整个人始终没什么精神。皮肤是那种有些透明的白，女孩似的，生得比老师俊俏。他为薛致远开车门，薛致远坐进去，他随即快步回到驾驶座。车子驶动。苏见仁没开车，来的时候叫的出租车。他问赵辉：“带一段？”赵辉答应了，猜想他或许会问周琳的事。薛致远最后那话说得很促狭，冷不丁扔出来，多少有些挑拨离间的意思，点苏见仁的死穴，拆他赵辉的台。男女间的事情还不好多解释，往往越描越黑。赵辉应付这种事不算拿手，老苏在男人里又属于那种个性有些缠杂不清的，说实话，赵辉心里有些发怵。

谁知竟是公事。苏见仁径直问他，审计部那个名额，为什么给了陶无忌。赵辉有些意外，也松了口气，问他：“你有什么想法？”苏见仁说：“没什么想法，就是有点儿好奇——那小子挺走运。”赵辉嗯了一声：“天时地利人和，往往缺一不可。”苏见仁道：“关键还是你这个领导比较正派，换了别人，关系户都不够分的。”赵辉笑笑:“多谢夸奖。”

苏见仁踌躇了半晌,到底是没好意思提程家元。立场不对,人家只需一句“为什么帮他,你们什么关系”——立刻就吃瘪了。昨天程家元跑来找他,开门见山说想进审计部。他说:“上头已经定下陶无忌了。”程家元说:“不多我一个。”他表示有些为难。程家元硬邦邦地扔下两句:“不肯帮忙?那就算了。”他只得拦下,说再想办法。儿子几百年才提这么个要求,又是在这当口儿,无论如何要为他做成。苏见仁无须多问,便猜到他这么赌气似的要进审计部,必然是与陶无忌有关。十有八九被人家女孩拒绝,明里暗里跟情敌杠上了,嘴上还要犟:“我就是想进审计部,回头查你的账!”苏见仁又是好气又是好笑,想,进审计部你倒是进啊,自己没本事,在老子面前跩个屁!

苏见仁没猜错。前几日某晚,程家元与胡悦上完课出来,有些饿,便去附近的茶餐厅吃夜宵。这家店他们是常去的,价廉物美。两人各自点了吃的。一会儿,云吞面端上来,胡悦咬了一口,忽地被什么硌到,“哎呀!”,吐出一小块带血的牙齿。再看碗里,竟有一条项链,坠子是颗熠熠生辉的钻石。旁边,程家元的脸涨成猪肝色,话都说不利索了。从电视剧里学来的桥段。项链是托表姐一起去挑的,八十分的钻石,不大不小,意思要到位,但也不能吓到人家。上课前交给老板娘,叮嘱她好生操办。后面的台词他也早想好了,练了又练,烂熟于心——只是电视剧里无论如何不会有女主角被硌掉牙齿这段。程家元吓傻了,手忙脚乱地拿纸巾给胡悦,又问她要不要去医院。胡悦说没事,问老板娘要了点儿棉花塞住伤口。程家元灰溜溜地把项链从汤里捞起来,拿纸巾擦干。

“送给你。”他把项链递过去。

“我的生日还没到。”胡悦道。

“不是生日礼物。”他有些局促,摸头,“——送给你。”

“无功不受禄。”胡悦停了停,跟他开玩笑,“如果钻石是假的,我就收下。”

程家元一闭眼,豁出去了:“我喜欢你!”

他做好被拒绝的准备。果然,胡悦说了句“我不适合你”。他僵在那里,拿项链的手有些尴尬。胡悦没让这气氛持续太久,拽住他的手臂,便去坐地铁。路上,她聊起刚才课堂上老师的新发型,像鸡冠,后脑勺那块没剃好,长长短短,又像鸡屁股了，“我一直忍着笑”，又说下周要去外地培训三天，不能来上课，“同学，笔记就拜托你了”。

通常女孩这样岔开话题，男人就该顺势退下，免得难堪。偏偏程家元在这方面完全没经验，性子却又很倔，想着今晚无论如何要说清楚，死也要死个明白。“是因为陶无忌吗？”他没头没脑地冒出一句。胡悦怔了怔，随即回答：“是。”

程家元连着几天，都像被枪打过一样。白天见到胡悦，彼此面儿上与平常无异，但神情间到底是存了些什么。程家元打电话邀她一起吃午饭，她说有事要忙，不了，然而去食堂时，却看见她与陶无忌坐在一起，两人有说有笑。程家元原地停了一会儿，拿着餐盘走过去。“恭喜啊，”他坐下，对陶无忌道，“要高升了。”

“谈不上高升，只是换个岗位。”陶无忌道。

“所以说啊，外来的和尚好念经，这话真是没错。”程家元道，“外地人拼劲足、扑心大，一口气屏得死死的，动不动就豁上，赤膊上阵。上海人完全不是对手。前几天我们大学同学聚会，大家聊起来，说现在混得好的都是外地人。一点儿办法也没有。”

陶无忌夹了口菜放进嘴里，朝胡悦笑笑，只当没听出程家元话里的挑衅。

“朋友这双皮鞋也该换了。”程家元看向他脚上，有些夸张的口气，“皮质不好倒也算了，反正几十块的皮鞋也是穿，几千块的皮鞋也是穿。关键鞋底都磨成这样了，再穿下去当心烂掉，整个掉下来，那就难看了。”

程家元说完，不敢与胡悦目光对视，匆匆扒了几口饭，离开了。他逃也似的到厕所，洗了把脸，瞥见镜子里那人狼狈不堪，衬得额角那块胎记愈加清晰，像抽象画里的人物扼要，小丑似的，既滑稽又卑微，心里竟更难受了。那样搜肠刮肚贬低人家，反显得自己可笑。小儿科的把戏，幼稚，不知好歹。程家元捧了一把水，狠狠往镜子上泼去。

苏见仁找到父亲的一个老战友，原先在S行总行当副行长，现在退休了，但人脉还在。十来年没联系，苏见仁硬着头皮找上门，开口便是“叔叔”，想着有些唐突了。对方倒很开心，这把年纪的人，都喜欢热闹，见到故人，尤其亲切。听了苏见仁的来意，他一口应承下来：“我试试，问题应该不大——”那人也是北方人，嗓门亮，性子爽，径直问苏见仁，“再婚了没有？”苏见仁一怔：“没有。”那人蒲扇般的大手伸过来，搭住他肩膀："那挺好。"

一周后，程家元接到通知，调去审计部。他破天荒地和父亲一起吃了顿饭。"让你牺牲色相帮我，不好意思。"是说苏见仁几天前跟人相亲的事。父亲老战友的女儿，四十多岁一直未婚，那天苏见仁过去，便是她开的门，睡衣睡裤，臀圆膀粗，头发蓬松，初时还当是保姆，及至父亲老战友提议"我女儿，你们可以接触一下"，苏见仁才恍然大悟。二人在外滩18号约会了一次，小提琴加红玫瑰，苏见仁甜言蜜语，小心奉承。这本是苏见仁拿手的。也没什么，求人办事本来也要花销，只当还老人家的情。苏见仁带过不少女人来外滩18号，环肥燕瘦，各有千秋，这次的女伴，在旁人看来，都觉得苏公子口味越来越独特，不走寻常路，吃出精了。

"送了礼物没有？"程家元问。

"一副耳环。"苏见仁看了儿子一眼，有些嘲弄的，"没有放在菜里，否则被她一口吞下去，性命攸关。"

二十多年来，父子俩首次在"追求异性"方面找到了共同语言，也是始料未及的。苏见仁劝儿子不要心急："这世上顶顶讲不清的，就是男女间的事，不见得你给她一分，她非要还你一分。别的地方再不公平，吃亏上当，总有说理的地方。唯独感情这事，再怎样，也只能自己兜进。就算吃亏也是自找的，怨不得别人，连牢骚都没处发。"苏见仁面儿上是教儿子，实则是想到了自己。这么多年，心心念念只有一个人，连梦里也全是她的模样。老电影似的，放了一遍又一遍。当年班上那众男生，追李莹时再怎么轰轰烈烈，现在也是各过各的日子，各有各的精彩。唯独他，无论如何是放不下，为了一个早就不在的人，荒唐度日。那些女人看久了，模样会变，渐渐幻化成另一张脸，熟悉的眼睛、鼻子、下巴、嘴唇……每次都是如此。酒愈喝愈多，话愈来愈少。缩在角落，逢迎调笑，到后来只是惯性罢了，自己都瞧不起自己。偏生那人早去了另一个世界，他再怎样，她也不会知道。前世欠了她的。

"我现在有点儿懂，当年你是什么心情了。"程家元叹道。

苏见仁眼泪差点儿掉下来。这些年被不少人劝过，也骂过，都麻木了。唯独与儿子这样聊起，竟是从未有过。这情形竟透着几分诡异了，别样地触动心境。

一个半老男人,一个半大男孩,断断续续说着情伤。尽管程家元那些叙述在他看来,青涩又好笑,"小赤佬懂个屁",却硬是搭上界,试图与他在"人生自是有情痴"这点上达成某种契合,寻求共鸣。苏见仁瞥见儿子额角那块胎记,生下来时只是淡淡一块,这些年竟越来越深了,便有些后悔,想,早知道便不该听医生的话,趁着年纪小,早些动手术去了才是。现在这样,真是有些扎眼呢。苏见仁停了停,伸出手,想去摸那块胎记,程家元下意识地往旁边一让:

"做啥?"

"不做啥。有只小虫,替你赶掉。"苏见仁说完,拿起酒杯,一饮而尽。

蒋芮当上了证券经纪人,邀一众同学吃饭,见面就叹苦经,说考试的时候股市势头还不错,等考上了,转正了,竟又回落到3000点以下,一片绿油油。不少经纪人都转行了,有前辈劝他,股票这行靠天吃饭,熊市的时候先干点儿别的,等牛市了再进来。蒋芮愁眉苦脸,又挑剔说:"我每次跳槽都请客,你们这些混得比我好的,请我吃过一顿饭没有?"陶无忌安慰他,中国的股市无所谓牛市熊市,机会一直有,而且政府也在加大股市监管,守护投资信心,保护投资者的利益。苗晓慧道:"还指望你透露点儿内部消息,挑我们发财呢。"蒋芮嘿的一声:"消息是一直有,真真假假,好多都是诳人接盘的阿诈里,你敢不敢跟?"苗晓慧一把揽住陶无忌,咯咯笑道:"我有股神在手,火眼金睛,怕什么?"

蒋芮向陶无忌借钱:"不用多,万把块就行。"陶无忌问他:"干吗?"蒋芮道:"给我妈买点儿衣服、化妆品什么的。"陶无忌朝他看。蒋芮说他爸妈最近关系很僵,爸爸连着几周没回家了:"存款都是他管着,我妈老早就下岗了,身上的钱只够买菜付水电煤气费。——我猜这老家伙外面多半有女人,拐弯抹角跟我妈闹,想逼得我妈先提离婚。我劝我妈:'没事,他不回来就不回来,反正以前也是这样,他几时管过这个家了?我们摒牢,以静制动。离婚这种事,谁先提,谁吃亏。我们照旧过日子,该吃吃,该喝喝。你儿子我也赚钱了,又不是养不起你,实在不行还可以找朋友帮忙——'我妈这个人,年轻时长相还是不错的,这些年一个人持家,才有点儿显老,真要打扮起来,绝对不输给别人。人活一口气,我对我妈说,越是这种时候,越要把自己弄得光鲜一点儿滋润一点儿,活活气死那老家伙。"

陶无忌转了八千块钱给他。蒋芮跟他妈妈最亲。他父亲在铁道局当列车员,不太着调的一个人,整天酗酒、打麻将,不顾家,对儿子又很凶。蒋芮初中时一次考试不及格,他父亲喝个半醉,不由分说抡起小板凳就砸过去。蒋芮妈妈冲出来挡住,头上被砸出个寸许的口子,血流了一地,去医院缝了二十多针。蒋芮讲到他父亲,语气都是恶狠狠的:“这老家伙——”陶无忌想到程家元,感慨道:

“天底下不靠谱的爸爸确实多。”

“世上只有妈妈好。”蒋芮举杯,与他的酒杯一碰,“反正我将来只管我妈一个,别人统统不管,告我忤逆也没用。”

他问陶无忌,程家元怎么回事。“我叫他来,他不肯。我说胡悦也来,他一本正经地让我别开玩笑,就把电话挂了——是不是被胡悦拒绝了?”陶无忌耸耸肩:“也许。”蒋芮坏笑:“问问胡悦就知道了。”陶无忌在他肩上打了一记:“别唯恐天下不乱。”

吃饭时,苗晓慧一直在发微信。陶无忌问她是谁。她说是上次跟胡悦相亲那人,把手机给他看。陶无忌瞟了几条,都是礼节性的问候,没什么过分的。但彼此都是男人,个中套路是再熟悉不过的了,话里有话、以退为进、步步为营、层层加码——那些心思便是用脚指头也猜得出来。“一直有联系?”他问她。

“也没有一直,就偶尔。”苗晓慧问旁边的胡悦,“——这人不讨厌,是吧?”

胡悦看了陶无忌一眼,笑笑:“还行。”

结束后,陶无忌送两个女生回去。聊到蒋芮,苗晓慧说他有点儿恋母情结:“听说他以前在宿舍里跟他妈打电话,一打就是半小时。我这辈子跟我妈打电话从没超过十分钟。”

“你这个女儿是白养了。”陶无忌道。

“他连手机屏保都是和他妈的合影。肉麻。”

“就不兴男生跟妈妈亲一点儿?”陶无忌停了停,“——你爸,说什么了吗?”

“我爸说,敌人相当狡猾,已经混到组织最前沿了,要小心提防。我爸还说,他已经想好了一千种折磨你的方法,杀人不见血,让你最好有心理准备。”苗晓慧咯咯直笑。

陶无忌暗自叹息。话是说笑,但意思多半差不多。那天晚上,赵辉问他:

“跟未来岳父一起上班,什么感觉?”他苦笑:“有些发怵。”赵辉安慰他:“苗大侠这人我了解,绝对公私分明。”陶无忌道:“听说审计分部在二十五楼。”赵辉一怔,随即明白他在自嘲,一拍他肩膀:“没事。跟紧大部队,尽量少私下接触,问题不大。”

“除死无大碍。”苗晓慧笑。

陶无忌朝胡悦看一眼,后者也在笑:“别怕,苗处又不会吃人。”苗晓慧接口:“就算吃了,也是工伤,组织会负责的。”两个女生笑得没心没肺。陶无忌只好也跟着笑。把两人送到楼下,陶无忌说要走,苗晓慧硬是不肯:“上去坐一会儿——”陶无忌看表,十点一刻:“不早了。”胡悦也道:“坐一会儿,保证让你赶上末班车。”陶无忌拗不过,跟着上楼,在沙发上刚坐定,忽见苗晓慧捧着一个蛋糕,笑吟吟地出来。他一怔,瞥见蛋糕上刻着“朋(鹏)程万里”。苗晓慧在他脸颊上亲了一下:“你在我心里,永远是最出色的。祝贺你!”胡悦也在一旁微笑。他这才晓得是这两人特意安排的,心里一暖:“谢谢!”

“等着你在审计分部大干一场,让我爸刮目相看。”苗晓慧柔声道。

到审计部报到那天,陶无忌与程家元在电梯口遇见。两人打个照面,陶无忌没话找话:“要说恭喜哦。”程家元嘿的一声:“那我是不是该说同喜?”电梯门正要关上,被一只手拦下。苗彻走进来。陶无忌下意识地把胸口一挺,人站得更直些。两人叫了声“苗处”。苗彻点头:“新人报到啊——先给两位透个底,你们都分在三处,以后是我的兵。”陶无忌从镜子里看到苗彻目光投向自己,似笑非笑,忙掏出手机,做出翻看消息的样子。

上午是碰头会,部领导见个面,各自分派。陶、程二人果然分在苗彻那处。又是同一个师傅,叫王磊,四十来岁,说话很快,做事也干脆,几句话交代好,哗地扔过来一堆文件,都是过去的案例,“背熟吃透”!两人应了,各自挑了几份,坐下来细读。办公桌是相对的,隔着几盆花,两人低着头,全无交流。程家元进审计部的事,陶无忌前几天刚听说,挺意外。放在几周前,还可以问一问,现在有些难了。都说女生任性,友谊的小船说翻便翻,其实男生之间也是如此,敌意来得猝不及防,连个过渡也没有。程家元今天应该是花了些心思装扮的,制服烫得笔挺,白衬衫花点领带,新理的发型,刘海儿稍稍往下斜些,刚好挡住那块胎记,整个人帅气不少。陶无忌留意了他的皮鞋,擦得油光锃亮,应该是名牌。陶无忌早上出门时也擦了皮鞋,吐一口唾沫,拿抹布来回擦拭。皮鞋是他刚进大学时父亲买的,通常是正式场合才拿出来,今天也是特意穿的。

陶无忌一抬头,与程家元目光相接。程家元忽道:“那个蛋糕好吃吗?”陶无忌一怔,才明白他是说上次苗晓慧买的蛋糕。裱花师出错,把“鹏程万里”的“鹏”写成“朋”,他当时觉得好笑,拍了张照片传给蒋芮,谁知这家伙又把照片发到朋友圈,“鸟没了”,惹来一片暧昧的议论。程家元应该也看到了。陶无忌说:“不错,味道蛮好。”程家元笑笑:“我想也是。”

过了两周,便要出差,去台州分行。苗徊带队,抽壮丁似的点了几个,包括陶无忌和程家元。审计部是交叉互审,你审我家,我审你家,通常一年里倒有小半年不在上海。陶、程两人都是头趟出差,临行前王磊关照,少说话,多做事,尤其是,不管吃的用的,只要是被审行递过来的,统统要拒绝,实在推不掉的,就上交——“原则问题”。

刚到宾馆房间,行李还没卸下,外面就送来水果篮。陶无忌触电似的,不敢接。对方说:“吃点儿水果有什么啦?”陶无忌只得收下,给苗徊打电话。电话那头有些好笑:“吃吧吃吧,没事。”陶无忌兀自忐忑,把水果篮摆得远远的。晚饭时,台州分行设宴,给苗徊一行接风,掐着八项规定的标准。对方知道苗徊爱酒,带了瓶茅台。苗徊道:“这是拖我下水。”对方连叫冤枉:“怎么会? 吃饭在职工食堂,人均标准还不到三十元,酒也是在食堂里随便拿的,不是原装。”苗徊问:“炒菜用的?”那人一本正经:“可不是,那盘草头里用的就是这酒。”苗徊到底是不依,结果一顿饭匆匆而毕。

回宾馆的路上,陶无忌问程家元:“你好像跟苗处挺熟?”程家元明白他的意思:“不怎么熟,也就见过几次面。他不知道我和苏见仁的关系。整个S行只有你知道。”陶无忌怔了怔:“我不会说的。”程家元嗯的一声:“胡悦喜欢你的事,我也不会说出去的,对我没好处。”陶无忌没料到他说话风格陡然变得如此明快,倒有些不适应了。程家元挥了挥手里的一堆打印稿:“内部加密文件,不允许复印,也没有电子版,领导说一个个轮着看,我看完就给你。”陶无忌点头:“好。”

连着几日,对台州分行信用卡业务进行审计。各人都有承包,先查,再归拢,将发现的问题汇总。陶无忌想着这是第一次在苗彻面前做事，便格外认真，每天看资料到半夜，不敢有丝毫遗漏。最后报告足有三十多页，呈上去时信心满满，业务上是不消说了，连格式、文笔也是做足功夫，自觉不致让人失望。谁知总结会上，苗彻板着脸，径直问他：

“前几天的文件，你看了没有？”

陶无忌一愣：“看了呀。”

“柜台人员批卡，信用额度规定最高五万，这是前几年的规定了，最近新下的文件已经放宽了，把限额提高到十万，所以人家并没有违规。以后写报告之前，麻烦你先把总行的相关文件看清楚。”苗彻说完，把那份报告往陶无忌面前一扔，“重写！”

散会后，陶无忌叫住程家元：“聊聊。”两人走到一边。“故意的，对吗？”陶无忌问。程家元道：“什么？”陶无忌道：“那份文件我一字不漏地看完了，压根儿没见过提高限额这条——你把它藏起来了，是吧？”程家元丢下一句“胡说八道”，转身要走，被陶无忌拦下。

“我不懂你为什么要这样做。是因为胡悦吗？我说过，我对她没意思。”陶无忌想到会上苗彻冷冷的神情，忍不住便有些气苦，“你明明知道我很在乎苗处对我的看法，我来S行是为了什么，我这些日子咬紧牙关又是为了什么，你都知道。我们就算当不成朋友，总不至于是敌人吧，你为什么要害我？”说到后面，声音竟有些沙哑。

程家元不语，半晌，迸出一句：“少来，你也不是什么好人。”

陶无忌看向他。

“你当初为什么会跟我做朋友？”程家元一字一句，渐渐提高音量，“你敢说，你的动机是完全纯洁的吗？你敢保证，你做的每一件事都是问心无愧的吗？”

陶无忌嘴巴动了动，一个字也没出口。

“你没什么了不起的，陶无忌，就算胡悦喜欢你，也不能证明你有多了不起。”

程家元发泄似的说完，很痛快。这阵子，苏见仁教了他许多。衣饰搭配是一桩。进审计部之前，父子俩去了百货公司，还有理发店。这方面苏见仁是行家，然而也颇费了一番手脚，倘若穿上龙袍就是太子，那天底下就没有“屌丝”了——始终是差了口气。苏见仁把儿子从头看到脚，找不到一丁点儿自己的影子，长叹一声：“你怎么会是我的儿子？”恨铁不成钢。相比气质，衣着倒是次要的了。苏见仁教训儿子，要有自信，走路胸要挺直，看人时眼睛要直视对方，说话语速放慢，一样的话，说出来效果便完全不同，郑重许多。还有待人接物，平常可以低调些，谦逊些，但关键时候也要适当点一点。打蛇打七寸。假想敌自然是陶无忌。苏见仁自己浑浑噩噩，但替儿子考虑，思路便清爽凌厉许多。其实也是把人往坏处想，一股脑儿灌给程家元。“偶尔也可以促狭他一下——”那些对付情敌的手段，或是自己中的招数，统统教给程家元，明的暗的，舶来的自创的，上得了台面的上不了台面的，打成包扔过去。“不要傻乎乎的——”师傅是半桶水，徒弟自然也勉强。但程家元总算记住了一句话：“对敌人仁慈就是对自己残酷，无论如何，不能让他舒服。”

程家元瞥见陶无忌有些发白的脸色，两人认识以来，还是第一次见他这样。程家元不禁又有些后悔，想着似乎也没到这地步，像大热天兜头一桶冰水浇下，表面爽快，其实更是伤身。那些话，没头没脑地说出口，便是摊牌，似也稍早了些。相比之前，他竟更慌了，不知该怎么收场，脑子里乱哄哄一片，脸上强自镇定，眼神很犀利地扫过去：

“还有事吗？没事的话，我走了。”

回到房间，程家元想来想去，好像只能找苏见仁聊聊。苏见仁在周琳公司门口等了半天，坐得屁股都酸了。接到儿子电话，他有些心不在焉，想，终究是个傻儿子，正要再说，忽见周琳从门里出来，伸手拦出租车。他一个激灵，飞也似的打开车门，脚已跨出大半，冷不丁旁边杀出一个人，径直朝周琳走去——正是赵辉。

“其实再想想，胡悦喜欢他，他又不喜欢胡悦。”电话那头，程家元道。

“你怎么知道？他说你就信？你别跟你老子一样蠢！”

苏见仁心里酸了一下，重重地踩下油门，车子呼啸着从两人身边疾驰而过。

十二

又过一阵，审计组进驻浦东支行。这次挺突然，有些奇袭的意思。

赵蕊去美国的前一天，出了些状况。其实从严格意义上讲，不能叫“状况”，倘若没有周琳，那就是“事故”了。

是保姆先发现人不见了。保姆一下午都在整理行李。洛杉矶天气热，玛丽叮嘱了几次，衣物不用多带，真缺了什么，在那边现买也方便的。蕊蕊照例在旁边“切水果”。保姆看向她，做了这些年，到底是有些不舍的，问她：“想吃什么？阿姨做给你吃。”小姑娘想了半天，说咕咾肉。保姆去冰箱一翻，肉是现成的，醋刚好用完，便对她道：“乖乖在家，我一会儿回来。”超市在小区门口，前后不过一刻钟的光景，回来就发现人不见了。拖鞋在门口，应该是换了鞋出去的。在小区里找了一圈，没见人。问保安，说没注意。保姆慌了手脚，打电话给赵辉。赵辉一路踩着油门回来。问保安拿监控录像——蕊蕊的确是出了小区，跟保姆前后脚。定位器没带，手机也没拿。打了110，警方说要失踪二十四小时后才能立案。赵辉骇得浑身汗毛都竖起来了。东东放学回家，父子俩分头在附近找。苗彻听到消息也赶过来，托了个公安局的朋友，让他想办法去弄附近几条马路的监控视频。对方说试试看，又说现在不比过去，上头管得紧，抓住就下岗，没商量的。苗彻央求再三，说真要出了事，一家子都毁了，又让赵辉别急：“到底不是三岁小孩，你先缓缓，说不定一会儿就回来了。”

“你说,她跟三岁小孩有什么区别?”赵辉五指挠头,眼里满是血丝,勉强挤出一丝苦笑,声音却是涩的,“明天就要出发了——老天爷故意跟我过不去。”

苗彻暗自叹口气,伸手抚他肩膀,拍了两下:“没事的。”

天快黑时,周琳也来了。保姆病急乱投医,逮到个脸熟的便求救。周琳进来瞥了一圈,赵辉蜷在沙发里,眉头紧蹙,见到她,也没心思打招呼。晚饭摆在桌上,谁也没动。

“你下楼的时候,蕊蕊在干吗?”周琳问保姆。

“玩 iPad。”保姆回答。

周琳瞥见沙发边那张报纸,拿起来看了一眼,娱乐版,心念一动,道:“赵总,走。”

赵辉怔了怔:“去哪儿?”

“碰碰运气。”

——到底是找到了。淮海路环贸商场,某艺人出席为某时尚品牌助阵的活动,楼上楼下密密麻麻的粉丝,到处都是横幅和海报,保安五步一岗,十步一哨。赵辉发现蕊蕊时,刚好某艺人出场,棒球帽墨镜配小脚裤,被工作人员簇拥着走来。女孩们疯了似的尖叫,现场气氛达到高潮。赵辉捂着耳朵,过去一把抓住蕊蕊的衣服,不由分说便往回拽。这丫头也是不简单,硬是挤到了最前排,一手拿某艺人的海报,另一手拿气球棒,随时准备冲过防线溜上台。赵辉沉声道:“跟我回去!”饶是平常再宠女儿,经过这么一番折腾,也再难控制情绪。“我不回去!”蕊蕊倔强道。赵辉眉头一竖,正要发作,周琳拉他衣袖:“赵总——”做了个“冷静”的手势。赵辉停顿一下,随她走到边上。

“都到这里了,我俩加起来四只眼睛,还怕她丢了?”周琳道。

赵辉嘿的一声,提了半日的心,总算是放下了。他长长舒出一口气,瞥见那些女孩如痴如醉的神情,忍不住摇头:“我们小时候看到毛主席,也不过如此——”周琳问:“你见过真人?”赵辉一怔:“那倒没有。”周琳道:“我像蕊蕊这么大的时候,喜欢郑少秋。他演的楚留香,前无古人,后无来者。”赵辉哦的一声:“没看过。”

“老牌明星,比你年纪还大。”

赵辉点头:“那是挺老。”

“刘德华也比你老。”

“哦——关之琳呢?”

“也比你老。”

赵辉叹道:“我年轻时的偶像。”

“没有男人不喜欢她的。长得是漂亮,可惜不怎么会演戏。”

赵辉朝台上一努嘴:“跟那家伙比起来呢?”

周琳笑笑:“那可能还是关之琳好点。”

台上不知说了句什么,台下瞬间沸腾起来。赵辉瞥见女儿眼泛泪光,嘴唇微颤,似是激动到了极点,不禁又好气又好笑:“不至于吧——”周琳道:“别笑话人家,关之琳真要站在你面前,情况也差不多。”

算是有惊无险。回到家,赵辉本想再教训女儿一顿,想着第二天她就要出远门,生生把嘴边那些重话截了下来,板着脸说了几句,也是不痛不痒的。玛丽又打来电话,确认次日航班时间,说些宽慰的话:“医院那边都联系好了,一切顺利。房间我也早腾出来了,布置得漂漂亮亮,蕊蕊过来就跟到自己家一样,你放一百二十个心。”赵辉连连称谢:“交给你我自然是放心的——”挂掉电话,把蕊蕊拉到身边,照例又是一番叮嘱,都是炒冷饭,说了又说,连东东都听烦了:“爸,你干脆录下来,循环播放,还省力点儿。”赵辉只有苦笑。瞥见女儿痴痴憨憨的模样,又是担心又是舍不得——总算是到了这步,隐约见到些曙光,便是担心,与之前也是不同的。让保姆再加了两个菜,开瓶红酒,各人倒了半杯。“一路顺风!”东东拿酒杯与蕊蕊一碰。蕊蕊撇嘴:“坐飞机不好讲顺风的。”东东讶异:“你连这都知道?”蕊蕊说是隔壁阿姨教的:“飞机要逆风才能起降,你一点儿常识也没有。”赵辉笑起来,与女儿碰杯:“一路顺利,宝贝。”

医疗费的事,苗彻问过一次,赵辉说是跟吴显龙借的:“我和东东讲好了,我这辈子要是还不清,他接着还。”苗彻猜想也是这样。按说跟客户有资金往来是禁忌,揪出来也是罪证一桩。但赵辉与吴显龙关系不同,况且又是给孩子看病,到了这步,苗彻便不提这茬:“上海房价涨得厉害,问题不大。”赵辉点头:“就是,实在不行退休了把市区的房子卖掉,住到郊区——不过人民币贬值也麻烦的。”

苗彻安慰他："再贬还是房价涨得快。疯了。"

送走蕊蕊，赵辉请周琳吃了顿饭，算是答谢。"其实也不止那一件事，自从搬过来，你一直都很照顾我家人。"赵辉把话说得很客气，也四平八稳。约在一个本邦菜馆，档次不高不低，菜也点得不费不惠。不失礼，也不致让她多心。同这个女人打交道，说实话赵辉是要做足功夫的。席间，周琳递给他一个盒子，打开，里面是一块金表。赵辉愕然："这是什么？"周琳道："薛让我给你的。"两人停顿一下，僵了几秒。"替我谢谢他。"赵辉没料到这当口儿她会提这个。表什么时候都能送，他的饭却不是什么时候都能吃到的，他以为她会这么想。如此倒有些出乎他的意料了。她问他："送走女儿什么心情？"他道："讲不清，介于高兴与伤心之间。"她道："会顺利的。"他道："谢谢。"

饭店离家不远，结束后，两人走回去。赵辉一路揣摩这顿饭的古怪气氛，猜想会不会是这女人欲擒故纵的把戏。她忽道："赵总。"他看向她："嗯？"

"在你眼里，我是怎样的女人？"

赵辉整晚都在想这句话。他的回答中规中矩，也还算诚恳："周小姐你很有魅力，也很有能力。"她没再说什么，谈话戛然而止。好在路程短，只一会儿便到了，各自道晚安，各自回家。赵辉回想吃饭时周琳的话。她说起蕊蕊走失那天，"我到你家，看到你失魂落魄的模样，忽然觉得很难受，我还是第一次看到你这样。赵总，也许你会觉得我这人不太靠谱，但我保证，我对你说的每一句，都是真的"。她说完朝他看。话有些没头没脑。赵辉以为她接下去会笑，就像之前那样，真真假假，自编自圆，把谈话切成几段，包袱抖完一个接一个，花样百出，但没有，她只是拿起杯子喝了口水。整个晚上她都显得很平静，闲话家常，言语得体，似乎很符合他与她目前的交情。但愈是这样，才愈是奇怪。赵辉瞥见她的神情，眉宇间仿佛有什么东西罩着，若有若无，看不清，也说不好。赵辉竟是不习惯了，回到家纳闷了许久，想，还是着了这女人的道。

果然，第二天再见到，她已是另一副神色。"赵总，昨晚没睡好？眼圈有点儿黑。"赵辉便也顺着她："是啊，不晓得怎么回事。"她道："我也没睡好。"赵辉哦的一声。她道："翻来覆去地想，赵总到底为什么请我吃饭。"赵辉问她："想明白了没？"她一笑："这种事情，就算想明白，也要装不明白啊——赵总您是老江湖，我斗不过您。”后面这句让赵辉哭笑不得。她按下电梯，正色道：“赵总，为什么好像我们每次都会在电梯间遇到？这么巧？”赵辉还未开口，她又径直说下去，“所以说嘛，您是老江湖。”赵辉只好不作声，想，这是自找的了，没人拿枪逼你请她吃饭。

又过一阵，审计组进驻浦东支行。这次挺突然，有些奇袭的意思。审计部与其他部门不同，年底反而是闲时，通常不出勤。苗彻事先跟赵辉透了底，是新副总下的令。“三把火是三昧真火，看样子一时半会儿还熄不了。”主要是对信贷这块进行审计。业务和程序上大家都是熟得不能再熟了，几步一走，便晓得这次情形怎样、程度如何。审计组刚坐定，便要了业务部近半年来的所有信贷项目，大大小小，到期没到期，统统搜走。赵辉心里有数。行里是没有秘密的。往上看是屁股，左右全是耳目，走到哪里都是如此。软肋只需稍微一晃，便没有不知道的。前几日有个分行的应酬，赵辉与新副总比邻而坐，免不了闲聊几句。这人有意无意提了吴显龙的名字，“房地产这块现在看不懂啊，碰都不敢碰，谁碰谁兜进”。赵辉只是微笑。两人还碰了杯。新副总很客气：“赵总是老前辈，要跟您多学习。”赵辉谦逊道：“哪里，老了，您才是正午的太阳。”

美国那边传来消息，第一阶段治疗很顺利。蕊蕊眼上包着纱布，在视频里跟父亲做了个“胜利”的手势。赵辉一激动，眼泪差点儿掉下来，到阳台上抽了支烟。少顷，周琳走出来。

“为什么我每次到阳台抽烟，你都会出现？这么巧？”赵辉学她之前的口气。

“因为跟赵总待久了，我也变成老江湖了呀。”周琳道。

两人都笑了笑。

“蕊蕊情况不错。”赵辉告诉她。

“真好。”周琳点头，“那你可以放心了。”

赵辉嗯的一声。瞥见她的神情，是真心欢喜，仿佛比起他，更放心的倒是她。因为他放心，所以她才放心，有些感同身受的意思。赵辉不觉心中一动，一时倒不知说什么好。“你怎么样？”停了停，他问她，“最近工作顺利吗？”

“蛮好。”

“常回南京吗？”

“偶尔吧。南京房价也涨得厉害,不过还是比不过上海。这套房子买了才一个多月,就涨了百分之十,赚了——托您的福,赵总。”

“发财是好事。”赵辉微笑,装作听不懂她话里的揶揄。她初搬来那阵,有次遇见,他一本正经地对她道,上海的房价已经见顶了,现在买房有风险。他自然不是为她的荷包担扰,主要是心里不爽,想着触她几句霉头也好。敌人都在身边扎下来了——那时想得最多的便是这句。大学里有一阵很流行五子棋,赵辉是围棋业余级六段,下五子棋纯属消遣,偏偏就输给薛致远几次。倒不是让他。薛致远的棋风很凶,“划三”后必“冲四”。本来这种打法高手是不屑的,直来直去没什么腔调,但必须承认,有一定杀伤力,被他占据主动,左支右绌,一不留神便弄出个“双划三”或是“坎三划四”什么的。那时赵辉也不以为意,只当这人怕输,才下得格外凶狠。现在想来,这便是薛致远的风格,不管有无后招,俱要抢在前头,在气势上压着人家。房子的事,赵辉是后来才知道,邻居本来也是可卖可不卖,对方出了个数目,比市场价高了六七十万,还是一次性付款。这笔成交后,生生把小区的房价拉高几个点。“房子是薛总替我找的。”周琳也不讳言,况且骗人也没意思。薛致远帮她公司达成上市,转瞬便是上亿的流动资金,投桃报李,生意场上本就如此。从客观的角度看,这女人其实是个人才,为公司奔走,费心费力,公事上到位,私底下待人接物也算得体,热闹又不失分寸,偶尔还带些孩子气。场面上的女人,做到这份儿上,算是可以的了。平心静气的时候,赵辉也觉得,这女人不讨厌。她那张脸,放在别人那里,是加分项,在赵辉这里就是失分项了。他甚至不敢正面看她,怕会失控。连声音也像李莹,要命。每一次见面对他其实都是煎熬。这番话,赵辉当然不会对她说,面儿上反是一次比一次沉稳,也更有底。这女人是棋子,背后是老薛凶狠的棋风。赵辉的棋路,往往要到后面才显出优势来,所以眼下要撑着。气势上有些狼狈,但好在他本就不是多么强势的个性,对方又是女人,有“绅士风度”那层挡着,样子还不算太难看。

“赵总最近不怎么弹琴?”她嘟哝一句,“我蛮喜欢那支《秘密的庭院》。”

“我这种水平,弹多了,属于扰民。”

“没必要拿自己跟郎朗比,再说您长得比郎朗帅多了。我这种半吊子乐迷,主要是看脸。”

“跟郑少秋比起来呢?”他道。

“没见过您扮古装,不好说。”她一本正经道。

赵辉回到房间,上网找《楚留香》,半天没找到,向东东求助。东东找了一圈,也只有前些年的《新楚留香》,任贤齐、朱孝天演的,好不容易联系上个喜欢收集古装片的朋友,弄了几集《楚留香之无花传奇》。70年代的剧,画质有些模糊。赵辉问东东:“这人是郑少秋吗?”东东好笑:“爸,这人是吴孟达,那个才是郑少秋好吧?”赵辉又问:“PS(泛指用软件对原始照片进行修改)软件有吗?”东东奇怪道:“要干吗?”赵辉翻出一张自己的照片,比画着:“喏,把我的头,安到这人的身体上。”瞥见儿子惊诧的目光,干咳一声,掩饰道,“嗯,是这样,支行开迎新晚会,要弄什么cosplay(角色扮演),指定让我扮大侠,我不干,PS一张照片糊弄糊弄他们就算了——”

晚饭时,周琳收到赵辉的微信,打开,只看一眼,扑哧!饭尽数喷出来。东东很尽责,做个小视频,除了把脑袋移花接木,还配了特效和背景音乐。视频中,“赵香帅”长身玉立,持扇微笑,最后以一记“弹指神功”定格,两行字落幕,“盗帅夜留香,威风震八方”,也是很古风的。周琳回过去:“赵总您风格变换太快,我有些适应不了。”再过片刻,隔壁传来钢琴声,正是那支《秘密的庭院》。他记得她的话,特意弹的。周琳听了一会儿,在手机上打道:“赵总您这样,我反而觉得没底。”只一秒,便删去,重新打上“赵总您亏得没混娱乐圈,否则别人都没饭吃了”——依然是调侃的风格。她连打了几个笑脸,按下“发送”键,听见隔壁琴声渐渐轻了。她猜他也许会到阳台上,像平常那样,等她出来聊上几句。她挺喜欢这样,中间隔着两三米的距离,各自倚着栏杆,眼望前方。脸埋在黑暗里,既亲近又安全。他不晓得,其实每次同他说话,她都有些紧张。在别人那里,俏皮话她是张口就来,唯独在他这里,每一句都是斟酌再三,怕气氛僵,怕意思不到位,也怕吓坏他。

那天晚上,她问他“在你眼里,我是怎样的女人”——话一出口,便后悔了。薛致远买了两只金表,让她分别给赵辉和苏见仁。苏见仁那边好说,寻个由头见面,几句话说完,放下便走。“姓薛的东西,我不要。”那人还要赌气。她依然是老话:“随便你,捐给希望工程吧。”她不怕他恼。果然他反过来央求她:“我对你是真心的——”她安慰了他几句，叹些苦经，倒些苦水，哄得他乖乖收下。这表有两层含意：一是道谢，就事论事；二来也有示好的意味。薛致远那人，江湖气很重，骨子里还是喜欢交朋友。这么跟苏见仁一直僵着，于公于私都没好处。至于赵辉那边，则更多了一层意思：以后就是自己人了，一条船上的伙伴了。中国人有送表的习俗，考上大学，或是上班成人，送只表，显得郑重，也有仪式感。周琳初时不肯：“要送你自己去送。”薛致远道：“你去最合适，别人只能碰一鼻子灰。”周琳问：“为什么？”他反问：“你说为什么？”周琳不再执拗，答应下来。该做什么不该做什么，权利义务她拎得清，只是找不到合适的时机，真要被打回来，大家面子上都难看，真正是从零开始了。谁知赵辉竟主动约她吃饭，她倒是始料未及了。表拿出来那瞬，她借着喝茶，挡住半张脸，不跟他目光相对。他没接，也没拒绝，把盒子摆在一边，断断续续地聊天。气氛与她原先想象的完全不同。他不提那茬，她自然也不提。那瞬她其实是有些灰心的，狗腿子，还有早期电视剧里那些妖冶的国民党女特务——她猜他必定这么看她。之前也好不到哪里，但这次无疑又敲定了一层。她竟想哭了。别人怎么看无所谓，唯独在他面前，她是存着些奢望的。他别把她想得太不堪才好。“在你眼里，我是怎样的女人？”——她也不知道为什么会那样问他。其实她平时并非沉不住气的人，这些年闯荡江湖，早历练得水泼不进刀砍不入，尤其在男人面前。他真正是个例外。那晚两人一路走回去，她竟有种冲动，想向他求婚。她真是疯了呢。这个比她大十几岁的半老男人，竟激得她想要保护他、怜惜他。她想起薛致远在电话里抑制不住的得意：“再犟的人，还不是照样拿下？”那瞬，她竟差点儿对着手机吐唾沫，仿佛受辱的是她自己。她曾对赵辉说过，他弹琴时像一幅画。他必然以为这是奉承。其实不是。从画上走出来，这么形容男人似乎可笑，却是真的。她喜欢他那种不食人间烟火的气质，喜欢得要命。

“睡了吗？”他发来微信。

她走到阳台。他果然在。她换了笑容：“赵总在等我？”

“被儿子笑话一下午了，不敢在房间多待。”他道。

周琳想到“赵留香”，又笑：“晚节不保，老爸形象一落千丈。”

“就是，忒刮三，以后都抬不起头了。”他叹气。

周琳问他："'刮三'是什么意思？"他解释，就是难为情、尴尬。"上海话还不合格——"他说她。她点头："要找个老师培训一下。"他朝她看，笑笑。她猜他以为这话还有下文，拜他为师什么的。其实她倒没这个意思，但还是顺着话头："赵总上海话几级？"他道："没测过，马马虎虎。"她道："教我足够了。"他又笑笑。她缠着他教了几个词，贼骨挺硬、脱头落襻（意为丢三落四）、老吃老做（意为老油条）、装野胡弹（意为装蒜）……他纠正她口音中不纯的地方："女人说上海话，口齿要清爽，语速慢一点儿，用舌尖发音，要往上提。说上海话不能往下沉，一沉就难听，俗气了——"她嘴上学着，一个激灵，那句话冷不丁又溜出来："赵总，你觉得我到底是个怎样的人？"

谈话戛然而止。赵辉道："我那天不是回答了？"

"我要听你再说一遍，"周琳心一横，"——说真话、心里话，不要套话、场面话。不要老吃老做、装野胡弹。"

赵辉哑然失笑："你倒是活学活用。"

"别打岔，好好回答。"周琳豁出去了，板着面孔，公事公办的语气。本来还可以借着撒娇那层，现在也省去了，直截了当。

赵辉停顿一下，倚着栏杆："一定要说吗？"

周琳听见他似是叹了口气。"有什么不方便吗？告诉我原因。"觉得自己像个胡搅蛮缠的孩子，大人给台阶也不肯下。

"你这么聪明，我以为你肯定懂的。"他停了停，柔声道，转向她。背对着月光，她看不清他的表情，只是隐隐见到他睫毛闪了几下，似是有道光亮掠过。周围一下子安静下来。她与他的身影，各自笔直站着。不说，也不动。仿佛有什么东西，在两人之间流转，看不见摸不着，却能感觉到。什么渐渐隐去，又有什么渐渐凸显出来，一点儿一点儿地。她那样经历丰富的人，被这氛围感染，竟也不觉脸红了。鼻尖那里潮了一片，心怦怦地跳。本能地想往回缩，说些话来缓冲一下，已是来不及了。他径直说下去：

"如果，你不嫌我年纪大，结过婚——我想追求你，可以吗？"

她怔住了，始料未及。那样的话，也亏他说得一本正经，请示似的。她竟想笑了，心跳得愈加快了，仿佛要蹦出来。她不敢说话，不知说什么好，又好像，说什么都不合适。倘若对面换了别人,她总有办法逗得他惬意,让气氛锦上添花,这本是她拿手的。但赵辉不同。愈是这样,她愈是生怕那些套路惹恼他,也亵渎了他。她诧异自己竟变得如此患得患失,话在喉口转了个大圈,依然是出不来。相比平常,眼下的局面,竟似有些僵了。男人说完,过了一分钟,还没有下文,便是矜持,也有些过了。她愈是急,愈是说不出来。他也是好耐性,一动不动,只是站着。她能感觉到他的目光。又过了几秒,总算是逼了出来:"赵总在开玩笑——"她原本是想把这话说得更笃定些的,女人家,总是要捂着些才对,谁知过了头,竟是冷冰冰的口气,直如生气一般。她在心里叹了口气,又不好收回,加上一句:"不是吗?"想和缓些,竟更是不伦不类。她又叹口气,索性也不说了。手机响了一下,有短信。也好,替她分散些。她说声"抱歉",打开一看,竟是他发来的:

"我从来不拿这种事开玩笑。"

她怔了怔,回过去:"为什么发消息,不直说?儿子在偷听?"

他回过来:"你真聪明。"

她忍不住笑了一下。气氛放松了些。她猜他是故意的。不让女人尴尬,是绅士的基本守则。她说过,他是老江湖。这话也没错。他那样聪明的一个人,阅历分明摆着,男女情爱的事,经验自是不会少。她不怕被他看透。真要是个傻子,不解风情,她也不会爱他。

她回到房间,临睡前,又收到他的短信:

"你还没回答我呢。"他兀自不罢休。

"放马过来吧。"

她咬着嘴唇写完这行字,按下"发送"键,原地停顿几秒,呀的一声,把手机一丢,将被子飞快地往上一掀,兜头兜脸地将整个人蒙住。

十三

审计组进驻浦东支行的第二周，苏见仁接到儿子的电话："你要有麻烦了——"

苏见仁很少失眠。虽然作息不怎么规律，疯起来玩通宵，白天补个觉，照样精神奕奕；平常上班早起，前一晚九点钟上床，也能睡着。总体来说，他属于好弄的人。当然，"好弄"这个词有些低调了，苏见仁对自己的评价是——山珍海味吃多了不腻，一日三餐咸菜泡饭也无所谓；穿得了阿玛尼，也 hold 得住（流行语，意为能够掌控得住）地摊货。关键还是随和。苏见仁不是没吃过苦，老爷子也不是三十岁就当副部，含着金汤匙出生，他称不上，勉勉强强算个半路官二代。高考时比财大分数线低了五分，有人替他铺路，照样稳稳地进去。这些年，玩起来胡天野地，铁饭碗也捧得牢牢的。小错不断，大错不犯。高干子弟里，他相对还算靠谱。有一阵，他甚至还学过茶道和国画，聊天时夹上一两句，泡妞和交友都能加分。苏见仁骨子里是看不起薛致远那样的老粗的，江湖气太重，穷凶极恶。苗彻也不行，直来直去，到老也是愣头儿青一个。赵辉是不用说了，但男人做到那份儿上，又似有点儿憋屈，太辛苦。苏见仁想来想去，得出的结论是：不该妄自菲薄，要自信满满，要昂首挺胸，尤其在周琳面前——这么绕个大圈，又回到周琳身上。苏见仁也觉得自己有些不知所谓，太那个了。连老爷子也听到风声了，弥留之际，他老人家不知是回光返照，还是怎的，居然一根手指朝向他，无力地朝内勾了两下。他乖乖上前。"上次你问我借的一百二十万，你以为我不晓得你派什么用场？”兄弟姐妹们统统竖起耳朵，老爷子继续，“拗断——收心——复婚。”每个词中间停顿一下，意思简洁明了，也是气力不足。苏见仁瞥了一眼身旁的前妻，还有程家元。他还没来得及表态，老爷子头一歪，已咽气了。

葬礼上，前妻几次哭晕过去。苏见仁有个弟媳，是专业唱美声的，哭起来很见功力。论先天条件，前妻逊她一筹，但好在哭毕竟不是唱，没有章法泥沙俱下反倒更妙。旁人还没进入状态，她扑通一声便跪下了，哭声很低，夹着喉音，吼、吼、吼——看着相当揪心。葬礼还没结束，人就休克了。苏见仁站在那里，有些狼狈。风头被前妻抢走了，他倒像是女婿，哭得理不直气不壮那种。二哥三姐五弟一直朝他看，眼光有些意味深长。他懂意思。前妻跟老爷子关系亲近，这些年，她是完全靠在老爷子身上的，一个人带儿子，有怨气，但也没脾气。除了丈夫，她什么都不缺。老爷子应该也是许诺过，早晚苏见仁还是她的。因此操持葬礼这一阵，她便完全以苏家儿媳自居了。二十年没尽的心，还有孝道，此刻一股脑儿端出来，一半是做，一半也是真。只是落在苏家人眼中，便完全是另一番意思了。二哥说得最直接。“老四，”他问苏见仁，“几时去领证？这阵子上海闹离婚潮，民政局怕是要排队。”三姐说：“不怕，人家离婚，我们结婚，不在同一楼层。”五弟再加一句：“差不多，反正都是为了房子和票子。”苏见仁不作声，瞥见程家元在一旁也是不响，眉头微蹙，与年龄不符的神情，故意做出些混沌的姿态，无可无不可。苏见仁本来心情不佳，见儿子这样，竟又忍不住滑稽。父子俩到底是有默契的，二十年空当，只这短短几个月，一个个回合无缝衔接，便不自觉地生出些亲昵来。面儿上还是带着敌意，照旧是不怎么说话，人前人后都是冷冷的。苏见仁去厕所，一会儿，程家元也进来。父子俩齐齐站着小便。

“爷爷的家产，有你的份儿吗？”程家元面朝前方，飞快地道。

“你妈不是来了？”苏见仁答非所问。

“你们这些大人，真复杂。”程家元摇头。

“大人？”苏见仁好笑，“难道你是三岁小孩？——社会越来越复杂，也有你的一份。”

“你现在要是真跟那女的好了，我倒佩服你了。”

苏见仁朝儿子看。程家元吸了吸鼻子，又强调一遍：

“真的,要那样,我就敬你是条好汉。”

苏见仁系上裤子,走过儿子身后时,飞起一脚,在他屁股上踢了一记。

“别唯恐天下不乱!”

审计组进驻浦东支行的第二周,苏见仁接到儿子的电话:“你要有麻烦了——”程家元只开个头,苏见仁便清楚了。赵辉那个信托基金被揪了出来,融资方背景一查,显龙集团的子公司,资金说是用于酒店配套设施改造,其实风马牛不相及,尽数被挪去偿还之前的一笔贷款。项目抵押的两处土地,价值也都明显高估,说是旅游用地,但大部分为山体,投入工程的概率低之又低。连土地出让合同、建设用地规划许可证这种最基本的文件都不能提供。问题很严重了。房地产这块本就难弄,加上融资款项被挪用,评估造假,每一桩都很要命。苏见仁拿电话的手有些出汗。项目是上头提的,但直接经手人是他。这行做得久了,几句话一说,便晓得利害关系在哪里。他关照儿子:“装不知道,否则连你也兜进。”

趁着还没捅出来,苏见仁想先去找赵辉聊聊。当然不能提程家元,审计过程中任何信息都是严格保密的,这层只能含糊过去。苏见仁猜赵辉应该也听到风声了,他分管业务拓展,这方面肯定更敏感。苏见仁想来想去,以赵辉的风格,做事必然留后路,应该不至于太难看。打了几个电话,都没人接,索性直接冲过去——扑了个空。秘书说,赵总去分行开会了。苏见仁又打电话给授信审批部的一个熟人,探口风。果然,提到那个项目,那人吞吞吐吐,半天说不到点子上。苏见仁顿时有种不好的预感,仿佛脚踩不到地,没着没落的。恍惚到了下班时间,手机响了,是个陌生号码。接起来,声音倒是有些熟悉:“老苏!”

前几日老爷子的葬礼,新副总也参加了。他大学毕业分在J行,老爷子那时是分行副总,也是面试官,两人算有些渊源。用他的话说,“苏总一直很关照我”。苏见仁猜想是客气话。金融这行,即便是国企,也属于流动性高的。市里开同业公会,十个里有九个倒是认识的,都能沾些边。何况老爷子这样的元老级人物。苏见仁跟新副总完全不熟,在行里碰到,最多也就点个头,一秒钟的交集。在葬礼上稍微寒暄了两句,但也印象不深。电话是有些突兀了——苏见仁隐约猜到几分。行里那些鸡鸡狗狗的事,他从来不理。苏家祖上那点儿福荫,全给老爷子占了,仕途上的名堂,苏见仁从小看得太多,便是老爷子嘴里的一句半句,这些年也早凑成一部"官场现形记"了。苏见仁不谙此道,也没兴趣,但人前人后,耳朵里多少漏进些,不致完全不知情。赵辉是顾总一手带出来的,新副总背景在总行,水更深些。前阵子那个回合,新副总胜出。都说这人器量不大,七拐八弯的心思,对事,也对人。

果然不错。新副总告诉苏见仁,这次不是走过场,一定会查到底。苏见仁心里一跳,说,哦。新副总直截了当,说,当替死鬼最可怜。苏见仁脸色一下子白了。电话那头安抚了两句:"也不是没办法……"苏见仁懂他的意思,犹豫着。那头又道:"实话实说就行。人活在世,不能害人,也不能让人害吧?你不过一只表的事,他那边可远远不止——"苏见仁心里又是一跳,想他居然连表的事都知道,可见是做了功夫。情况远比想象的更棘手。新副总应该是有些得意,说话便更放肆:"咬人的狗不叫。他那个人,要名要利,也要女人——我替你不值。"

最后这句挑拨离间的味道太重,小儿科了。"您是不是国家安全局出身?"苏见仁想嘲他一句。自觉被人看得太穿,裸着身子似的。又想,这件事是要往死里整了,更是骇然。挂掉电话,他原地琢磨了一会儿,脑子乱哄哄的。到了晚饭时间,赵辉才回电话。

"找我有事?"

"也没什么急事。"苏见仁有些慌,一时没想好措辞,"今天不在支行?"

"嗯,开了一天会。"

苏见仁听见电话那头轻轻一声"哎",很快便隐去。只一下,他便辨出是周琳的声音。赵辉或许是对她做了个"嘘"的手势,立即静得有些出奇。不知是过于敏感还是怎的,苏见仁总觉得赵辉此刻似乎心情不错。通常愈是这样,口气便会愈是公事公办,都懂的。

"下个月无锡培训,本来预备找你开个后门,偷个懒告个假,"苏见仁编了个借口,"想想还是算了,不能给领导添麻烦。"

"看吧,真要有事请假也行,不过还是尽量克服一下,现在不比过去,到东到西都要敲卡,一双双眼睛盯着。没必要。"

"也对。你忙吧。"苏见仁按下"结束"键,想象电话那头的情景,忍不住苦笑了一下。那天周琳把金表交给他时，他兀自不死心，问她："要怎么做，你才会接受我？"男人到这地步，也只是垂死挣扎，完全不抱希望的。她不吭声，笑笑。那瞬，他竟恨不得拿把刀子将心剜下来给她。心里明白，再怎样也是徒劳。他在她眼中，不过是个笑料罢了。

隔了两日，赵辉被叫到分行，沿路碰到熟人，都是异样的眼神。顾总关上门，问他："你怎么回事？"赵辉知道是什么事，想辩解，又不知从何说起。举报信是直接送到分行纪委的，白纸黑字，还有照片——赵辉与周琳坐在饭店里，试戴一只金表。照片拍得相当清晰，连表面牌子的字母都一个不差。顾总瞥见赵辉手腕上那块表，想说"你倒是高调，居然还戴上了"，忍住了，只是叹口气："你自己讲，这事要怎么收场？"

审计组结束工作，撤回分行，报告足足写了五六万字，光赵辉那个项目就有十来页。相比前阵子人心惶惶，蚂蚁搬家似的传消息，现在反倒安静了。下一步就该是具体处理了。涉及金额大，项目又是专供高端客户，眼下虽还未到期，可估计到期也兑现不了，照这情形，行里必定要垫款赔付。这倒也罢了，坏账时常都有，大家早已见惯不怪。问题是，这次的主人公有些特别。谁也没料到，赵辉那样端正的君子，竟也会犯事，让人大跌眼镜了。牵扯到的人不少，一个个问过去，从业务部到风控部，从普通职员到科长、处长。最后还是落到赵辉身上。他和吴显龙的关系被摆上桌面。不知哪里又传来消息，说他女儿去美国看病也有些蹊跷，这么多钱总不见得是从天上掉下来的。新副总撂下话，要仔细地查，兜底地查，举一反三地查，任何细节都别放过。银行便是这点方便，查进出账、消费记录、个人征信……赵辉照旧上下班，只是证件被扣，暂时限足，支行的工作由他人代替。面儿上却还是与平常无异。连午餐也不用别人代劳，照旧去食堂，那样人多嘴杂的地方，他也不避忌。众人想着前阵子分行业务部那个被撤职的经理，猜测赵辉这次必然也难看得很，都替他惋惜，想，若不是为了女儿，他也不致铤而走险。赵总无论如何不像贪财的人。男人独自养大一双儿女，已是不易，何况又是那样叫人操心的女儿。站在父亲的角度，若是真正讲死也就罢了，但凡有一丝希望，那是无论如何都要搏一记的。实在可怜。

倒是苏见仁，连着几天不敢进食堂吃饭，怕遇见赵辉。他自知是躲不过的，早在心里练了一百遍，就像那天新副总说的“实话实说就行”，他想来想去，自觉似乎也没什么错。事情本就是赵辉揽的，他犯不着蹚这浑水、背这黑锅，换了别人也是一样的——话虽如此，到底有些心虚。纪委问话时，还未等人家开口，他一溜烟已透了个遍。人家只当他紧张，其实他多少也含些促狭的成分。实情跟实情也是有区别的，同样一个细节，多说几分，少说几分，效果便大不相同。他想，我再怎样，你也是一样下场，索性让我把气出个够。

“他会怎样？”那天，他问新副总。

新副总笑笑。苏见仁觉得这话问得忒傻。你死我活，杀人不见血，官场上见惯了的。新副总忆起当年，他第一次出国，便是老爷子带队。“苏总教了我很多——”苏见仁心里嘿了一声。老爷子的路数，说到底还是部队里那套，上级命令绝对服从，对下面又很严，威风凛凛那种。早些年，人相对单纯，适用这种套路，放在今天就未必有用了。新副总是青出于蓝，老爷子便是年轻二十岁，也不是他的对手。苏见仁其实挺讨厌这种人，目的性太强，把人生搞得像打仗。先下手为强、防患于未然、一击必中——无非是这些意思。这么斗来斗去，便是做到总行行长又如何呢？苏见仁打心底里觉得无趣——对于赵辉，到底是觉得有些愧疚的，又不知如何是好。连坐电梯他都提心吊胆，生怕撞个正着。想找人倾诉，几个同学无疑都不合适，怕讨骂，那些狐朋狗友也不懂什么，想来想去，只剩下程家元一人，自己都觉得窝囊。

“你连个说心里话的人都没有吗？”程家元直截了当。

“不是没有，是不想惊动人家。还是儿子最可靠。”苏见仁涎着脸，生怕他说出什么煞风景的话来，“抛妻弃子”那种。幸亏没有。程家元只是哼了一声：

“你这人——搞不懂我妈怎么会嫁给你。”

苏见仁好笑：“那要问你妈了。”

程家元说起这阵在审计部的情形。果然与前台、业务部的气氛不同，看文件时每个人都是如临大敌的神情，办公室里一片寂静，只有翻资料的声音。既要鸡蛋里挑骨头，又要小心翼翼，几句话便能断人生死，须格外谨慎。也是六亲不认的。查赵辉那项目时，苗徊自始至终未说过一句题外话。众人因他与赵辉关系不同，猜他必然难做，谁知他竟全无异样，该怎样便怎样。唯独到了最后一日，审计报告定稿,才见他长长地叹口气:“这个人——”说到一半又停下了。那天他恰恰没开车,搭程家元的车回去。路上,他问程家元:“你怎么看?”程家元想了想:“人无完人。”苗彻不语,半晌道:“他不是这样的人。”

苏见仁听到这里,问儿子:“他有没有说过我是怎样的人?”

程家元心里嘿的一声。苗彻倒真提过的。也是那天,苗大侠或许是情绪低落得过了头,物极必反,到后来反显得亢奋,话不停,絮絮叨叨的:“赵辉是好人,我也是好人,但赵辉比我更聪明——”程家元趁势道:“听说苏处也是您同学?”苗彻摇头:“有一种人,人不坏,也不太笨,但就是活得莫名其妙。”说着停下来,应是觉得不妥,怕太突兀,便又说些苏见仁的事,三言两语带过,语气不轻不重,“他就是这样的人——”

“他说,你是个坏人。”程家元故意恶狠狠地道。他没告诉父亲,其实那天他第一次觉得父亲有点儿可怜。从别人口中说出来,几十年并作几句话,只挑扼要,干巴巴里透着些残忍。他猜想苏见仁平常必定也是不怎么招人待见的,听苗彻的语气便知道。同学间其实也分三六九等的,往往跟家境、成绩无关,是另一种界别。被边缘的那个,连叫屈的地方都找不到。性格刚硬些,还可自立门户,索性不理你们了,但这毕竟是少数。通常只能忍着,讨好或是插科打诨,于是便愈加被孤立,愈加颓唐,愈加“莫名其妙”——程家元想到自己,更是难受,那瞬竟有了些顿悟的意思,打断骨头连着筋,血脉到底是有些微妙的东西,一两句话说不清,与这个老男人不觉又生出几分亲近。脸上依然板着,径直问他:

“喝不喝酒?”

苏见仁哧的一声:“就你这酒量——”

“跟你聊天,不把自己灌醉不行,根本听不下去,忒戆。”程家元一脸嫌弃。

“把你生出来,是我做的最戆的事。”苏见仁恨恨的,巴掌抡上去,高高举起,轻轻落下,在儿子头顶掠过,顺毛捋成倒毛。头皮屑纷纷掉下,窸窸窣窣的一片。

赵辉那事很快有了结果。照片经鉴定,头像是 PS 上去的,跟他完全不搭界。原版那张也被人抖出来,这年头人肉搜索只是小意思——居然是苏见仁。手半举着,周琳替他把表扣搭上。他身体微微前倾,笑得牙龈肉毕露。这么一比照,那张伪造的便很清楚了,轮廓有些怪,色彩光线也不协调,便是造假,也嫌粗糙了些，不专业。赵辉财务上也没有问题。进出账流水一切正常。女儿去美国看病是真，但费用除了本人积蓄之外，其余尽是募捐而来。玛丽为赵蕊建的个人网页，做得花花绿绿，很吸引人眼球，陆续有人捐款。美国人便是这点好，有做慈善的习惯。主页上蕊蕊那张照片是玛丽挑的，唇红齿白，头发乌黑，很符合西方人心目中的东方娃娃形象。简介也是花了心思写的，细节很煽情，催人泪下。款项数目或多或少，最多的一笔，居然有三十万美金。捐款方账号不可能一个个去查，但粗粗过滤一遍，似乎也挑不出毛病。

目标又落到苏见仁身上。那张照片，他见到后也是瞠目结舌，舌头短了半截："这个，谁拍的？"言下之意便是承认不假。情急之下，他也顾不得了："赵辉也拿了金表，不信你去问。"到这地步，纪委的人自然不理，更怀疑照片是他 PS 的："说老实话，瞒不过去的——"苏见仁急得头皮都麻了。过了两日，又传说审计过程中有人泄露消息。本来也不算大事，谁知他和程家元的关系竟被人抖搂出来。父子俩禁止在同一分行上班，这是行内皆知的规矩，放在平常倒也罢了，偏偏是这要紧关头，程家元又是审计组的成员，谁泄露的消息，自是不言而喻。行里那些促狭的人，嘴碎，想象力也丰富，都说平常忒小看苏处了，这竟是他下的好大一盘棋，安插儿子进审计部，多个耳目，行事自然方便，老谋深算了。本来这案子往轻里判也不是不可以，但凡事最怕遇到硬伤——隐瞒父子关系这层，无论如何说不过去，生生地授人以柄。加上苏见仁做人本就不讨喜，那些平常眼开眼闭的事，吃请、搓麻、逢年过节的孝敬……也一股脑儿被人揪出来。银行里便是这点麻烦，又是业务部门，真要细细计较，哪里又挑不出错？前阵子自贸区那笔贷款也是一桩，同一单据重复贷款，很离谱了。还有更早的，零零星星，俱被摆上台面，旧账新账一起算。苏见仁感觉像有一双手从后面推过来，重心不稳，整个人立时便要倒下似的，彻底语无伦次：

"他姓程，我姓苏，谁说我们是父子俩？"

纪委的人好笑："要不要去验 DNA？"

"……我和他妈妈老早离婚了。"

"离婚就不是儿子了？哪条法律规定的？"

"我跟这事没关系，真的。"

“你指哪件事？现在可不止一件事。”

“我冤枉啊——”苏见仁眼泪都要下来了。

陶无忌吃午饭时，听邻桌几人在谈论苏见仁父子，“像搞地下党”，音量不小，旁边人听了，也是笑，听小说似的。一会儿，赵辉拿着餐盘走过来，众人招呼他：“赵总！”赵辉微笑颔首：“来分行开会——”径直在陶无忌面前坐下。

“刚才遇到苗处，谈起你了。”他道。

陶无忌怔了怔：“哦。”

“有褒有贬，总体还是肯定的。”

“哦——”陶无忌停顿一下，“谢谢。”

“新加坡去过吗？”赵辉忽问。

陶无忌又是一怔：“嗯？”

“下月初有个培训，综合处的。我带队，点名推荐了你——有时间吧？”

陶无忌还未回答，远远看见程家元朝这边走来，步子很大，转瞬便到了面前。程家元起初不动。陶无忌与他目光相对，只一下，便立刻避了过去。邻桌那些目光也纷纷投过来。周围倒安静了许多。陶无忌有些预感，心跳不自觉地开始加速。他依然不动。两人一高一低，有些对峙的态势。陶无忌端着餐盘，站起来，想说“吃了没”，冷不防，一只拳头飞快地抡过来，将他打得整个人朝后倒去。哗啦！餐盘落在地上，一片狼藉。

在众人惊呼声中，程家元又是一拳过去——这次是被拦下了。陶无忌跌坐在地，旁人要扶他，他示意不用，自己爬了起来。程家元喘着气，额角那块胎记跟着膨胀开，颜色也格外鲜艳。那拳着实不轻。陶无忌嘴角慢慢渗出一条血丝。两人都停了停，不说话，只是互望着。气氛让人起鸡皮疙瘩。打人的，被打的，脸色都有点儿发白。半晌，程家元嘴巴一动，迸出三个字：

“王八蛋！”

十四

"人就像是一件白衬衫,再怎么爱惜,总归也会慢慢发黄变黑……但你不能因为它会发黄变黑,从一开始就瞎搞瞎弄……我们还是要非常爱惜它,尽量手洗,不要暴晒,熨得平平整整,不要受潮不要被虫蛀,让它变黄发黑的时间来得越晚越好。"

冬至前一周,赵辉去了老师的墓地。路上堵,到得有些晚。人很多,熙熙攘攘,各自捧着鲜花和供品。老师的墓是新立的,碑上字迹还鲜明,周围干干净净,杂草也少。恰恰碰到师母和苗彻,刚烧了锡箔,桶底青黑的灰烬。师母眼圈还是肿的。赵辉献了一束菊花,又拿出一盒油墩子,放在墓前,鞠了三个躬。

"他来过了。"趁苗彻去卫生间时,师母告诉赵辉。

赵辉怔了怔,随即想到这个"他"应该是钱斌,又是一顿。瞥见师母的神情,猜想她必然知道了薛致远向他和盘托出的事,一时竟也不知说什么好。师母望着墓碑上的照片,眼角潮潮的:"他说,以后有事就叫他。"

"是该这样。"赵辉觉得这么说似乎不妥,但也想不出更好的。

"我跟他说,别的不用,清明冬至来这里看看就行了。"

"嗯。"赵辉点头。

苗彻说送师母回去。两辆车一前一后。到了师母家,苗彻替她把东西拎上去。一会儿苗彻下来，见赵辉倚着车门抽烟，停了停，走近，问他讨了支烟，点上。

“怎么没叫我一起?”赵辉问他。

“您忙。”苗彻看向一边，吐出个烟圈。

“我有什么忙的? 早知道开一辆车，省点儿油钱。”

“您还在乎这点儿钱?”苗彻鼻子里出气，脸上却挂着笑，有些别扭。

赵辉也笑笑，只当听不懂他话里的揶揄。苗彻就是这样的人，脸上写的，便是心里想的，一点儿折扣没有。赵辉记得，上次苗彻给他脸色看，还是蕊蕊突然发烧到40度，正巧他在宁夏出差，赶不回来，匆忙间便托了吴显龙，送医院，吊盐水。苗彻完全不知情，还是事后听东东说了才晓得。“我到底是不是你朋友?”苗大侠有时孩子气上来，很让人哭笑不得，居然还有些吃醋的意味。那阵刚好是他和玛丽闹离婚的当口儿，为女儿归谁弄得焦头烂额。赵辉跟他解释，主要是不想再给他添乱。谁家里没个突发情况呢? 你当然是朋友，嫡亲嫡亲的朋友，越是朋友，越不想让对方为难。吴显龙那层，赵辉有次喝酒喝到最后，也跟苗彻剖析过，朋友也分好几种的，倒不完全是交情深浅。这像是儿子女儿同时问你更喜欢谁，没法比。女儿宠溺些，儿子倚重些。“你是我的知己，而吴显龙更像是我的大哥或是老爹。我和你是志气相投，跟他不一样，更偏向于一种义务关系。说得实在点儿，他将来养老送终端屎端尿，都是我的事。对你就不用。”苗彻知道吴显龙的情况。赵辉每次批贷款给吴显龙，苗彻都担心，嘴上还不好明说出来。旁观者清，苗彻又是做这行的。“别给自己惹麻烦。”他劝赵辉。赵辉说，有数。朋友间再推心置腹，到底是留了三分话，除非是喝醉或是闹翻，轻易不会说出来，否则就是触朋友霉头了。苗彻是有些预感的。没人比他更了解赵辉，长处和短板。有时候往往一个眼神，或是小动作，就能感觉到。比如那次玛丽在电话里说医药费的事，好好一笔钱，偏要化整为零打进捐款户头，而且还是从不同的账户转来，张三李四王五赵六，数目也是千差万别，多的不提了，少的连一美金也有，转账记录上还有留言:“嗨，我是朱迪，今年八岁，我去过中国，那里很棒。希望你能快点儿好起来。”玛丽说这叫画龙点睛，细节决定成败，“吃不消你朋友”。苗彻没吱声。账目上做名堂的事，他见得太多了。关键是流水。银行里办业务，头一桩便是查流水。以前常有那种小微企业，批不出贷款，便两三个公司联合起来，彼此往对方账上打钱,你转我五十万,我再转你五十万,今天转,明天转,把个流水做得轰轰烈烈风生水起,其实就那点儿钱转来转去,互相起蓬头(方言,意为造声势),贷款自然方便许多。有个专业的词叫"养流水"。这些年金融安全查得严了,这样的事很少见了。赵辉这其实也是老套路了,无非形式上多花些心思,叫人难查。钱是吴显龙给的,对这点赵辉不讳言。说是借,谁也不会去细究。比起刚毕业那阵,苗彻觉得自己也变了许多。他每次去北京开会,总审计师都要拉着他说笑:"大侠来了。"总审计师原先在上海分部当副主任,是看着苗彻入行的,他常劝苗彻要"抓大放小"。这话从领导嘴里讲出来,难得地贴心贴肺。苗彻自己知道,不光审计,其实做人也一样。倒也不为投机取巧,真正是这个理。人生到底不是考试,没有标准答案。不能像在菜场买菜,斤斤两两都要算清楚。苗彻跟玛丽离婚那阵,两人弄得极难看,很有些老死不相往来的意思。玛丽把话往狠里说:"你这种人,就等着孤独终老吧。"苗彻回敬了句英文"You too(你也是)"。那时到底还年轻,眼里揉不得沙子。工作上也是不留余地,举世皆浊我独清的架势。一次苗彻去宁波审计,有个科长被查出违规,当地分行要保他,苗彻犟脾气上来,死活不肯。最后还是把那人降了半级,苗彻还嫌判轻了。后来听人聊起,这科长其实口碑不错,老实巴交的一个人,五十九岁,差一年就退休了,到底是没得善终,据说不久还得了抑郁症,几次自杀未遂。类似的情况有许多。苗彻被骂作"铁石心肠"也不是一天两天了。偶尔他也会有些想不通,通常是找赵辉诉苦,说天底下的事情就是这么奇怪,行得正,未必站得直,做人不容易。回过头一想,赵辉比他还不容易。苗彻从没提过,但心底里是有些把赵辉当偶像的。放在武打书里,他入的是少林派,赵辉是武当派,一个是外家功夫,一个讲究以柔克刚,后者到底是胜了半筹,样子也好看。苗晓慧小时候也不是省油的灯,跟她妈一样的脾气,讲话不管不顾的。玛丽刚出国那阵,她吵着要去找妈妈,"跟你一起过,我会死掉的"。苗彻恨恨地替她收拾行李,把玛丽在美国的地址抄给她,皮夹子也扔给她:"去吧,自己买飞机票,我不拦你。"——还是赵辉打圆场,把晓慧带回自己家,让蕊蕊陪她一起睡,又对苗彻道:"你要是真这么想,就让法院改判。前阵子还为抢女儿闹得差点儿出人命,现在又这样。"苗彻道:"小姑娘作死,一会儿嫌我烧饭不好吃,一会儿又怪我不会扎小辫,东不满意西不满意。让她走吧，走了就清净了，大家开心。"赵辉说："她要真跟了她妈妈，现在肯定是吵着要找你了。"苗彻听了不语，忍不住有些伤感。赵辉劝他："父女俩相处也要讲艺术的，你怪她作，其实不晓得她心里有多难受。"也是从那时起，苗彻对这宝贝女儿便格外疼惜，真正是应了"矫枉过正"这个词，反宠得她无法无天。苗彻不止一次对赵辉说过，等退休后，要搬到郊区，离凡尘俗世远远的，想做什么就做什么。前几年也真是动过这个脑筋，预备在浦东三甲港买套独栋别墅，算下来也才百把万。赵辉开玩笑："大隐隐于市，那才是高明。"后来房价飞涨，别说独栋，连叠加、联排都要三四百万了，苗彻提到这茬便跺脚，说赵辉挡了他的财路。吴显龙那笔钱，苗彻也考虑过，一来吴与赵的关系不同，二来也是救命钱，说穿了就太那个了。苗彻也是把蕊蕊当自己女儿看的。与致远公司合作的那笔基金，赵辉没提，但苗彻多少知道些。审计组进浦东支行，几个回合下来，谁都看出新副总是一门心思要把事情弄大。苗彻替赵辉捏把汗。纪律摆在那边，不能通气不能泄底。到底是忍不住，苗彻发了条短信，没有文字，只打了个"?"。赵辉回过来："清者自清。"

"我没傻到这个地步。"苗彻抽完烟，把烟蒂往地上一扔，踩了两下。

赵辉不语，半晌，拍了拍他的肩："走吧。"

两人各自上车。小区路窄，不好开。赵辉的车先倒出去，旁边小径借一下，再往前。在反光镜里瞥见苗彻那辆车来来回回，倒了好几遍。他应该是心不在焉。苗彻学车早，车技要比赵辉好许多。赵辉忽然有些伤感。刚才一句话憋在喉口，始终不敢说——"我们还是朋友吧?"——不敢挑开这层，真要说绝了，便难收场了。前几日，那事的处理结果下来，苏见仁被内部劝退。其实也是意料之中，父子俩总有一个要走，苏见仁是当事人，他走更合适。程家元跑来打人，陶无忌那孩子有些冤。赵辉觉得挺对不住他。交通事故那晚，两人聊着聊着，陶无忌把苏见仁父子的事情漏了出来。赵辉也有些意外，看他的神情，便知道他是不小心。到底太年轻，说话没分寸，说完僵在那里，张口结舌下不了台。赵辉没接茬，一笑了之。以他的个性，自是不会跟苏见仁过不去。除非万不得已。

苗彻路上连吃了几个红灯，暴躁起来，索性把车靠边停下，亮起双跳灯。看表，下午四点一刻。拿出手机，给苏见仁发信息："也许会晚一点儿。"往后靠去，仰起头,长长吐出一口气。胸口有点儿闷,想找个什么东西踹一脚。苏见仁是昨晚约他的。“出来聊聊。”电话里声音有点儿颓。“干吗?听你骂人?”惯性作用,一开口就戗他,几十年,改不掉了。苗徊停顿一下,语气柔和些:“你埋单。”电话那头嘿的一声:“我说让你埋了吗?”

程家元也在,见了苗徊,叫声“苗处”。苗徊怔了怔,脱掉大衣坐下:“哦——你满月的时候见过,一晃长这么大了。”这开场白很拙劣,倒让气氛更奇怪了。苗徊接过程家元递来的茶,有些烫,忙不迭地放下,溅出好大一摊,拿纸巾擦了。苗徊见苏见仁兀自在点菜。“随便点些就行了,主要是聊天。”说着又朝程家元笑笑,屁股挪了挪,坐得更舒服些。苏见仁合上菜单,问苗徊:“喝什么?红酒白酒?”苗徊摇手:“开车来的。”停了停,“——你们喝,喝醉了我送你们回家。”

都没喝酒。三个男人中规中矩地吃菜、喝茶。苏见仁与程家元坐在一起,五官细看是有些像。两人父子关系公开后头次亮相,苗徊想把话说得郑重些,举起酒杯与两人一碰,出口却是“保密功夫到家啊”。苏见仁叹道:“这小子跟我过不去。”程家元不看他,低着头像是自言自语:“我干吗要跟你过得去?”苏见仁又叹口气:“我是天字第一号傻瓜。”苗徊没接口。苏见仁说下去:“那家伙不是东西。”没提名字,苗徊自然知道是谁:“苍蝇不叮无缝的蛋。”苏见仁看他一眼:“摸着良心说话。”苗徊那句出口,自己也觉得不太道地,没法收回,索性再加一句:

“难道我说错了?”

苏见仁叫起来:“我是替罪羊啊!就算你们关系再好,也不能不讲道理吧?”

“那你自己说,金表收没收?麻将搓没搓?几十万的旅游发票报没报?纪委的人最喜欢讲道理了,你没见到?”

“你——”苏见仁忍不住火起,“你平时就是这么审计的?专门欺负老实人?”

“谁是老实人?纪委面前你也没少爆料啊,谁欺负谁啊?”

“我……我那是为了自保。”

“没人天生喜欢干坏事,自保跟害人就一步之遥。老话讲得没错:‘善恶终有报,害人终害己。’”苗徊说得飞快。

苏见仁气得满脸通红,憋出一句:“流氓!”

“你骂谁?”

“谁歪曲是非就骂谁!”

到底还是叫了酒。一瓶红酒上来,两人转瞬便喝完了,又叫了一瓶。苏见仁醉得快,指着苗彻的鼻子:“我是彻底搞清楚了,你算什么大侠啊,帮着权贵欺压弱小,是走狗、御用打手!”苗彻好笑:“就你还弱小? 想当年我连回力牌都买不起的时候,您老人家已经开始穿阿迪达斯了。实话告诉你,大侠最看不惯的就是你这种人,就算欺负了,那也叫替天行道、劫富济贫!”

程家元开车。窗户全敞着,让酒味散去。后座两个半老头躺得七歪八扭,嘴上兀自喋喋不休,内容幼稚得让人想割掉耳朵。苏见仁倒也罢了,程家元见过比这更惨不忍睹的时候,老爷子葬礼那晚,他喝醉了,趴在地上唱“世上只有爸爸好”。这年头,连店家都说很久没见吃相这么差的客人了。好端端的,大男人突然跪下来,对着南面砰砰砰磕了三个响头。“你这人啊,就算磕一百个也是不够的——”二哥和五弟撺掇他,半是醉意半是促狭。他竟真的磕了下去。程家元去搀,他也不理,径直唱“世上只有爸爸好,有爸的孩子像块宝……”,眼泪鼻涕落到地上,脏兮兮黏糊糊的一团。事后他对程家元说,其实也没到那个地步,就是想到以后再也见不着面了,连挨骂也不能了,觉得心里空落落的,像被刀剜去一块。程家元那晚一直陪着他。“等我到了那天,你会哭吗?”他一本正经地问程家元。程家元翻个白眼,不睬。他兀自不依不饶:“会哭吗?”程家元学母亲的口气,尖声骂他“十三点”,瞥见他头顶那圈微秃,灯下泛着油光,算是保养得好了,眼角竟也挤出一堆细纹,蜘蛛网似的。到底是五十出头的人了。程家元看着,心里又骂了声“十三点”。也不知是什么感觉。有些好笑,有些鄙夷,又有些难过。他倒从未见苗彻喝醉过,酒量好,也懂分寸,程家元还是第一次碰到工作这么认真的人,业务水平也高。说到底,男人是要有些真功夫的,不能整天稀里糊涂。光这点,就甩了苏见仁十条横马路还不止。

车头摆了个香水座。程家元对异味过敏,不停地打喷嚏,想找纸巾,在旁边翻了一圈,没找到。肘部碰到什么东西,回头一看,苗彻那张脸就顶在扶手上,距自己不过半尺。程家元不禁吓了一跳:“苗处——我、我找纸巾。”苗彻嗯的一声,打个酒嗝,整个人又朝后躺去:“副驾驶位置那个抽屉里。”程家元抽了一张,鼻涕擤得动静很大。“别把脑浆擤出来。”苗彻道。他讪讪的：“不会。”停顿几秒，听苗彻幽幽地说了句：

“别看不起我们。”

程家元一怔：“嗯？”

“这两个老男人，活了大半辈子，就活出这副死腔，一塌糊涂一天世界——是不是这么想的？”

“没、没有。”程家元舌头打结。

苗彻身体左右扭了几下，好像怎么坐都不舒服，放弃了。胃挺难受。主要是菜基本没吃，赌气似的在那里猛灌酒，上了年纪，空腹喝酒很伤身，特别是心情不好的时候。他恨恨地把苏见仁伸过来的一条手臂重重扔回去，大脑却在那刻变得异常空灵。眼下的气氛，似乎很适合讲些人生道理，尤其对着年轻人。他手举起来，在空中胡乱挥舞了几下。

“有位我很尊敬的长辈，他说，人就像是一件白衬衫，再怎么爱惜，总归也会慢慢发黄变黑，这是自然规律。但你不能因为它会发黄变黑，从一开始就瞎搞瞎弄，那样不行，两三天工夫就成黑衬衫了。我们还是要非常爱惜它，尽量手洗，不要暴晒，熨得平平整整，不要受潮不要被虫蛀，让它变黄发黑的时间来得越晚越好。——你懂我的意思吗？”

程家元嗯了一声。

“我像你这么大的时候，别人说个黄色笑话，我都会朝他皱眉。现在呢，荤段子张口就来，说得比谁都溜。但如果那时候我就这样，现在我肯定是个不折不扣的下作坯。当然我只是打个比方，讲荤段子的不一定都是下作坯。我的意思是——”苗彻清了清喉咙，提高一个音阶，又重复一遍，以示下面的话至关重要，“我的意思是，孩子，就算你对我们再失望，也不要就此丧失理想，抛弃信念。就算再过二十年，你也会变成一个嗕不酥的老兵油子，一塌糊涂一天世界，但至少现在，你要努力做一个高尚的人。明白吗？”

窗外淅淅沥沥地下起雨来。雨刮器机械地来回动作，发出沉闷的嘎嘎声。雨其实不大，窗玻璃上只落下一两点，立刻便被拭去，不留痕迹。很快又落下新的，再拭去，反反复复的。赵辉看表，十点差五分。旁边坐着陶无忌。

“我送你回去。”他道。

“没事,您在地铁口放我下来就行。”陶无忌道。

“放心,我今天开得慢一点儿。”

两人停顿一下,应该是想到交通事故那次。“我的车技其实不差的。”赵辉道。陶无忌点头:“我知道。”两人都笑笑。

是赵辉约的陶无忌。他从师母家出来,突然很想找个人聊天,不知怎的,便拨了陶无忌的号码。对方也没推辞。吃饭时,基本是闲聊,不涉及敏感领域。赵辉瞥见陶无忌脸上的瘀青:“最近我对两个人比较抱歉,一个就是你。”陶无忌没吭声,猜想另一个也许是苏见仁。话题没有继续下去。陶无忌举起茶杯,与赵辉碰了碰:“去新加坡的事,谢谢您。”

“不用。”

路上很顺,只一会儿便到了陶无忌家。下车时,陶无忌忽道:“赵总,刚才那句话,是欧阳老师说的吗?——白衬衫那句。”赵辉点头:“没错。”

“人就像一件白衬衫,再怎么爱惜,它总是会慢慢发黄变黑。”陶无忌又轻轻念了一遍,“这话让人挺伤感。”

赵辉不语。他记得当年毕业典礼上,老师说完这句,每个同学都忍不住朝自己身上的白衬衫看去。老师后面的话是:“尽管如此,我们还是要爱惜它,让它尽可能地一直白下去。”——赵辉没把这句说出口。也许该喝点儿酒的,那样说也就说了。现在这样说半句留半句,意思不全。但估计陶无忌应该也懂。长辈对晚辈,上级对下属,说这话挺合适。放之四海皆准。带些期许,也不无遗憾。人生不就是这样吗?赵辉以前也常想起老师这话,但唯独这次,竟有些想哭,鼻子酸酸的,是那种不清不爽的悲恸。他不想在孩子面前失态,便不喝酒,只喝茶。两个大男人坐着只是喝茶,还敬来敬去,多少有些古怪。话题放得很远,竟然还聊到女人。赵辉说起之前曾经相过几次亲,都是朋友介绍的:“完全没感觉。我一直想,这辈子大概不会再有女人了,那道门关上了。”这话显然有下文,陶无忌等着,果然赵辉说下去,“但最近好像有点儿不同——不是不报,时辰未到。”说完自嘲地摇头。陶无忌哦的一声:“很漂亮?”赵辉说:“不是漂亮,是可爱。”陶无忌道:“女人超过三十岁,再说可爱就不合适了。”赵辉反问:“你怎么知道她超过三十了?”两人都笑笑——通常刻意回避某个话题,再聊别的,往往会出格,聊过头,像是补偿反应。

“隔壁阿姨哭了。”早上去学校前,东东说。赵辉吓了一跳:“什么时候? 为什么?”“昨天下午,大概是因为手机丢了。”东东说周琳过来借电话挂失,支付宝、微信那些绑定手机号的,统统要处理。东东劝她在家里装个座机,方便些。她说,反正也是临时房子,不长久。“离开的时候,看到她眼圈红红的。”东东告诉父亲。赵辉当然不信周琳会为了丢手机而哭。女人敏感起来,情绪像泥鳅那样无从捉摸,时间、空间上任何一个点都可能是诱因。赵辉猜想也许是座机旁那张照片,仅有的几张全家福之一。他与李莹各自抱着一个孩子,站在公园门口。那时李莹的年纪与现在的周琳相仿。照片上的人,还有看照片的人,隔着十几年的光阴,有了些泛黄的年代的意味。李莹说过,女人有几个时期会变得特别感性,比如青春期、怀孕,还有恋爱时,情绪被无限放大,说不上什么理由,莫名地,眼泪就会掉下来,神经像头发丝一样纤细。赵辉忽然生出几分愧意来。从这角度去想周琳,竟是从未有过的事。或者说,他竟忘了把周琳当作一个女人来看待。他想象不出,她哭是什么样子。每次见到她,她说的话、做的事,都是纤毫不乱,像演员上场,练了千遍万遍,下过功夫的。连她穿拖鞋倒垃圾那样杂散的画面,也是自成一体。与她打交道,大脑自然而然地持枪上械,条件反射般。赵辉愈是这么想,便愈是内疚。他这么看她,她却未必真是这样。她比他年轻得多,又是女人。好像,他真是欠了她“怜惜”两字。

送走陶无忌,赵辉径直回家。雨停了。赵辉在小区门口买了束玫瑰,走到楼下正要开门,后面有人哎的一声。他回头,周琳斜倚在树旁,手里拿着半截烟,穿的是家居服,不像刚从外面回来。他一怔,从未见过她抽烟。花束完全暴露在她的视线之下,无遮无拦,拿花的手有些突兀。她问:“送给我的?”赵辉笑笑,把花递给她。

“谢谢。”她用持烟的手,拨弄了一下花瓣,“为什么送我花?”

“送女人花,还需要理由吗?”赵辉说,脸上笑意更盛,只当没有察觉气氛的不寻常。

她道:“花很漂亮,送给我可惜了。”

“鲜花赠佳人，正合适。”赵辉见她把烟头扔掉，踩了几下，便打开防盗门，问，“回家吗？”

“再过会儿。”

他看表，十一点整。“要不，散个步？”他提议。

“不想动。”

“行啊，”赵辉关上门，重又踱到她身边，“我陪你站会儿。我是 A 型血，人肉蚊香，保你全身而退。”

她嘿的一声，又掏出烟，正要点火，瞥见他的目光：“我跟你不同。你是心情不好才抽烟。我恰恰相反，心情越好，抽烟越凶。”

“哦。”他只有笑笑。

她告诉他：“我要搬家了。”不待他开口，径直说下去，“其实搬家本身是件无所谓的事，但我估计你会觉得挺开心。不是有首歌叫《你快乐所以我快乐》吗？你开心了，我也就开心。这叫感同身受。”说完，朝他看，目光中竟似有几分嘲弄。沉默几秒，赵辉问：

“我为什么会开心？”

她不回答，停顿一下，转身要走。赵辉拦住她：“说完再走。”她想甩掉，他手上加劲，她甩了几记，挣脱不掉。僵持间，玫瑰掉在地上，碎花瓣溅得老远。谁也不捡，各自站着。

“我和苏见仁那张照片，是不是你拍的？”她忽道。

赵辉一凛。

“东东说你学东西很快，PS 软件只教了几下，就能自己上手了。你故意把苏见仁的头像 PS 成你自己的，给纪委写举报信。照片早晚会被识破，再把苏见仁那些乌七八糟的老底掀出来，矛头统统指向他。以他的为人，大家群起而攻之、痛打落水狗是再自然不过的事。还有他儿子那层，真是老天爷也在帮你。所以说，他才是人肉蚊香，保你全身而退。赵总，您这招置之死地而后生真是高明啊。”

周琳看向他。她第一次在这个男人的脸上看到几分仓皇。她的喉口忽地有些哽住，以至于后面的话完全说不下去。她是预备说些狠话的。通常事件告一段落，都要有些交代，用褒贬分明、干净利落的字眼，对前情做个总结。人也好，事也好，双方在这刻都该是清醒的、决绝的。周琳谈过多次恋爱，伤过别人的心，自己也被伤过，唯独这次有些茫然，好像，始终是隔着一层，仿佛彼此不在同一次元。周琳是想说苏见仁，那个傻男人，几周前跑来找她，话还是老话，最后道："只要你肯，我宁可不要我爸的家产，彻底拗断。管他一千万还是两千万，黄金玛瑙钻石翡翠，股票基金房子车子，去他妈的，他爷爷的，他奶奶的，妈的个巴子的，老子统统不要了。"那时还是出事前，老爷子也还没断气。周琳知道这男人窝囊，那阵子隐约也听薛致远提起，说他如何讨好前妻，心心念念要做孝子贤孙，"看着吧，早晚还得复婚"，语气中是藏不住的轻蔑。周琳完全没料到他会说这些。他看着她，斩钉截铁地，又重复一遍："只要你肯，我们现在就走，断绝关系就断绝关系，老子不在乎！欧洲、澳洲、东南亚还是非洲，你想去哪里，我们就去哪里。"他说这话时，眼里闪着孩子似的光芒。

周琳觉得，这时候拿苏见仁来比照，其实有些自取其辱。赵辉依然静静站着。一片云遮住月亮，周围越发暗了，看不清他脸上的神情。除了伤心，周琳竟也有些放心。这男人做事，远比她想象的还要周全。这阵子的情形，便是他不说，她也知道些。薛致远那边有的是眼线，漏到她耳里的，往往比现实更渲染三分，她会甄别。蕊蕊去美国看病那事，她原是有些替他担心的，那么大笔金额，再怎样也有风险，谁知他竟不动声色地处理了，一点儿马脚不露——他到底不是那个弹琴时的赵辉。周琳有时候也觉得自己忒天真，竟像个小女孩了。他对她自然不会是真心。他教她下围棋，选场、占角、拆边，她完全不得要领。那时她便想，围棋下得这么好的人，只怕旁人在他眼里也成了一颗颗棋子。他亲近她，不过因为她像个和亲的公主，能保四方太平。他与致远信托合作，一开始免不了要靠她调停，好多事情，借着那层关系，自然方便许多。况且她又是自己送上门。稳妥而不失先机。于情于理，都是步好棋。周琳想起苏见仁最后见她那次，竟还落泪了，"一败涂地了"，她觉得这话也像在说自己。下午中介过来看房子，很纳闷，说："周小姐，你前两个月刚买的房子，家具也才换了新的，这么快就租出去？"她说是，越快越好。"美克美家"的秋冬新款，上周刚配齐，一套四十多万。浴缸也是新买的。窗帘也换了。前几日刚把阳台布置一新。——她只想快点儿离开。她一直是个冲动的人。好也是，坏也是，不留余地。她说“你开心了，我也就开心”，其实不假。他能全身而退，总好过一败涂地。她宁愿对他失望，也不愿看到他倒霉。

“问个傻问题——你有没有一丁点儿喜欢过我？”最后，她道。

他依然站着不动，沉默着。周琳窘得竟有些想笑了。烟抽了一根又一根，就为了等他回来，亲口问这一句。这种傻事不是第一次做，只是今天，忒可悲了。

砰！

防盗门关上。零零落落的脚步声。赵辉在原地又站了一会儿，目光投向那束玫瑰，还有满地烟蒂。半晌，他把玫瑰捡起来，从里面抽出一张小卡片，上面用美工字体写着“喜欢你”，署名是“盗帅赵留香”。配了小照片——郑少秋的身体，赵辉的脑袋。做这功夫花了他整整一个通宵，以至于今天有些精神不济。加上喝了酒，思路缓滞，连心痛的感觉都迟来许久。慢了好几拍。节奏跟不上。

又隔了半晌，他走到垃圾桶边，把花和卡片一起扔了进去。

十五

苗彻说话时，目光投向桌边那张照片，上次同学聚会时的大合照。他与赵辉站在一起，苏见仁与薛致远一东一西，隔得老远。赵辉照例是笑得温和儒雅。他自己则是反叉着手，头微微仰起，似笑非笑的傻模样。

大年初二，陶无忌的父亲带着外孙来到上海。陶无忌做了块牌子，拿毛笔写了"欢迎陶爱东先生一行"，在接站口举得老高。陶父在人群中一眼看到儿子，原地站住，行李往地上一放，一手仍牵着外孙，另一手举过头顶，有力地挥了两挥。再兴奋，动作依然沉稳。"爸!"陶无忌抢上前，拿了行李。陶父眯着眼，朝儿子端详，瞥见他冻得通红的脸颊和手，呵出的白气在半空中蜿蜒："——等了很久?"陶无忌摇头："刚到。"陶父把外孙小顺往他面前一推："叫人。"小家伙比半年前高了不少，竟有些腼腆，朝外公身后躲去，嘴上道"舅舅"。陶无忌笑了笑，一手抱起他，一手拿行李："走，车在那边。"

"你还开了车?"陶父问。

"跟朋友借的。"

苗晓慧等在车里，远远看见陶无忌带着人过来，忙下车："伯父。"陶父有些吃惊，哎了一声，朝儿子看。陶无忌说："这是晓慧。"陶父顿时慌了，两只手不自然地朝身后伸去，在裤袋上擦了擦，继而拿出来，半空中虚晃一下，像是要握手，竟又差了几寸，方向偏了。“这个……真是的，”陶父埋怨地朝儿子瞪一眼，因为局促，便格外地生气，“怎么好让人家姑娘跑一趟？怎么好……”苗晓慧说：“伯父，不用客气，应该的。”招呼他上车。陶父让了让，拉着外孙坐在后排。一路上也顾不得看风景，只是瞥着儿子与准儿媳的后脑勺。儿子问些闲话，家里情况如何，两个姐姐怎样，姐夫怎样，他有一搭没一搭地回答。听苗晓慧问儿子几时去学车，儿子说“有你在，我要学什么车”，女孩嘿的一声：“在上海不学车，就等于少一条腿。”陶无忌回过头，对父亲笑笑，又摸摸小顺的脸。陶父嗫嚅着，直到临下车那刻才把话说出来：

“那个，你爸几时有空，一起吃个饭？”眼角挤出几条沟壑，咧开嘴，露出泛黄的牙齿，朝苗晓慧堆了个笑脸。

程家元离开审计部那天，刚好陶无忌从新加坡回来，带了些土特产给同事们。程家元默默整理东西。陶无忌递了一包肉脯过去：“尝尝。”做好被他一把打掉的准备。程家元果然不接，朝他看：“滚开！”同事们目光都有些暧昧，也不多话。陶无忌嘴巴一动，想再说些什么，瞥见苗彻从一旁走过来，只得停住。苗彻径直走到两人边上，问程家元：“差不多了？”程家元嗯的一声。苗彻点头，伸手与他一握：“保重。”

陶无忌挑了几样零食，去敲苗彻的门。“苗处，吃吃白相相。”故意做出没心没肺的样子，送上门讨骂。程家元的事是一桩，去新加坡又是一桩。任人宰割的架势，看苗彻对他到底厌恶到什么程度。陶无忌宁可被骂一通，也不愿这么不死不活地耗着。这阵子竟连他眼里的火星也瞧不见了，除了公事上交代，其余不多说一个字，进进出出只当陶无忌是空气，完全陌生人似的。陶无忌想来想去，还是要找苗彻好好谈一次，把话说清楚。有些事情，对别人可以瞒着，唯独对苗彻，要和盘托出，一字不落地说给他听。

“那事跟你没关系，我知道。”苗彻直截了当，“赵总怕我误会你，老早解释过了，说孩子也不容易，不能让他吃哑巴亏，还特意关照我，不能给你穿小鞋。”

陶无忌一怔，倒有些意外了：“哦。”

“所以你不用紧张，也不用觉得委屈。现在这样多好，姥姥疼舅舅爱，面子里子都不缺了。还站着干吗？”苗彻低头看文件，“我不吃零食，拿走吧。”

陶无忌只得退出来，猜想赵辉说那话，苗彻未必会全信。上班才半年，却已有些了解职场里那些关窍。一步是一步，前后相连，几步便是一个回合，高下立见。他陶无忌靠谁进的业务部，再是审计部，还有海外考察，新人少有的优遇。无数双眼睛盯着，电脑芯片那样计算、汇总、归纳，得出结果，他自然被看成是赵辉的人。苏见仁父子那层，他说也好，不说也好，都不会改变什么，旁人自会想象，按惯常的逻辑，把没见到的事情编圆。陶无忌竟真是连委屈也不能。这当口儿再叫屈，是要被人骂的，连解释也找不到由头，境况竟是更糟了，尴尬得要命。苗彻的眼神，其实是有些不讲道理的。不给他辩解的机会，让他心里憋屈，却又完全说不出来。

“你爸故意制造出一种假象，搞得好像我是一个小人。”他对苗晓慧道。

“没人会这么认为。我不会，你不会，我爸心里也不会。”苗晓慧说得飞快，“没必要为这种事烦恼，我爸就那种脾气。等着吧，总有一天他会为现在的固执后悔。早晚都是一家人，留点儿余地，他日好相见，这个道理他就是不懂。”

苗晓慧说她怀孕了。陶无忌以为她在说笑，及至她把两条杠的验孕棒拿出来，他才真的吓傻了，半天说不出话。“看你的模样，好像不准备负责？”她开玩笑，但这丝毫没有缓解作用。陶无忌背上都冒冷汗了。几乎可以想见苗彻能杀死人的目光：“你小子果然卑鄙——”孩子来得不是时候，至少这当口儿不行。但也不能劝苗晓慧把孩子打掉。那是另一个层面的问题了。陶无忌问她：“你告诉胡悦了没有？”她嘿的一声：“告不告诉都一样，别指望她会说服我。”陶无忌只好闭嘴。除非想得很清楚，否则不宜再往下谈，容易惹事。

“老天爷在给你机会。”蒋芮撺掇他，“女方家长最怕这个，十试九灵。”

“你以为是旧社会？”陶无忌没好气，“老天爷是在给她爸爸机会，让我又多一条罪名。他可以理直气壮地告诉所有人，这小子是个浑球儿，人品相当差，他不是棒打鸳鸯，而是为民除害。”

蒋芮笑起来，脸上的青春痘跟着兴奋，一颗颗饱满透亮，像被雨水浇灌，越发茁壮了。这家伙最近心情不错，手里几只股票，翻了两个跟头都不止。上次他问陶无忌借的八千块，连本带息还了一万五千。“都赶上高利贷了——”他得意扬扬。陶无忌没跟他客气。早晓得那钱是派了别的用场，没戳穿他罢了。他也是胆大,东拼西凑借了五万块,竟全都扑了上去。“亏得赚了,否则只有跳黄浦江。”陶无忌说他。他笑:“怎么可能亏?”陶无忌隐隐猜到几分,劝他:“别太野豁豁,你看网上,分分钟都有人栽进去。”是说老鼠仓。证券经纪人得到内部消息,某只股票要涨,便先下手,集合竞价时填跌停板价格,趁庄家盘中把价格打压下去,一秒钟的工夫预埋成交,然后迅速拉阳线,涨停,散户根本来不及跟。这样一来一去就是百分之二十。陶无忌猜想蒋芮必然是这样。老鼠仓说到底还是“飞苍蝇”,风险更大些,黑白两道都讨嫌。

陶无忌问他:“一共投了多少?”

“我将来讨老婆,还有我妈养老,全靠它了。”答非所问。

陶无忌暗自叹了口气,晓得劝他也没用。这种情况下还能稳得牢,就不是蒋芮了。这人大学里基本没好好上过课,心思活得要命,研究各种赚钱的门道,推销保险、做黄牛、开微店,甚至还打游戏卖装备。他人极聪明,也肯花功夫,有一阵在淘宝注册了个小店,靠朋友介绍,还有在论坛上吆喝,找他买装备和账号的人不少,运气好一个月就能赚万把块。当然不长久。太费时,也伤眼睛。他说他从初中起就开始打工了,倒不像现在时髦的说法,锻炼独立生活的能力,培养经济意识那种,真正是因为缺钱。“我爸那个人,从来没有爽爽气气给零花钱的时候,连我妈的生活费都是讨了又讨,打发叫花子似的。”他涎着脸,“把钱看得重,这点我随我爸。”他劝陶无忌也买些股票,“不赚白不赚”。陶无忌不肯。他道:“我晓得你是股神,可现在股市哪有技术面啊?都是炒消息。早点儿把荷包赚满,老丈人才会放心把女儿交给你。”陶无忌忍不住好笑:“你倒是替我操心?”他叹口气:“我怎么能不操心?我的人生理想就是——自己好,妈妈好,还有朋友好。”陶无忌道:“三好学生。”他点头:“那是。”

陶父催了几次。陶无忌推三阻四,到底躲不过,佯装去饭店订了位子,想着随便找个借口搪塞过去,反正元宵节前父亲就要返程,摒摒也就过去了。这几日带他逛了个遍,上海滩吃的玩的,哪里都不落空,一半是尽孝,一半也是希望转移注意力。偏偏老人家不依不饶,满脑子想的就是与亲家碰头。“我来一趟不容易,不把正事办了,心里不踏实。”陶父坚持,“儿女的事,还是要长辈出场才像样。这点走到哪里都一样,错不了。”陶无忌知道父亲是为自己好。其实也是担心,好或不好,都要讨一句准话。儿子平常说得含含糊糊,陶父心里早猜到了八九分。也是意料中的事。放在县城里,哪家经济条件好些,女孩相貌出众些,求亲的人都踏破门槛。何况还是上海女孩,家境又那样。陶父听说儿子跟苗彻在一个办公室,很惊讶:“他待你好不好?”陶无忌道:“有什么好不好的?我的工资也不是他发的。”陶父听出这话里的牢骚:“他待你不好?”陶无忌便笑:“爸,绕口令吗?”陶父瞥见儿子的神情,更料定是这样没错,便愈加催促,吃饭、碰头,力图在形式上做得更郑重些:“挑贵的饭店,越贵越好——”

苗彻竟也来了。大年初六,长假的最后一天。陶无忌事先问苗晓慧:“你怎么跟你爸说的?”苗晓慧道:“我说,他要是不来,我就从三楼跳下去,一尸两命。”

“他这人脾气特别怪,有可能会砸场子。”陶无忌给父亲打预防针。

“我们诚意到了,就算人家要砸场子,也只有随他。”

订在人民广场附近的一家小南国。陶无忌与父亲早到,先点菜。一会儿,苗晓慧也到了,说她爸爸在停车。很快,苗彻推门进来:“我没迟到吧?”陶无忌忙道:“没有,刚好六点整。”苗彻脱了大衣,与陶父握手:“幸会。”陶父双手握住晃了几下,身体微弓:“您好您好。”招呼一旁的小顺,“快叫人。”小顺扭扭捏捏地叫了声“爷爷”。

陶无忌把酒单给苗彻:“苗处,喝点儿什么?”

“喝茶就行。”苗彻扬了扬手里的茶杯。

“那怎么行?大过年的,又是初次见面,听无忌说你爱喝茅台——”陶父把酒单抢过去,叫服务员,“来瓶茅台。”苗彻微笑阻止:“不必不必。我这个人总体来说比较随和,但一喝酒就难讲了,容易激动,说些不中听的话。我女儿关照过了,今天无论如何不许喝酒,否则就打110,让警察过来一起喝。120也叫上,万一有什么事,也好早做准备。”

陶无忌心里嘿的一声。比预料中更快切入正题。

陶父赔笑:“总想着要跟您见上一面,一直没机会。好不容易这趟来了,我知道您也难得有个假期,又是过年,家里事情肯定多,让您跑这一趟,特别不好意思。”苗彻笑笑:“客气了。”陶父说下去:“这个,也不为别的,就是见见面,聊聊天,顺便也商量一下孩子们的事。苗处,我们小地方人,不会说话,您别见怪。”

他咽了口唾沫,小心翼翼道,“您看,两个孩子也谈了好几年了,许多人大学里谈恋爱,一毕业就马上吹,他俩能好到现在,也是缘分。无忌一直跟我说,晓慧是好姑娘,长相好心眼儿更好,能遇见晓慧,是他前世修来的福气。我觉得也是这样,晓慧多好啊,讨人喜欢,又懂事。我对无忌说:‘你要是敢欺负这么好的姑娘,我俩大嘴巴扇死你——’这个,上海结婚晚,放在我们那里,无忌这年纪差不多都可以当爹了。我倒不是说让他们马上结婚,就算我答应,您也舍不得啊,是不是?女儿是爸爸的宝,含在嘴里怕烊,捧在手里怕摔。我两个女儿出嫁的时候,我也舍不得,看谁都不顺眼,可再舍不得,也得定个人不是?……”

陶无忌瞥见苗彻的神情,便晓得他有点儿不耐烦。父亲这番话,应该是当账房先生时听来的,男婚女嫁的套路,三姑六婆的口吻,道理没错,但太琐碎,男人说不合适,尤其听众也是个男人,而且是个不太对路的男人。陶无忌起身给苗彻续了杯茶。苗彻轻叩桌面,做了个“谢谢”的手势。服务员陆续上菜。都是价格不菲的菜式,下血本了。陶父这次来上海,带了两万块,在城隍庙买了个金镯子给苗晓慧,算是见面礼,再给儿子五千块,剩下的钱,打算都用在这顿饭上。陶无忌死活不要那五千块:“该我给您才对——”陶父说:“你一个人在上海,我能贴就贴点儿,别嫌少。”陶无忌便道:“那这顿饭我来埋单。”陶父不肯:“这几天你花得够多了。这事该我付钱,小孩子别掺和。”

没喝酒果然是对的。席间气氛始终保持在三十六度七,温和、平静,基本只有陶父一个人在说,苗彻不反驳,也不附和,喝茶,吃菜。其实是有些别扭的。两条平行线,你说你的,我吃我的,搭不到一块儿。陶父眼里的失望都快藏不住了。通常这种情况下,老人家容易犯倔脾气。没有女人,独自拉扯三个孩子,这使得他在某种程度上比女人还要执拗,充满韧劲。就像《秋菊打官司》里的秋菊,“讨个说法”——这话他一直挂在嘴边。陶无忌初二时,有人介绍他去做家教,对方是个才上小学的男孩。起初挺顺利,可没上几次突然被人家弹回来,也不说原因。介绍人禁不起陶父再三逼问,支支吾吾漏了些:“女主人这阵总发现皮夹子里少钱——”陶父看着很内向,性子却极为刚强,哪里受得了这样的猜忌?带着儿子冲过去,没头没脑的,只是要“讨个说法”。那家人也不示弱:“真要报警,大家面子上都难看。”陶父道:“报警就报警。你不给个说法,我自己报警。”后来还是这家的小学生坦白了，说是买游戏卡，偷了妈妈的钱。那时陶无忌才十三四岁，生得很瘦，到底年纪小，有些受打击。父子俩一路走回去。那天正赶上下雨，偏又没带伞，虽说路不远，也是城东到城西，衣服湿个透。陶父是秃顶，平常都把两边头发往中间梳，被雨这么一淋，头发一根根耷拉下来，头顶现了原形，十分狼狈。小孩子只是单纯委屈，陶父却想得更多。想没有女人的、落拓得有些可笑的家。一家四口抱团取暖，却还是窘迫。两个女儿都不是读书的料，也亏得是这样，否则以他左支右绌的精力，又如何能兼顾三个孩子？倒耽误了。重男轻女也是个缘故。在儿子身上，到底倾注得更多些。几乎是恶狠狠地，望子成龙，把全部的希冀都寄托在陶无忌身上。陶父是农民出身，祖上三代也是头顶黄土背朝天，也不知怎的，他天生竟有些读书人的气质，喜欢看书写字，也愿意上学。初中毕业时家人劝他读个技校，他死活不肯，硬是考了高中，一门心思想上大学。但成绩实在是勉强，比高考分数线差了一截，再复读一年，依然是不行，到头来还是只读了个中专。心灰意冷了半辈子，儿子让他眼前一亮，真正是个好材料。陶父欣慰之余，觉得这是老天爷安排好的，自己未竟的读书梦，儿子替他圆了。拿到大学录取通知书那瞬，儿子还没怎样，他竟激动得热泪盈眶，整个人都站不稳了。泪眼蒙眬中看去，儿子身体仿佛闪着光，双肩那里延展开来，竟是一对金黄的翅膀，弯弯袅袅，在风中做出挺拔的姿态，傲然飘摇。陶父想，没错，儿子可不就是凤凰吗？

苗彻忽然说起“凤凰男”。他问陶父：“知道什么是‘凤凰男’吗？”陶父猜想必然不是好话，只是笑笑。苗彻说下去：“在上海，凡是生女儿的家长，最怕遇到‘凤凰男’。”苗晓慧叫了声“爸”。他摇手：“我是实话实说。陶先生，您也是有女儿的人，又是一个人带大孩子，这方面我们应该有共同语言。”陶父含糊应了声。

“谁家的孩子谁不疼？我不是不讲道理的人，但作为一个父亲，您要让我欢天喜地接受我不喜欢的女婿，那也挺难。可又有什么办法呢？现在是新社会，婚姻自由，我最多也就唠叨两句，最后还是孩子自己拿主意，否则闹到法院，判我输不算，网上还会有铺天盖地的人跳出来骂我，说我是专制父亲，死脑筋，老古板。与其那样，我倒不如现在闭嘴，随便他们怎么弄。”苗彻说完，转向女儿，“饭我吃了，意思也表达了，可以走了吗？”

这样的结果，不算理想，但至少面儿上还过得去。以苗彻的脾气，做到这地步已经是相当克制了。陶父叫服务员埋单，拿的是现金，从裤兜里掏出来，一张张地数，数得很慢，不停朝手指头吐唾沫，每一张都捻半天，仿佛一张能捻出两张来。服务员应该是还有事，见陶父这样，脸上便不大好看，斜倚着桌子，腿不停抖动，在地上发出嗒嗒嗒的声音。陶无忌有些后悔，该自己拿卡埋单才是。陶父还是一张张地捻，越到后面，捻得越是用劲，都听到钞票间的摩擦声了，嗞啦嗞啦——眼皮抬也不抬，完全不受外界的影响，服务员的脸色再差，周围气氛再微妙，节奏也是不变，手指间隐隐透着一丝坚毅，还有倔强，仿佛在跟自己较劲。好不容易数完了，服务员拿起钞票，潇洒地从左手换到右手，拍了一下，啪！陶父迸出一句："不用找了！"服务员怔了怔，神情古怪地笑笑，出去了。陶父把茶壶里剩下的茶全倒进自己杯子，一饮而尽。"苗处，"他道，"我还有话说。"

"您一定看过《林海雪原》，知道'百鸡宴'吧？那您有没有吃过'百鸡宴'呢？——我吃过。无忌考上大学那次，我摆酒，请亲戚朋友还有邻居来吃饭。您也知道，我们乡下人，一有喜事就要摆酒，而且一摆就是三天。我也不会做菜，说是请客，其实大都是客人们自己带菜。我们那里不比上海，说来说去也就是杀个鸡什么的，结果每家都带了鸡，红烧鸡、白切鸡、清蒸鸡、咖喱鸡，还有鸡汤……不折不扣就是个'百鸡宴'。前后加起来总有七八十桌吧，方圆几里的人都来了，说我家出了个状元，一定要来捧场。别说熟人，就是平常只打个照面的，也都抢着来，说，哪怕讨杯酒喝沾点儿仙气，也是好的。苗处，我们小地方人，没见过什么世面，论排场论派头，不能跟你们比，可我们也知道尊重知识、尊重读书人。我家里的情况您也晓得，条件不大好，可因为有无忌在，从来没人敢小看我们。就算到小卖部忘记带钱，只要提'陶无忌'三个字，人家二话不说就把东西塞过来。我这么说，没有别的意思，就是想告诉苗处，也许在您心目中，无忌只是个傻小子，癞蛤蟆想吃天鹅肉，但对我来说，他就是个宝贝，最最珍贵的宝贝，哪怕把全世界的好东西统统摆到我面前，我也不换。"

陶父说到"宝贝"这个词时，鼻子酸了一下，几乎要落下泪来，语气放得很慢，舌尖用力，每个字都很清晰，像账房先生写在红纸上的名字，一笔一画，都是经得起挑剔的。胸口被什么充盈着，气球似的，越来越大，看似结结实实，却又空无一物，倒是生疼。陶父被这情绪折磨得很不是滋味，眼圈红了几次，强自按捺着，说到后头嘴唇都有些发抖了。瞥见几人沉默的样子，想，怕人家砸场子，到头来竟是毁在自己手里。

次日上班，陶无忌跑去找苗彻，径直告诉他："晓慧没怀孕。"苗彻问："怎么回事？"陶无忌道："验孕棒是别人的。昨天她来例假，被我发现了。"苗彻朝他看："干吗告诉我？白白浪费一副好牌。"陶无忌道："我没欺骗长辈的习惯，再说我也从没打算绕过您私订终身，否则'奉子成婚'这种把戏，八百年前就用了。您该知道，上海有那么多家银行，我也不是找不到工作，干吗非到 S 行？您可以不喜欢我，但请不要看轻我。我没那么卑鄙。"他眼睛始终朝着地上，把话说得飞快。苗彻看了他一会儿，整个人往后靠去，嘿的一声："就知道这丫头在骗我。"

陶无忌把红包还给苗彻。苗彻昨天临走时硬塞在小顺口袋里，说是压岁钱。回去一看，整整三千块。"太多了，请您收回去。"陶无忌知道他的意思，其实是出饭钱，不让这边破费。好心是好心，却也令人难堪。昨晚陶父回到家，一言不发便上床睡觉了，直到半夜还醒着。陶无忌睡他旁边，看他侧着身，肩膀摆出一个僵硬的弧度。这姿势应该挺累。呼吸声中夹着鼻音，拖泥带水的，难受。陶无忌便也装睡。有时候伤口不去理会，任它结疤自愈，说不定倒更好。陶无忌一宵没睡，满脑子想的是，让父亲伤心了。

"收下吧。"苗彻停顿一下，"否则我过意不去。"

"不用可怜我们。一顿饭还请得起。"陶无忌道。

苗彻朝他看："你这口气，像是准备跟晓慧分手？"

"不是。抱歉让您失望了。"

"那是准备好偷户口本私奔了？"

"我说了，我不会绕开长辈。"

"那就是改变策略了，"苗彻笑笑，"难道是准备动手？来硬的？打到我服软？"

"是投毒，"陶无忌一字一顿地道，"毒下在红包上，你的手碰过，今天之内毒性就会扩散，最后七窍流血而死。"

“挺有幽默感啊。”苗彻低下头准备工作,“出去带上门。”

陶无忌不动,心里骂了句脏话,原地站着,看苗彻头顶那块青灰,嘴里转了几圈,没憋住:“苗处,说实话我很不喜欢您这种态度。您,有点儿欺人太甚了。”

“为什么？就因为我不把女儿嫁给你?”苗彻头也不抬,径直说下去,“说句不中听的话,我还真是看你越来越不顺眼了。知道为什么吗？因为我可以预见,你将来会成为怎样的人。别以为虚晃一枪,把晓慧假怀孕的事告诉我,我就会觉得你很诚实。这种把戏在我面前一点儿也没有用。陶无忌同学,我非常不喜欢你的为人,心计重,急功近利,无所不用其极。也许你将来会飞黄腾达青云直上,但我一点儿也不希望女儿嫁给你这种人。你可能觉得昨天吃饭时我让你父亲挺尴尬,所以今天气势汹汹跑过来,一副要讨还公道的架势。但事实上,让你父亲受辱的不是别人,正是你自己。”

苗彻说话时,目光投向桌边那张照片,上次同学聚会时的大合照。他与赵辉站在一起,苏见仁与薛致远一东一西,隔得老远。赵辉照例是笑得温和儒雅。他自己则是反叉着手,头微微仰起,似笑非笑的傻模样。苏见仁和薛致远那天刚打过架,神情都有些别扭。当时是叫的一个服务员拍照,服务员大约平时用手机拍惯了,不怎么会用单反,光线、角度都没弄好,把这群老家伙拍得七翘八裂,一个个牛鬼蛇神似的狰狞,倒有些可笑了。照片拿到手,大家都说,是老了,不服老不行。苗彻嘴上说难看,次日竟拿相框装了,放在案头。办公桌放老同学的照片,早看晚看,照镜子似的,三分嫌弃七分依恋。岁数上去了,有些情绪不请自来。苗彻那样说陶无忌,一半是教训年轻人,一半也是发泄,为这阵子挥散不去的坏心情。说完了,畅快许多。像阴雨天湿寒入骨的关节,贴一剂辣椒膏药,烫得涕泪齐流,倒也爽了。

陶无忌站着不动。

苗彻不看他,把文件一丢:“出去!”

十六

程家元倒不全是这个意思，要说在哪里跌倒，就在哪里爬起来，似乎矫情，但这么灰溜溜地走掉，总归不像。犟脾气上来，硬是扎下来了，便是水泥地，也要原地砸个坑出来才好。男人嘛。

过完元宵节，陶无忌请了三天年假，送父亲回家。其实加上来回，两天足够了，多出来一天，他去了西塘。散心，发呆。倚在栏下，手臂交叠撑着下巴，看船只和游人来来往往。从早到晚，日头的影子彻底换了方向。陶无忌胡乱吃了点儿东西，人几乎不动，手机关了一天，回去时打开，几条微信跳出来。二姐发来的，诸如保重身体安心工作之类，其实是转达父亲的意思。又说这次在上海很开心，吃得好，玩得好，享了儿子的福。陶无忌想象父亲说这话时的神情，抿嘴蹙眉，斟字酌句。火车上他一直寻机会要安慰父亲几句，措辞拿捏不好，嗫嚅了半天，反倒是父亲先开口，劝他宽心："你未来岳父其实人不坏，很直爽，不是那种肚子里打小算盘的人——"陶无忌使劲点头，做出摩拳擦掌的模样，说话调子提得很高，平时不敢吹的牛，这当口儿完全顾不得，一股脑儿端出来，把自己夸得前途一片光明，仿佛是下届S行行长的候选人："您该知道，我要是用功做一件事，没有不成的。"陶父说："那是，我儿子是谁啊。"陶无忌道："儿媳妇也早晚给您定下来。"陶父点头："好。"父子俩你一言我一语，竟似比平常兴致更高。在火车上还打了会儿牌。回到家,父子俩左邻右里探望一圈,在上海买的糖果,各家都分一些,比过年还热闹。众人问起陶无忌上海的女朋友:“几时吃你的喜酒?”又说:“也不知哪家姑娘这么好运气,能嫁给我们无忌。”陶父带着儿子,一张嘴始终咧开,笑得憨厚无比。两个姐夫平常也难得来的,听说小舅子回家,忙不迭地赶过来。连上陶父,四个男人喝掉三瓶白酒。到最后陶无忌居然没有醉。大姐夫说,在上海这些年,酒量也练好了。没醉也有坏处,要张罗喝醉的人。陶无忌与两个姐姐,好不容易把父亲和姐夫们搬上床,随即冲到厕所,吐个稀里哗啦,胃里倒舒服了些。次日一早他便离开了,逃也似的。一宵没睡,在火车上眯了会儿,不停地做梦。一会儿梦见父亲,冲着自己笑,额头上一道道皱纹:“儿子……”细细密密说了阵,听不清内容。一会儿又是苗晓慧,亲亲热热地上来挽他胳膊:“我有了,这次是真的。”正说着,苗彻兜头一把抓住他的衣领,将他整个人提了起来,也不晓得哪来的力气:“我讨厌你这种人,别妄想做我女婿。”陶无忌梦里还要犟上几句:“我做错什么了? 前世里跟你什么仇? ……”苗彻不理,只是反复地说着“我讨厌你”。陶无忌委屈得要命,突然一脚踏空,再一点地,踩到邻座人的脚,啊的一声,登时醒了。

胡悦是黄昏时分到的,带了干粮和水,自顾自地在一旁坐下,吃喝:“当我不存在。我也好久没来西塘了。”陶无忌纳闷她是怎么找过来的。中午她打电话给他,问路上是否顺利。他起初不想说的,只是闲聊,谁知说到一半漏嘴了:“西塘比上海冷好多——”她问他:“怎么去西塘了?”他道:“不为什么,就瞎逛呗。”她又问:“几时回来?”他回答:“晚上吧。”挂掉电话,他猜她也许会来。认识这些年,默契还是有的。果然,不久她便出现了,不待他询问,先道:“打 110,手机追踪定位。”他笑笑。她也笑笑。两人各自安静坐着。她不去打扰他,只是玩手机游戏,《开心消消乐》。他瞥见她的侧脸,镀上一层夕阳余晖,薄薄的金色,神情专注,手指灵活,屏幕上一行行飞快地消失,炸成五颜六色。他又有些好笑了。这便是胡悦,不说话往那儿一坐,便能让人轻松许多。

还是他先开的口:“——别对我太好。”

“哪有,”她依然盯着手机屏幕,“找个陪朋友的借口,其实是自己想玩。”

“临时请假不太好吧?”他有些愧疚。

“没关系，去年的假期还没动，下个月就要作废，正好。”

到上海时，天已全黑了。胡悦上周刚拿的驾照，车也是新买的二手途安。“拿你练手，还是我占便宜了。”陶无忌不知说什么好。人家女孩来回三四个小时泡在路上，就为了陪你在西塘坐上那么个把小时，怕你想不开一头栽到河里，又怕把话挑明伤你自尊，小心翼翼顾左右而言他。陶无忌觉得，活到这么大，除了父亲，没人待他这么好。胡悦的好，介于母亲和密友之间，贴心，又不给人压力。陶无忌看表，八点差五分。

“找个地方吃点儿东西？”他问她。

“不吃夜宵，怕胖。”她停顿一下，“早点儿休息。”

“慢些开。”他叮嘱她。

回去的路上，胡悦接到苗晓慧的电话：“在哪里？”

“临时加了会儿班，”胡悦问她，“有事？”苗晓慧说没事：“朋友送了几只大闸蟹，等你回来一起吃。”胡悦道：“这时候还有大闸蟹？”苗晓慧嗯了一声：“多久到家？”胡悦道：“十来分钟吧，你先下水煮，等我回来切姜碎。”

到家才知道“朋友”是程家元，带了四五对蟹，正在倒醋，摆碗筷。他前天刚报的到，又回到浦东支行前台，照旧跟着白玨。“同门兄妹了——”那天他对胡悦说。胡悦让他把身份证拿出来：“兄妹还是姐弟，要看了才知道。”其实也是缓和气氛。众人看他的神情，多少有些不上不下。当初进审计部有多么风光，现在被贬回来便有多么难堪。都说这届的新人很有看头，一个个自带传奇色彩，说起来都是故事。程家元绕个大圈回到原点，倒也想穿了。苏见仁离开时说：“你要想走，我搞定。”他说不用，老地方也蛮好。苏见仁看出他的心思：“也对，至少不能像我，两头都落空。”程家元倒不全是这个意思，要说在哪里跌倒，就在哪里爬起来，似乎矫情，但这么灰溜溜地走掉，总归不像。犟脾气上来，硬是扎下来了，便是水泥地，也要原地砸个坑出来才好。男人嘛。这番话说给胡悦听，半是倾吐半是讨好。胡悦表示赞同：“换了我，也是一样的，你肯定行。”脆生生一句，让程家元备受鼓舞。这女生自带能量包，随时帮人充电加油。程家元想来想去，不外乎是那些老梗，套近乎，送东西。金的银的就算了，上次出过洋相，不合适。刚好苏见仁有朋友去阳澄湖玩，带了些大闸蟹回来，苏见仁不吃蟹，丢给儿子。程家元挑了几对，想着胡悦下午休假，索性直接找上门，谁知竟只有苗晓慧一人在。因有陶无忌那层，两人尴尴尬尬地聊了会儿，好在螃蟹够多。“你们小姑娘喜欢吃蟹——”苗晓慧道了谢，夸赞这蟹不错，给胡悦打完电话，便说先烧水煮蟹。程家元也帮忙。苗晓慧性子直，到底是忍不住：“那事，真不是无忌说的。”程家元低头切姜：“是不是都一样。”苗晓慧道：“不是因为他是我男朋友，我才帮他说话。别把他想得那么坏。”程家元道：“帮男朋友说话也没什么，我能理解。”苗晓慧嘿的一声：“你比以前老练多了——说话会拐弯了。”程家元问：“是说我拐着弯骂人吗？”苗晓慧笑了笑：“差不多。”程家元停顿一下：“你男朋友比我厉害得多，我弄不过他。”苗晓慧撇嘴：“我们无忌是老实孩子。”程家元摇头：“他要是老实孩子，那天底下就没有精明人了。”苗晓慧强调：“是聪明，不是精明。”程家元无奈：“好吧，就算是聪明。”

胡悦回到家，猜想“加班”那事必然被程家元说破，预备跟苗晓慧解释几句，谁知苗晓慧径直问她：“谈恋爱了？”胡悦一愣：“什么？”苗晓慧道：“通常跟好朋友撒谎外出，不外乎是这个理由。我倒没什么，只是那家伙螃蟹白送了。”朝程家元嘴一努。胡悦道：“不见得是送给我的。”苗晓慧好笑：“不送给你，难道是送给我的？——莫非那家伙跟陶无忌结了梁子，所以打算抢他女人进行报复？写小说啊？”胡悦忍着笑：“有这可能。”

吃完螃蟹，苗晓慧借口回房间打个电话，留下两人。程家元自告奋勇洗碗，胡悦拗不过，只得随他，结果摔碎了一只碗、两只骨碟。“是古董，晓慧她妈从美国买回来的——”胡悦开玩笑，见他涨红了脸，忙打住，“没事，骗你的，比你的螃蟹便宜多了。”程家元懊恼道：“我真是笨手笨脚。”胡悦道：“本来吃你的螃蟹还有些不安心，现在好多了。”程家元听了道：“为啥？吃我的螃蟹不用不安心。”胡悦想，不能逗老实人，否则只有麻烦，便说：“螃蟹味道不错。”程家元忙道：“你喜欢，我下次再送过来。”胡悦道：“送可以，不过要收钱。”程家元使劲摇头：“不行。”胡悦笑道：“所以呀，不用再送了。下次我掌勺，请你过来吃。再把陶无忌、蒋芮也叫上。我们几个也好久没一起吃饭了。”

话题被胡悦绕来绕去，始终聊不到点上。程家元本就嘴拙，完全处于被动。胡悦一边聊，一边想该如何断了这男生的念头。措辞分寸很要紧，话要说明白，但也不能太伤人。胡悦处理这种事情多少有些经验,但问题是,像程家元这种个性的,以前几乎没碰到过。特殊情况特殊对待。胡悦告诉程家元:"我下午见到陶无忌了。"程家元竟似也不意外,哦的一声。胡悦说陶无忌去西塘了。程家元硬邦邦来了句:"兴致不错。"胡悦道:"你要是有什么不开心的,也可以告诉我,我替你排解。"程家元听了,问:"他不开心?"胡悦点头。程家元鼻子出气:"他会有什么不开心的?"

"是人都会不开心。"胡悦笑笑,关照他,"别把这事告诉晓慧。"

"知道。我没这么蠢。"

"有些话,对女朋友未必说得出口,朋友最合适。"

胡悦把下午的情形说给程家元听,怎么去的西塘,吃了什么,聊了什么,路上堵不堵,情绪糟不糟,一股脑儿透个遍。这招其实是跟陶无忌学的。刚才在路上,陶无忌一直在提苗晓慧,说父亲这次来,见到她喜欢得不得了,夸她懂事、可爱。又说下个月她生日,不知该送什么礼物好,让胡悦帮着出主意。胡悦当然明白他的意思,人家就差把"我们无比恩爱,请你好自为之"这话说出口了。站在女人的角度,胡悦其实挺感动,这年头专一的男人毕竟不多。反正本来也没打算说穿,便也由他。况且陶无忌的个性她最清楚,愈是这样,愈是说明他心里多少存了些什么,急于撇清。胡悦倒有些内疚了,对他,也对苗晓慧。道理人人都懂,要么豁开脸皮去争,要么索性断了念头,真正当普通朋友看待。但感情的事不像别的,到底不能随心所欲。看人说话容易,落到自己头上,真是一点儿办法也没有,很要命。胡悦瞥见程家元脸色红一阵白一阵,猜想刚才自己在车上应该也好不到哪里。爱情线说穿了也是食物链,这人那里伤的心,又问那人去讨;为这人哭完了,又去赚那人的眼泪。胡悦想起下午跟陶无忌并排坐着,他发呆,她打游戏,她收到苗晓慧的微信:

"那人又约我出去,怎么办?"

她知道"那人"就是上次"冒名相亲事件"的青年,在普华永道上班,人不错,长相也端正,每隔几日便会向苗晓慧发出邀请。苗晓慧当笑话似的说给胡悦听,两个女孩笑一阵,偶尔回个消息,也是出于礼节——却是头一回问胡悦怎么办。胡悦揣摩这话的意思,是疑问句,去或不去,要拿个主意。她假装没察觉这里头的微妙变化，把皮球踢回去："你觉得呢？"一会儿，苗晓慧发过来："都约了我十七八趟了，老是拒绝也不好。他爸和我爸还是朋友呢。"胡悦看了一眼身旁的陶无忌，在屏幕上打道："那就去吧。"按下"发送"键。

讲实话，胡悦没觉得苗晓慧有多么过分。人难免会对伴侣以外的异性动心，犯点儿迷糊，起点儿小涟漪。她猜陶无忌对自己或多或少也是如此。这些年，她便是借着这层暧昧，坦然在他身边，存些希望，道义上也不致太亏。男女间的灰色地带，像毛笔在宣纸上落下后，墨渐渐晕开，那轻轻浅浅的一层，边界模糊，捉摸不定，却最是写意。

"陶无忌不是东西。"程家元没头没脑来了句。

胡悦笑笑，知道这话有为自己鸣不平的意思，觉得这男生老实得挺可爱，问他："你以后有什么打算？"有些郑重的口气。他果然认真起来："你觉得前台不好？"胡悦摇头："不是不好，主要是怕你自己做得不开心。毕竟在审计部待过，落差摆在那里。上班顶顶要紧的是心情，心情不好什么都是假的。至于前途、理想什么，倒是次要的了。"这话很贴心了。程家元考虑了一会儿："——谢谢你为我着想。"

过了几日，程家元换了个师傅。胡悦听同事议论，说这小子忒不识相，被贬回来还不消停，先是要换岗位，上头不肯，又说要换师傅。胡悦顿时想到，她说那番话的用意，他应该是明白的，才这样坚决，换不了岗，换个师傅也是好的。胡悦忍不住有些愧疚，想着找他解释几句，他倒比她想象中大方许多："不能让你喜欢，总不能再让你讨厌，我懂的。"她忙不迭道："我不是这个意思。"他道："没事，只要你开心，我做什么都没关系。"

胡悦为这事挺自责，倒成故意促狭人家了，又想，程家元竟不像面儿上那样木讷，不该小瞧人家——却没料到，这招竟是出自苏见仁的手笔。苏见仁这阵子闲在家，索性修身养性，整日只是喝茶看书画画。反正不缺钱，仕途上又没野心，这样提前退休，倒是另一种惬意。毕竟上了年纪，原先并不看重的父子亲情，近来竟越发在意了。手机联系是常有的，隔三岔五还把人叫过来，吃个饭喝个茶。程家元那天转述了胡悦的话，苏见仁一听便明白了，说："人家压根儿对你没意思，想跟你保持距离。早点儿收手，免得灰头土脸。"程家元不肯。苏见仁晓得儿子一根筋,说轻了他不懂,说重了又怕他痛。好在当爸的别的不行,这方面倒是绰绰有余,便手把手地教。让他找领导换岗,“反正也不会同意,你再要求换师傅,闹得让大家都晓得”。程家元傻傻地问:“为啥?”苏见仁道:“说了你也不明白,反正照做就行了。”程家元不甘心,冲他一句:“就你最聪明。——那个姓周的,你搞定没?”苏见仁只有吃瘪。

周琳搬家那天,苏见仁去帮的忙。有搬家公司,不用自己出力,主要是打个下手,监督,收拾点儿零碎什么的。搬家的理由,周琳没说,苏见仁自然也不会问,隐隐猜到一些,肯定跟隔壁那人有关。

“干吗挑上班时间?”苏见仁明知故问。

周琳回答:“双休日楼下不好停车。”

“也就是我这种无业游民,有时间来帮忙。”他涎着脸,讨好的口气。

“中午我请客,新家旁边就是小杨生煎。”

过程很顺利。东西不多,只装了半卡车。路上也不堵。走复兴路隧道,出去就到。八佰伴附近的旧公寓,一室半。苏见仁问她:“房租多少?”她说:“一个月六千。”苏见仁便叹口气:“比你那套差远了,何必折腾呢?”周琳知道这是在套她的话,只是笑笑。

吃饭时,他说这里离他家不远,“都成浦东人了”。周琳道:“您那是江景豪宅,我这是菜场弄堂,差十万八千里呢。”苏见仁趁势道:“你要是愿意,楼上那层我给你住。”周琳嘿的一声:“租金我付不起。”苏见仁道:“谁要你付钱了?只要你肯,我倒贴租金给你都没问题。”这话又是急吼吼了。周琳见惯了他这样,相比之前,倒真是一点儿嫌弃的意思也没了,只觉得他痴心。搬家的事,原本没打算让他知道,不料他竟早早到了,一身短打,完全是干活儿的架势。她同他开玩笑:“这阵子气色不错。”他自嘲:“吃了睡睡了吃,过着像猪一样的幸福生活。”

她忽然提起李莹,问他:“是个怎样的女人?”

“干吗问这个?”他道。

“就是想了解一下。对长相酷似自己的人表示好奇,不行吗?”她反问。

他停了停:“——她是个好女人。什么都好,就是命不好。”

他说了些关于李莹的事。十几年没与人聊起,原以为这会很艰难。但还好。

那种悲伤到无以复加甚至是绝望的感觉,到底是有些淡了。时间是最好的橡皮擦,把许多东西拭去,一点儿一点儿,自己都没察觉的。他望着周琳。对着这张脸谈李莹,有些难以言说的怪诞,仿佛前世今生般的神奇意味,还有些诡异。他没讲太多。同学、校花、朋友的前妻。简单几句,概括扼要。他知道她的用意,面儿上是说李莹,实际是为了赵辉。这跟打听情人喜欢吃什么、穿什么、玩什么差不多。醉翁之意不在酒。他又何必让她了解太多?唯独一点,关于李莹的死,他表示赵辉有不可推卸的责任。"男人天生是要保护女人的,不能因为女人坚强、善良,就忽视她。如果李莹早点儿去检查身体,也许能治好。"接着又自嘲,"这话说了也是白说,你肯定不爱听。"是给自己台阶下。周琳摇头,说跟那人毫无瓜葛,"从来就没有开始过"。他自然听得出话里的伤感和倔强。都不是傻子。不明说罢了。

话题戛然而止。周琳忽又提到那块金表:"扔了?"

他摇头:"好歹也是世界名表,又是你亲手送的。"

"这事我有责任。"

"一个破副处长,谁爱当谁当去,我不在乎,再说跟你也没关系。"

周琳叹了口气:"你这么宽宏大量,两客生煎似乎打不倒?"

"多加点儿醋就行。"苏见仁笑笑,拿起醋壶,往小碟里倒了些,"你也晓得,我这人爱吃醋,好多事情就是这毛病惹出来的。"停了停,拿生煎蘸醋,又是一笑,"我这人有点儿莫名其妙,我自己也知道。不指望你喜欢我,只要别讨厌我就行了。"

周琳瞥见他神情中难掩的落寞,笑容也挡不住,拿起茶杯,与他一碰,柔声道:

"为自己吃醋的男人,女人通常讨厌不到哪里去。"

结束后,周琳接到薛致远的电话:"搬好了?"她嗯了一声。

"你们女人呀,就喜欢欲擒故纵……"电话那头应该是喝醉了,舌头打结。周琳没待他说完,丢下一句"去你妈的欲擒故纵",啪地挂了电话。一会儿,薛致远又打过来,使劲道歉:"是我不对,嘴忒贱。现在自觉送上门讨骂,大小姐你想怎么骂就怎么骂,骂到你舒服为止。"周琳呸的一声:"十三点!"他道:"就是!"周琳咬牙切齿："男人没一个好东西！"他一本正经地答应："也对。我是介绍人，负连带责任。"周琳作势要挂电话，他忙阻止，打哈哈："好好，不逗你了。我是十三点加傻×，说话跟放屁一样。"周琳嗔道："你知道就好。"停顿一下，他又问："再见亦是朋友？"她故意道："是说你和我？"薛致远嘿的一声："我们之间的关系，已经远远超出了友情和爱情，哪来的再见不再见！——你晓得我说的是谁。"周琳道："反正没闹翻。"电话那头放心了些："都是朋友……"她截住他："你的朋友，和我没半毛钱关系。辈分都不一样。"薛致远忍不住笑起来："这话是骂我们老。"她直直地道："不老，还嫩，小白菜。"他越发笑得欢快："你这女人——"

挂掉电话，周琳朝前座的苏见仁看去。他后脑勺一动不动，像是压根儿没听见她打电话。周琳动静很大地把手机往包里一扔："死腔！"出租车司机从后视镜里飞快地瞥了她一眼。周琳说了个地址，让司机在那里放她下来。是薛致远的家。苏见仁依然没动。两人一路僵着，直到车子拐进小区，停下来。"我知道你是故意的。"苏见仁忽道。周琳做出没听懂的样子，开门下车，四平八稳地说了句"谢谢你送我"。苏见仁朝她看了一会儿，有些无奈地伸出手，挥了两挥："再见。"

薛致远家灯暗着。他自然不会这么早回家，才八点出头，酒劲正酣。周琳在门前长椅上坐下，取出烟，点火。她烟瘾不大，烟圈却吐得极漂亮，滴溜滚圆，一个接一个，像电影里的特写镜头。形式大于内容。剩下大半根，扔了，踩灭。下意识地又掏出一根，不点火，只是叼着。早春天气还是冻人，尤其夜里。她裹紧领口，搓了搓手。

苏见仁说对一半。那番话是故意的，好让他死心。既然不能遂他心愿，索性叫他失望。无情无义、没心没肺、朝三暮四……她盼着他把她看成这种女人，彻底断了念头才好。这男人，公子哥儿一个，竟连帮她整理房间这么婆婆妈妈的事情，也干得兴致勃勃，忙碌一天。她与赵辉那样，他自然是称心的，强抑着不流露出来，面儿上还劝她再找个男人呢，"不是说非要选我，主要是趁着年轻，快点儿寻个归宿"，一本正经的模样。她倒有些好笑了，便愈加扫他的兴，一盆冷水下去，浇灭他的心思。是为他好。拖泥带水反是害了人家。况且除了这层，倒也不全是做戏。电话里那般声腔，是她拿手的，惯性作用。薛致远是棵大树，大树底下好乘凉。她本就是这么圆滑世故的女人，这边落了空，那边自然跟上。无须多想，大脑自动运作，完全下意识的。周琳坐着，把大衣再裹紧些，取出打火机，点上烟。抽烟也是个下意识动作。每当心里空落落的，便抽烟。吸入的那些蓝灰色气体，瞬间打个来回，充满身体每个角落，人介于清醒与麻木之间，很奇特的感觉。女人抽烟，又是夜里独坐着，到底有些扎眼，经过的人都朝她看。周琳拿出手机，给薛致远发了个消息："别喝太多。"

等了一会儿，没动静。忽见大束灯光投在地面上，一片白亮。接着，一辆车缓缓驶近。周琳认出那是薛致远的车，倏地跳起来，匆匆躲到旁边树下，逃也似的，想，等他上楼便走。心咚咚直跳，怕被他发现。忍不住又笑自己没出息，大老远地叫苏见仁绕这个弯，从浦东到浦西，横跨半个上海，到底只是做个样子。

车子停下，司机从前座出来，打开后门，薛致远摇摇晃晃地下来——后面竟跟着赵辉，帮司机一起扶起薛致远。这人应该喝得不少，脚下完全撑不住，被两个男人架着往里走。

周琳怔着，先是不动，忽地叫了声："薛总！"

她袅袅婷婷地走出去，脸上带笑，嘴角含嗔："喝这么多？"朝赵辉点头示意，"赵总。"不待他反应，径直道，"麻烦您帮着扶他进电梯就行，有我和小钱呢。"赵辉哦的一声，动作慢了半拍，一条手臂已被她抢去，只好在后面撑着。她果然不让他进电梯，脸上笑容更甚，话也愈客气："您早点儿回去休息。谢谢了。"说着揿下按键，不客气地将他关在外面，余光瞥见他有些错愕的神情，那瞬竟又有些想笑。他怕是还没回过神呢。只一秒钟的工夫，立刻便又冷了，带着心也重了，直直地坠下去。手上劲一松，薛致远大半个身子硬生生靠过来，压得她肩膀生疼。薛致远兀自有些清醒，见是她，一张嘴，酒气喷薄而出："你来了啊——"周琳皱眉，忽地有些烦躁，重重地将他的脸推向另一边：

"老实点儿！"

十七

“我们这把年纪，别人看不起倒在其次，
最怕的，是自己看不起自己……”

正月刚过完，赵辉便接到顾总电话：“该你的，到头来还是你的。”领导似乎比他还高兴，连说了几遍“祝贺”。赵辉倒是很平静，一如既往地谦逊。调令正式下来，是一周后。搬过去那天，也是巧，在电梯间碰到新副总，说是还有些手续没办。两人依然很客气，闲聊几句，赵辉从对方眼神里读出几分颓意，到底是有些狼狈的。出于礼貌，最后两人还握了个手，那人道“恭喜”，赵辉微笑颔首：“多谢。”

新副总栽在男女问题上，是跟一个有夫之妇。本来也没什么，到底不是旧社会，没人会拿这种事跟他较真。问题出在情人节那天，两人去某高级酒店庆祝，谁知电视台恰恰在那里采访，一股脑儿拍了下来。红酒大餐，玫瑰花还摆在旁边呢，赖也没处赖，总不见得说是谈工作。这叫抓现行。还是黄金档的新闻，全上海都看到两人的尊容了。有图有真相，性质便完全不同，再不管就成放任乱搞男女关系了。隔天便有了处理结果，让新副总撤回总行。级别上倒不至于受影响，但毕竟是闹了个灰头土脸。行里都传遍了。

“是真爱。”薛致远这么评价。他设宴为赵辉庆祝。席间除了两三个亲信，还有周琳。聊到新副总那事，都当笑话说。“——情人节不在家陪老婆，冒死出去跟小三浪漫，不是真爱是什么？”

“真爱就不用走形式了,平常日子吃碗面条,也是爱。”一人道。

几人都笑起来。周琳拿过茶壶,给赵辉添上:“赵总情人节怎么过的?”赵辉嘿的一声:“还能怎么过? 在家陪儿子呗。”旁边一人凑趣:“赵总怕令郎偷偷出去过情人节吗? 盯得牢牢的。”赵辉叹道:“光靠眼睛盯不行,皮夹子收掉,信用卡统统没收,男人断了经济来源,死蟹一只。”周琳道:“女人埋单也有的。”赵辉一怔:“女人埋单?”周琳便笑着瞥向薛致远:“真爱呀。”

“这女人在笑话我。”趁周琳去卫生间,薛致远向赵辉说明,“上礼拜陪她去看电影,结果忘带皮夹子,看电影都是她埋的单。”赵辉哦的一声。“还有吃夜宵,也是她开销,”薛致远说,“烤串加啤酒,总共一百块钱不到。吃完就跟我哭穷,说去掉房租水电煤开销,皮夹子里就剩下两张老人头,要坚持到月底。”赵辉好奇:“是在豁翎子吗?”薛致远叹道:“还是只彩色翎子。一边哭穷,一边掏出两百块,到旁边商场买了盒巧克力给我。空皮夹子甩给我,说这下连明天都过不下去了。”赵辉笑笑:“果然是彩色翎子——莫非是今天开来的那辆新车?”薛致远摇头:“一盒破巧克力换一辆进口车,这女人竹杠敲得叫啷啷响。”

隔天,分行便签了致远信托的一个融资项目。薛致远动作也是快,在酒桌上才露了个意思,立时便现开销,分秒也不耽搁。照例是借壳融资,数目是两亿,为期一年半。薛致远也不讳言,钱是用在某地方政府融资平台。赵辉“违规”两字在嘴里转了几个圈,到底没说出口。吴显龙上次那个项目,照理每隔一阵就要把还款打进监管账户,那边资金还没回笼呢,哪里兑付得了? 每次都是薛致远想办法垫资,或多或少,总不致太难看。“自己人,一荣俱荣,一损俱损——”他把话往亲近里带,赵辉还不好十分撇清。新副总那事,薛致远事先征求过他的意见:“你要是 say no(说不),我就打住。”赵辉没吭声。“那人是只疯狗,一不留神,早晚被他咬一口。”薛致远撺掇。放在过去,赵辉自是不理,但这次到底是有些怕了,心有余悸,不说好,也不说不好,等于是默许了。只是一条,万万不能动粗。薛致远得了令,没几日便办妥了。手段已是前所未有地文雅了。电视台那边也是托了人,上海滩高级饭店多得是,挑这家不挑那家,也是要动些脑筋的。总体来说还算顺利。倒是赵辉上任比想象中还要快许多。“主要是你人品好,一点儿办法也没有。”薛致远得意扬扬。赵辉知道他的心思。这步棋是双赢,但长远来看，姓薛的更得利。

庆功宴那晚，赵辉喝了点儿酒，不能开车。薛致远让钱斌送他回去。到家后，钱斌放下一瓶啸鹰赤霞珠："美国朋友送的，薛总让我带一瓶给您。"钱斌这阵调到总经办当助理，用薛致远的话说："这小子没学历没能力，饭桶一个，放到哪里都不成，又不能赶他走，只好贴身跟着，不指望他办事，别闯祸就行了。"——话虽如此，到底不致一无是处。老实有老实的好处，胆小、嘴紧、听话。加上那层关系，虽说不尴不尬，但总比旁人要亲近几分。身边是要放个这样的人。老薛从不做让自己吃亏的事。

赵辉让他把酒拿走："我在家不喝酒。你自己留着，跟薛总就说我收下了。"

"这怎么行？"他道，"您不喝，送人也行。"

"有女朋友了没？"赵辉问他。

"嗯。"他点头。

赵辉朝他看，夜有些深了，想叫他快点儿回去，嘴一张，却成了"要不要吃杯茶"。钱斌停顿一下："好的。"不等赵辉忙碌，自己到厨房拿杯子倒了水："晚上不喝茶，白开水就好。"在沙发上坐下，与赵辉隔开一个位置，有些拘束地喝水。赵辉又问："要不要吃点心？"他道："肚子还是饱的。"赵辉瞥见他拿杯子的手，手背上青筋盘踞，倒不似娇生惯养的那种。想起师母有次感慨："这孩子其实挺可怜——"师母这话应该是站在老师的角度说的。那样境况出生的孩子，便是亲骨肉，也会觉得别扭。七弯八绕的情绪，线头似的缠住、打结，亲情被夹在里面，见不得光，时间一长便淡了。赵辉每次见到这青年，都忍不住想跟他聊几句，念头一起，又被自己掐断了。以什么立场？又能说些什么呢？换了老师在世，只怕贴心贴肺的话也很难有机会说。他养父养母倒真是好人呢，没瞒他，据实相告，亲生父亲、私生子那段。但也难讲，倘若真瞒着，只怕这青年还活得自在些。看着也不是什么很有男子气的豁达个性。

"去年这个时候，我陪老师去了趟海宁。"赵辉忽道。

青年手一抖，杯子没拿稳，晃出几滴水来。

"老师的老家在海宁，盐官。"赵辉停了停，"他说他十几年没回老家了，虽然那边没什么亲人，但临老了还是想回去一趟，怕以后没机会。"

青年沉默着。

“老师是好人。”赵辉说完这句，心头酸了一下。深夜里被什么情绪带累着，竟有些感触了。嘴角向上撇去，凭空做出微笑的表情，看着倒古怪了。青年朝他看，应该也是尴尬，还有些慌乱，没话找话，顺势来了句：“赵总也是好人。”

赵辉不语，手举起来，在半空中摇了摇，忽地有些倦意，酒劲也是一阵一阵的。

“回去吧。”他道，见青年站起来，又加上一句，“以后别叫我赵总，叫——”想说叫“叔叔”，辈分似乎不对，叫“哥”也不合适，想了一圈，放弃了，“还是叫赵总吧。”挤出个苦笑。到底是醉了，脑子比嘴慢半拍。刚才留客也是，那样突如其来，脸上又郑重，吓得人家连拒绝也不敢，小媳妇似的坐着，双腿并拢，端茶像端个手榴弹。赵辉心里叹了口气，对这人又生出些怜惜来。

次日早上，赵辉停车时遇见苗徊。到分行后，两人见面机会不少，一个二十五楼，一个三十九楼，每次远远看见，便各自岔开，或是打个电话系个鞋带什么的，动作上慢半拍，做出错过的假象。实在躲不过，也不多话，点个头寒暄两句——完全是普通同事的架势了。调令下来那天，电话和短信雪花似的，熟的，不熟的，半熟半生的，纷纷表示祝贺。唯独没有苗徊和苏见仁的。苏见仁还好些，本来谈不上多么亲密，便是遗憾也有限。苗徊就不同了，亲得不能再亲的朋友，二三十年的好兄弟，突然间就形同陌路。比起伤心，更像是不习惯，仿佛缺了什么，节奏生生被打乱了。还不好明说。骂人的，讨骂的，都处于不清不爽的位置。摆不上台面。真正是有些窝囊的。以苗徊的个性，这样一声不吭更可怕，连个机会也不给你，完全不留余地了。

赵辉锁好车门，迎上去。那边应该也是看见了，慢慢踱过来，点头：“早。”眼神含混过去，隔开半个人的距离，一前一后。

“老赵。”苗徊冷不丁叫了声。赵辉停下，回过头。苗徊走近：“晚上到我家吃饭？”赵辉怔了怔，不及反应，嘴上已经先答应了：“好啊。”

“庆祝庆祝。”苗徊加上一句。

“庆祝啥？3 月 12 号，植树节吗？”赵辉说完有些后悔，玩笑开得莫名其妙。

苗徊嘿的一声：“我表舅妈的大姑姐的妯娌今天生日。”

“哟，那是要庆祝。蛋糕我买。”赵辉接上。

晚饭叫的外卖，附近川菜馆的四菜一汤，也不另外装碗，依旧放在一次性盒子里。赵辉道：“其实倒不如在外面吃，还方便些。”苗彻回答：“外面人多。”赵辉揣摩这话的意思，是说万一两个老家伙吃着吃着打起来，在外面下不了台，便也顺着他：“不该叫川菜，容易上火。”苗彻打开冰箱，两手抠着四瓶啤酒出来，再拿一排冰块放在旁边：“不怕——”

毛血旺里的鸭血分量忒足。苗彻说他三天两头在这家店吃，都混熟了，知道他爱吃鸭血，便额外地多给。“雾霾天，吃这个清肺。”苗彻推荐。赵辉不怎么吃辣，吃了几筷子便停下：“你多吃点儿，我够了。”蛋糕自然没买，带了瓶红酒，就是前一晚薛致远送的那瓶。既然上来就喝啤酒，红酒只能摆进酒柜。苗彻说：“这么高级的酒，我准备放到女儿结婚那天再开。”赵辉道：“女儿红都是黄酒。再说你这贮存条件不行，白浪费了。早点儿喝了吧。”猜想几时会进入正题。一口口地浅酌。苗彻把毛血旺里的鸭血挑干净，仰起头，冰啤酒下去，响亮地打个嗝，一抹嘴：“你说，我们俩跳槽怎么样？”

“这把年纪？”

“那就提前退休，免得晚节不保——也不是没有前车之鉴。”

赵辉知道他说的是谁，停了停，道：“就算晚节不保也是我，你不会。”

苗彻倒满酒，又是一饮而尽，感慨道：“时间过得真快，我记得当年分到S行，我在会计部，你在业务部，戴副总比我们早几年入行，还带过你一阵，是你师傅。”

“那时不叫业务部，叫信贷处。”赵辉纠正。

“大家都说，分行的戴副总，浦东行的赵副总，是S行最拿得出手的两个领导，文武全才，儒将风范。——我这么说，没有别的意思，也不是触你霉头，只是想告诉你，人这辈子啊，真正是一步都错不得，错了再怎么补救都来不及了。你自己说，戴副总要是不出事，分行行长的位置能逃得了？总行行长都有希望！做我们这行，诱惑实在太多，干脆是那种老兵油子倒也算了，大不了关几年，出来厚着脸皮照样混日子，管别人怎么看呢。可戴副总是这种人吗？你是这种人吗？”苗彻说到这里，激动起来，一口酒呛出来。

赵辉递给他纸巾。苗徊不理,用袖口胡乱擦了擦,拿出手机,翻出几张照片,给他。

赵辉接过,瞥见照片上是几份业务文件,猜想是上次审计时苗徊私自截下的资料。其实也在意料之中。那样大的案子,再怎么弥补,必然有疏漏。他和薛致远都不是神仙。以苗徊的能力和经验,又如何查不出来?到底是不忍见他倒霉,才留了余地。

沉默了几秒,赵辉把手机递过去:“谢谢。”

“我不是要听这句。”苗徊把酒杯往桌上重重放去,溅出几滴酒来,“我给你看这个,不是要你感激,也不是邀功,让姓薛的给我送只金表什么的。我只是想告诉你,如果你,赵辉,不是我最要好的朋友,我不会把自己逼到这种地步。我当了二十多年‘苗大侠’,第一次觉得难为情,想挖个地洞钻进去。可笑的是,因为这个案子,我居然还被评上了部里的先进。表彰会那天我根本不敢去,借口生病,奖牌拿到手就扔进垃圾桶,奖金统统捐给了小区的困难户。我一想到这事就起鸡皮疙瘩,好像有一万只蚂蚁在身上爬,难受得要死。这阵子我一直在想,妈了个巴子的,到底是怎么回事啊?你还有我,怎么会走到这一步?也就一眨眼的工夫,变得自己都讨厌自己了。老赵啊,我们这把年纪,别人看不起倒在其次,最怕的,是自己看不起自己……”

火星隐隐露个头,便被苗徊自己浇灭了。他说完那些,戛然而止,举起酒杯,憋出欢快的语调:“不管怎样,还是祝贺你,赵总。”像蹩脚的命题作文,中间再怎么野豁豁,最后依然要绕回来点个题。离开时,苗徊很认真地说:“今天我是打定主意,无论如何也不生气。是朋友当然不生气,不是朋友也不用生气。跟个陌生人有什么好生气的,你说是不是?”苗徊绕口令似的说了一圈,把赵辉送到楼下,还替他叫了代驾。

“文件早进粉碎机了。照片我也会删。这是第一次,也是最后一次。当不当朋友,你自己决定,赵总。”苗徊把那个“赵总”咬得很重,几乎是恶狠狠的,与其说是说给赵辉听,倒不如说是说给自己听。说完不看他,砰地关上车门。人裹在那件半旧的黑色羽绒服里,看不见脖子,原地站了半晌。赵辉从车窗里瞥见他的身影,路灯下微微蜷着,真像个老头了。

开春不久,吴显龙那笔款子便结了,连本带利,悉数到账。原先说好是一年期,算是提前完成任务。“半年的利息,送给你了。”他同赵辉开玩笑。赵辉放下心头大石。这项目是个大症结,拖一天便是一天的麻烦。他不由得又是意外,又是欣慰。吴显龙到底是怕他难做。“多亏去年年底那波行情,本来还担心工程延期要损失,没想到反捡了个便宜,房价涨了三成还不止。这叫人算不如天算。”吴显龙邀他去看松江新建成的别墅:“前天刚竣工,还没验收。你替我把把关?”赵辉这阵子始终绷得紧紧的,好不容易轻松下来,便答应了。别墅区离佘山不远,规模不大,统共也就二十来幢,都是两层的独栋,带地下室。走的是古风,小桥流水,亭台楼阁。已售出七八成。最靠内那幢,院门外建了好大一片竹林,私密性好,看不出里面情形。顺着门洞进去,竟格外开阔。假山蜿蜒,石桥足有十几米长,池塘里鱼儿游得欢快。屋里摆设一应俱全。吴显龙说这套是样板房,室内软装请的法国设计师。“欢迎拎包入住。”他朝赵辉笑。赵辉猜到他的意思,岔开话题:“中式的装潢,倒请外国设计师?”吴显龙道:“外来的和尚好念经。”赵辉点头:“也对,妇产科病人清一色女的,但厉害的妇产科医生大多是男人。一样的道理。”吴显龙忍不住笑:“你也学坏了。”把钥匙递给他,“——是兄弟就收下。”

赵辉自是不接:“我已经有两套房了。给我也不能过户。”

“等东东成年了,挂在他名下。”

赵辉笑了笑,还是摇头:“那也不行。东东什么品位我清楚,喜欢那种金碧辉煌的。”

“不能光让你做人,我也要表示一下。生意人都是有恩必报,你懂的。”

“之前蕊蕊看病那笔,数目难道还少?我已经是面皮老老、肚皮饱饱了。”

“那是借给你的,不算,一桩归一桩。”

钥匙在两人手里推了一圈。吴显龙最后把话说得很实在了,也很窝心:“其实感谢只是一方面,我们俩什么关系?我和东东又是什么关系?真要没条件也就算了,送件衣服送点儿水果你也别嫌少。现在我情况还不错,让自己兄弟还有侄子稍微沾点儿光,对我来说在能力范围之内,也是很轧台型的一件事,你又何必扫我的兴?我做生意是为了什么?赚钱是为了什么?不就是想让自己人过上好日子吗？我无儿无女，你就是我嫡亲的兄弟，东东、蕊蕊就是我嫡亲的孩子。你再推辞，要么是假惺惺，要么就是故意和我划清界限。”

赵辉到底是没收下。这样一幢别墅，配置定位，市价无论如何也在两千万以上，拿来跟水果、衣服相提并论，怎么说都不合适。兄弟是兄弟，关系摆在那里，谈什么都可以，唯独不可跟钱搭上界。何况吴显龙又是那样的身份，要说一点儿没有撇清的意思，那也是假话。赵辉说得也很实在：“再过十年，等我退休，阿哥要是不嫌弃，我就跟着你混了，你给我什么，我都收下。”

话说到这地步，赵辉也怕吴显龙不开心。“朋友都没剩下几个了，阿哥你要是再不体谅我，我只好去跳楼。”这么泄气的话，是头一回摆上桌面，也只有对着吴显龙，才好意思说。真正是把他当大哥了。脸上还要硬撑，一直笑，好减些消极的意味。说到苗彻那段，实在是抑制不住，鼻子酸了一下，急忙低头。心头堵得要命，竟是从未有过地沮丧。“他说得没错，到这把年纪，别人看不起还在其次，最怕的，是自己都看不起自己。”这话出口那瞬，顿时把这阵子所有的憋屈和窝塞统统钩了出来，能说的不能说的，怪得了人的怪不了人的，有理的没理的，一股脑儿对着吴显龙掏了个遍，像倾诉，又像发泄，酣畅淋漓——好像除了吴显龙，还真找不出第二个人可以这样，泥沙俱下般地说话。

“总之，一切怪我。”最后，赵辉幽幽说了句。

“跟人品没关系。运气有点儿糟。”吴显龙实话实说。

“也不能完全怪运气。我自己晓得的。”

吴显龙沉吟道：“你是高标准严要求。”

“及格线都不到了。”赵辉摇头。

又过一阵，薛致远打电话给赵辉，也不寒暄，径直说了个方案，大剌剌的：“老赵，这事交给你了——”赵辉扳手指，上任不到两个月，这已是第三次了。前两次还是当面聊，来龙去脉交代一番，功夫再表面，终是做了些。一次比一次敷衍。这次索性不露脸了，电话里三言两语，简洁明了，比发电报多不了几个字。赵辉本想当面拒绝的，想了一下，只说“我考虑看看”。到了下午，也不打电话，回了条信息：“抱歉，有些难度。”

他猜薛致远立刻便要追究，谁知竟没有。隔了几日，薛致远新成立的文化投资公司举行开幕酒会,邀赵辉一同前去。赵辉想,这事逃不脱的,便答应了。请柬上说要正装出席,他便换了套西装。地点在外滩一家五星级酒店,走进去,布置得富丽堂皇。宴会厅前偌大一块 LED 光幕,炫得人眼花。赵辉想,老薛做事向来讲究排场,蓬头起得比谁都足(方言,起蓬头意为造声势)。远远瞥见薛致远站在一众人中间,谈笑风生,男男女女都是盛装。赵辉拿了些吃的,找了位子坐下。薛致远走过来,在他肩头一按,也坐下。

“介绍几个女明星给你认识?”

赵辉朝那边瞥了一眼,摇头:“妆太浓,看不清脸。”

“玻尿酸、肉毒杆菌打多了,肌肉全是僵的,看不清反而好,免得被吓坏。”薛致远笑笑,停顿一下,“那件 case,没的搞?”

赵辉想,来了。“嗯。”

“也对,安全第一,细水长流嘛。这桩先不谈,”薛致远说着,拿出一份文件,递过去,“你再看看这个。”赵辉接过,是某影视公司申请融资的计划书,“××公司你听说过没有?他们新拍的那部电影,上个月刚拿下金马奖四五个奖项。下半年准备投拍一部武侠片,导演和演员都是超一流,大 IP 项目,还在筹备阶段就是万人瞩目。——我预备投个八千万。”

“致远信托直接融资不是蛮好?”赵辉道。

“不够,”薛致远嘿的一声,“电影还没拍,你晓得前期广告费就是多少?现在影视这块,要么不做,要做就要做到最大,乒乒乓乓往里面砸钱,搞得越大越好。八千万也就是试个水,看看情形如何。要是好,现在不是重视文化吗?这条路倒是有的搞。信托、银行、影视公司,建立一个长久合作关系,他们要资金,我们就给他们,有钱大家赚。将来资本整合,再弄个共同上市,这叫你好我好大家好,前景一片光明。”

赵辉沉默了一下,蹙眉道:“不大妥当。”

薛致远也停顿一下,脸上的笑依然挂着,像熟过头的果实,稍有些僵。“老赵,”他一根手指划动着酒杯边沿,“哪里不妥当?”

“娱乐业是高风险行业,这点你清楚。”

“讲到高风险,房地产难道不是?”薛致远朝他看,只一眼,又笑笑,“老赵啊老赵,你我之间,就不必说这些大道理了。一句话,做还是不做?”

赵辉拿起酒杯,晃了两晃:“我这人胆子小,你知道的。”

薛致远哦的一声,沉吟着:“你胆子小吗?我看不像——通常敢在我面前玩过河拆桥、两面三刀的人,胆子都小不到哪里去。”后面这句,依然是开玩笑的口吻。

赵辉看向他。他把目光移开。有熟人招呼,薛致远一声不吭地起身,捋捋头发,走过去。赵辉盯着他的背影看了一会儿,将杯中酒一饮而尽。想着再坐一会儿便走,忽见周琳穿一袭黑色晚礼服,端着餐盘,袅袅婷婷地走过来。“赵总,能坐吗?”

赵辉做了个“请”的手势。

“赵总今天很帅啊。”周琳坐下来,铺上餐巾,拿刀叉切牛排,边吃边朝他看,“论气质风度,一点儿也不输给那些大明星。”

“我懂,这话是抛砖引玉。希望我夸你比那些女明星更漂亮就明说,不要拐弯抹角。”赵辉问她,“要不要拿杯水给你?”

“谢谢。”

赵辉一挥手,让服务员倒杯水来,瞥见薛致远朝这边看了一眼,似笑非笑的。“老薛现在不得了啊,”他转向周琳,“一门心思要当娱乐圈大亨了。”

“娱乐圈水深。”

“哪里都一样。”

“赵总,待会儿几时走?”她忽道,“我送您回家。”

“不用,我自己叫车。”

“那就薛总亲自送。他说了,今天务必要侍候好您,吃好、玩好、走好。‘好就好,不好也别为难他,至少今天要让他竖着进来,竖着出去。’——这是薛总的原话。”周琳嘴一努,指不远处一个络腮胡子男人,“您看到那个人没?医药销售起家,做过房产中介,现在开一家财务公司,门面小,生意大,不在三百六十行里面,野路子,倒不为赚钱,讲究兄弟义气。他是薛总的好朋友。许多事情薛总不方便做,都是他出面。‘你稍微给他拎一拎,他要是不接翎子,也只好随他。这世界要是人人都识相,反倒奇怪了。’——这也是薛总的原话。他今天忙,千言万语，只能托我向您转达。”

“威胁我?”赵辉停顿一下。

“是不是威胁，您自己斟酌，反正我只是个传话的。”

赵辉不语，半晌，叹了口气：“你过来，就为了说这些?”

“不然呢？还能说什么？我说过，赵总您是老江湖，我弄不过您。跟您说话，只能步步为营、公事公办，一句废话没有，否则就是自找苦吃。”

周琳说完笑笑，拿餐巾抹了抹嘴，站起来：“车在楼下，随时可以走。”

十八

薛致远到底还是没逃过。国务院刚开了全国金融会议，强调要加强金融监管，补齐监管短板。国家先后成立了国务院金融稳定发展委员会和中国银行保险监督管理委员会，金融安全被提升到国家安全的高度。

“我最不放心的，其实是你。”

这是李莹去世前说的最后一句话。赵辉记得，那天下着小雨，天气阴沉得让人想哭。病房很小，床边围满一圈人，都做出宽慰轻松的神情。赵辉在最前排，拉着妻子的手。他望着那张瘦削的脸，脑子是空的，翻来覆去地说着“你放心”。那瞬竟不想哭，身体像纸片一样，仿佛比床上那人更虚弱，轻轻一推便会倒下。一双儿女被亲戚带着，默默站在旁边。赵辉念经似的，说：“你放心，蕊蕊，还有东东，你都放心，放心——”最后时刻，李莹眸子倏地有了些光芒，抓住他的手用力了些，上身微微仰起。赵辉触到她的手心有了一丝温度，不再是冰冷的。她望着他，眼睛眨也不眨。那瞬的感觉竟是之前许久未有的。她曾说过，他在别人面前总是稳重得不能再稳重的，像大哥，像父亲，唯独在她面前，像个孩子，教她放心不下。

她说完那句，兀自望了他一会儿，缓缓闭上眼睛。

这些年，赵辉时常想起那刻。记忆有了年头，像老照片，边边角角泛黄，眉眼淡了,轮廓倒深了。黑白分明,也是影影绰绰。便是悲伤,终是隔了一层。哭是不大会了。偶尔静静忧伤一会儿。想着李莹还在身边,只是换了个方式。自己安慰自己。岁数上去了,原先的那些沟沟壑壑,自己会慢慢填平。“我最不放心的,其实是你。”——话一直回响在耳边。这话她说过许多次。蕊蕊刚查出病的时候,夫妻俩欲哭无泪。好不容易挨过一阵,李莹想得比他深,也比他远:“我是个大大咧咧的人,不像你,心事重。所以有我在,你尽管放心,我是不会倒下的。我会好好的,你也要好好的,别让我反过来替你操心。你啊,是个孩子,大宝宝,你都不晓得,我有多不放心你。”她知道怎么劝他最有用。天底下,没有比她更了解他的人了。也正因为有李莹,那段日子便是再艰难,赵辉一步步也走过来了。她是他的底。有她在,他人前背后才能存下一份笃定。只有他自己知道,李莹对于他来说,意味着什么。有时候,李莹更像是他的老师。从她身上,他学到很多东西。好女人能造就一个男人。

——“我最不放心的,其实是你。”

时间有自愈功能,也会润色,李莹的声音不会老,永远轻柔动听,不似临终遗言,倒有几分像导航软件里嗲嗲的女声:“前方左转——右转——有测速监控——”听着听着,便觉得安心,受宠溺的感觉,仿佛李莹一直没走,身上背后,都有她关注的目光,暖暖的。他每走一步,她都看着呢。他早起为儿女做饭,她替他关照着煤气炉,男人再怎样还是心粗,牛奶溢出来,鸡蛋煎焦,都是常有的事;他带蕊蕊做康复,她后头跟着,公交车哪站下,走哪条弄堂穿进去,她比他清楚;过年过节跑双方父母家,买什么东西,多少尺寸,全是她定度,家里女人把关,错不到哪里去;在银行里忙得心力交瘁,回到家,往沙发上一躺,便觉得松快许多,厨房边、阳台上、卧室里,到处都是她的影子呢,有她的味道、她的气息。——他只当她最牵挂两个孩子,其实她顶顶放不下的,竟是他这个大男人。孩子们再怎样,有他在,总是妥当的。他没了她,她怕他撑不住。她最后这句,是真心话,也是大实话。他是她的宝,她至死牵挂的人。这话她平常也说,但在那当口儿说出来,便多了些劝诫的意味,郑重得多,有无穷的意思在后头。她知道他听得懂。——赵辉想到这层,心底长叹一口气,悄无声息地,周身打个转,渐渐平息了。像湖中心荡起的涟漪,从里到外,一圈一圈,慢慢隐去。

薛致远发来一封邮件。赵辉没打开，看附件的名称，便能猜个八九分。——直接删了，眼不见为净。“大不了不干了。”吴显龙那天这么安慰他。这话不像老阿哥素日的风格，破罐子破摔了。“除死无大碍。”他接口。吴显龙说：“死是不会的，也不能死。你还有蕊蕊、东东呢。我打包票，你死不了。”两人都笑笑。赵辉这几天也想通了。人一旦做好最坏的打算，倒也心定了。孩子气上来，他去找苗彻。

“还是朋友?”苗彻看他的神情。

“到死都是!”他一锤定音的口气，胸中陡地涌上万千豪情，仿佛刚从学校毕业那阵，打满鸡血浑身是劲，鼻子酸酸的，满肚子的话并作一句，又是惭愧又是委屈。

苗彻不说话，半晌，叹了口气，在他肩上一拍，也是无限感慨的口吻：“我就知道，兄弟。”

两人下班后照例找个小饭馆喝到半夜，不约而同说起当年“白衬衫”的典故。苗彻喝到八九分醉，羊毛衫一脱，露出里面的白衬衫：“穿了十来年了，保养得也算好了，可总归不是当初那个颜色了。”赵辉把袖管向上捋去，露出白衬衫袖口：“尽量干洗，料子才不容易磨损，颜色也正。”

“行里发的工作服，干洗个屁。穷讲究。”

“要穿得挺括，白衬衫有白衬衫的样子，该讲究还得讲究。”赵辉举起酒杯，与他一碰。

赵辉没开车，坐苗彻的车回家。两人挤在后排，看代驾师傅的后脑勺，聊些闲话。苗彻问他：“想不想女儿?”赵辉道：“怎么不想? 好在下个月做完最后一次手术，就能回国了。——代我向玛丽再说声谢谢，小姑娘一住就是两三个月，这次人情欠大了。”苗彻嘿的一声：“反正她也是无事忙，有钱又有闲，你给她这个机会，她反过来谢你才对。”

“别这么刻薄。她是个好女人。”

“找另一半不是找劳动模范，好不好倒在其次，合适不合适才顶要紧。”

“陶无忌呢，是不好呢，还是不合适?”赵辉冒出一句。

“不好，也不合适。”苗彻屁股挪了挪，调整一下坐姿，“——少为你的兵当说客。我跟你还没完全和好呢,小心半路把你丢下去。”

赵辉笑笑。很快到家,他与苗彻告别,走到单元楼下,正要拿钥匙,忽觉得脖子一紧,有人从后面拿绳子勒住他,他惊得想要叫,却一个字也发不出来。他下意识地反手去扳,头被棍棒之类的重物重敲了一下,眼前一黑,顿时失去意识。

醒来时,人在医院。脖子兀自火辣辣地疼,思路迟了半拍,只当酒还没醒。手背上扎着吊针。苗彻站在一边,轮廓模模糊糊,看着有叠影。眼睛焦距不对。晃一晃,半晌才清晰了。“没打成傻子,算你运气。”苗彻伸出两根手指,问他,“这是几?”赵辉回答:“八。”苗彻嘿的一声:“真成傻子了。”

做了 B 超和 CT,基本无大碍。医生建议住院观察几天。次日,薛致远来探病,拿着一大束百合,被苗彻挡在门外:“差不多就行了,开个影视公司,自己也成戏子了?”

薛致远点头:“也行,我就不进去了。你替我转达。”把花递给苗彻。

苗彻不看他,把花往旁边垃圾桶里一扔,重重关上门。

赵辉出院那天,吴显龙派了两个人过来,都是一米九的壮汉,墨镜西服,电影《黑超特警》里的架势。赵辉给吴显龙打电话:“阿哥,忒夸张了——”吴显龙道:“行啊,那就减掉一个。”至于赵辉再说,那是无论如何也不答应了。“我们的宗旨是,不害人,也不能让人害。吃亏上当最多一次,再来就成十三点了。”赵辉拗不过他,只得勉强答应。一路上赵辉被两人架在中间,行李不用拿,出入两人抢在前头开门。两人径直把赵辉送回家:“赵总您明天几点出门?我们等在楼下。”赵辉头摇得像拨浪鼓:“没必要,真的没这个必要。”那两人只是笑笑,也不接口,次日果然准时出现,也依言只来了一个。“我们俩轮班,做一休一。”赵辉自己开车,这人跟在后面,沿途不紧不慢,始终隔着那点儿距离。高架一时堵一时顺,上海马路上车开得野豁豁的多得是,人家就是有这本事,不超车也不掉队,稳稳跟着。赵辉从反光镜里瞥见,只是苦笑。吴显龙说,是从专业保全公司请的,退役特种兵。“对付我们这种人,一个打十个像割草,轻轻松松。”又说,“阿哥上没老,下没小,只有你这么个兄弟。你要是有什么好歹,我活着就没意思了。”后面这句有些煽情,但赵辉知道是真话。男人越是上岁数,便越是拖泥带水,听在第三人耳里,要笑掉大牙的。

薛致远到底还是亲自来了一趟。秘书没挡住，他径直闯了进来。赵辉让秘书退下："倒杯茶。"薛致远也不客气，自顾自地在沙发上坐下，朝窗外看："风景不错，位置好楼层高，看得到陆家嘴中心绿地，还有黄浦江。惬意啊老赵。"赵辉道："上班的地方，又不是自己家。"薛致远接口："不难。对面那几个楼盘，一样的楼层，一样的风景，随你挑。"赵辉嘿的一声："我说过，我想学老师。"薛致远道："我也说过，你学不像的。"

两人停顿一下。

秘书端上茶，又退出去。

"身体恢复得还行?"薛致远拿起茶杯，叹道，"我不想这样，你知道的。"

赵辉先是不语，随即道："我了解。有时候，路走过头，就回不去了。"

"那你呢，想当例外?"薛致远问。

"还是那句——我想学老师。"赵辉一字一句地道。

薛致远笑笑，有些嘲弄地说："学老师什么？伪君子？说一套做一套？那恭喜你，学得不错，青出于蓝胜于蓝。"

赵辉朝他看。

"一会儿君子一会儿小人，想当婊子又要立牌坊，我不晓得原来做人可以这么收放自如，黑白通吃。你觉得这是有原则吗？抱歉，在我看来，这叫耍流氓，非常无聊，而且可耻。"薛致远说着，看向赵辉，又笑笑，"——老赵你觉得呢?"

赵辉握住茶杯，有种冲动，想要兜头泼他一脸。忍住了。这人就是来讨打的。倘或一个没忍住，真动了手，自己这头是主场，不用等到下班，便会传遍整个分行，比写一百封举报信还有效果。薛致远是什么人？与他又是什么关系？前阵子闹得沸沸扬扬的那桩 case，面儿上是压下去了，众人心里俱是存着疑呢，无风还要起个三尺浪，更何况眼下这情形，时间地点人物俱全，活脱儿一场独幕话剧。老薛是盼着自己按捺不住，最好是来个全武行，反倒把那事坐实了，面儿上难看不说，更重要的是——弄尴尬了，回头就真难了。

"天底下的事，各人各看。自己怎样，看别人便也怎样。万相俱由心生。流氓眼里望出去，哪里有不龌龊的？自然人人都是流氓了。"赵辉微笑一下，做了个"送客"的手势。

临走前，薛致远到底是放了大招，不紧不慢道：

“蕊蕊在美国还好吧？听说一切顺利，只剩最后一搏了。紧要关头，好就好，倘若出什么状况，前面的功夫统统白做，老赵你一口血只怕要吐出来。”

“出去！”赵辉沉声道。

下了班，赵辉径直去找吴显龙。吴显龙瞥见他的脸色，便晓得这兄弟是有些慌了，语速也比往日快了三分，乱了方寸了。一通交代完，赵辉急急地问他：“阿哥你说，怎么办？”又道，“他就是让人把我打残废了，我也不怕。但是蕊蕊不一样——”吴显龙叹道：“他晓得你的软肋在哪里。”赵辉有些激动：“他要是敢动蕊蕊，我就跟他拼了。”吴显龙沉吟了一下：“美国那边，我派人过去。”立时便打电话订机票，当天晚上的航班，吩咐下去，到了那里，二十四小时守着，寸步不离人。他又对赵辉道：“美国到底不是上海，在上海认识几个三教九流的我还信，美国隔了十万八千里，天高还皇帝远呢，就凭他能搞出什么事来？再说老薛这个人我也打过交道，乡下人做派，器量又小，手条子比不上嘴巴子，说狠话吓吓你出口气，多半是这样。”赵辉知道这是安慰话，也只得点头称谢，听吴显龙又说“阿哥混了这些年，也不是吃素的，你放一百二十个心”，便也笑笑：“谢谢阿哥了。”

美国那边还是出了意外。赵辉自从薛致远说出那番话后，每天早中晚三次与女儿通视频，不提这边的事，只谎称“爸爸忽然特别想你”，每次挑些无关紧要的话，吃什么、玩什么、见了什么朋友，事无巨细都问个遍。蕊蕊话少，赵辉主要还是与玛丽交流。玛丽是个闲不住的人，没事就带蕊蕊出去，跑步、遛狗、逛超市。赵辉不好明说，只佯装开玩笑：“快回国了，让蕊蕊收收心，免得到时候不适应。”玛丽自是不放在心上。——果然是出了事。那天视频打过去，没见到蕊蕊，玛丽说孩子在睡觉：“今天遛狗时，突然有个人骑车冲过来，把整瓶矿泉水浇在蕊蕊身上。事情倒是没啥，关键是吓了一大跳，现在有点儿发烧。”赵辉听得心惊肉跳，问她：“人抓住没有？当地人还是外国人？”玛丽回答：“报过警了，那人帽子戴得很低，监控里看不清脸。估计是捣蛋孩子恶作剧——”

赵辉这晚彻夜无眠，在阳台上不停地抽烟，一根又一根，烟灰缸里满满的烟蒂。抬头望去，夜空被浮云点缀，丝丝缕缕，像天然大理石的纹路。青灰色透着些亮。原来夜里也不是暗得密密实实的，竟比白天更空灵些。独自站着，思路也比白天清透得多。视频最后，蕊蕊还是醒了，被玛丽拉过来："跟你爸爸说几句，让他放心。"他听到女儿怯生生的声音："爸爸我好想你——"那瞬不知怎的，眼前竟浮现出女儿刚出生的情形，红通通的一个肉团子，被护士抱过来："是件贴心小棉袄，恭喜啦。"他欢喜得手足无措，横过来竖过去，不晓得怎么抱才好。很快又被护士抱走了。李莹开奶受了不少罪，孩子也跟着吃苦，哭得撕心裂肺，就是吸不到奶。出了月子，奶水竟又多得吃不完。蕊蕊不好带，晚上总要起个三五次。通常是李莹喂奶，他负责拍嗝和换尿布。折腾完了，也不想睡了，开盏夜灯在旁边坐着，盯着那张小脸，傻傻看上半天，想，这就是我的女儿啊，这个小小的粉团子。觉得天底下再没有什么比她重要，便是为她豁出命来也是值得的。蕊蕊眼睛确诊那天，他和李莹抱头痛哭了一场。哭完，李莹倔强道："也没什么，从明天起，我要锻炼身体，争取活到一百岁，只要有我在一日，她就不会吃苦。"——赵辉想到这里，忍不住热泪盈眶。李莹追悼会那晚，蕊蕊也不吵着要妈妈，却一直缠着他，谁劝都不睬，始终伏在他肩头，直至睡着了才放下。六七岁的女孩儿，隐隐地有些晓事，却还不到能自我排解的年纪，便愈加受罪，每天晚上都要赵辉抱着才肯入睡。赵辉紧搂女儿，轻倚在她肩上，触到她头发间的温度，那一瞬，与其说是女儿依靠他，倒不如说是女儿给了他力量。本已有些万念俱灰的，离了妻子，只觉得今后的日子一眼望不到头。直至抱着怀里这小小的身体，才慢慢回转过来，便是再难，为了这双儿女，也要好好活下去。旁人只当像他这般坚毅的男子世间少有，其实他自己晓得，若没有孩子，无论如何撑不到今日。尤其是女儿，这可怜的孩子，竟给了他无限勇气，便是心里再苦身上再累，见到蕊蕊，也都忘个一干二净，满脑子翻来覆去想的便是——我要活到一百岁，有我在一日，她便不会吃苦。

隔了一阵，便传出消息，致远公司被勒令停业，所有信托产品下架。近几年信托违规的不少，但大多是警告加罚款，致远公司这次是有些严重了。主要是最近那桩，为某政府融资平台贷款，无非是填洞补漏、借鸡生蛋那套。还是那句老话，资金链便是连环套，一个关节出岔子，满盘皆损。谁会想到，其中竟然还牵涉到了社保基金。比起大城市，小地方往往更出格，连账面文章也没花心思做，轻轻松松便被抖了出来。薛致远这跤摔得有点儿惨，被央行请去喝咖啡，几天下来便瘦了几圈。到底还是停了牌。原本筹备的几家分公司,还有上市的事,也统统搁浅。也怪他平常太张狂,不少熟人打电话来问候,面儿上关心,可幸灾乐祸的口气藏都藏不住。薛致远径直去找赵辉。

“你想怎样?”

“这话该我问你才对。”

“你该晓得,惹毛我没啥好处。除非你打算一辈子让保镖跟着。还有你女儿和儿子,别指望高高兴兴上学,平平安安下课。”

“让保镖跟着,总比你蹲大牢要好。”赵辉淡淡地道。

薛致远朝他看:“什么意思?”

赵辉拿出一个优盘,给他,又把自己的笔记本电脑递过去。薛致远怔了怔,插上优盘,点开,只看一眼,脸色便变了。顿了半晌,薛致远不怒反笑:“你出师了。”

赵辉不语。

“是谁?”薛致远接着问。

赵辉依然不作声。

“不会是周琳,她拿不到这些东西。”薛致远一凛,忽地想起,“——我晓得是谁了。”长叹一声,冷笑,“老赵啊老赵,你果然是青出于蓝胜于蓝。”

钱斌递了辞职报告不久,便去S行报到。相应手续还算顺利,薛致远并没怎么为难他,签完字,扔下一句“会咬人的狗不叫,一点儿不错”,竟还多结了两个月薪水。钱斌说声“谢谢”,临走时又叫了声“爷叔”。薛致远鼻子出气:“当不起,再说辈分也不对。”停了停,道,“去了趟海宁,就掉枪头了?赵辉有些地方,我真比不过他。”钱斌也停了停:“——赵总是好人。”薛致远嘿的一声,问他:“你爸呢,好人还是坏人?你他妈的别在我面前说好人坏人,老子我出来闯荡的时候,你连牙都没出齐呢。好人坏人是写在脸上的?用嘴说的?小赤佬你懂个屁!什么都不懂还在这儿放屁!”说完,把辞职报告往他脸上一扔,“滚!”

“你爸爸,是我这辈子最尊敬的人。”一周前,赵辉带钱斌去海宁老家,还有师母。这样的三人组合挺古怪,用上海话说就是——有点儿妖。赵辉开车,钱斌坐旁边,师母在后座。起初都不说话,吃饭行路都默默的,隔着一段距离。老师的祖上有些来历，中过举，点过翰林，至今还有专人看坟。看坟人是个七十来岁的老太，头发全白，蹒跚着领三人去田头。那路并不好走，因平常无人来此，芦苇长得有半人高，脚下泥泞，真正是野地。好不容易到了，见到两块青灰的墓碑，掩映在杂草之中。老太蹲下身子，拔去杂草，才现出碑上的字。“是老师的曾祖，还有祖父祖母。”赵辉介绍。青年怔怔站着，有些手足无措。师母先是不语，忽地说了句：“也不用怎样，来过，意思到就行了。”在碑前站了一会儿，便往回走。那老太是欧阳家的远亲，种田为生，闲时帮着看守坟头。赵辉记得上次陪老师来时，临走前曾给她些钱，便也拿出几张钞票，塞到老太手里：“谢谢啊。”钱斌见状也去掏皮夹子，说：“我来给。”赵辉挡住他，笑笑：“没事，一样的。”

带钱斌来海宁，赵辉事先征询过师母的意见。师母不说好，也不说不好：“你老师生前对我说，这孩子寄养在别人家里，也是没法子的事。若是他自己管教，只怕要好得多。我说，那就接回来吧。你老师叹口气，说，到这地步自然不能接回来了，这是他的命啊。”赵辉静静听着，师母又道，“你老师只当我在说气话，其实不全是。我不能生养，总是我欠了他，就算他在外面有了私生子，也不好十分怪他。再说家里没孩子到底冷清，真要接回来，我亲自带大这孩子，说弥补也好，以德报怨也罢，总是件好事。这层意思我从没跟你老师提过，一是没机会，二来就算提了，他也不会答应。有时候，就算是夫妻，也有许多话不能说的，一说就踩线了，要误会的。可不说也不好，他到死都觉得我心里有疙瘩，这件事就成了永远过不去的坎儿。有时候我也问自己，这辈子到底是我对不起他呢，还是他对不起我？这事不能想，一想就出不来了，要变神经病的。再说了，便是想通又如何？日子还不是照样过？又不是批考卷，你得了几分，我得了几分，名次贴在墙上让大家看。——你是最了解你老师的，也不必问我，就想着他若在世乐意不乐意。我没意见。”

老太邀三人去她家里坐坐。“乡下房子简陋，不比你们大上海。”她谦逊道。她见钱斌是陌生面孔，偷偷问师母。师母说，也姓欧阳。钱斌听到这话，朝赵辉看去。赵辉微笑，在他肩上拍了拍。老太早年丧夫，与小儿子一家住，儿子儿媳、孙子孙女都去了城里打工，留她抚养重孙。自家盖的砖房，两上两下，外头看着气派，里面空荡荡没几件家什。老太搂着重孙，翻来覆去地说“常来坐坐”。师母问她:“孩子们过年回来没有?”她回答:“初七那天回来的,待了三日便走了。那边学校在联系,下半年就把小的接过去。”师母叹口气,嘴上道:“那很好啊,可见是扎下来了。你好福气。”老太说:“团圆了。”把遗憾压着,脸上只是笑。师母停了停:“你这岁数,都已是四世同堂了,能享几代人的福。我不如你。”这是真心话,说了不免有些伤感。老太反过来劝她:“儿孙都是讨债鬼,没有也好。”

那天临到家前,钱斌忽然叫住师母:“以后有什么事,您尽管唤我。”这话说得有些突兀,自己也不好意思起来,不敢看人,继续道,“您别把我当外人。”师母原地怔了几秒:“谢谢。”两人白天已有些随意了,这一来一去,重又扭捏起来,却是更进一层了。隔天,师母托赵辉带了一只表给钱斌。“你爷爷传下来的,你父亲生前一直戴着,现在给你吧。”钱斌还犹豫着,赵辉径直替他戴上,“你父亲的事,我慢慢讲给你听。”

“骗小孩!”薛致远这么评价。电话里他像个女人那样逼尖嗓门,时而嘲讽,时而咒骂,音调随着内容而不断变化,层层递进,还有些神经质。赵辉想起吴显龙常说的那句“乡下人就是乡下人”,也不挂断,只默默听着。薛致远问:“你在那小孩面前说了我多少坏话?”赵辉道:“不论好坏,反正我只说真话。”薛致远哈的一声,怪声道:“我可以想象,老赵,你不动声色把那孩子骗得团团转的模样。”赵辉道:“我说了,我只说真话。”

“也包括师母那笔高利贷?”薛致远忽道。

挂掉电话,赵辉点上支烟,坐了一会儿。手机响了,是微信。薛致远发来一个竖中指的表情——这人是气急败坏到极点了,电话最后,竟还骂了句“操你妈的×”。赵辉不理会,猜想他促狭起来,也许会到师母那里去摊牌,说那笔钱完全跟钱斌没关系,是老赵帮着填上的。其实也不算高利贷,一个小财务公司,按银行贷款利率的两倍,前年借的二十万,到今年连本带息三十万不到。师母动过卖房子的念头,赵辉拦下了,说她孤零零一个人,又上了年纪,没了房子就等于没了底。钱斌那边确实是赵辉做的工作:“钱我来出,你别声张,就说是你这几年的积蓄。”钱斌没回过神,赵辉给他讲道理,“你是老师的儿子,名义上说得通。我们谁给钱,师母都不要,总不见得让她老人家去睡马路。”钱斌这才照做了。师母那边,初时自是死活不收。赵辉劝了半天,最后道:“按老法,他算你半个儿子。难得他有这片心,老师地下有知,也是欣慰的。”钱转到钱斌户头,再由钱斌打给师母。师母执意要写借条。钱斌又问赵辉。赵辉说:“收下吧,师母也是个倔脾气。”三人去海宁倒是后面的事了,有些顺理成章的意思。赵辉不提别的,对着钱斌只是劝他好好待师母:“她是你父亲的妻子,对她好,便是对你父亲好。”赵辉说这话时,瞥见钱斌的神情,三分感动,倒有七分茫然。他想,这真是个孩子呢,一张白纸。当年的事,除了发廊那段,赵辉都说得很详细,尤其他与老师的情分,一起吃饭,一起打球,一起看书,一起睡觉……说着说着,眼前便浮现出老师的脸,依稀是病床上的模样,两颊刀刻似的,眼窝深成两个洞,目光却是炯炯,径直望着他,嘴角带笑——赵辉鼻子陡地有些酸,眼前也模糊起来,没忍住,竟真落下泪来。钱斌慌了手脚,拿纸巾给他。赵辉说声“没事”,想停下,不知怎的,眼泪止不住地流,愈加应景了。瞥见钱斌手足无措的模样,赵辉那瞬只觉得愧疚。偏偏眼前老师那张脸依然如往昔一般慈祥,微笑着,仿佛在说:“你是我最钟爱的学生,我希望你能过得好,过得称心如意。”——赵辉听到一声叹息,也不知从何而来。心头酸得要命。愈是这样,愈是泪水不止,也愈是愧疚。情绪像乱成团的线头,一言难尽,只觉得窝塞,无处消减。铺天盖地般,又是悄无声息,转瞬间,整个人竟似麻木了。

薛致远到底还是没逃过。国务院刚开了全国金融会议,强调要加强金融监管,补齐监管短板。国家先后成立了国务院金融稳定发展委员会和中国银行保险监督管理委员会,金融安全被提升到国家安全的角度。银监会随之发文,大力整顿信托业。真正是撞在枪口上。除了非法融资、资金整合、违规发行信托产品,还牵涉到报表造假、违规上市等多项,罚款不算,又判了三年,即日执行。判得有些重了,杀鸡儆猴。赵辉听说这事,晓得情况不妙。果然,不出两日,举报信便捅到S行总行——临死咬一口,老薛是想来个同归于尽。

很快,北京派了专人下来彻查。主要还是之前吴显龙那笔融资。本来钱已结清,再怎样也无大碍,但眼下情形不比从前,事事都要认真,便是马后炮,也要走到位。举报信一式几份,连中纪委也发了一份。行长又是新任,五十岁不到,正是摩拳擦掌、眼里揉不下沙子的当口儿。底下人自然懂意思。到这地步,赵辉也彻底死心了,不抱希望,想,撤职便撤职吧,正好请假去美国接蕊蕊。谁知才几天工夫,事情便有了结果——苏见仁全揽了下来:“跟别人没关系,金表那事,全世界都知道了,现在这又唱的哪出?也真是人走茶凉,我爸在的时候,谁见到我不是花好稻好?嘿,他老人家前脚走,我后脚就被扫地出门。怎么,难不成还想再判我一次?枪毙两遍?”纪委的人倒看不懂了。资料查了又查,不能说完全没有蹊跷,但一来证据不足,二来都有人认下了,再钻牛角尖往死里抠,于情于理都说不通。一封报告交上去,这案子便算结了。暴风雨来得快,去得也快。赵辉连喘口气的空当也不给自己,隔日便去找周琳。

“谢谢。”

她不接他电话。他早早候在她家楼下,见她出来,上前堵住。

“下周我和老苏去领证。”她道,“没办法,女人报恩,只好以身相许。”

赵辉不语。周琳不用看,便晓得他不会相信,加上一句:“早早晚晚的事。”说完也觉得没名堂。上来就沉不住气,头个回合便是自己败了。换个促狭的男人,俏皮话马上扔过来:“几时吃你们的喜酒?”赵辉自是不会,不追问,也不调侃,只是由她说。

“谢谢。”赵辉又道一遍。

“要说谢谢,跟苏见仁说去。我也没做什么。”周琳不看他,捋了捋头发。

“不止这一桩。”赵辉停顿一下,想打住,但没忍住,问她,“——你,好吗?”后面这句想说得自然些,但到底把握不准,“你”字一出口,声音稍有些颤,脸上却带着笑,看着更怪。她应该也察觉了。只一秒,两人之间似有什么砰地一下,打破了,坦荡许多。她瞥见他关切的目光,扭过头,做出无所谓的神情。赵辉上前一步,停了停,去握她的手。她挣了一下,没挣掉,便任他握着。她的手心有些凉。他握紧,捏了两捏。

赵辉刚当上分行副总时那两笔贷款,是挂在周琳公司名下,照例是转个手便流往别处。薛致远的老套路。举报信上也提了。纪委的人找周琳了解情况,周琳把当初公司包装上市的事情和盘托出,薛致远如何瞒天过海,将一家资质平平的企业做成上市公司——这招有点儿走题,但挺管用。“我和薛致远是蛇鼠一窝,赵总跟我们不是一路人,水泼不进刀砍不入,美人计也没用。贷款报告是薛致远写的,造假他最拿手。换了谁都被兜进。我在圈子里混了这些年,论做事胆大心狠，没人比得过他。”那人又问：“薛致远为什么要跟赵辉过不去？”周琳大剌剌地说：“他喜欢我，我喜欢赵总，就这么简单。”纪委的人倒好笑了：“拍电视剧吗？”她道：“你们去查，我住的房子、穿的衣服、戴的首饰、开的车子，统统是谁送的。上海滩上为我争风吃醋的男人，薛致远不是第一个。”——周琳把自己逼到一个很尴尬的局面。出卖老东家，还有提携过她的人，这在圈内是大忌，名声传出去，以后便是再巧舌如簧、八面玲珑，也不会有人睬她。拿不到融资，她这个财务公关便是废人。没几日，她便自觉递了辞职报告。她大学毕业后一直在这家服装公司工作，老总待她不薄，她对公司也是忠心耿耿，感情很深，若非如此，也不会有之前那番事端。交辞职报告时，老总问她为什么。她不回答，只是反复说着对不起。

周琳心里愈是失落，脸上反而愈是无异。她避开赵辉的目光，想要抽回手来，但被他握得紧紧的，动弹不得。她这么做，自是为了他。但这么面对面，等他说出一番感谢的话来，又是别扭到极点。之前并不觉得委屈，此刻不知怎的，竟是一点儿一点儿酸上心头。她瞥见他的神情愈来愈温柔，走也不是，留也不是，佯装鼻子有点儿痒，拿纸巾去擦，揉啊揉的，倒把鼻尖擦红了。听见他道：“为什么对我这么好？”

她不吭声，忽想起那天，向苏见仁打听李莹。说到李莹临终那句“我最不放心的，其实是你”——她一直记在心里。女人看女人，自是最准确犀利。她细细辨着这话，体味到李莹对丈夫的用情之深。那瞬也不知怎么回事，她心里竟蹦出个念头：“你不放心的事，我替你做成。”周琳想着老天爷让自己与这女人长得一般无二，或许是有意为之，好让这事有个圆满也未可知。忍不住又笑话自己，这么绕个大圈，不过替自己找个借口罢了。

“我不想看到你倒霉。希望你一直好好的。”周琳缓缓道，“——让你夫人九泉之下，能够放心。便是她不在，也有人能保你周全。”

她说完停下，径直看向他。身后一株桃树，浅浅冒出几颗新芽，粉嫩中透着寸寸生机，正是沁人心脾的时候。还有些稚气未脱的倔强。她似是比前阵瘦了些，两个肩头直削下去，站在那里，叫人心疼。赵辉望着她，这一刻完全说不出话来。半晌，将她的手再握得紧些。这个女人，对他竟是情深如许。——当下再无他念，只想，万万不可辜负了她。

“男人报恩，有时候也会以身相许。”他想开个玩笑。当然没有。停顿几秒，他伸出手，将落到她颊上的一撮秀发往耳后捋去，柔声道：

“你去哪里？我送你。”

十九

“上海1号”的地基已打了大半，钢筋层层叠叠，硬邦邦直逼逼，中国第一的模样似已隐隐可见。别样的层次感，蓄势待发的。

清明小长假，赵辉带儿子去松江写生。小家伙最近对画画有点儿兴趣，报了个课外班，一周上两次，目前正在兴头上。给赵辉也画过两幅，一幅素描，一幅油画。赵辉郑而重之地挑了一幅裱起来，挂在书房。好坏倒在其次，关键是不能坏了儿子的兴致。赵辉不是那种望子成龙的家长，对儿子向来宽待。从小学起，这孩子便兴趣广泛：喜欢摇滚，玩吉他，还有架子鼓，组过校园乐队；喜欢远足，初中时跟着一群驴友到百山祖暴走，回来时浑身脏臭，裤子破了个大洞，完全一副瘪三模样；有段时间还迷上烘焙，做小饼干、纸杯蛋糕、瑞士卷和马卡龙，成功了拿去向同学炫耀，搞砸了也舍不得扔掉，弄得赵辉有一阵天天吃烤煳的蛋糕和饼干碎屑。

写生在佘山脚下。结束了众人便去别墅吃饭。周琳买来半成品菜肴，做成满满一桌，倒也色香味俱全。吴显龙也在。四人围坐着边吃边聊。东东上个月底过生日，吴显龙送来礼物——别墅钥匙。赵辉犹豫半天，还是收下了。吴显龙加上一句：“是使用权，不是产权，节假日过去玩玩，比住酒店好。别有心理负担。”——是怕他别扭。赵辉苦笑，心想，占了人家便宜还要人家反过来安抚，也难怪被老薛骂伪君子。薛致远入狱前，一把暗器扔出去，满天飞雨。烂摊子收拾得不容易。吴显龙背后出钱出力,面儿上只字不提。这些赵辉不是不知道。给蕊蕊看病的那笔钱,是赵辉最大的软肋,纪委的人查了又查,到底还是有惊无险。问吴显龙,他答得轻描淡写:“钱能搞定的事,都不是事。”赵辉没再问下去。猜也能猜个七八分。名利场是非圈,这方面吴显龙比他兜得转,有的是手段。当着他是阿哥,在外人面前就是吴总,八面威风掷地有声,该耍心计时耍心计,该斗狠时也要斗狠。一只脚踩在线上,忽左忽右,节奏分寸都要控制好。“薛致远是前车之鉴。”那天,他与赵辉去极乐汤泡澡,这么说。赵辉沉吟着:“——不错。”吴显龙又聊到周琳:“我下个月新开一家投资公司,想请她过去帮忙。”赵辉一怔:“回头问问她。”吴显龙道:“是个人才,别浪费了。”

周琳问起他与吴显龙的关系。“你若要我去,我就去。”赵辉知道周琳是诧异别墅的事。钥匙包在盒子里,俄罗斯套娃似的,大盒套小盒,层层叠叠。包装纸撕开,东东嘻嘻哈哈地拆,拆到最后也有些意外。吴显龙开玩笑:“将来你结婚,我就不送礼了。”周琳以为赵辉会拒绝,谁知竟没有,也不问他。隔几日,赵辉自己说起这事:“阿哥是自己人,也没啥。”停了停,又道,“拒绝别人也要有底气的,我现在底气不足。”没头没脑的一句。周琳细辨这话里的意思,觉得赵辉是有些沮丧了。站在女人的角度,周琳能理解某些男人对理想的近乎痴狂的坚守,像是精神洁癖。以周琳通达务实的世界观,遇到这类男人,通常是两种极端,要么嗤之以鼻,要么就是崇拜到极点。对赵辉自然是后者。也是一物降一物,没法子的事。上海话叫“吃死忒侬(*爱死你*)”。赵辉说,现在说“不”,就跟女人“作”没两样,自己都觉得叫不响,没意思。周琳静静听着。这时候不能劝,一是难劝,二是劝了也不管用。只有等他自己慢慢消化,慢慢想通。过程会有些痛苦,像溺水的人拼命挣扎,呛水是免不了的。倒不如放松,其实也沉不下去,顶多弄个一身湿。周琳愈是在乎这个男人,便愈是设身处地为他着想。“身”要保护,“心”亦要照顾好。现在和将来,方方面面都要周全才是。总之,周琳希望这个男人过得舒服。无论他怎样,她都无条件支持。赵辉收下钥匙,她稍有些意外,但丝毫不露,也跟着赵辉,待吴显龙更亲近些,阿哥长阿哥短。一次,赵辉忽问她:“你觉得我是个怎样的人?”周琳沉吟片刻:“是个靠得住的人。”——通常男人这么问,便说明心里有些忐忑,不够自信。这时候不能答得太快,显得敷衍;

也不能过分捧场,太假,反而让人难受。最好是考虑再三,然后说句不相干的真话。赵辉果然笑笑:“我不是这个意思。”她问:“那是什么意思?”赵辉看了她一会儿:“这话不该问你,自己人,不客观。”说着摇了摇头。周琳猜他还是看透了她的心思,故意逗她呢。她把他的手拿过来,放在自己掌心,双手环住。

“我是谁啊? 我周琳看上的男人,不会差到哪里去。”

钱斌分到浦东支行业务部,师傅是老马。老马带徒弟很有些怨气,之前程家元没少挨他骂,但钱斌到底不同,赵总的人,再不爽也要多担待些。掐着手指算,没几年便要退休,将来天下是这些年轻人的,自己连绿叶也称不上,顶多是枯叶,混进土壤变成肥料,供养着这帮小的。老马想到这,又忍不住悲凉。老关也是差不多的心境。两个老对头同病相怜,倒生出些不尴不尬的情谊来。钱斌天赋不高,与当初的程家元半斤八两,人生得高大,性子却软,更加娇贵些,打不得骂不得,刚进来便做错一笔单子,学徒期不必担责,俱是由老马承下来。老马一汪苦水,在老关面前倒个稀里哗啦:“真正是铁打的师傅流水的徒儿。早晓得当初去考师范,至少每年教师节还有花和卡片收。这些年带的徒弟,两只巴掌翻几遍,一茬接一茬,吃力不讨好。”老关叹道:“我手里带过的,分行副总都有两三个。”老马说:“忒没劲,人家来去匆匆,我们原地踏步,到死一个科员。”老关道:“也怪我们自己,业务部这些年,哪里抠不出些路子来? 人不动就算了,心也一动不动,活该将来赤膊退休。”老关是说气话,老马听了,朝他看。两人不约而同地生出个念头来。野豁豁了。业务部各人手里皆有熟客,两人是老资格了,加起来数量自是不少。客户有大有小,资质也是有好有坏,不是存便是贷。那些人因是熟得不能再熟了,程序上也不甚在意,这边说有个理财产品不错,利率高,也稳当,那边资金便径直打过来,或是索性上门自取,再转给需要贷款的客户。这叫肥水不流外人田,省了中转,自行消化。一笔好处费抵得上几年薪水。两人起初还是战战兢兢,做了几笔,便也不管不顾了。也实在是胆大包天,仗着熟悉行里的规程,擦边球打得惊心动魄。政策愈来愈紧,融资也愈来愈难,这扇偏门也是应运而开。旁边人俱不知情,便是有些察觉,也是各人自扫门前雪,眼开眼闭。人无横财不富,两人得了甜头,又是惊喜又是抖豁,心想着做一笔是一笔,真要被抓到也是天数,无怨尤人。

一日，两人在食堂吃午饭，忽见赵辉从旁边过来，因是支行老领导，便起身打个招呼。谁知赵辉微笑着走近，放下餐盘，竟坐了下来。两人本能地一惊，心跳加速。赵辉只是寒暄，问些钱斌的情况。一顿饭吃得艰难无比，好不容易挨到结束，两人正要松口气，忽听赵辉道：

“两位下午要是有空，来我办公室一趟。”

从支行到分行，步行不过二十分钟。两人抖抖地过去，自忖大限将至。赵辉叫助理倒了两杯咖啡，依然只说些客套话，诸如劳苦功高、春泥护花之类，完全不提其他。两人忐忑，猜想便是有事，按程序也该支行先处理，不至于直接捅到分行。但若是没事，赵辉与他俩又无交情，这么请上门闲聊家常，似乎也说不通。咖啡喝完，赵辉拿出一份文件，递过去。两人接过一看，是份贷款申请报告，不由得互望一眼。赵辉说：

“这事，拜托两位了。”

老关看那份报告，写得十分简单，公司资质寥寥几笔，资金用途与抵押物也是语焉不详。“赵总，”老关迟疑了一下，“这份报告，好像——”瞥一眼赵辉，竟不敢往下说。老马耿直些：“您在分行业务部办，不是更方便？”赵辉道：“我调来分行时间不长，浦东支行是老东家，到底熟悉些。”老关沉吟道：“您也知道，现在贷款这块不像以前，我们送上去，审批部过不了，也没用啊。”赵辉微笑：“要是简单，我也不来找两位了。论经验，还有业务水平、办事能力，我对两位是信得过的。当然了，行就行，不行也没什么——不勉强。”

送走二人，赵辉给吴显龙打了个电话，说问题不大。那头道：“别给你惹麻烦。”赵辉嘴巴动了动，出来的却是“不会”——自己也觉得有些好笑了，怔怔坐着。通常自己跟自己较劲，总是很痛苦。但也有个适应期，像是耐药性。苏见仁金表那次，真的是难受得想死。到钱斌那次，就好很多。这次就更自如些。刚才对两人说那番话时，他忽想起薛致远，差不多的口气，他赵辉更亲切些，走的是软刀子路线——赵辉愈这么想，愈忍不住苦笑。不笑就真有些骇然了。过去常听人说身不由己，觉得不过是托词，自己的路，如何自己做不得主了？现在才深深懂得其中的意思。吴显龙那天也是随口一提，“要真为难，就算了”。他说没事——便是有事，也说不出口。仿佛后面有双手，按住头往前推，嘴一张，那句话便出来了。水到渠成,再自然不过的。三天两头喝醉的人,再说自己酒精过敏,大脚装小脚,别说人家,自己也觉得做作。赵辉心里叹了口气,走到窗台前,为那株龟背竹浇水,瞥见远处黄浦江弯弯绕绕,间中高楼林立,从这个角度望去,既是看客,又是身处其中。“上海 1 号”的地基已打了大半,钢筋层层叠叠,硬邦邦直逼逼,中国第一的模样似已隐隐可见。别样的层次感,蓄势待发的。他记得,那次财经杂志上的标题便是《“上海 1 号”,成就金融 NO. 1》。记者是凑趣、捧场。那时他竟也有些得意。男人到了一定岁数,说完全不在意 NO. 1 什么的,也是假话。做“上海 1 号”时拼了全力,满脑子俱是效果图云顶上那层。下头是实打实,到了顶上,又是影影绰绰的感性。却也是画龙点睛,好或不好,都在那一笔了,做人做事都是如此。李莹说当年陆家嘴只是单薄的一块,巴掌大的生活圈,简洁明了,虽不致破败,相比江那头,到底格局小得多。那时她家旁边便是爿烟纸店,再走去几步,是劳动剧场,几分钱一张票,场子从未坐满过。公交车坐一站路,便是浦东公园,里面绿化不错,有个“宇宙飞船”,当时算是极刺激的项目了。没有隧道,过江全靠轮渡,码头上铁丝网拦着这边去那边来的人。一声汽笛,船员用粗绳钩住,门徐徐打开,两边俱是行色匆匆。——倏忽几十年过去,江上依然船来船往,顶着硕大的广告牌,头重脚轻。高楼此起彼伏,形态万千。竟是望不见人,完全淹没在这宏大情境中。连陪衬也称不上。仿佛那些庞大的钢铁家伙才是活的,自己长脚,自己动弹,自生却又不灭。仿佛初时便矗在那里,冷冰冰看着众生。像画,更像是中子弹爆炸后的残景。看久了,会生出些惧怕来。三十九楼的视野,更是雪上加霜。脚不着地,心便是空的。无能为力的感觉。他忽想到戴副总,那天应该也是这个位置,一模一样的视角。警察调出监控录像,戴副总在窗台上站了大约有半小时,霍地一跳,不知怎会那般决绝。换了别人,新上任多半要换个房间,或是重新装修一番。新副总是喝过洋墨水的,百无禁忌。赵辉也不在意这些。相比之下,赵辉心态更好些。戴副总的前任,退休前一年得了绝症,不出数月便走了。都说这房间有些邪,连着三任,俱是没好结果。事不过三。赵辉安慰自己,说不清是豁然还是麻木。他拿出手机,在微信里翻到“苗彻”,打下一行字:

“兄弟,上来坐会儿?”

——迟疑一下,还是删了。

陶无忌托了一个在会计师事务所上班的师兄,咨询跳槽的事情。不到一周,便有了回音。这事连苗晓慧也瞒着,悄悄递简历,悄悄去面试。对方公司很满意,问他几时可以上班。陶无忌犹豫再三,想着还是要跟苗晓慧说一声,先斩后奏到底不妥。找个机会,陶无忌问她:"我换个工作好不好?"苗晓慧睁大眼睛:"你准备放弃,向我爸妥协了?"陶无忌连忙解释:"不是妥协,是转入地下,迂回作战,让敌人放松警惕。"这话更像开玩笑了。苗晓慧看了他一会儿,在他肩上拍一记:"少来,我知道你不是这种人。"

他只好再去找胡悦。惯性动作。对着这女孩,陶无忌倒是直接许多,说了面试通过的事。胡悦问:"晓慧知道没?"陶无忌耸耸肩。胡悦道:"树挪死,人挪活。换个环境也好。"陶无忌朝她看:"真的?"胡悦嘿的一声:"跳个槽而已,死不了人。"陶无忌有点儿沮丧:"觉得自己像逃兵。"胡悦道:"少自己给自己下结论,不客观。"陶无忌道:"那你来。"胡悦想了想:"叛徒。"陶无忌一怔,还未开口,她已笑起来:

"不是真的叛徒,是转入地下,迂回作战,让敌人放松警惕。"

"晓慧说的?"陶无忌语塞。

"她只当你有这个想法,还让我帮着劝你呢。谁晓得你已经偷偷地进村,打枪的不要,"胡悦抿嘴笑,"胆子大大的——"

"不想自取其辱。"陶无忌想起苗彻那天的话,心里被什么撞了一下似的,有些痛。怕在女孩子面前失态,只叹口气,做出随口说说的样子。瞥见胡悦一只手伸过来,摊开,掌心卧着一块小玉牌。他拿起来,玉牌上雕着一尊弥勒佛,露出大肚腩,笑得没心没肺。

"这是我考上大学时,福利院的院长送给我的。她说:'我对你没有任何期许,只是一点,希望你能够像这尊弥勒佛,笑口常开。'她说这不是什么值钱的玉,但不值钱也有不值钱的好处,就是可以一直带着,不怕丢。还有就是,送人也不心疼。"胡悦说着,问他要来皮夹子,径直把玉牌塞进去,"我这人比较粗线条,傻大姐一个,留着也没用。"

"我知道,我比较小肚鸡肠。"陶无忌苦笑。

“男人嘛，看着高高大大，其实都喜欢肚子里做文章。”胡悦想提醒他“这玉牌晓慧没见过，放心”，犹豫着，还是没说，倒杯茶递给他，“——如果我是你，肯定不跳槽。”

“为什么？”

“现在放弃，之前做的都是无用功，太亏了。脸皮厚一点儿，死赖着不走，把晓慧爸爸当空气，该干吗就干吗。你越在乎，对方就越得意。别理他，老子反正烂命一条，跟你杠上了，你女儿我也娶定了，蚂蟥叮牢鹭鸶脚，一生一世至死方休，看你拿我怎么办。”

陶无忌忍不住笑：“姑娘，你从哪儿学的这些切口（方言，意为口头禅）？”

“有几个人能毕业不到一年就进审计部？冲这点，你也不能走。”胡悦看向他，一字一句地说，“要知道，你，陶无忌，是不世出的人才，是金融界最耀眼的明日之星。”

“实话告诉你，我出生时，房顶上环绕着五色祥云，还飞来一只凤凰。”

“怪不得！”她一拍大腿，正色道。

陶无忌心情轻松许多。也是预料中的结果。胡悦强调：“有的问题，你不去想它，它就不是问题。”陶无忌说：“这是自我催眠。”胡悦道：“人生需要自我催眠。”

没几天，陶无忌跟着苗徊到厦门审计。对方一个处长是苗徊的老朋友，刚见面便邀苗徊喝酒。陶无忌房间在苗徊隔壁，看文件到半夜，听见有人试图开自己的门，几次提示错误，依然不停。陶无忌过去打开门，一股呛人的酒味——苗徊弯着腰，手持房卡，一脸错愕：

“你小子，在我房间干什么？”

次日早上，陶无忌从苗徊房间走出来，刚好与苗徊打个照面，叫声“苗处”。对方黑着眼圈，兀自不太清醒：“我俩为什么要换房间？”陶无忌照实说了。苗徊道：“其实你完全可以叫上几个人，把我搬回去。”陶无忌停顿一下：“那时是凌晨两点。”苗徊找碴儿：“那你怎么不睡？”陶无忌道：“我在看资料。”苗徊无话可说了，讪讪地说：

“这么用功——等下会上听你的高见。”

早饭后，苗彻走进会议室，瞥见陶无忌已挑了角落位置坐下，面前一摞文件。“苗处。”陶无忌微微欠身。“闽南话‘发挥’叫‘化灰’，”苗彻道，“一会儿就看你‘化灰’了。”话说得不伦不类。陶无忌撇嘴，做了个笑笑的表情。

会上，各人提了看法。陶无忌辈分低，最后一个发言，主要是两点。一是某些客户通过网银提交贷款申请，凭借其在S行的高等级和AUM值（评估客户在银行产生价值的对应金额），顺利通过自动审批，获得“快贷”信用贷款。这些客户资信水平虚高，存在作假嫌疑。2010年，某人在柜面买了某保险分红产品八百万，隔几日办理保单质押贷款，一年后退保。但由于分行与保险公司系统未联网，未掌握此人的质押与退保信息，也未对该客户进行重检和更新，使得其AUM值始终保持在高水准等级。去年此人作为财私级客户申请“短期融e贷”三百五十万元，贷款最终形成不良。还有一点，存在大量信用卡客户套取高额积分奖励现象。通常做法是，先在网银系统申请并控制大量信用卡，反复存入溢缴款资金，然后在控制的抵扣率第三方支付公司商户POS机上进行大额虚假消费，刷卡金额清算至控制账户后，回流至控制的信用卡，通过循环操作，短时间内获得巨额信用卡积分，最后通过自助渠道异地进行积分兑换，获取加油卡、移动话费以及礼品券等。陶无忌说完，微微颔首，把文件稍稍整理、归拢。众人沉默了几秒。空气里瞬间弥漫着某些微妙的东西。审计是细致活儿，经验不能少，但更讲究现场勘查，看得细不细，查得严不严，几句话一说，高下立见。通常头一趟开会，都只是稍微拎一拎，十个人里倒有八个连被审行相关资料都未必看完，走过场罢了。陶无忌非但已把文件看个遍，找出问题，甚至连问题的起因经过也大致弄明白了，可见花的功夫之大，通篇几乎就是完整的审计报告，可以直接定稿的。在场那些老资格，纷纷从心底里哼一声，想你一个新人，倒是不客气，这么爱表现，二十三楼那次怎么没把你摔成工伤？那就一步到位了。俱是冷眼看他。苗彻在纸上记录，也不点评，径直道：“散会。”

午饭后，陶无忌被苗彻叫到房间。

“耽误你休息了。”苗彻道。陶无忌关上门，走近几步：“苗处，找我有事？”苗彻手一挥，指着旁边沙发：“坐。”

陶无忌依言坐下，瞥见苗彻手里拿着一块金币，认得是S行年初在全国发行的贺岁“金鸡报晓”纪念币,重量有大有小,这块应该是一盎司。

“人家很客气。”苗彻道。陶无忌停了停:“嗯。”前天下午刚到宾馆,行李还未放定,被审行便送来一个环保袋,东西很全,食宿与会议安排、圆珠笔、修正液、优盘、风油精、防蚊贴,以及周边景区的地图、电话卡。另有一只小木盒,打开便是一枚纪念币,证书上有重量,刚好十克。苗彻是主审,金币的分量自是翻几倍。有价值,又不扎眼,小巧、隐秘,讲起来还是纪念品,上面雕些花草虫鱼,风雅得很。小物件罢了,谈不上行贿。陶无忌一股脑儿交给师傅王磊:“手榴弹,扔给您了。”王磊是个老实人,四十来岁,戴副金丝边眼镜,脑袋直接安在肩膀上,看不见脖子,圆滚滚很富态的一个人,业务水平一般,却最是谨慎,信奉“平安是福”“不求有功,但有无过”。他劝陶无忌,多听少说:“业务部你待过,晓得那里的复杂。审计部比业务部还要复杂一千倍。我跟你讲,眼睛耳朵是为自己长的,再怎么瞎看瞎听也不要紧,嘴巴却是说给别人听的,一不小心就会出错。祸从口出。你懂我的意思吧?”陶无忌知道这师傅的脾性,一半是教徒弟,一半也是怕惹麻烦。待陶无忌倒也不错。会后,王磊把他叫到一边,陶无忌以为会讨几句骂,谁知王磊叹口气,道:“你啊,还真是天生当审计的料。吃不消你。”又加上一句,“赵总蛮有眼光。”这话有些捧场的意思。师傅做到这种地步,陶无忌只好苦笑。分部里人人都晓得他是赵总的嫡系。“个性像苗疯子,后台还硬”,这话传到他耳朵里,不止一次两次了。一句话搭上两位大佬,也不知该喜还是该忧。其实从新加坡回来后,陶无忌几乎没见过赵辉。讲起来微信也没加过,倒被人家说成那样,也实在无语。陶无忌再聪明,到底还年轻,对于这层关系有些拿捏不准。领导待自己不薄,装聋作哑好像不对,不懂事了。但真要主动贴上去,似乎也不对,辈分没到,样子也难看。便只得由着众人说,不辩解也不承认。

“现在金价多少?”苗彻忽问。

陶无忌怔了一下:“三百多一克吧。”

“那这块应该有一万多。”苗彻挥了挥手里的金币。

陶无忌嗯了一声,不知该怎么接口,嗫嚅着,迸出一句:“我的那块上交了。”苗彻朝他看一眼:“知道。”陶无忌瞥见他神情古怪,顿时有些不踏实起来。苗彻打开旁边抽屉,里面一堆金币。陶无忌只看一眼,便把目光移开。苗彻说:“都是同志们上交的。”陶无忌只好又嗯了一声。苗彻道：“你带头，大家不交也得交。”陶无忌更不敢接口了。停顿一下，苗彻把手里那块金币扔进抽屉，关上，锁好，长长吸一口气，又吐出来：

“说说，还发现了什么？”

陶无忌一怔：“嗯？”

“查到什么就说什么，一样也别瞒。你师傅那套，在我面前不管用。”

陶无忌脸红了一下。前一晚，王磊果然劝他，审计查案也是有窍门的，老资格不必说了，便是新人，也要讲究策略，在对方底细不明的情况下，说一半留一半，风头出了，领导觉得你认真，也不至于收不了场，惹祸上身。真要怎样，反正后面还有机会，该收还是该放，来得及掉头。陶无忌本来没放在心上，但禁不住王磊念经似的唠叨，到底是新入行，师傅的话不好不听，便把原先准备的报告按下一截，只说了十之五六。即便这样，在王磊看来也已是太过：“你想讨好苗处，也不该这么横冲直撞的。”行里哪有秘密可言？陶无忌与苗处长千金私奔那段，早被炒得轰轰烈烈。甚至有促侠的人调侃说：“苗处那里落空也没关系，赵总不是还有女儿？”陶无忌碍着人家是前辈，不好发作，但总有些不甘，在这些人眼里，自己竟被瞧得如此不堪，便愈加傲气上来，不去理会，工作上加倍地用劲，想，便是领导女儿嫁不出去变成老姑娘，也不会看上你们这些废物。

苗彻瞥见他在发怔，敲了敲桌子：

“说吧，还查到什么？”

陶无忌稍一迟疑：“有大有小，现在都说吗？”

“小的不提，挑最大的！”苗彻道。

陶无忌清了清喉咙：“前年，厦门分行以新型财务顾问服务形式，给一家跨区域的钢材公司销售私募股权投资基金，还以工会名义组织行内员工参与购买。今年初，该客户资金链断裂，导致基金出现兑付风险，分行在未报总行审批的情况下，违规向该客户的四个关联企业发放贷款，承接兑付资金缺口，不仅兑付本金，还按照募集方案足额兑付预期的高收益——”

“很好嘛，有钱大家赚。”苗彻哼了一声，又问，“金额多少？”

“八亿。”

苗彻怔了怔，一时竟说不出话来，随即又笑笑，走到一边，拿出烟，问他："抽不抽?"陶无忌摇头。他便自己叼上，点火，连吸几口，烟圈一股脑儿吐出来，有些仓促，身体微微前倾。房间里没有烟灰缸，他打开窗，烟灰径直往下弹。很快一支烟抽完，人依然不动。发呆。陶无忌也不动。两人沉默了一会儿。苗彻转过身：

"昨晚我喝醉了，有没有吐?"

"没。"

"说醉话了?"

"嗯。"

"说了什么?"

陶无忌停顿一下："——听不清，只知道您一直在骂人，用上海话。"

"×捺娘的老×。"

陶无忌又是一顿："——没错。"

苗彻朝他看，猜他没说实话。除了骂人，昨晚那个醉鬼应该还点名道姓，把话说得剥皮拆骨。或许还不止一个名字。他回忆当时的情绪，与其说是愤怒，倒不如说是伤心，或者说是想不通。当年他进审计部后出的第一趟差，就是厦门。当时那处长还在柜面工作，因为没背景，大学毕业后当了五六年操作员，很颓丧，因为人员不够，被派来打下手、跑腿。苗彻最年轻，也是被人使唤的角色。两人便在那次有了些交情，私底下谈抱负，也发牢骚，互相鼓劲。次年，那人也调到了审计部，被派来上海审计部交流半年，那阵子与苗彻朝夕相处，白天上班，晚上一起喝酒。银行里新闻多，审计部更是新闻中心，不管是内部消化，还是外部流传，讲起来都是故事。两人脾性相近，说话也一样无遮无拦，酒喝得愈多，骂人愈酣畅淋漓，总结下来便是三个字：看不惯。一腔热血无处释放，恨不得像哪吒那样赤膊上阵，乾坤圈在东海里狠狠搅上几搅才好。拨乱反正，还我光风霁月。这些年，不是他来上海，就是苗彻去厦门，隔一阵总要碰个头。各自进步，副科、正科、副处、正处。见面聊天到底不像年轻时那么放肆，但锐气还在。这处长很能干，做事又有扑心，年底通报各分部情况，他的名字是常见的，办了好几桩大案。这次来厦门前，主任找苗彻谈话，意思很清楚：谨慎处理，大局为重。苗彻其实也早听到风声，厦门的情况有些复杂。行李刚放下，老朋友便来邀酒。苗彻存着些希望，想，也许只是叙旧。——到底不是。那处长历练这些年，愈加能说会道，真真假假，把话颠过来倒过去，形散神不散，酒到位，情分到位，意思也到位。苗彻醉得快，倒可惜了那瓶陈年茅台，牛嚼牡丹了。瞥见那处长的嘴一直在动，到后来声音竟似完全听不进去了。忽想起当年与他并肩坐在小饭馆里的情形，背景音乐是 Beyond 的《海阔天空》："……多少次迎着冷眼与嘲笑，从没有放弃过心中的理想……原谅我这一生不羁放纵爱自由，也会怕有一天会跌倒，背弃了理想……"眼前有叠影，一会儿是他，一会儿又成了赵辉，还有薛致远、苏见仁。手凭空挥着，像是要抓住什么东西，又像要打人。处长送他回去时，递过来一个袋子。他没拿，对方硬塞在他手里。"朋友一点儿心意，别多想。"到底是醉了，也忘了后头怎样。次日早上醒来，睡在隔壁房间。看手机，那朋友半夜发来一条消息："老兄，何必呢？"

"我手机，你动过？"苗彻问陶无忌。

"打了好几遍。半夜三更。"有些答非所问。

"东西也是你退回去的？"

"嗯。"

"据说态度还不大友好？"

"主要是太晚了，一开门，莫名其妙就把袋子塞过来。"陶无忌停了停，"——只开了一条缝，我在门后，他没看见我。"

"然后呢，你就门一关？"

"听得出，您酒喝得不太愉快。否则我就收下了。"

苗彻朝他看了一会儿，嘿的一声："少给我卖乖。"

"不是卖乖，"陶无忌看着地下，"本来想告诉他，您在隔壁，可怕您不高兴。我也想过，现在这么做，您可能也会不高兴。但没办法，只能赌一把。凭直觉，我猜自己没做错。您那天说很不喜欢我，说实话，我也不怎么喜欢您。但再不喜欢，在部里待了这几个月，必须承认，您是一位好审计。部里不管是谁，大的小的，鸽派还是鹰派，提到您都要跷起大拇指，说您是码子……"

"模子（方言，意为正义之士）！"苗彻又好气又好笑，"听不懂就少瞎说。"

“那东西，连我都觉得是烫手山芋，更何况是您?”陶无忌停了停，“——反正我人在这儿，要是真的做错了，您就把我交出去，全推在我身上好了。”

苗彻剜他一眼，不说话，又点上一支烟，转向窗外，沉吟着，似笑非笑：“这种案子，本来应该是皆大欢喜，你好我好大家好，”烟叼在嘴里，听着含混不清，“——你挡了大家的财路。出差没津贴，现在连加班调休也取消了，大家出来都是一肚皮怨气。弄块金币赚点儿小菜铜钿，多好。”

陶无忌不动：“您要是真的介意——您那块我赔。”

“你赔?”苗彻哈的一声，似是觉得好笑，打开抽屉，又拿出那块金币，推过来，“看清楚。”

陶无忌仔细打量，发现金币中央竟嵌了一粒钻石，与普通金币不同，应该是专门定制的。盒子里有证书，上写着千足金，重一盎司，钻石净度 VS，D 色，一克拉——他不觉吃了一惊，朝苗彻看去。苗彻面无表情，忽地把烟狠狠掐灭。

“陶无忌!”他瞬间拔高音量叫了声，吓了陶无忌一跳。不待陶天忌反应，苗彻径直说下去：“你刚才汇报的那些，明天开会能不能再说一遍?”

陶无忌稍一停顿，点头：“能。”

“我提醒你，审计不见得是查得越严越彻底，就越讨人喜欢，明白吗? 你一番慷慨陈词，面儿上出尽风头，事后也许会给你惹来无穷的麻烦，甚至被踢出审计部也有可能。你考虑清楚再回答我。”

“不用考虑，”陶无忌道，“于公，我应该这么做；于私，为了苗处您，我也会这么做。”

“又来这套。我说过，少在我面前卖乖，不管是硬噱头还是软佻皮，对我统统不管用。——晚饭后再来一趟，把问题好好顺一遍。道高一尺魔高一丈，人家也不会洗干净屁股等着你去查。”苗彻说完，整个人向椅背靠去，目光瞟过陶无忌，有些嘲弄地说，“实话告诉你，这次你里外不是人，我吃定你了。”

二十

陶无忌来审计部也两三个月了，打这样的硬仗却是第一次，用苗徊的话说便是，只许成功，不许失败。

离开厦门前，苗徊收到老朋友发来的一条微信：

“你没变，还是老样子。我变了。别怪我。”

苗徊盯着手机，看了半晌，不知怎么回复，想回个笑脸或是握手，总觉得不合适。倘若面对面，这番话说出来，该是有些别扭的，意思也很难说尽。发消息便是有这好处，平常说不出的话，无从宣泄的情绪，并作三言两语，立时便懂了。看不见人，倒更坦然些。

送行的人寥寥几个，比往常要冷清些。不管这边还是那边，神情都有些尴尬。“苗处，一路平安。”厦门分部的一个副处长与苗徊握手，匆匆而去。偏偏航班还晚点，上海天气不好，延误没时间。一行人在长椅上干坐着，各自摆弄手机。陶无忌上了个厕所，出来时与苗徊撞个正着。“苗处，”陶无忌挥了挥手机，“刚打电话给一个机场的朋友，说上海那边雷暴，几百架飞机排队，怕是要等到半夜。”

“交际挺广，机场还有朋友？”

“朋友的朋友。”

“那等着吧，半夜也好，超过零点就直接回家睡觉，讲起来还是上班，合算。”

果然拖到凌晨。登机时,人人俱是一张隔夜面孔。困过头,竟又有精神了。飞机上,苗彻一直在写东西。陶无忌与他邻座,余光瞥过几次,笔记本贴了膜,看不清。苗彻直接告诉他:“在写检讨。”陶无忌脸红了一下,坐得端正些。过了片刻,他忍不住道:“不会真是检讨吧?”苗彻目光不离屏幕:“别说检讨,辞职报告我都写过好几次。审计这行,斗智斗勇,还要拼心态,手要勤,皮要厚,别怕丢脸。”陶无忌揣摩这话的意思,嗯了一声。苗彻抬起头,朝他的手看一眼:“没事吧?”陶无忌摸一下手臂,伤口用纱布包扎着:“没事。”

昨天总结交流会上,苗彻把所有问题向被审行一一列出。对方一个副总,脾气有些急,当场争执了几句,将茶杯重重一摔,碎片溅起来,巧也是巧,有一片竟飞到陶无忌的手臂上。伤口不浅,当即到医院缝了几针。审计工作出流血事件,也是闻所未闻。

“我这个人啊,眼睛很尖。”苗彻没头没脑来了句。

陶无忌一怔,这才知道早已被看穿。昨天茶杯碎片溅过来,只擦到些皮,他手一按,碎片揿进去,才弄得血肉模糊。他索性也不掩饰了,径直道:“主要是现场气氛太僵,我稍微流点儿血,弄得狼狈些,免得人家说我们太强势。”

“我这人眼睛尖,嘴巴偏偏又很促狭,”苗彻冷冷道,“年轻人小动作太多,讨嫌。”

“我在你面前,怎么做都是讨嫌。”陶无忌想这么说,忍住了。

回到家已是清晨。陶无忌补了个觉,胡乱吃了些东西,打开手机,蒋芮的消息跳出来:“你要是真不肯帮忙,我就去跳黄浦江。”陶无忌回过去:“跳吧。知道你水性不错。”

蒋芮提了几次,某只股票有消息,下个月启动,年底可以翻五倍,十拿九稳的事,唯独没资金。他手头几只股票都是刚买进不久,舍不得动,便来打陶无忌的主意:“想想办法——”陶无忌问他:“贷款都要有抵押物,拿你家房子抵押?”他自是不肯:“要抵押也不来找你了。”陶无忌知道他的心思,任他再三央求,只是两个字“不行”。蒋芮也是赖皮,每隔几日便发消息,缠着不放。“这笔要是赚了,分你三成。”陶无忌好笑:“到时我被开除了,赚的钱正好付社保。”从银行卡里转了一万块钱给他。蒋芮不满:“打发叫花子呢。”陶无忌道:“现在借钱的都是成功人士，叫花子才束手束脚啥都不敢干。”

晚饭时，蒋芮晃晃悠悠地来了，拎着半只烧鸡，进门就说“叫花鸡来了”。陶无忌要拿啤酒，被他拦下了：“今天谈正经事，不喝酒。”陶无忌嘿的一声，把酒放回冰箱，盛了两碗饭过来：“谈吧，除了贷款的事，谈什么都行。”

蒋芮托陶无忌给他在S行找工作。陶无忌惊讶：“才进证券公司几天，又不想干了？”他道：“干得没劲，等这笔赚好就金盘洗手，找个稳当点儿的工作。”陶无忌嘲他：“飞苍蝇也伤精神的。”他不讳言：“就是，忒提心吊胆。一天天盯着屏幕上那几条线，眼睛都斗鸡了。怕被人发现，又怕假消息。投入不算多，但总归是我妈的血汗钱。每次都心惊肉跳，毕业到现在瘦了十多斤，骨头外面只剩一张皮。”边说边捋袖管给陶无忌看。陶无忌道：“你也知道是你妈的血汗钱？”蒋芮道：“所以啊，也不用多，你给我贷个三五十万，让我赚好这票，再把我弄进S行。我妈下半辈子过得好不好，全靠你了。”陶无忌筷子头伸过去，在他脑袋上重重敲一记：“去你的！”蒋芮央求：“你在S行都扎下来了，上头有人——”陶无忌又是一记筷子过去：“有什么人？仇人倒差不多。劝你别来，否则别人一听你是陶无忌的朋友，一口气全撒在你身上。你从P2P和证券公司死里逃生，到头来居然死在国有银行，多冤。”

陶无忌嘴上笑骂，脑子里想着前几日苗彻说的那句“进审计部，就是做好准备拉仇恨来了”。那时刚开完第一次碰头会，被审行应该也是有点儿蒙，没想到苗大侠竟还是动真格了。现场火药味倒谈不上十分浓，主要是大家都没回过神。起初以为只是走个形式。苗大侠名声在外，虽说派了他来，多少有些抖豁，但焉知不是上头想把这事做到圆满的苦心？便是演戏也要找个厉害的搭子才算到位。八亿元是离谱了些，但过去也不是没有。哪个分行揪不出几件难看案子？组织员工一起投钱，也是变相给大家发奖金，后来搞成坏账，也真正是始料未及。骑虎难下，一错再错，天底下的糊涂事多是这么出来的。心里也早知错了，但真要弄个兜头兜脸，下头人受罪，上头也颜面受损，两头没意思。厦门行几位老总也都是久经沙场的老同志了，想来想去，总觉得这回该是稳当的，不会出什么岔子。——到底还是失算了。苗彻先是说几个小问题，众人都在心里笑一声，那是送上门的，总不见得大老远让审计组吃白板回去，好歹也要写报告的。及至听下去，一桩比一桩严重，到最后那八亿元生生地被拎了出来。具体细节是陶无忌汇报的。他说到一半，被审行抢过话筒便要反驳，苗徊做了个“等等”的手势，示意让陶无忌先说完。真说完了，对方却又无言以对。陶无忌功课做得很细，与苗徊熬夜整理出的几点，都是有理有据，层层推进，布置得很漂亮，让对方只能吃瘪。陶无忌来审计部也两三个月了，打这样的硬仗却是第一次，用苗徊的话说便是，只许成功，不许失败。“反正回去都要负荆请罪的，成功了至少对得起自己，要是失败了，就真的没名堂了。”这话从苗徊嘴里说出来，有些苍凉的味道。那晚熬到天蒙蒙亮，苗徊泡了两碗方便面，问陶无忌放不放辣。陶无忌说：“红烧牛肉面，哪儿来的辣？”苗徊便从抽屉里拿了一瓶老干妈辣椒酱出来，用筷子挑了一坨，放进陶无忌的面里。陶无忌惊讶：“您出差还带这个？”苗徊往自己的面里也放了一点儿：“习惯了，出门非带它不可。夜宵标配，方便面加老干妈。吃得爽了，写起报告来才爽。写审计报告不爽气不行。你试试吃拔丝香蕉看，保证做起事来牵丝攀藤，什么问题都查不出。”陶无忌点头：“那我下次弄点儿海南灯笼辣椒。”苗徊朝他看，嘿的一声：“瞧不出，你这人还有点儿冷面滑稽。”

那晚陶无忌到底是没忍住，问苗徊：“为什么非要查得这么凶？”话一出口便有些后悔。主要是太困，绷紧的弦松了，胆子倒比白天要大。苗徊反问：“那你呢，为什么查这么凶？”陶无忌回答：“既然做了，总想尽力做好。就像您刚才说的，至少要对得起自己。”苗徊沉默一下，道：“不能自己也看不起自己。”陶无忌点头：“没错。”那瞬，两人忽然感到某种默契，睡眠不足的大脑冒出一丝别样的清醒。苗徊破天荒头一次觉得这小子好像也不是太讨厌，便是搏出位说大话，至少也并非全无魄力，人也是极聪明的，放在正道上绝对是可用之才。陶无忌则是想这人一把年纪，竟有些孩子般的执拗，认死理十头牛也拉不回的架势。“我就是看不惯——”他翻来覆去说着，皱着眉头一副苦大仇深的模样，还隐隐透些促狭，不达目的不罢休那种。陶无忌倒有些好笑了。面条吃完，苗徊又拿出口香糖，倒在陶无忌手心两粒：“省得刷牙了。继续。”

“苗处啊苗处——”送行宴上，厦门分部的主任拉着苗徊的手，这人比苗徊还小了几岁，级别上高了半级，便完全以长辈自居了，恨铁不成钢的声气，“苗处啊苗处，你啊你……”说了几句都是欲言又止，仿佛苗徊该懂他的意思似的，又在苗彻肩上拍一下,“今年也五十出头了吧?”苗彻回答:“虚岁五十二。”那人便叹口气:“不年轻了。”苗彻道:“早不年轻了。”那人笑笑,不往下说了。送行宴吃得潦草无比,倒不是酒菜敷衍,而是气氛太压抑。对方不用提,便是自己这边,一个个也是有气无力。审计这活儿,多少有些跟人过不去的意思,要弄个皆大欢喜不容易。本来都以为这趟是个闲差,顺水推舟,见见老朋友,吃好玩好,纪念品按规定自是不能收,但人家执意要送,看情形,猜想领导应该也是眼开眼闭——到底是落空了。陶无忌那块金币交到王磊房间,王磊想这孩子也委实是初来乍到,没经验,又不好拒绝。老员工只得一个个跟着,挖苦王磊“你徒弟教得好”。王磊说:“人家是赵总的人,你们有意见,直接找赵总。”一人道:“人是赵总的人,走的是苗疯子的路线。”大家是说陶无忌在会上的表现,初生牛犊不怕虎,竟是异常冷静,任凭对方怎样,雷打不动,与苗彻一搭一唱,也是天衣无缝。被审行那些人,拿苗彻没辙,对陶无忌这个新人便很不客气,东一句西一句,存心要他难堪。一人竟直直地搡他:“你入行才多久,懂个屁!”陶无忌眼皮不抬,只是说自己的。以往也不是没有钉头碰铁头的时候,但那只是苗彻一人唱独角戏,下面人便是帮衬,气势终不能相提并论,众星拱月也谈不上,顶多是皇帝背后摇扇的太监,人肉布景罢了。谁也想不到突然冒出个小家伙,竟是捧哏高手,内容节奏都与苗彻合拍,喂招喂得苗大侠惬惬意意,眼里的笃定都快藏不住了。好坏都是领导担。众人也是跟着苗彻多年了,这回的情形任谁都是看得分明——自找麻烦。烈士还是英雄,真正要凭运气了。

回到上海,苗彻被主任叫到办公室。通常每次从外省审计回来,都要汇报,但多半是走形式,点个卯应个景,寥寥几句。苗彻有心理准备,检讨书拿在手里,进门就往主任跟前送,“要打要骂,您随意”。百叶窗拉得严严实实,外头人看不见里面情形。愈是这样,愈是气氛不寻常。苗彻这招很促狭,将领导的军,也是把自己逼得没退路。主任眯起眼,把检讨书从头到尾看了一遍:“你这不是检讨,是表扬信,意思是我非但不能骂你,还得奖赏你点儿什么才对。”苗彻笑得挺不好意思。主任接着道:“全世界都晓得你这次去厦门端了一个大窝,是再世包公,铁面无私。谁现在跟你过不去,谁就成了白脸的奸臣。这黑锅我不背,今年部里先进妥妥地给你。要打要骂让北京来,我不管。”

苗彻在隔壁西餐厅订了个下午茶套餐。外送小弟把整盒芝士蛋糕端过来，打开，正中鲜红的四个字“大家辛苦”，另有一个纸盒子，装的是鸡翅、薯条。处里二十来个同志，各人面前咖啡、奶茶放好，团团坐一圈。还有开场白。苗彻清了清嗓子：“辛苦啊，不是战场，胜似战场，各位都是我的战友。千言万语并作一句——多吃点儿。”

“他已经是一块招牌了，”蒋芮替陶无忌分析，“哪里都要树典型，立个英雄人物，所以到他这地步倒是不怕了。你不一样，还在成长期，小心脑袋还没探出来就被人咔嚓一下，掐断！你老丈人很阴险，故意挑你上山，借刀杀人。”

“想象力这么丰富，怎么不去写小说？别炒股票了，在起点中文网上注册个号，那些白金大神压根儿不是你的对手。”

“我是给他们留条活路，大家有口饭吃。”这人厚颜无耻。

他又说到贷款的事。陶无忌只是摇头，话也说得很绝：“你这才是挑我上山，借刀杀人。我们这种银行里干活儿的，整天跟钱打交道，一点儿歪心不能有。审计里看得太多了，稍微偏一偏，笼头一歪，就再也回不去了。”蒋芮道：“没那么吓人。”陶无忌道：“你看新闻，这阵子金融界掐进去多少？”蒋芮嘿的一声：“我们能跟他们比吗？”陶无忌反问：“谁天生就是干坏事的？你以为他们全是刚进银行就变黑的？有第一次就有第二次、第三次，刹不了车。”蒋芮笑骂：“还一生二，二生三，三生万物呢。你他妈的少给我讲大道理。”

这家伙居然又去找胡悦：“我们这些同学里，最聪明最有门路的就是你了——”胡悦正在跟苗晓慧包饺子，反手一抖，面粉扑了他一脸：“我有什么门路？”蒋芮拿餐巾纸抹脸，笑得贼忒兮兮：“你懂的呀。”不提她给陶无忌拉存款的事，只是央求。苗晓慧提议：“你这么壮，干脆去卖血得了，来钱还快点儿。”蒋芮把陶无忌一推，摇头：“听听你老婆说的，近墨者黑，还真是不错。”陶无忌笑道：“我老婆是疾恶如仇的性子，看到坏蛋就斗志昂扬。”

吃饺子是苗晓慧的主意，说超市里那种速冻的没劲，要吃就自己和面自己做馅，那样才香。苗大小姐平常十指不沾阳春水，现在也不知哪儿来的精神，周末早起便去超市，买来面粉和猪肉，iPad 放在旁边，按百度百科上的流程，边学边做。胡悦厨艺不错，但包饺子也是头一回。陶无忌打下手，切肉、擀皮。三人忙了大半天,勉强做成一锅。蒋芮尝了一个:“能吃。”苗晓慧在他头上敲一记:“这算什么评价?”蒋芮补充:“非但能吃,而且相当好吃。”陶无忌来一句:“别信他,这家伙为了钱,什么事都干得出来。”蒋芮回击:“我这人缺点很多,但唯独一点,从不昧着良心说假话。”胡悦嘿的一声:“那你应该去当审计,跟陶无忌做同事。”蒋芮涎着脸:“他帮我搞定资金,我就卖身给他,他让我去哪儿我就去哪儿,给他提鞋都行。”几人都笑,说这家伙没救了。苗晓慧拿来老干妈辣椒酱,配饺子吃。陶无忌想起写审计报告那晚:“你跟你爸都爱吃这个。”蒋芮啧啧连声:“貌似现在跟老丈人的关系突飞猛进啊,连他爱吃什么都知道。”胡悦道:“无忌这次在厦门立了大功,他还不刮目相看?”又问苗晓慧,“你爸这阵有没有提起无忌?”苗晓慧说有啊,前天回家,苗彻又催她去相亲:“我手里一把好男人,加起来比一副扑克牌还多,个个比那个陶无忌强。”苗晓慧模仿父亲的口气,说完咯咯笑。胡悦朝陶无忌看一眼,也笑:“你爸的考察期有点儿长。”

吃完饭,蒋芮有事先走了。陶无忌在苗晓慧房间里待了会儿,出来也说要走。胡悦拿车钥匙:“我去个朋友家,顺便送你。”两人走到楼下。陶无忌却不上车:“你转个圈就回去吧,我自己坐地铁。”胡悦道:“反正都是转圈,不如到你家转一圈,两全其美。”陶无忌沉默一下:“别对我这么好。”胡悦把他推上车:“想得美——有事跟你说。”

胡悦没撒谎,是真的有事,关于苗晓慧。有些话挺敏感,尤其是她,就更微妙,说了容易让人误会,拆壁脚似的。但不说也不行。胡悦觉得苗晓慧这阵子有些过头,跟那青年见过两三次面,最后那次还收了礼物,一只长毛绒维尼熊。刚才陶无忌见到,问她哪儿来的,她说朋友送的。苗晓慧不是那种会玩心眼儿的姑娘,吃饭时故意提相亲的事,多少已有些出格了。胡悦担心,如果不提醒一下陶无忌,等那傻姑娘自己开口坦白,事情或许就收不了场了。一两句话弄僵,本就是情侣分手常有的情形。恋爱中心猿意马,也不至于错到离谱,若早些修补,该有机会的。胡悦想来想去,太直接不行,太含蓄也不行,手在方向盘上敲击半天,迸出一句:

“我记得你不太爱吃饺子。”

陶无忌嗯了一声。

“晓慧也是的，莫名其妙竟想吃这个了，还非要自己动手做——剩下好多肉馅，她说明天还要包饺子。你说奇怪不奇怪？”

“是她导师喜欢吃。这人现在也学会拍马屁了。”陶无忌笑而摇头。

“她说的？”

“下个月她导师要去澳大利亚一所大学做讲座，可以带两名学生随行。僧多粥少，要打破头了。”陶无忌说着，问她，“你呢，有什么事要跟我说？”

胡悦哦的一声，脑子飞快转动，神情不变：“蒋芮的事，要不要真的帮帮他？”

“不给他贷款，就是帮他。你千万别理他。”

“明白。”胡悦答应了。

胡悦回到家，进门便看见苗晓慧把剩下的饺子用饭盒装好，放进冰箱。“明天带给导师。”她道。胡悦点头，假装完全不知情。昨晚苗晓慧洗澡时，一条微信跳出来：“你真的会亲手包饺子给我吃吗？”手机上了锁，消息一闪即逝。一会儿苗晓慧出来，微信几个来回，脸上始终带笑。那青年的微信胡悦也有，头像是一个“福”字。同一屋檐下，哪儿有什么秘密？瞥眼便瞧见了。苗晓慧也是放心胡悦，三分放肆加七分依赖，竟也不是十分隐瞒。这层其实很要命。一旦闺密间把这种事摆上台面，情况已是有些刹不了车了。

“陶无忌讨好你爸，也是拼老命了。”胡悦道，“你知道厦门分行投诉他的事吗？”

苗晓慧一惊：“不知道啊。”

“他怕你担心，让我别说。我总觉得这事你应该知道。你安慰他一句，抵过我们说一万句。”胡悦停顿一下，露出个笑容，让气氛和缓些，“一句抵一万句。”

临睡前，陶无忌收到王磊的短信：“把情况整理一遍，周一上午交。尽可能详细些。”他把手机一扔，去洗了个冷水澡。想来想去，依然是有些气不顺。前一天听人说厦门行递了投诉信，还当是开玩笑，谁知竟是真的。对方说他调取文件时态度恶劣，还推推搡搡，把一个女同志撞倒在地，现场有好几个目击者。陶无忌想来想去，文件是去拿过几次，组里他最年轻，跑腿的事自然只有他去。那些人先没有好声气，他便也板着脸。态度是谈不上好，但绝对没到动手的地步。撞倒女同志云云，简直是胡扯。这冤枉官司吃得莫名其妙。处里那些人本来与他便不怎么对路，出了这事，纷纷保持缄默，看好戏的架势。王磊竟劝他去找赵辉，贴心贴肺的口气：“你和他的关系，平常可以不用，关键时刻要派上用场——”陶无忌忍不住激动：“我做错什么了？干吗要找领导为我求情？”王磊劝他冷静：“做没做错，我说了不算，你说了也不算，归根结底还是领导说了算。”陶无忌竟有些好笑了，赌气不去理会，想，我反正没做过。陪苗晓慧包了一天饺子，陶无忌最后到底没忍住，还是对胡悦兜了底，怕丢脸，还不敢显得太沮丧，只是摇头：“不知道这次会怎么处理——”胡悦也是没忍住，话说得有些那个：“怕什么？大不了辞职，工作的事包在我身上。”宽他的心，语气没掌握好，有些急吼吼。陶无忌嘿的一声，又是无奈又是惭愧：“知道你路子广——”

冷水澡也是先抑后扬的态势。头几下哆哆嗦嗦，到后面全身发热，淋浴房里升腾起一圈白烟。浴帘一掀，咬牙切齿地擦干，穿上衣服，那瞬有些豪迈的意思。英雄末路似的悲壮。满脑子想的便是，老天爷就考验我吧，饿其体肤劳其筋骨，狠狠地，往死里整，整死一个算一个。手机响了，苗晓慧的短信：“需要我安慰的话，就打过来吧，知音姐姐替你排忧解难。”陶无忌先是怔了怔，随即心里一暖，电话拨过去：“知音姐姐吗？……”

周一上午是每周例会，部里各处的处长参加。苗彻开完会回来，招呼陶无忌：“你过来一下。”众人都行注目礼。不知上头怎么说法。从苗彻的脸色倒是完全看不出端倪。陶无忌拿起准备好的情况说明，密密麻麻两页纸，跟着苗彻进了办公室。

“厦门那女的怀孕不到三个月，流产了。”

陶无忌吃了一惊：“啊？”

“人家一口咬定，是你撞了她。刚出院，小月子要坐一阵了。营养费、误工费、精神损失费，说是都要你出。审计部从成立到现在，还是头一遭出这种事，影响很坏。领导刚才发了一通火，把我骂了个狗血淋头。”

陶无忌咬着下唇，沉默不语，半晌，道：“您怎么说的？”

“我说，我讲起来是主审，可也不至于二十四小时盯着下面啊。现在事情出都出了，孩子也没了，该怎么罚怎么判，我们都服从上级安排。”

“我没做过。”陶无忌低着头，犟道。

“那么多张嘴都说你做了，你说领导相信谁？”

“让他们调监控，办公室都有摄像头的。”

“人家说了，摄像头是摆设，坏了半年了。”

陶无忌嘿的一声，不怒反笑：“还真是巧——”

苗彻朝他看，把会议记录本往桌上一放：“听好，你的处理意见下来了——深刻检讨，再扣三个月绩效工资。”

陶无忌愣了一下，出乎意料：“就这样？”

“要不然你想怎样？所以说啊，朝中有人好办事。陶无忌同学，你就放开胆子胡闹吧，反正有人会给你擦屁股。我进审计部那阵要有你这运气，现在老早不是什么苗大侠了，最起码也是剑圣、独孤求败那个级别。人在江湖飘，哪能不挨刀？趁着现在软猬甲在身，想怎么折腾就怎么折腾。你现在也算小有名气了。今年还有几趟出省，都是硬活计，性命攸关，你别想逃得了，给我冲在最前面，当先锋去！替死鬼少说也得做个三五回，再冤你也得扛着。先进我当，黑锅你背。明白吗？”

苗彻说完，似笑非笑地朝他看了一眼：“出去吧。”

二十一

“只有在孤儿院待过的人，才会了解，‘朋友’这个词意味着什么。我们都太了解对方了。因为了解，所以不管对方做错什么，都会原谅对方。”

蕊蕊回国那天，赵辉带着东东到机场接她。等了快一小时，才看见玛丽推着行李车出来，蕊蕊背着双肩包走在旁边，戴墨镜，头发比之前长了许多，扎成高高的马尾。“爸爸！”老远便对父亲招手。赵辉听到女儿的声音，瞬间鼻子一酸，双手举高，在头顶处鼓掌。

“宝贝！”

手术相当顺利。除了目前尚有些畏光，视力已恢复到0.6左右。等过一阵趋于稳定后，便可以考虑佩戴近视眼镜。路上，赵辉听女儿不停地对着窗外发出感慨，“这地方我好像来过的”“咦，这是哪里？”“那幢楼真高”，忍不住一阵激动。之前玛丽便说过，蕊蕊的视力已接近正常人，日常生活基本没有问题，视频里也见过几次女儿遛狗、打羽毛球，但此刻这孩子便在身旁，见她终于不再脸贴脸地看人，走路也无须扶墙，完全健康人的模样，赵辉终是抑制不住惊喜，眼圈红了几次，被东东看见：“爸爸，男人要坚强。”

赵辉在儿子头上轻拍一下：“小滑头！”

晚饭时，苗彻也来了，与前妻碰个头，结束后再送她去酒店。“谢谢啊——”

没人时，他对赵辉道。赵辉笑笑，知道是为了陶无忌。前天苗彻找他说了这事，他想不通："你干吗不自己去找领导？"苗彻说："你是领导，我是老百姓，领导找领导更方便些。再说这案子是我主审，还是撇清的好，免得别人以为我在包庇手下。"赵辉笑道："终于还是改观了？丈人救女婿，大团圆结局。"苗彻嘿的一声："不搭界。本来想趁这机会把他踢出审计部，到底下不了手。厦门那帮人也是极品，一口气出在小朋友身上，亏他们好意思。再怎么说，这小子也是因为我倒的霉，落井下石做不出，只好帮他一把。"

"你就嘴硬到底吧。"赵辉笑而摇头。

次日赵辉在分行食堂遇见陶无忌，远远见他有些迟疑不决，明明已望向这边，却又不动。赵辉手一招："小陶！"陶无忌端着餐盘过来，微微欠身，叫声"赵总"。

"坐。"赵辉猜他有话要说。果然陶无忌是想道谢，踟蹰半晌，又不好意思过来。放下餐盘，才吃一口，瞥见周围人都朝这边看，愈加难为情，"谢谢"两字说得结结巴巴，竟似比刚进银行那阵还要局促。赵辉懂他的心思："是我叫你过来的，不算巴结领导。"陶无忌停顿一下："——谢谢赵总，一直很关照我。"赵辉答应过苗彻保密，便也只是微笑："我们也算小半个生死之交，一起出车祸，一起进医院。举手之劳，别客气。"

赵辉问陶无忌周日中午有没有空："我替我女儿办了个小型派对，你和晓慧一起来。年轻人多，热闹些。"陶无忌挺意外。赵辉说："本来我也不太喜欢搞这些名堂，主要是我女儿刚恢复视力，看什么都新鲜，一会儿要这个，一会儿要那个，没法子，也只有顺着她。"喜悦之情溢于言表。陶无忌点头："好的赵总，我一定准时到。"

周日那天，订在赵辉家附近的一家饭店。包间事先做了布置，墙上扎了五彩气球，正中贴了四个红色大字"祝贺康复"。陶无忌到的时候，人已差不多齐了。苗晓慧在替蕊蕊化妆。蕊蕊穿一套粉红色的小礼服，长发披肩，眉眼粉底都是淡妆，唯独口红很艳。她说口红是苗晓慧送她的，YSL52号。"《来自星星的你》里面，全智贤就涂这款口红。"她向父亲介绍。赵辉正与苗彻聊天，见状只是笑，拿过纸巾，替蕊蕊把嘴角未涂匀的部分拭去。苗彻说女儿："你把蕊蕊打扮得像妖精。”苗晓慧撇嘴:“爸你不懂。”又埋怨,“爸你好歹招呼一下人家嘛,进了门见到你,就像老鼠见到猫,动都不敢动。”——是说陶无忌,拿着一束花进门,一半是陌生,一半也是因为见着苗处的关系,只是缩在角落。苗晓慧叫他过来,他笑笑不动,做个“你忙”的手势。苗晓慧只得上前,将他拉到蕊蕊身边:“介绍一下,陶无忌。这是蕊蕊。”陶无忌还是第一次见到这位老总千金,诧异她与苗晓慧年龄相仿,神情间竟还是小女孩的模样。“你好!”双手把花递上。蕊蕊接过,凑近了一闻:“好香!”眯眼看陶无忌,“咦,你男朋友长得有点儿像年轻时候的‘达康书记’——”几人都笑起来。苗晓慧叹道:“蕊蕊你追星还真是老少通吃,连‘达康书记’年轻时候长什么样都知道。”

苗彻推了推赵辉:“你让他来的?”赵辉也不讳言:“早晚一家人,我给你们机会熟悉熟悉。”苗彻道:“天天上班见面,还怕不熟?”赵辉道:“那不一样。”苗彻道:“你少瞎起劲,我女儿万一嫁错,你要负直接责任。”赵辉道:“你把人家当炮灰,人家拐你女儿,也说得过去。”苗彻嘿的一声:“当初谁把他弄进审计部的?当炮灰也是你逼的。”赵辉忍不住笑:“我为你的家事操碎了心,你不谢我,还说风凉话。——既然来了,总要上去打个招呼。好歹是我请来的客人。”苗彻没好气:“你请的客人,你自己去招呼,关我屁事?”

开席前,陶无忌去卫生间洗手,出门便看见蒋芮站在走廊上,怔了怔,还当自己眼花。那人朝他招手,一脸欢快:“嘿,这么巧?”陶无忌倒吸一口冷气:“晓慧告诉你的?”蒋芮把头摇得像拨浪鼓:“不不不。我们幼儿园同学聚会,就在隔壁,你说巧不巧?”陶无忌好笑:“幼儿园同学,还托儿所同学呢。走,你带我去认识认识。”那人涎着脸:“我这边有啥好认识的?还是你带我去你那边,介绍那些大佬给我认识。”所以说人一旦皮厚到某种地步,旁人倒也拿他没办法了。陶无忌也不说话,只是摇头,被蒋芮嬉皮笑脸地推着去包间。公共场所,也不好十分发作。三步两步便到了门边,正拉扯间,赵辉从里面走出来,见状便问:“这位是……?”

“蒋芮,我大学同学。”陶无忌只好道,基本已猜到接下来情形会如何。

果然,赵辉手一挥:“既然来了,也进去玩吧。”

这天直玩到下午三点。陶无忌被苗彻叫到一边,聊了几句。谈下个月去广州审计的事。“也别有啥负担,反正摸着良心做事,瞻前顾后也是到我这个年纪才有的事。你只管拿出真本事,好好干。”到底不是上班,口气已是从未有过地温和了。苗晓慧在旁边看着:“爸,别欺负我们家无忌。”苗彻道:“你不欺负我,我就不欺负他。”苗晓慧道:“我们无忌是乖孩子。”苗彻点头:“是啊,全世界数他最乖,他是喜羊羊,我是灰太狼。”苗晓慧咯咯直笑:“爸,你居然连这个都知道——都说找老公就要找灰太狼那样的。”苗彻哼了一声:“这话你同你妈说去——”

隔了几日,陶无忌上班时收到一条微信:“你好!”名称是“我爱我凡”。愣了几秒,才反应过来是赵蕊,派对上匆忙加的微信,也未放在心上,忙回了一条“你好”。赵蕊问他:“这周六有空吗?”陶无忌揣测这话的用意,小心翼翼地回道:“请问有事吗?”她道:“《速度与激情 8》你看过没?”陶无忌有些紧张起来,说没看过似乎不妥,但回答看过了好像也不对。对方娇娇弱弱一个女孩,又是大病初愈,真正是个瓷娃娃,半点儿风雨也禁不起的,拿捏了半晌:“我请客,叫上晓慧一起?”想这女孩到底不是胡悦,别真伤了她才好。谁知过了片刻,微信回过来:“我喜欢热闹。你那个姓蒋的朋友,可以让他也一起来吗?”

四张电影票。陶无忌与苗晓慧坐在中间,蒋芮与蕊蕊各坐一边。蒋芮朝陶无忌使了几次眼色,示意他自觉些,换个座,陶无忌只当没看见。电影乒乒乓乓很刺激,陶无忌却一点儿没看进去,坐得笔直,脑袋探照灯似的伫在那里,眼观六路。主要是蒋芮,这家伙不是普通人,别电影看到一半把人家女孩拐走了。压力很大。回想派对那天,两人也只是闲聊一会儿,统共没打几个照面,竟已到了这种地步。陶无忌和苗晓慧聊起这事,说:“你朋友也是不得了,想约人家绕那么大个弯。”苗晓慧倒是挺开心,说蕊蕊这个年纪,早就该享受恋爱的滋味了。陶无忌没往下说,心里觉得不大妥当。前一晚给蒋芮打电话,他竟似也不太惊讶:“看电影啊,好的呀!”陶无忌问他那天跟赵蕊聊了什么。他回答:“她喜欢聊什么,就陪她聊什么呗。”他说他有个朋友的朋友是明星经纪人,搞点儿艺人们的签名照,完全不成问题,“看她的微信名就知道了,头像还是某艺人”。陶无忌没头没脑来了句:“这女孩不适合你。”蒋芮说:“朋友有什么适合不适合的?晓慧的朋友,也是我的朋友。”陶无忌一听这话,就知道这家伙在捣糨糊(方言,意为做事瞎糊弄),半开玩笑地提醒他:“人家病刚好,还脆弱着呢,伤不起。”蒋芮很无辜:“伤什么?干吗要伤?交个朋友就受伤,那我不是全身上下都是伤?”

斗嘴没意思,况且这种事旁人确实也没法说。姑且不论蒋芮是否真有那心思,便是真有了,恋爱自由,也不好干涉,倘若再说下去,“你不是也跟人家小姑娘私奔了?女方家长同意了没?”——短短两句,便逼得你只有闭嘴。

好在看完电影,便各自回家。送走女生,陶无忌邀蒋芮去打台球。“怎么,怕我再去找她,故意缠住我?”蒋芮说得促狭兮兮。陶无忌道:“缠得了一时,能缠得了一世?再说你们都留了联系方式,要见面谁拦得住?”蒋芮叹道:“棒打鸳鸯不作兴的。”陶无忌忍不住笑:“就你,还棒打鸳鸯?天鹅池里飞来一只秃鹰,赶走它是积阴德。”迟疑一下,问他那笔钱的情况,“没真豁上吧?”蒋芮说:“借了高利贷,三十万,三个月后还五十万。”陶无忌知道他是胡扯:“老老实实在证券公司做着,不是挺好?”蒋芮沉默了一下:“看你怎么定义‘好’这个字了。我家楼下有个孤老头,天天翻小区里的垃圾桶,卖废铜烂铁,晚上开瓶小酒,喝完了对着天空唱样板戏。他觉得这么过日子也蛮好。”陶无忌问:“你妈怎么样?最近挺好?”他道:“她还行。我爸有点儿麻烦,喝醉酒在火车上跟旅客打起来,结果把人家打成重伤,被开除了。这一阵他天天在家,我特别不习惯。正好想找你商量,要是方便,我还想再蹭个房,租金算我一半。”陶无忌问:“那你妈呢?你不在,你爸又是那个脾气,不会有事吧?”蒋芮停顿一下:“不会,我爸戒酒了,跟楼下老头一起捡破烂,还学样板戏——我爸只要不喝酒,就没事。”说着苦笑一下,“——成捡破烂的儿子了。”

陶无忌想象蒋父与那孤老头一起翻垃圾桶的情形,竟有些可怖了,也难为蒋芮说得那样平静,底下又似压着些什么。他到底不像面儿上那样洒脱,便是对再亲近的朋友,也是有所保留的,十分心事藏了七分。陶无忌暗自叹口气,一杆打出去,球散成五颜六色。

隔几日,有个职业道德培训,在浦东支行,为期一周。苗彻点名让陶无忌去。厦门那场硬仗也着实伤筋动骨,没补贴也没休假,借这机会让他放松一下。苗彻嘴上兀自不饶人:“吃啥补啥,哪里不足补哪里。职业道德也是道德,你去最合适。”陶无忌在审计部这些日子,也早习惯了他的风格,话怎么难听怎么说,也不在意，乐得逍遥几天。培训是十点，陶无忌睡到自然醒，过了高峰时段，地铁上也宽松许多。到了支行培训教室，刚坐定，便看见程家元进来，两人对视一眼。陶无忌把面前的材料往旁边挪了挪，示意他可以坐这里。程家元像是没看见，走到后面，找了位子坐下。

陶无忌午饭与胡悦一起吃。胡悦把程家元也拉过来，三人不尴不尬地吃饭。基本就胡悦一个人在说话。胡悦忽问："眼看一年要过去了，到时你们两个谁请客？"俩男生一怔，随即想起之前的那个约定，互望一眼，又低头吃饭。胡悦不依不饶："你们谁请客？耍赖可不成。"程家元没屏住："我倒是想请，可惜不够资格。"陶无忌嘿的一声。胡悦追问："到底谁请？"程家元道："反正不是我。"陶无忌眼望餐盘："我请就我请，无所谓。"胡悦又问："什么价位？要外滩 18 号那种档次才行。"陶无忌还没开口，程家元又道："非外滩 18 号不可，否则配不上。"陶无忌瞥见他一句接一句，脸上却是冷冷的，忍不住好笑："行啊，我请，你来不来？"程家元道："我不来，你给我现金好了。"又加一句，"你们两个吃得开心点儿。"

通常男人聊天聊到这种地步，样子就很难看。鸡鸡狗狗，比女人还要女人。胡悦哭笑不得，嘴上还只能若无其事："谁请都无所谓，反正我都有的吃。"又感慨，"时间过得真快，去年来支行报到那天，我吃枇杷，扔了个核在支行门口，想不到竟发芽了，现在长得比我还高。明年这时候可以吃枇杷了。"陶无忌笑道："等着吧，园林局早晚会发现，连根拔起。"胡悦奇道："干吗？又不用他们浇水施肥，义务种树还不行吗？"陶无忌道："市容绿化都有规划的，不能瞎来。否则你种一棵，我种一棵，市容不是乱套了？"程家元听了，嘲道："审计部的同志就是有觉悟啊，高调唱得好。"陶无忌看他一眼："你以为干审计唱高调就行了？"程家元道："当然不只唱高调，您陶老师水平不一般，白相得好，是花腔女高音，调子又高又转。"陶无忌摇头："上海话切口听不懂。"程家元道："听不懂就对了，上海话不是随随便便阿猫阿狗都能听懂的，学问高深着呢。"陶无忌嘿的一声："有本事你一口上海话讲到老，不出省，不出国。"程家元翻个白眼："我高兴，你管得着吗？"

"吃午饭那阵，我是不是挺幼稚？"晚上上课时，程家元扭扭捏捏地问胡悦。

胡悦回答:“不止你,那位陶先生也好不到哪里去。”程家元做自我批评:“其实没意思,男人打嘴仗,无聊得很。”胡悦心里暗笑,想你倒也知道:“我要是你,要么当他不存在,要么就继续跟他做朋友。”停了停,以为程家元会问为什么,谁知他竟沉默不语,只好自己接着说下去,“以前在孤儿院的时候,我有个一起长大的朋友。她成绩没我好,我读重点高中,她读普通高中。高考填志愿时,她劝我陪她填同一个学校,一所外地的二本。我拒绝了。她偷偷把我的志愿撕掉。当然这没用,我还是考上了财大。她最后连那所二本也没考上,只进了一个大专。也许你觉得我们会闹翻,可没有,我们还是朋友。只有在孤儿院待过的人,才会了解,‘朋友’这个词意味着什么。我们都太了解对方了。因为了解,所以不管对方做错什么,都会原谅对方。”说到这里,胡悦停顿一下,以凸显气氛。神情是恰到好处地略带感动。主题很鲜明,“朋友宜结不宜解”,故事稍有些偏,甚至是不伦不类,其实完全可以想个更贴切的例子。程家元被绕得有些蒙,怔怔地朝她看:“你们那是闺密,我和他不搭界的。他脑子好,可能了解我,我一点儿也不了解他,也谈不上原谅不原谅。”胡悦道:“陶无忌不是坏人。”程家元悻悻的,赌气道:“我是坏人——”胡悦一笑:“你要是坏人,天底下就没有好人了。”是说他前阵子替白珏补台的事。白珏做错一张单子,存款做成取款,一来一去就是几十万。问题倒是不大,只要赶在当天清账前找到客人,补个手续就行。偏偏那客人去了苏州办事,哪里肯再跑一趟?程家元听说,亲自拿单子开车过去,要了那客人的签名,再赶回来,来回三个多小时,总算在清账前把事情搞定,没惊动领导。白珏吓出一身冷汗,照例又邀程家元上二十三楼喝咖啡。一人一杯拿铁。“其实你们这一届小朋友,人都不坏。”白老师难得把话说得温情脉脉,意思又清楚。后来胡悦问程家元:“为什么帮她?”程家元回答得也爽快:“她是你师傅,脑子又搭进搭出,万一出事,难保不牵连到你。”胡悦沉默片刻:“——好心有好报。”

不久程家元被调到业务部。苏见仁终究是看不过去,倘若身份不公开也就罢了,现在全世界都晓得这人是他苏见仁的儿子,总不成老子灰溜溜地走,儿子僵死在前台。便是争口气,也要让这小子往上挪一挪。以前那些不常来往的父辈朋友,叔叔伯伯,厚着脸皮电话打一圈,好在事情也不难,又不是提拔干部,无非换个岗位。程家元得到通知,还不领情:“谁让你多此一举了?”苏见仁不同他废话:“让你去你就去,你做一辈子前台倒没什么,你爷爷的棺材板只怕要按不住——”程家元到业务部,师傅还是老马。“又回来啦?”老马见到他,心里叫苦,嘴上比过去客气些。前任顶头上司的儿子,再怎样总要留些余地。又想,业务部是出了名的跳板,这小子背景不简单,虽说起跑腔调有些难看,但保不准踏板时发力准,跳得恰到好处。不是都说傻子才能当领导吗?将来的情形还真是吃不准。老马私底下与老关聊天,扳着手指算退休的日子。老关上周刚置换了套新房,地段不算好,中环与外环之间,联排别墅,一千三百万。上下班远了些,但只要路不堵,开车也就多个十几分钟。况且退休也是眼前的事了,市区那块早晚要退出来,空气差交通堵,哪比得上郊区惬意?周边超市、医院都不缺,小区里连游泳池和网球场都有,物业好,绿化也好,顶适合养老。老马觉得老关做得太明显了,虽说是置换,到底还得再贴个四五百万,“不打自招了”。老关表示,到这步,也无所谓了:“怕也是做,不怕也是做。听天由命。”赵辉前几日又拿了份贷款申请过来:“拜托两位,多多费心。”赵总就是赵总,话说得客气,条件也开得到位,特别提了最近职称评定的事。“科升处”是个坎儿,关、马两人科级当了快二十年,早就不抱希望,被赵辉三句两句又勾出念想来。“包票不敢打,但一定尽力。”领导话说到这份儿上,两人于情于理都不好推辞。上次那份贷款报告,两人花了不少功夫,改头换面是免不了的,还不能只是表面文章,先不说授信审批部那些人,便是自己这头,被处长驳回来也是分分秒秒的事。亏得金额不大,两三千万,赵辉应该也是先试个水。这次一下子提到两亿。老马是有些抖豁了,老关却说:“做就做吧,做还能撑一阵,不做马上就是个死。”又道,“死也要拉个垫背的。”老马知道他什么意思。贷款报告完成后,便交给程家元,经办人统统签他的名字。白纸黑字,不动声色的。用老关的话说,这还不是一般的替死鬼,银监会前老总的孙子,又是赵辉老同学的儿子,便是左右一个死,钛合金的盾牌,航空材质级别,拉到胸前也能多顶一阵。

“你说,我跟陶无忌比起来,哪个更适合当男朋友?”

程家元赶在陶无忌前面,请胡悦去了趟外滩 18 号。苏见仁说,肚肠根都痒了,让他爽气些,“行就行,不行拉倒”。程家元问父亲:“可以爽气到什么程度?”苏见仁用了“单刀直入”四个字。程家元理解意思,话说得很直接,冷不丁蹦出

来,猝不及防。胡悦再沉稳,也唬得怔住了,换了几次坐姿,笑了又笑,半晌,道:

“这问题有些大。我说了不算,要多问几个女孩子,才客观。”

“又不是民意调查。”程家元直直道。

胡悦又笑,有些尴尬:“一般情况下,肯定选你的更多。”

“真的?”

“你自己心里也清楚。其实啊,你是明知故问。明摆着的事。”

“上海女孩这么现实?”

“选择你就是现实?你别不承认,人家陶无忌混得可比你好——上海女孩更看重内涵。”胡悦一本正经地回答。瞥见程家元裤袋那里有个四四方方的凸起,猜想是首饰盒。

“你喜欢什么样的婚礼?中式还是西式?”苏见仁教过儿子,女孩顾左右而言他的时候,要果断地把话题兜回来,切入正题,否则容易没完没了。伸头一刀,缩头一刀。程家元一咬牙:“——还有蜜月,你喜欢去欧洲,还是澳洲?”

苏见仁晚上见到儿子时,首饰盒原封不动,从裤袋里拿出来,煨灶猫似的神情,心里叹口气,想,到底是落空了,父子俩这方面都是一样地时运不济。正要安慰几句,程家元直直蹦出一句:“她答应了。”苏见仁怔了怔,兀自不明白:“答应了?那项链怎么没送出去?”程家元涨红着脸,一跺脚,无比懊恼的样子:“就是呀,太激动,把这事忘了!”

胡悦回到家,苗晓慧不在。茶几上的花盆下压着一张纸条:“亲爱的,昨晚是我错了,你别往心里去。”胡悦从冰箱里拿饮料,里面放了两排优诺酸奶,她爱吃的,应该是苗晓慧买回来的。她拿了一罐,用小勺挖着吃。沙发上的污渍还在,昨晚她不慎手一甩,整碗土豆泥翻在沙发上。在这之前,其实已有些不愉快了。胡悦破天荒头一回,用指责的口气,怪苗晓慧不该让那青年到家里来。苗晓慧说:“人家亲自做了土豆泥,给我送过来,不好不留人家喝杯茶。”胡悦径直问她:“上次的饺子,他喜欢吗?”这话一出口,便后悔了。剥皮拆骨,不留余地了。铺垫没做好,也没考虑清楚,贸贸然的,完全是惹事了。再加上失手把土豆泥弄翻,连苗晓慧那样的性格,也不由得有些多心,狐疑地问她:“胡悦,你是不是喜欢陶无忌?”她只好做出气愤的样子:“我要是喜欢,还等到今天?我是实在看不过去。晓慧,你是不是准备打退堂鼓?”苗晓慧也窘了,急道:“谁说我要打退堂鼓了?你到底是跟我亲,还是跟陶无忌更亲?”胡悦道:“跟亲不亲没关系,你们都是我的朋友。再说我也不会告诉陶无忌。”两人没再往下吵,但这已是从未有过的事了。胡悦想来想去,觉得自己还是不够火候,忍了那么久,偏在这时候发作了。陶无忌前一秒还同她说跟苗彻在一起工作忒累,“伴君如伴虎,不是因为晓慧,真不受这罪”,后一秒又让她帮着出主意,苗晓慧下周生日该怎么庆祝。她便也顺着他,说小区门口那个小咖啡馆,生意一般,环境倒不错,包一晚办个十来人的小派对,费用也不会太贵。气球彩带拉炮什么的,她负责采办。陶无忌还要再聊些细节,菜式如何、喝什么酒、送什么礼物,她推说有些累,慢慢再商量。打开门看到那青年与苗晓慧并排坐着,见她进门,下意识地站起来。“又见面了——”那青年一如既往地彬彬有礼,伸手与她相握。那瞬也不知怎的,她竟有些抑制不住,连客套话也懒得敷衍了,满脑子想的是“什么名堂”,也不知是为陶无忌,还是为自己。与苗晓慧争执完,她便去卫生间洗澡,出来坐在沙发上看书,一声不吭。苗晓慧拿抹布擦土豆泥留下的污渍,也是悻悻的,说:“沙发擦不干净,小心房东找你麻烦。”一会儿,把抹布一扔,愤愤道,“其实胡悦——你真该去找个男朋友了。”

苗晓慧生日那天,程家元最后一个到,刚进门,众人俱吓了一跳——白衬衫黑领结,格子西装,头发梳得油光锃亮,很正式了。蒋芮道:“朋友拍电影啊?《上海滩》?许文强?”程家元笑不露齿,有些矜持了。胡悦将他拉到自己身边,二人十指紧扣。“介绍一下,”她道,“我男朋友。”瞥见几人惊诧的目光,又从领口里拨出一根项链,晃一下:

“漂亮吗?——他送的。”

二十二

从广州回来，陶无忌便得了个外号“御猫”。苗彻是“黑脸包公”，身边没“御猫”护卫不行。一老一少，配合得天衣无缝。

从广州回来，陶无忌便得了个外号“御猫”。苗彻是“黑脸包公”，身边没“御猫”护卫不行。一老一少，配合得天衣无缝。广州这趟倒不像厦门那般凶险，都是寻常案子，牵扯不大，但也不是没有短兵相接的时候。都说有了陶无忌，苗疯子可以多十年寿。查得细致是一桩，配合得好又是一桩。不管大会小会，苗彻稍微起个头，陶无忌后面自然跟上，什么时候说什么话，语气是重是轻，哪里要抬，哪里要压，包袱抖得恰到好处，时机半分不差的。这次审计不同往常，名称是“咨询类审计”，查问题倒在其次，主要是汇总提建议，供日后改进。压力不大，难度不小。广州分行一个负责小企业经营贷款的科长，老资格，利用本人的控制账户给十来家小企业提供搭桥资金，套了近一个亿。苗彻问底下人，怎么改进，建议怎么写。陶无忌站起来便说：“以后凡是像这样的重要岗位，建议负责人每隔三年必须交流一次，否则他们完全可以通过各种手段，对信贷流程进行操控。”话一出口，众人都摇头，想小朋友就是小朋友，不知天高地厚。谁知苗彻径直在本子上记了下来。“交流机制规定是八年，确实太长，三年又短了些，五年差不多。”又接着问，“还有别的吗？”陶无忌说下去：“通常情况下，控制账户出现大量异常资金交易，频繁转账转存，身边同事不可能毫无察觉。总行 2013 年出台《风险专项治理方案》,其中就包括员工行为风险排查和基层纪检特派员制度。排查工作要是到位,也出不了这事。建议以小组为单位,实行连带责任制,谁违规,大家统统处罚。”众人脸色更是微妙,有人嘀咕一句“株连九族啊”。苗彻朝陶无忌看一眼,似笑非笑地在本子上写下“连坐”。

“您要是觉得我太过头,就明说,我改。”会后,陶无忌对苗彻道。

“我说过,瞻前顾后也是到我这年纪才有的事,你只管放开手脚,什么也别想。要是现在就开始顾虑重重,那索性也别做这行了,不出两年,就跟你师傅差不多,你人比他聪明,糨糊捣得保管比他还好。”苗彻说到这,添些鼓励的口吻,“我像你这么大的时候,脾气比你还冲,脑子却没你好。干审计,你是个好苗子。”

“谢谢苗处。”

“不是夸你,我这人比较实事求是。”苗彻停顿一下,“一桩归一桩,就事论事。好就是好,不好就是不好。”

陶无忌懂话里的意思,表扬占了五分,剩下五分是撇清,泾渭分明,一丝一毫的念想都不给他。陶无忌也不奢求。到这步,已是和缓多了。退一万步,作为下级,能得到领导这样的褒赞,不容易了。陶无忌终是少年人心性,忍不住又问:

“苗处,您心目中的理想女婿,是什么样的?”

“当爸的眼里看出去,全世界没一个男的能配得上我女儿。”

“那说明不是我的问题,关键还是您老人家心态没摆正。”陶无忌心里嘀咕,嘴上哦了一声,很郑重地点了下头。

陶无忌回到上海,便听说浦东支行出了状况。分行纪委收到举报信,业务部里有人利用客户资源私底下交易,搞地下钱庄,收取好处费。因是匿名信,线索也不清晰,便先不捅开,让审计进驻,配合纪委一起查。不是苗彻主审,但陶无忌依然在名单里。小道消息很多,有的说是大老板亲自点将:“那个姓陶的小同志,让他来一下嘛。”也有的说是赵辉推荐,陶无忌最近风头正劲,把厦门行搞个人仰马翻,成了审计部点击率最高的红人,赵总捧自己人,轿子抬得更高些,大案子当练习课,小同志想不更进一步都难。二处的张处长带队,相比苗彻,对陶无忌更器重些,说话也更客气,很把他当回事。陶无忌心里知道是沾了谁的光,愈是这样，便愈是谦逊，低眉顺眼，多做少说。

蒋芮和赵蕊只约会了两次，便被赵辉发现了。其实也谈不上发现，赵蕊本就做得不算隐蔽，微信整天嘀嘀响个不停，神情又那样，一惊一乍。赵辉知道后竟也没生气，连扫兴的话都没说半句，只是约了陶无忌，问些蒋芮的大致情况。陶无忌回答得很客观，不褒不贬，既不伤朋友，也不骗领导。赵辉听了笑笑，半晌，忽地冒出一句：

"其实小陶，我倒是蛮喜欢你当我女婿，真的。"

陶无忌没把这话当真，理智上、感情上都不允许。虽然赵辉不像说笑，聊到女儿，语音语调比平素更多了三分家常，节奏慢了半拍。陶无忌没接口，他便也没往下说。陶无忌想说"谢谢"，似乎忒轻描淡写，不礼貌。很诚恳的口气："赵总您一直对我很好。"

老关找陶无忌，是审计组进驻第二天，不打自招的架势。其实再怎样都是个逃不过，老关是慌不择路了。"好歹师徒一场，想来想去，找你最合适。"他道，"不指望能逃过，但至少，别死得太难看。"陶无忌不语，等着他说下文。老关挑个时间，把老马也带了出来，在茶室聊了两小时。陶无忌听到赵总那段，也不作声，默默地在本子上记着。

"这算不算戴罪立功？"老马小心翼翼地问。

老关居然还塞过来个袋子："一点儿心意——"陶无忌忙不迭地拒绝了。两人没头没脑地夸赞他一番，能干、懂事、有前途，带过这些年徒弟，没一个及得上他，实在难得。语气干巴巴急吼吼，现场气氛更尴尬了。结束时两人还很贴心地嘱咐道："我们先走，你再坐一会儿，瓜子剥剥，茶吃吃，免得被别人看见。"陶无忌瞥见两人的背影，脚步杂乱而细碎。下楼时老马走得急了些，脚在台阶上绊一记，险些摔倒，亏得老关扶住他。回头朝陶无忌看一眼，笑得有些狼狈。

陶无忌走出茶室，吸一口外面清新的空气，忽觉得挺难过，也不知是为谁。老关口才比老马好，言辞间更有分寸。老马则是忒直来直去了："在这行干了几十年，什么没见过？只拍死几只'苍蝇'，算啥本事？紧一阵松一阵的，有事就严打，没事就放下。我倒霉我认，问题是，'苍蝇'要拍，'老虎'也要打，否则有×用？"老关推他一下，他兀自不停，"人人都说戴副总这不是那不是，可照我看，又有几个人能做到他那样？换个人试试，三十九楼别说跳了，光是看着脚都软。做人做到他那样，我倒服气了。”老马愈说愈激动，豁出去的模样。这些年的委屈和不甘，心虚，还有绝望，七缠八绕的情绪，统统混作一团，别样地亢奋。

陶无忌径直去找程家元。赵辉的那两笔，第一笔不是私底下交易，走公家的流程，账面上做了些花样；第二笔数额有些大，便拆开来，一亿走公，一亿走私。单据上清一色是程家元的名字。陶无忌见面第一句便是：“照理这时候不该见你，被人发现，我吃不了兜着走。”这话是实情，但本也不必说。主要是程家元忒犟头倔脑，被胡悦叫出来，脸紧绷着，欠他多还他少的神情。陶无忌便有些后悔，想，又何必跑这一趟？问题其实不大，只要没拿人家好处，早晚总能查清，多费些手脚罢了。陶无忌是想提醒程家元一声，关键时刻留个心眼儿，有错没错都夹牢尾巴。到底是同届，半吊子的朋友，不尴不尬的情分。上次他父子的事，虽说是无心，但终归因自己而起。这次稍稍关照些，才是做人的道理。在审计部做了这些日子，见得多了，想问题也更细致些，Excel 表格似的，横列竖列，清楚又周全。老关、老马铁定逃不了，临死放急屁，水鬼似的，拖一个算一个。赵辉那桩，从头听到尾，都是私下里相授，一点儿实证没有。老关说他倒是想过录音，第一次是猝不及防，没准备，第二次手机揣在口袋里，可赵辉借口调静音，让两人把手机摆上台面，一点儿小动作也做不了。老关用了“心思缜密”这个词，又问陶无忌：“你心里该有数的，是吧？”陶无忌没接口，觉得一个几十年工龄的老同志兼老狐狸这么说话，其实挺可笑，讨饶不像讨饶，揭发不像揭发。记得在前台实习那阵，白珏冷不丁冒出一句：“不是我没本事离开前台，是不想，这幢楼上上下下几十个部门，除了前台清爽点儿，其他都是乱哄哄一团。”陶无忌那时觉得这话忒夸张。许多人说话都有这个毛病，故作高深，看透一切的模样。现在再想，依然是夸张，但意思不全错。还是那句“人为财死，鸟为食亡”，银行大门朝南开，无数双眼睛都盯着里面。银钱来往，翻手云覆手雨，悄无声息，又是惊心动魄，滋生着无穷无尽的念头。除了希望，也有绝望。

程家元让胡悦先走，说要单独跟陶无忌聊聊，“不打架，也不骂人，就一起喝点儿东西”。他给胡悦叫了出租车，又塞了张公交卡在她手里，叮嘱“到家给我打电话”。胡悦朝陶无忌看一眼，笑笑。陶无忌也笑笑：“再见。”

两人没去酒吧，挑了个咖啡馆，各自点了咖啡。

"胡悦是个好女孩。"陶无忌道。

"我知道，不用你提醒。"

"你好福气。"

"这我也知道。"程家元停顿一下，"——妒忌我不？"

"神仙姐姐被人追走了，说完全不妒忌，肯定是假话。"

程家元嘴巴一撇："怪你自己。"

"晓慧也是好女孩。这世道，好女孩追走一个少一个。让剩下那帮兄弟哭去吧。"

临到家前，陶无忌接到胡悦的电话："聊得挺好？"他道："亏得你现在是他女朋友了，否则还真聊不起来。"电话那头笑了一下："为了你们的友谊，我也算尽心尽力了。"陶无忌道："别没良心，人家程家元对你多好，坐出租车连公交卡都给你备好，就差喂你吃饭了。"胡悦叹道："倒也是。我现在每天起床都不用定闹钟，他准时打电话过来，还不是在家打的，人等在楼下，牵个气球飘到我窗口，上面如果画着笑脸，就说明是晴天，哭脸就是下雨，不哭不笑就是阴天。我洗漱的时候，他跑去买早点，等我上车，豆浆是烫的，生煎底下那层皮也是脆的。拿根针管扎进生煎里，把醋灌进去，好吃又方便。还不用餐巾纸，小毛巾团好放在保温杯里，拿出来还是热的。相当周到。"陶无忌哦的一声："看不出，小程原来是老手。"胡悦正色道："跟老手新手没关系。关键还是我比较讨人喜欢，怨不得人家这样。"

两人说笑着，欢快的气氛像咖啡表面那层拉花，漂亮是其次，更重要的是能盖住底下的晦涩，还有欺骗作用，好像是为了锦上添花，逗趣似的。陶无忌那句"为什么和他交往"就在嘴边，却终是说不出来。立场不对，时间也不对。若是当场问也就问了，开玩笑也好，朋友间关心也罢，都说得过去。现在再问就有些奇怪了。孤男寡女深夜煲电话粥，本就暧昧，插科打诨一番倒也罢了，有些话题却是无论如何不能碰的。像雷区，一踩就麻烦。

陶无忌嗫嚅了半晌，换个说法："会和他结婚吗？"

"这问题有点儿傻。"胡悦直截了当，"21 世纪了，我们也还年轻。"

“必须承认，程家元是个不错的丈夫人选。”陶无忌一锤定音的口气。

“说得也是。他告诉我，他妈妈光是存在银行的定期就有四五百万，还不包括房子、车子、股票、保险和理财产品。”

“姑娘，你堕落了。”陶无忌摇头。

审计配合纪检，进驻浦东支行不到一周，便有了结果。老关、老马被揪出来，地下钱庄加单据造假，个人财产中至少有两百多万说不清来历。除了两人，还牵涉到一个业务部的副科长、一个风控部的资深干事。做好做歹都要有个产业链，街头行骗都要有个撬边模子（方言，意为商家找来假装顾客的人），否则不成气候。据说这条线在浦东已是有些名气了，黑道白道公的私的都有，属于经营得比较成功的。旁人都感慨，老关、老马在行里业务不算突出，捞偏门倒是把好手，可见S行委实是藏龙卧虎。这事与上次广州分行的case俨然有了呼应，重要岗位的负责人或是资深员工长期不交流，给了某些人可乘之机。总行那边下文，要严肃整顿。苗彻是上次的主审，两案并一案，一周内务必拿个可行的报告出来。他叫来陶无忌，感慨：“现在审计工作不把您带上，心里都没底。”换了别人，陶无忌立刻便嘲回去，弹皮弓又快又准，唯独对着苗彻不敢，只是傻笑，嘴上道：“领导觉得我哪里做得不好，请明示。”苗彻嘿的一声：“这种俏皮话说得没名堂。过分谦虚就是骄傲，黄梅天都浇不灭您头上那团红得发紫的火苗。”

陶无忌细辨苗彻的语气，应该还是褒多于贬的。浦东支行这趟，其实谈不上多少技术含量，查证取证一气呵成，没费什么事，看不出水平。苗彻对陶无忌满意，倒不全在公事上头，还有细节方面的处理。几天前，苏见仁跑来找苗彻，三句两句便透了底，说匿名信是他写的：“主要就是出口恶气。这招还是他教的，我是以彼之道还施彼身。”苗彻无话可说，只是问他有什么证据。苏见仁反问：“你见过天底下有不透风的墙吗？反正等调查结果出来你就晓得了。”苗彻没驳他，也没顺着他，破天荒邀他到家里坐，把朋友送的明前新茶泡一壶，再开一袋花生。电视开着，四只眼睛盯着屏幕，什么也没看进去。其实这样也好，想聊就聊，不聊就停下，电视做背景，有声有色，也不怕冷场。茶是好茶，花生放久了，有点儿潮，别别扭扭的口感。苏见仁剥了颗花生放进嘴里，咀嚼，再喝一口茶，忽地，有些伤感。

“我现在真是没朋友了。就算你再嫌弃我,我想来想去,也只能找你。”

苗彻撇嘴:“说得好像你以前朋友很多似的。”

“我知道,在你眼里,我就是个傻瓜,说什么你也不会相信。”

“我不是不相信你,”苗彻往壶里续水,停顿一下,“——我是害怕。”

“怕什么?”

“怕这么下去,最后跟你一样,身边一个朋友都没了。”手一抖,溅了几滴水出来。

花生皮漂得茶几上窸窸窣窣一片。电视里在放一档喜剧节目,笑声像风声那样飘忽不定,也有些莫名其妙。现在的人,笑点和泪点都变低了。苏见仁说他刚知道程家元跟这事有关,“拿个小孩顶缸”,愤愤不平。苗彻揶揄一句:“功夫做得不够细致。”猜他这趟来是为了儿子。果然,苏见仁拜托他多关照程家元:“不止这次,以后也请你多多费心。我是个废人了,好在还有老同学。这孩子像我,饭桶一个,没人盯着不行。”

苗彻次日去找陶无忌,还没开口,陶无忌已把老关、老马的事说了,时间、地点、人物、金额、流程……除了台面上招认的,私底下的也已查了个大概。陶大侠一贯的风格。苗彻嘴上还要端着:“这次是张处带队,跟我没关系。出审计报告前,按理内部信息不该外泄。”陶无忌道:“两个原因:第一,虽然这次我是外借,但编制上是三处的人,归您管。您对于我来说,不光是上司,更是老师。学生向老师汇报,错不到哪里去。第二,您也说过,规章制度是摆在心里的,不是做给人看的。对还是错,我心里有数。过分的事我不会做。”

苗彻道:“你刚才这番话,是捧我吗?”陶无忌一怔:“您知道我没这个胆子。”苗彻嘿的一声:“审计部论卖乖讨巧装傻充愣,你陶无忌称第二,没人敢称第一。你小子妙就妙在,别人都要笑出来了,你还屏得牢。你当初应该考滑稽剧团,走周柏春路线,冷面滑稽,比在银行赚钱多得多。”

陶无忌也提了程家元和赵辉,一笔带过的语气。苗彻没搭腔,让他自己斟酌:“你要是真把我当老师,那我就更不能手把手教你了。审计这行,跟打太极拳差不多。张三丰怎么教张无忌的?招数忘得越多越好,到最后全部忘光,那你也就成大师了。”

“都叫无忌。”陶无忌道。

“论心眼儿多,他不如你。”苗彻道,“其实金庸书里那些男主角,你最像韦小宝。”

程家元被纪委叫去问话。倒不是因为单据上那些签名。师傅拿主意,徒弟卖苦力,本是司空见惯的事,没人会当真。问题出在他支付宝里有一笔三万块的进账,差不多在一个月前,转账人是蒋芮。经调查,蒋芮曾在浦东支行有过一笔三十万的无抵押消费贷,经办人是程家元,时间也是一个月前。看贷款人资质,证券公司员工,年薪二十五万,勉强合格,却没提供薪金流水,程序上有欠缺。纪委问程家元:“这三万块是什么钱?”程家元道:“他半年前问我借的,朋友的朋友,便没收利息。”纪委问:“有证据吗?”程家元道:“金额不多,借条就省了,好像说有急用——陶无忌也知道这事。”那时陶无忌还在组里,纪委顺便问了他一声。陶无忌说:“其实是借钱炒股票,死缠活缠,给了他一万。倒不知道他也跟程家元借了。”纪委没再追究下去。三十万消费贷,期限是半年,上周已连本带息都还清了。时间点有些蹊跷,不早不晚在这当口儿还清。但不管怎样,钱都结了,再穷追猛打也于理不合。查的本就是另一桩案子,谁都清楚,程家元是莫名其妙蹚了浑水。再说彼此也是知根知底的,程家元身份不同,金汤匙嘴里叼得牢牢的,纠结这三万五万,实在没意思。

陶无忌为这事狠狠骂了蒋芮,一是不该找程家元贷款,虚报收入;二是不该通过支付宝转账,就算想要答谢人家,也可以用更好的方法,忒不动脑子了。蒋芮说程家元推了几次,实在拗不过,只好用支付宝转过去:“总归要意思意思的,否则就是我不懂事了——”谁知程家元平常竟不怎么用支付宝,对钱财数目也不太在意。直到几日前,陶无忌提醒他,特殊时期,该谨慎些才是,他才想起似有这么一笔。转账记录是板上钉钉,抹不掉的。他有些慌乱,问陶无忌怎么办。陶无忌反问他:“为什么贷款给蒋芮?”他道:“胡悦的朋友——”陶无忌心里叹口气,想这人虽然没脑子,但对胡悦倒真是痴情一片,催蒋芮赶紧还了那三十万消费贷,又编出一番说辞,让程家元背下来。“干吗帮我?”程家元问得直截了当。他答非所问:“胡悦虽说是上海人,但从小到大吃的苦,只怕比我这个乡下人还多。遇见你,是她的福气。”程家元怔了半晌,神情扭捏起来:“遇见她,才是我的福气。”

种种迹象表明，蒋芮与赵蕊交往得相当顺利。统共不到几周工夫，微信头像已双双换了——两人手拉手在外滩的合影。陶无忌说蒋芮：“越是高调，越是死得快。”蒋芮不怕：“伸头一刀，缩头一刀。”果然，不久，赵辉便提出要和蒋芮见面。主要是前一天晚上赵辉在阳台上晾衣服，看见蒋芮和女儿在树下拥吻，一盆衣服晾好，两人还没松开。女儿上楼时眼神都有些不对了，一声“爸爸”叫得敷衍无比，打喉咙里滑过，轻巧得空空荡荡，丢了魂的模样。见面的情形，蒋芮没提，陶无忌也不方便多问。赵辉不是苗彻，再怎样总不致太让人难堪，但大体意思可以想见。又隔了两日，这人竟在朋友圈里发条信息：“S 行，我来了！”底下配张照片，端端正正站在 S 行大楼前，做个“胜利”的手势，笑得牙龈肉毕露。

“如果以后你或是你朋友需要帮忙，可以直接跟我说。”

陶无忌被赵辉叫到办公室。领导这话，让陶无忌背上一凉。蒋芮确实过分，拿人家女儿下手，竟有些拆白党的意思了。这事还不好解释。人是他带来的，他起的头、牵的线——换了谁都会这么想。陶无忌头皮都麻了。谁知赵辉跟上一句：“不是那个意思。”他怔了怔，更乱了。不好判断。比起苗彻，在赵辉面前其实更难把握。陶无忌心悬在半空，嘴上道：“就像苗处讨厌我一样，您讨厌蒋芮，我能理解。”自己听着都觉得这话没名堂，理不直气不壮，还透着狼狈。赵辉嗯的一声：“是不怎么喜欢，但也谈不上讨厌。”停顿一下，“——我说过，我倒是蛮喜欢你当我女婿。可惜苗彻是我兄弟，不好挖他墙脚。”

相比上次，这次开玩笑的意味更浓些。赵辉是想缓和气氛。知道这孩子多心了，不该把他叫到办公室，忒正式了。在餐厅边吃边聊倒是随意些，但人多嘴杂，有些话就不太方便说了。匿名信的事一出，赵辉就知道麻烦来了。以老关、老马的个性，平常应是无碍，倘若有个风吹草动，那便难讲。老关把陶无忌请进茶楼细聊，赵辉自然知道。想来想去，凭他对这年轻人的了解，猜他或许会来找自己。把话说开，红脸白脸，该承他的情还是封他的口，弄个明白，才好聊下文。谁知竟没有。还未及想好该怎样，那案竟已结了，自始至终未扯出他一丝半毫来。细节也听说一些，两个家伙在纪委面前哭哭笑笑，一会儿讨饶一会儿耍狠。上了年纪便是那般做得出。之前赵辉极力推荐陶无忌进组，也是有些冒风险的。

连“蛮喜欢你当我女婿”这样露骨的话都说了,以陶无忌的聪明,自是不会不懂。但年轻人立功心切,焉知不会趁此机会查个翻天覆地?怕又是搬起石头砸自己脚了。厦门那趟,也不是没有耳闻,都说这青年是 LED 体质,走到哪里亮到哪里。也真正是能干,不服不行。结案后再见他,神情也与往常无异,叫声“赵总”,不亲近也不避忌。赵辉倒有些诧异了,没见过功架摆得这么好的年轻人。与蒋芮见面,倒无意棒打鸳鸯,没到这份儿上。女儿讲起来二十出头,心智却像个小女孩,这阵子且由得她任性,把之前没经历的,统统尝试一番才算。实在是不忍心看她失望。把这层意思,对蒋芮细细说了。调工作的事,蒋芮初次见面便提出来,这么单刀直入,确实让他有些惊讶,但也是小事,举手之劳罢了,算下来于己无害,也是皆大欢喜的。蒋芮再三强调与陶无忌的关系:“穿一条裤子的哥们儿——”赵辉又如何看不出他的心思?只是微笑。至于那句“如果以后你或是你朋友需要帮忙,可以直接跟我说”,完全是字面含义,听着倒像是反话了。领导有时也不好当,话难讲,真心想示好,说轻了不到位,说重了又怕过头让人误会。瞥见陶无忌脸色尴尬,赵辉走过去在他肩上一拍:

“我女儿这个年纪,不谈个四五次恋爱怕是不会结婚。你朋友能否当得成我女婿,我说了不算,全得看我女儿。还早。所以说,我都不慌,你慌什么?”

陶无忌这才稍稍轻松下来,舒口气:“谢谢赵总。”

“谢什么?我该谢你才是。”赵辉停了停,朝他看,“——老关的话,你怎么没报上去?”

陶无忌也停了停:“——因为没证据。都说干审计应该宁枉勿纵,但我觉得,越是这样的岗位,越要谨慎,没有百分之百的证据,不能妄断生死。”

“不像你的风格啊,陶大侠。”赵辉笑笑。

“我是跟苗处学的。苗处的原话是:‘有证据,就往死里打;没证据,一动也不要动。’”陶无忌有些不好意思,“领导讲话可以杀气腾腾,我们当小兵的,只能委婉些。”

“那程家元的事呢?”赵辉忽道,“是有证据,还是没证据?”

陶无忌一怔,未及说话,赵辉已挥了挥手,笑道:“没事,我只是随便一提。换了别人,我不会跟他说这些话。但你不同。我是真的很喜欢你,说得官方些,叫赏识。说出来你可能不信，第一眼见到你，就觉得很亲切。人跟人是讲缘分的。就像我们出车祸的那天晚上，前后加起来也没见过几次面吧，但就是聊得很深入，愿意跟你说心里话。其实这也是人之常情，碰到一个特别优秀的孩子，肯定会有好感，能帮的话就帮他一下、扶他一把，希望他顺顺当当的。看见你，就像看见二十多年前的自己，会感慨，会珍惜，还会有一点儿妒忌。”

“妒忌？”陶无忌不解。

“妒忌现在环境比我们那时候好得多，机会也多。我们花十年做成的事，你们可能五年就行了。就像现在满大街都是美女，除了少数人是真的美，大部分人是因为条件好了，比以前更懂得保养，也会打扮。吃燕窝、练瑜伽、买名牌衣服和化妆品，想不美都难。”

“丑人多作怪也有的。”

“那是少数。”赵辉说到这里微笑一下，“不过你陶无忌绝对是天生丽质，不打扮也能颠倒众生——先天条件好，后天又努力。机会就是给你这样的同志准备的。”说到“机会”这两个字时，稍稍加重了语气。陶无忌回了个笑容。

隔了几日，陶无忌与苗彻一同写报告，顺便把这事说了。苗彻听了先是不语，半晌，扔出一句：

“挺好啊——跟着赵总，有肉吃。”

“程家元那事，我是不是做得不对？”陶无忌问他。

“你觉得呢？”苗彻反问，继而又摇头，“我也没资格说你，二十多年审计干下来，要说一点儿不徇私，也说不出口。讲句老实话，就算你没那么做，我本来也想让你关照一下他。现在要是反过来再教训你，那真成伪君子了。”

陶无忌停了停：“——您说过，规定是放在心里的，不是做给人看的。”

苗彻嘿的一声：“这话其实是自欺欺人。规定就是规定，违反了就是不对。我是老兵油子，倚老卖老也就算了，你别学我。”停顿一下，“——教了你那么多东西，你记得最牢的就是这句。想飞黄腾达攀高枝尽管去，少扯上我。干坏事还要理论依据，无聊不无聊？”

陶无忌没动。见他嘴上说得狠，脸上竟是有些戚然，知道是为了什么。赵辉那段，他方才听了竟是无动于衷，仿佛在说不相干的人。愈这样，愈是能看出他心里难过。他说他也徇过私，声音像冬天地上的枯叶，脆得过了头，一掰就断，碎成粉。陶无忌能隐约猜到几分。真要是不相干的人倒好了，再怎样都无所谓，怕就怕是亲近的人，左右为难。情与理，本就难以兼顾。除非是木头人。

“苗处。”陶无忌声音陡然变得低沉，语气郑重得连自己都吓了一跳。

苗彻察觉了，朝他看：“干吗？”

陶无忌拿出手机，翻出一张照片，递到他面前。照片上，赵辉与老关、老马并排坐在咖啡馆。赵辉端着杯子在说话，关、马二人缩在沙发里，眉头紧蹙，大势已去的神情。

“什么时候的事？”苗彻看完，把手机还给他。

“关老师、马老师找我的第二天，赵总把他们约出去。我借了朋友的专业相机，躲在车里拍的。也有视频，像素够清楚，就是没声音。”

“应该去问 FBI（美国联邦调查局）借一个。”苗彻道，“继续。”

“赵总那天问我为什么没汇报，我知道您也想问。其实就是因为没证据，汇报了也是白搭。无用功，还得罪人，这种傻事我不做——跟飞黄腾达攀高枝没关系。赵总待我很好，我也感激他，但不代表我会为了这个放弃原则。”

苗彻看他一眼：“兜半天就为了撇清？”

“不是撇清，是大实话。别人不清楚，苗处您总该清楚的。为了晓慧，我也会努力向您证明，我是个怎样的人。”陶无忌停顿一下，“现在就等您一句话——查还是不查？”

“我倒是无所谓，有点儿替你可惜。领导都想招你当女婿了，橄榄枝成捆往你身上砸，”苗彻问他，“不纠结？”

“只要您不纠结，我就不纠结。”陶无忌还回去。

两人互望一眼。彼此都从对方眼里看到一些东西，夹缝里生长，为眼下压抑的话题挤出一丝亮光。瞳孔里的自己，比真实的人轮廓更清晰，黑白分明，也更峻厉些。默契是早就存下的，虽然还是迟疑，前路影影绰绰，看不分明。艰难是可以想见的，却终是添些勇气，还有信心。许久，苗彻把文件夹合上，吐出一口气：

“那就开始吧。”

二十三

“我不是帮你。”半晌，苗彻喃喃道，“我是帮我自己，让我退休时还能够坦然穿着一身雪白的衬衫，而不会有丝毫脸红。”

吴显龙最近喜欢跟赵辉提过去的事。逼仄的小弄堂，一户户人家紧挨着，像蹩脚的儿童玩具，不规则的图形，胡乱贴在做工粗糙的硬纸板上。完整是完整，色彩也缤纷，却禁不起细看，那种热闹里流露出的落拓，逃无可逃的廉价和萧瑟，让人难以承受。他说小时候是觉察不出的，即便没有父母，一直与孃孃（方言，意为姑姑）过活，也依稀只是些影子，像发酵前的面粉，散落得不成气候，及至懂事后，碎片式的东西在脑海里积聚起来，湿润、发酵、膨胀……才渐渐清晰了。他说他不知道是怎么熬过来的。世上有些东西，往往要借别人的眼，才能看得更分明些。孃孃也不是亲孃孃，只是母亲的陪房，他的保姆。“大户人家的少爷——”那时他常听人这么说，口气里带着些许暧昧。他生父生母解放后没几年便去了香港，兄弟姐妹四五个，唯独留了他一人。当时情形并不是那么笃定的，不像现在自由行，虽然早有人在那边铺路打点，到底是有些仓皇的，丢三落四顾此失彼。好像是船票出了差池，再三权衡，便留他坐下一班船。谁知再也没有成行。他与孃孃依然住在老宅，没几年老宅充了公，楼上楼下划成十几户人家，原先那种一丝不苟得有些森然的氛围，陡然间变得杂乱得可笑。再后来，孃孃生了病，临死前告诉他，原来她竟是他的生母，生下他时，便被交代不能声张。也是好屏功,这些年一直瞒着他。弥留之际,她伸出瘦削的手,去抚他的头发。“毛头——”她唤他的小名。他怔怔的,不知该怎么反应。那年他二十一岁,练得一笔好字,墓碑是他亲手写的:“母亲大人刘绿芽之坟”。早习惯了无父无母的境况,这当口儿才是真正坐实了。北方人叫二茬罪。好在成年了,再怎样悲伤,终究有限。

吴显龙教东东练字。王羲之的《乐毅论》,小楷拿来练钢笔字,劲道、架势都再合适不过。东东学东西其实挺快,唯独练字静不下心。吴显龙说自己也是从小被逼着练字:“肘子下面放块海绵,插满缝衣针,一掉下来就被针扎。毛笔字比钢笔字难得多,光握笔的姿势就要练大半年,看着轻巧不着力,旁边人偷偷过来拽笔,却无论如何拽不掉。这才是稍具火候。不像你现在练字,忒功利,就为了把字练漂亮,高考作文能加点儿印象分。”吴显龙与东东亲近,说话便也随便,与当下的教育理论也是背道而驰,劝他不必把精力都放在学业上,“把脑子读僵了,成不了大器”。赵辉听了笑道:“他的兴趣已经够广了,阿哥你这样讲,保不准他明天就旷课去西藏。”吴显龙道:“好啊,他哪天走,我陪他。”周琳也在,五人一起吃饭。吴显龙自己带酒,通常是两瓶,一瓶喝完,另一瓶给赵辉留下。红酒或是白酒。赵辉本来没有喝酒的习惯,这阵子陪吴显龙喝得多些。吃完饭,周琳带孩子们进房间。两个男人继续说些闲话。吴显龙问赵辉:“好不好?”赵辉懂他的意思:“反正孩子蛮喜欢她。”吴显龙笑:“孩子是喜欢,你是爱。”赵辉也笑:“一把年纪了,当不起这个词了。”吴显龙道:“杨振宁八十多岁都找到真爱了。”赵辉问他:“八十多岁还能找到真爱,阿哥你怎么不找一个?”吴显龙笑笑:“不是不找,是找不到,再说也没心思。”赵辉道:“阿哥心思都放在赚钱上了。”吴显龙停顿一下:“不赚钱,我就什么也不是。你该懂的,我最怕‘什么也不是’。”赵辉沉吟着:“那边又写信过来了?”吴显龙摇头:“那倒没有。这一阵也不怎么联络。兄弟间都跟陌生人差不多,何况又隔了一代? 叫我叔叔,听着就汗毛倒竖。马路上随便一个小孩叫我叔叔,都比这自在些。”

吴显龙是说美国的那些亲戚。偶尔信件来往。父母早过世了,大哥也病逝了,两个姐姐没消息,剩下一个二哥、一个三哥。也只是看过照片,大半倒是从网上查的资料。一个是律师,另一个从政,当过议员。都退休了。下一辈的子侄,好几个在经商,祖上底子摆在那里,也是勤勉的。最出挑的一个,排进世界五百强,有私人飞机。现在过了黄金期,但声势还在。吴显龙不太谈这些,偶尔跟赵辉聊起,也是一笔带过的口气。唯独一次,“最艰难那阵,孃孃想问他们讨一些,我死活不肯,说宁可讨饭,也不找他们。实在过不下去,大马路上抢钱包,就算给关进去,至少也饿不死”。那样恶狠狠的,都不像他了。赵辉懂他的心情。被一大家子遗弃的感觉是要命的。像漏下的一枚棋子,孤零零的,没名堂。童年时,他是孩子王,后面跟着一堆小弟小妹,对他服服帖帖。他坦言喜欢这种感觉,被人围绕着,又踏实又窝心。成年后却是只恋爱,不结婚。“我怕看见儿孙绕膝,”他半开玩笑地道,“不敢看,像一种讽刺,时时刻刻提醒我,我是个没人要的家伙。子孙满堂,我没那种福气,也不想要。”赵辉觉得这种想法似乎偏颇,但也没法劝,毕竟不是当事人,说什么都是虚的,站不住脚。

吴显龙夸赞周琳,“是个能干的女人”。赵辉知道是指以周琳名义开的投资公司。显龙集团旗下好几家子公司都与之关联,一方面提供担保,贷款方便些;另一方面互相运作,以现金支取方式掩盖信贷资金的走向,还能协助筹集搭桥还贷资金。用途多,又灵活,是个百宝箱。“也只有周琳这样八面玲珑的个性,才吃得住。”后面这句其实不该提,但都是自己人,又正得意,便也漏了出来。赵辉听了,只是笑。

“到哪里还不是一样干活儿?”他几次问周琳,周琳都这么回答,末了加上一句,“帮你做,感觉更好些。”赵辉细辨这话,公司是吴显龙出资的,他一文钱未投,何来“帮你做”?她自是知道吴显龙的用意,套住她,便是套住赵辉。面儿上,她是帮吴显龙,其实是不让赵辉为难。赵辉连抱歉的话都不知该怎么说。公司的事,她说得不多,隔一阵挑几桩重要的拎一拎,分寸拿捏好,交代清楚,让他心中有底,却又不加评述,免得给他压力。他看在眼里,便愈加愧疚。周琳挑个日子,又搬回他隔壁。赵辉道:“其实,租出去倒可以多笔收入。”周琳懂他的意思,是邀她搬来家中同住,心里暖意融融,嘴上打趣:“距离产生美懂吗?女人贴上门,就不值钱了。等着吧,我要吊足你胃口。”

许久不曾碰的旧玩意儿,赵辉这阵又捡起来。除了他家里没人会下围棋,便自己一个人,左右互搏。二十年前有一阵迷上迈克尔·波顿,从箱底翻出老唱片，抹去浮灰，坐在沙发上听，音质性感得让他起一身鸡皮疙瘩。花盆空了许久，以前种过不少植物，唯独兰花从来没有，金贵难养，又耗时间。前几日吴显龙送了两株过来，一株十三太保，一株绿墨，都是名种。他放一株在家，另一株放在办公室。书也是许久不曾看了，自己买的，朋友送的，摆在书架上厚厚一摞，泡杯咖啡，随意抽一本。时光是会打结的，这片刻闹中取静，几乎能听见流转的琴弦似的声音，清透澄明。倒不完全是消遣的意思。心境也是有节奏的，一张一弛。愈是往里收的节奏，愈是要调得舒缓些，将每一步都看得清晰。太快的话，容易错过。

那天，在电梯口遇见苗徊，聊了几句。说到那桩案子，赵辉道："有人促狭我。"——这便是承认了。苗徊不吭声。赵辉又说了句"身不由己"。猜想接下去的局面会令人难堪，都做好准备了，谁知竟没有。电梯先到二十五楼，苗徊说声"再见"，在他肩上一拍，下去了。电梯键上的"39"闪着幽森的光。赵辉按下"关门"键。两扇门缓缓合成一面镜子，映出他有些茫然的脸。一颗心没着落，浑然使不出力，像此刻悬在半空的电梯。

钱斌隔一阵便过来，也学乖了，"汇报工作"，进门便是这句。听这人说话有些费力，别人三言两语说完的事，他要绕上半天，找不准重点。脸上还不能显得不耐烦，否则他见了更慌，说话便愈是牵丝攀藤。眉一直蹙着，放在女孩脸上，添些意韵，男人这副表情，多少有些别扭。这次是说蒋芮的事："我跟他不熟——"赵辉道："谁一见面就熟？"他道："也谈不到一块儿。"赵辉心里嘿的一声。蒋芮前几日去业务部报到，赵辉事先叮嘱钱斌，照顾着点儿。其实也是顺口一说。钱斌也是初来乍到，性情又那样，便是照顾也有限。况且这"照顾"有两层意思，除了字面上的，更要紧的是"看住"。蒋芮的个性有些张狂，聪明人要"看住""吃牢"，不然容易出事。钱斌是那种很容易给自己压力的人，但也有好处，至少很重视赵辉的话。老关、老马的情况，若没有他，赵辉也挺被动——分行和支行毕竟隔了几条横马路。总体来说，这孩子做事还是仔细的。所以说薛致远眼光不差，身边放这样一个人，自有他的用场。老薛入狱后，钱斌去探过几次，赵辉只当不知。对老东家这样，是个有情有义的人。到底是老师的儿子，再怎么庸庸碌碌地长大，身体里流的血是不会骗人的。赵辉有时候想，便是为了老师，也要好好栽培这孩子。一个他，一个陶无忌，赵辉是愿意花心思的，一步一步，扶他们走得更稳当些。前者是道义，后者是缘分。相比之下，对陶无忌更喜欢些。就像老师当年，那么多学生里，唯独对他最器重，应该就是缘分。

蒋芮的那三十万消费贷，没到期，被陶无忌逼着先垫出来，上午说的，下午就要。没办法，他找了家小财务公司，把钱先填上。利息是按天算的，每天手机上都有短消息，金额用大写的红字，看得心惊胆战。问陶无忌借了三万块，也已是兜底了。本想再问程家元借，到底是不好意思开口，自己当年也追过胡悦，算小半个情敌，拉不下脸。家里人也指望不上。走投无路，他竟跑去找赵辉，也是豁出去了。实话实说，钱都在股市里，拿不出来，裸照被高利贷捏在手里，利滚利，拖一个月就是翻一倍，到时候就算股票天天涨停板，这世也是还不清了，光屁股迟早被人抖出来，没面孔做人，只好去跳黄浦江。赵辉听得倒有些好笑了。火急火燎的情节，到这青年嘴里，抑扬顿挫，竟像在说书了。问他是哪几只股票，蒋芮说了代码。赵辉上网立查，清一色拦腰一刀，更是好笑："你怎么还？几时还？"蒋芮嗫嚅半晌，说不出话。赵辉一挥手："算了——账号给我。"

蕊蕊去配了眼镜。裸眼视力是0.6，戴上眼镜就完全不成问题了。眼镜的款式是蒋芮挑的。蕊蕊问父亲："好看吗？"赵辉点头："好看。"他开始给女儿报一些补习班，基础英语、计算机入门、普通逻辑学、名著赏析。蕊蕊表示不太感兴趣，但被他硬逼着去了。逍遥快活一阵，现在是时候回到现实了。将来的路还长。赵辉对女儿没什么要求，不必很出色，但至少要过得像正常人。该上的课、该看的书、该懂的道理，一样样都要补上。赵辉问女儿："将来想成为怎样的人？"这问题竟是从未有过地深远。蕊蕊想了半天，回答："像爸爸一样的人。"赵辉搂着女儿，又是欣慰又是感慨。瞥见她手机屏保上与蒋芮的合照。"宝贝，你应该多接触社会，多认识一些朋友，"赵辉对女儿郑重道，"你慢慢就会晓得，这世界上有意思的人，远比你想象的要多得多。"

老关、老马出事后，一些客户到浦东支行闹，贷出的钱拿不回来，原本是私人关系，走地下通道，现在见情况不妙，便赖银行，说自己不知情，是被诳了。更有一两个难缠的，仗着有些背景，竟闹到分行，横幅在门口一拉，"国有银行侵占私人资产"，虽是无理取闹，却有杀伤力。服务性行业最怕这个，便是惹不了大事，终归难看。顾总把支行刘总骂一通，好说歹说，将这几个客户安抚下来，分别了解情况。等于是把那案子重提一遍。其中一笔一亿的，正是赵辉拜托老关，贷给显龙集团下属的一个子公司。二十万现金，装在一个小箱子里，直接交给老关。起初他还不收，赵辉硬塞在他手里："亲兄弟明算账，有来才有往。"因是私下交易，相关资料文件都是简单得不能再简单。那人是老关一个二十多年的老客户，刚入行便认识的，称兄道弟的关系，个性有些马大哈，贪图利率高了五倍不止，想着又是大银行的人，还能出什么岔子？一亿元直接打过去。谁料到底是出了岔子。事后联系那家公司，说要提前解约，把钱拿回来。对方自然不肯。这客户便有些慌了，再听身边几个朋友吓唬，说："这样的事常有发生，到后来鸡飞蛋打血本无归，溺水的人都要抓根稻草，你还不赶紧抱棵大树？"他这才一咬牙，赖上了S行。"业务跟S行没关系，但人总是你们S行的吧？儿子在外面犯错，我找老子评理，难道不应该？"

赵辉把这事跟吴显龙提了。吴显龙表示问题不大。"白纸黑字，说好两年本息归还，现在才几个月？告上法庭都是他输。"又加一句，"这人交给我，掀不起什么浪头。"是宽赵辉的心。果然，不出三天，这客户便撤了横幅，也不再提还钱的事。"苏州一个餐饮业老板，做盒饭生意起家的，这几年发展得很快，分店都有七八家，"吴显龙告诉赵辉，"越是这样，越是花头透。都不用细查，随便撩几下，都是一手腥。这朋友上个月新开一家蒸汽海鲜，海鲜这东西，好自然不用说了，倘若不好，不新鲜，吃下去是要送命的。"赵辉揣摩话里的意思，心里已猜了个大概。虽说跟吴显龙几十年的交情，但他的做事方式，也是近来才渐渐了解。上周市郊一块土地拍卖，显龙集团竞标成功，打败好几家一线的房地产公司，爆了个冷门。媒体争相报道，"新地王面世"。赵辉替吴显龙算，外环边的地段，以这样的高价拿下，真有些离谱了，楼板价也要四万多一平米，将来造的楼盘，至少七万才能保本。竞标前，有意向的公司不少，但到正式竞标时，只剩下两三家，显龙集团是不战而胜。关于内情，赵辉知道得也不多，有一家大公司，据说本来是势在必得，结果在竞标前一天，被国土资源局用央行大数据查出，买地资金中使用了杠杆，强制退出。相比前两年，现在土地拍卖的条件愈来愈苛刻了，价格高，限制多，还要现场竞报公司自持商品住房的面积。拆东墙补西墙那套，在技术上已经很难过关。“小公司根本玩不起，要么傍大腿，要么搞点儿名堂。”吴显龙话里有话。显龙集团论规模，只在一线与二线之间，台上硬拼成问题，便把精力都放在台下。该打点的、该孝敬的、该巴结的、该往死里踹的……吴显龙做事细致，连媒体的统发稿都亲自过目，措辞分寸，标题是什么，卡在什么时间点……厚积薄发，一击即中。前阵子分行在谈某跨国主题公园的项目，顾总把这块交给赵辉。S行与另一家银行竞争得很激烈，都使了全力，前景不明。吴显龙出面，找到市里分管这项目的一个副局长，一起吃了顿饭。“你只管在前面用力，后面的事，我替你摆平。”吴显龙这么对赵辉说。果然，不久，项目便定了S行。这是赵辉当上分行副总的第一场胜仗。众人都说赵总果然是赵总，干得漂亮。赵辉心里明白，这桩与过去自是不同，又问吴显龙细节如何，若有人情花销，该他来才是。吴显龙只是微笑。他对赵辉说：“我从小便懂得一个道理：世事险恶，若不拼尽全力，便无路可走。”

周末，周琳约了苏见仁吃饭。“日本料理好不好？”电话里征询他的意见。苏见仁沉默半晌，叹道：“我真不想吃这顿饭。”话虽如此，人到底还是来了。静安寺一家出名的日料店，好不容易订到位子，只剩吧台。两人并排坐着，她把菜单给他：“你点。”他推回去：“随便。”她便随意点了几样，又问他：“梅酒还是清酒？”他指指手里的茶：“这个就行。”

“不用替我省钱。”周琳还是点了梅酒，把菜单交给服务员，“我现在薪水不错。”

“赵辉对你好吗？”他看着她，忽道。

她笑笑：“你这是明知故问。”

他有些沮丧：“没错。否则你今天也不会叫我出来了。”

进入正题前，周琳借用赵辉的一句话作为开场白：“他说：‘老苏这人，我倒是小看他了。’”她用开玩笑的语气说出，好消减些话里的棱角，“这说明我们赵总还是不老到，我可是从来不敢小看你的。”抿嘴一笑，为苏见仁倒上酒，“老虎不发威，是老虎的涵养和气度，谁把他当猫，谁就是笨蛋。苏公子，我说得对不对？”

“是啊，全世界就数你最老到、最聪明了。”苏见仁无可奈何地摇头。

周琳建议他移民:“现在有钱人都往国外走。”苏见仁苦笑:“我算有钱人吗?”她道:“你不算有钱人,谁算?”苏见仁停顿一下:“赵辉的意思?让我走?”周琳又笑:“他什么意思也没有。今天跟你见面也是我自己的想法,跟他没关系。我是替你考虑,留在上海不见得会开心,倒不如移民去国外。好多国家都要坐移民监,你不缺钱,又有时间,在哪里不是一样逍遥?为老婆孩子铺好路,过几年把他们也接过去,多好。”

“你倒是替我想得周全。”

“我是怕你吃亏——”周琳迟疑了一下,朝他看,“在我心里,你就像我亲大哥一样。各人有各人的活法,你就是天生混日子的命,吃喝玩乐,饭来张口衣来伸手,别人都羡慕不来呢,可你非要去搅浑水,和那些人玩心眼儿。大哥,我说句老实话你不要生气,你真不是这块料,玩不过他们的,分分钟被他们弄死。”

“他们?他们是谁?”苏见仁忽然抬头,有些嘲讽地问道,“包括你的赵辉吗?”

周琳停下来。“某种时候,”她缓缓道,“这个‘他们’有可能也包括我。”

两人沉默着。苏见仁把脸埋在掌心里,继而双手顺着额头向上捋去,眼角吊起,带动川字纹,熨斗似的,脸有些变形。他连做几遍这个动作,忽地,有些哀伤地说:

“我是个失败的人。”

吃完饭,周琳替苏见仁叫了出租车,扶他上去:“没问题吧?”苏见仁摇手:“没醉到那个地步。”看她一眼,想说“还会再见面吧”——到底是打住了,说出来就太没劲了,自己都看不起自己。“抱歉,今天不能送你了。”他对她道。最后的绅士风度。

她微笑:“路上小心。”

赵辉的车等在马路对面。周琳走过去,上了车。“小心电子警察抄牌。”她道。

“抄牌也没办法。两百块钱买个心安,值了。”他替她系上安全带。车子启动。

路上,他问她:“刚才看见我没?你们邻桌的邻桌。”她道:“我提前三天才订到座位，你倒是运气好。”他道：“刚好有人取消，让我插了个空。”周琳问他：“味道不错吧？”他回答：“只顾查你的岗了，吃什么都味同嚼蜡。”两人相视一笑。

苏见仁写匿名信那事，赵辉自是清楚，也不在意，想这男人无非是泄个愤，又何必与他计较？及至后来闹到分行，拉横幅的那人，是他朋友的朋友，耳根子软，人又冲动。吴显龙把苏见仁给那人的短信截了屏，发给赵辉。在哪里闹，几时闹，怎么闹，找谁闹……苏公子现在也是历练了，技术顾问当得妥妥的，一门心思要把这事闹大。周琳抢在吴显龙前头，说要找苏见仁谈谈。“你阿哥袖口里都是冷箭，发出去非死即伤。”她对赵辉开玩笑，“我当个先行官，把敌人劝退，不是更好？”赵辉便也顺着她：“去吧，兵不血刃就靠你了。”周琳叹道：“人家好端端一个高衙内，被你们逼成林冲，啧啧，也作孽。”

“林冲是归降了呢，还是直接上梁山了？”车上，赵辉问她。

“老实人发犟脾气。”周琳道，“吓唬两下就缩回去了。”

“没吃过苦，五十岁的人了，还是小孩子性情。”赵辉想说“冲冠一怒为红颜”，觉得不妥，便笑笑，“——没约你下回出去？”

“约了，金茂顶层喝咖啡。我说我恐高，还是老洋房喝下午茶比较好。”周琳俏皮地朝赵辉一笑。手机有短信，打开，是苏见仁：“下午我叫人把老赵的轮胎扎了。不想让你不开心，但事实是，你这顿饭白请了。比起薛致远那样的真小人，我更讨厌伪君子。弄不死他，就让他弄死我好了。”

“谁啊？”赵辉问。

“一个闺密，约我去看通宵电影。不理她。”周琳回了条消息“你喝醉了”，把前面那条删了，瞥见手边那张车辆保修单，“——今天修过车了？”

赵辉嗯了一声：“换了轮胎。也不知在哪里轧了碎玻璃。”

“人没事吧？”她跟着问。

“没事。”他微笑着，握住她的手。

苗彻在苏见仁家楼下等着，一会儿，见出租车驶过来，苏见仁开门下车。隔开几米都闻得到酒味。“小日本的酒，后劲足。”他身体晃了两晃，把司机给零钱的手从车窗推回去，“不用找了——”苗彻走近，扶住他：“足足半小时，自从我和晓慧她妈离婚以来，十来年没这么等过人。”苏见仁嘿地一笑：“怪不得一直找不到女人，这方面你还需要锻炼。”苗彻回击：“那你的女人呢，我怎么没看见？”苏见仁停下来，一脸严肃：“打人不打脸，骂人不揭短。触人心境，不厚道。”苗彻又好气又好笑，扶着他往前走：“还触人心境呢，你这人就是欠骂，往死里骂一通，什么毛病都好了。”

“说吧，找我什么事？”到了苏见仁家，苗彻替他倒了杯水，问他。

苏见仁没吭声，上了个厕所，洗了把脸，换套衣服，再喝口水，清清嗓子。神情郑重，举止间透着某种仪式感。拿钥匙开抽屉，取出优盘，插进笔记本。一会儿，屏幕上出现吴显龙和赵辉，并排坐着，画面有些抖，掺些杂音，应该是在车上，说话声勉强能听清：

“阿哥，去年上海就出了文，银行贷款、信托基金，还有保险资金，一律不得用于买地。被人抓到，我倒霉不提，你的保证金当场没收，三年内不能参加国有土地拍卖。”

“这我知道。”

“那你——”

“我嘉定有七八幢办公楼，可以拿来办商用物业抵押贷款。讲起来钱是还给股东，不算违规。只剩下这条路了。”

“十亿——”赵辉沉吟着。

“十一亿。”吴显龙纠正他。

“我再想想。”

……

苗彻瞥过屏幕上赵辉的脸，看不甚清，针式摄像机帧数不够，画面时而卡壳。光线忽幽忽明，大块颜色落在脸上不动，像马赛克。诡异得有些好笑。看了一会儿，苗彻问苏见仁：

“这次不写匿名信了？”

“和纪委的人相比，我还是更尊敬你。”

“谢谢了。——我跟老赵什么关系，你不是不知道。”

“就算这样，我也要试试。如果说这天底下还有最后一个人值得我信任，那就是你。”

“公报私仇?”苗彻问他。

“又要流氓了。”苏见仁嘿的一声。

两人不约而同想起半年前那回,忍不住笑了笑。苗彻脑子里浮现出两个老家伙趴手趴脚躺在车后座上的情形,你一言我一语地互撑,狼狈又触目惊心,下意识地朝身上的白衬衫看去——洗得发黄发毛,但筋骨还在。

“我不是帮你。”半晌,苗彻喃喃道,“我是帮我自己,让我退休时还能够坦然穿着一身雪白的衬衫,而不会有丝毫脸红。”

二十四

恍惚间，赵辉梦见苏见仁奔过来，手里扬着法院传票，狞笑着："你完了，等着坐牢吧！"把传票扔在他脸上。他接过一看，竟又成了一张支票，金额后面长长一串"0"。苗彻跳出来问他："你是为了这个吗？为了钱？"他想说不是，喉口被什么堵住似的，一个字也说不出。

市里举办中学生油画比赛，吴显龙替东东报了名："画什么你决定，就算要画北极冰峰，你一句话，我们说走就走。"东东这阵爱上了油画，每天一放学便把自己关在房间里，出来时浑身上下都是颜料。"我决定当个画家，您看怎样？"他问父亲。赵辉道："那很好。将来一幅画卖个上亿，我养老全靠你了。"又加一句，"不管是中央美院还是浙江美院，高考分数也要到一本线才行。建议你先把文化课搞好，万一过两天不想当画家了，改当作家、音乐家、摄影家，也还来得及。"

"爸爸真煞风景。"东东噘嘴。

赵辉朝吴显龙苦笑："条件好了，孩子选择多了，有时候未必是好事。心太野。"吴显龙道："书呆子也不好。男孩子太老实，木笃笃，将来成不了事。"赵辉道："我是老派人，不像阿哥有胆识，宁可他稳当些。"吴显龙笑："稳当也有稳当的好处。你就是个例子。别的不提,你那些大学同学,现在有谁强得过你? 薛致远算风光了吧,上蹿下跳打了鸡血似的,还不是照样蹲大牢?”赵辉沉吟着:“将来怎样,现在说还太早——”吴显龙在他肩上拍一下:“兄弟,混成这样还发嗲,不作兴的。”在他杯里倒满酒,“来,喝一个。”

吴显龙提到苏见仁:“这朋友你怎么看?”赵辉懂他的意思:“草包一个。”吴显龙道:“草包一旦头皮乔(方言,意为跩)起来,更加难弄。”赵辉以为他说的还是之前那两件事,正要开口,吴显龙已说下去,“你那辆车上,有人装了摄像头。”赵辉听了一凛:“他装的?”吴显龙道:“据说效果一般,但声音图像都还清楚,当呈堂证供没问题。”这灰色幽默开得有些不合时宜。两人沉默着,酒杯碰一下,声音有气无力。赵辉蹙起眉头:“这人是欠揍。”吴显龙摇头:“不是欠揍,是找死。”

蒋芮拿到第一笔工资,请大家去看电影,陶无忌、苗晓慧、胡悦、程家元。赵蕊等在电影院门口,看到几人便挥手:“嘿!”上前一把揽住蒋芮,手挽手,一副热恋中情侣的模样。蒋芮得意扬扬:“诸位,今天都是成双成对。”胡悦提醒他:“今天是七夕情人节。”他忙不迭去翻手机日历:“真的啊?”胡悦笑着转向众人:“才出梅没几天,还七夕呢,我说元宵节他也信。”苗晓慧哈哈笑道:“被爱情冲昏头脑了。”蒋芮板起面孔:“胡悦,我发现一谈恋爱你就学坏了。”几人都笑。

看电影时,陶无忌偷偷问蒋芮:“借赵总的那三十万怎么办?”蒋芮涎着脸:“慢慢还呗,不行就肉偿。”陶无忌无语:“你这人——”蒋芮谄媚地说:“话说回来,还是沾了您老的光。”陶无忌没好气:“谢谢,别扯到我头上。”蒋芮道:“赵总是爱屋及乌,不看您老的面子,别说三十万,三十块都不会借。”陶无忌道:“那就当帮我个忙——千万别赖账。”蒋芮点头,做个“OK”的手势。陶无忌又问他:“接下去怎么打算?”蒋芮道:“还能怎么打算? 士为知己者死,领导都这样对我了,生是S行的人,死是S行的鬼,下半辈子为S行当牛做马肝脑涂地,鞠躬尽瘁死而后已。”陶无忌嘿的一声:“拉倒吧你。”

看完电影,几人去吃小龙虾。各种口味点了几份,端上来红通通一大盆,就着冰啤,夏天吃这个最爽。程家元最近有点儿拉肚子,筷子碰一碰便放下了。蒋芮很贴心地为他点了龙虾泡饭:“兄弟,这个养胃。”程家元说声“谢谢”,拿个空碗,给胡悦舀泡饭:"你胃也不大好,少吃点儿辣。"胡悦嗯一声。程家元自己不吃小龙虾,却替胡悦剥,面前一堆虾壳,虾肉尽在胡悦碟里。"我自己来。"胡悦对他道。他不依:"女孩子指甲长,嵌进去难弄,我们男人无所谓,洗个手就行了。"蒋芮朝陶无忌吐舌头:"说得好像我们都不是男人似的。"陶无忌也笑:"今天这顿饭,是让我们受教育来了。"胡悦顺着他:"就是,还不收你们学费。"

程家元到底是撑不住,厕所连着去了两次,后面那次,半天不出来。陶无忌过去敲门:"没事吧?"一阵冲水声,门打开,出来的竟是别人。陶无忌不禁傻眼,在厕所里寻一遍,是空的。回到座位,程家元手机在桌上,没法联系。几人猜想或许是他临时有事。又等了一个多小时,才感觉不对。找服务员把店里的监控视频调出来,竟完全没有异样,人间蒸发似的。众人慌忙打了110。警察过来询问一番,正在做笔录,忽听一人尖叫起来:"哎呀,在这里——"众人冲过去,就在楼梯口的小房间,摆杂物用的,平常没人进去,程家元手脚被绑,嘴上贴了胶带,昏迷不醒。急忙送到医院,诊断下来倒没有外伤,只是杂物间密不透风,温度太高,人中暑了。

苏见仁冲到医院,见到儿子,才松了口气。"我打个电话。"他拿着手机走到外面。病房里只有程家元和胡悦两人。程家元让她先回家:"明天还要上班——"胡悦笑:"不是明天,是今天。"墙上挂钟指着凌晨三点,"大不了请一天假。"程家元道:"请事假还要扣高温奖。"她道:"扣吧,月底再问你讨。"程家元点头:"没问题,要多少给多少。"胡悦道:"那我索性这个月都请假算了。"程家元眼睛一亮:"好,我也请假,我们一道出国玩,怎么样?"

"你先去问你妈,她要是同意,我明天就递请假条。"胡悦抿嘴笑道。

走廊里传来苏见仁有些激动的声音,听不清内容,只漏进几个词,"亏得发现得早""再晚半小时""断子绝孙"……程家元朝胡悦看去,胡悦在他手上轻轻一按:"你爸其实挺在乎你。"程家元不语。胡悦又道:"像是要拼老命的模样。"他嘿的一声:"又拼不过人家。"胡悦道:"为了你,拼不过也要拼。"程家元停顿一下:"他这个人——"摇了摇头,不往下说。胡悦懂他的意思:"我猜他已经在后悔了,你别再怄他,尤其当着我的面。"程家元撇嘴:"他是气不过那个女的跟了别人。"胡悦道:"那也没什么。人呀,又不是神仙,谁都有冲动的时候。"程家元听了,忍不住道:“听这话,你倒像他女儿,我成女婿了。”胡悦一笑:“这年头,亲生的都是犟头倔脑,外人一个个反而通情达理。”那事苏见仁原本想瞒着儿子的,前几日一个不留神,滑了出来。“看老爸演出好戏给你看——”嘴上还要逞能。程家元也是个没用的,却又不肯好好劝,翻来覆去只是“你不行的,你要是能做成,太阳都从西边出来了”,激得苏见仁下不来台,反倒添了斗志:“小赤佬你等着,看我做不做得成。”程家元又说给胡悦听。胡悦不方便评价,只是道:“你爸难得认真做一件事,面儿上你不妨顺着他,悄悄地再找人劝他。”程家元问:“找谁?”胡悦道:“谁说话有用就找谁。”程家元到底是傻,竟把自己母亲叫了过来。程母几十年没上班,比起与老公脱节的程度,跟社会脱节的程度只怕更不乐观,该宣誓主权的地方却是丝毫不让,过来第一句便是:“搞清楚,你老婆是我不是她,我要是跟人跑了,你会这么发疯吗?”苏见仁好笑:“离婚证还在我床头柜里呢。我们现在有关系吗?你要是找到第二春,夫妻一场,我由衷地祝福你。”女人没劲了:“当心老爷子从棺材里跳出来请你吃耳光。”苏见仁皱眉:“少说这些莫名其妙的。”女人将他的军:“你爸的遗嘱在你大姐那里,不复婚一毛钱都不给。我看你是一门心思要断绝关系了。”苏见仁停下来,叹口气,又是倔强又是悲壮:“没有她,金山银山又有什么意思?”

“我也一样。”程家元这么对胡悦道,“你现在这样坐在我身边,你看着我,我看着你,就算天塌下来,我也不在乎。”说这话时,他的语气与眼神完全像个孩子。他把她的手拿过来,放在自己手掌上,初时是有些羞涩的,轻轻抚了一下。她不动,任他抚着。他这才胆大些,一遍又一遍,却依然不敢用力,似是怕她疼。“肤如凝脂。”他迸出个成语。她笑:“哪有这么黑的凝脂?”他也笑了笑,冷不丁又冒出一句:“刚才我被关在里面,以为自己快要死了,脑子里一片空白,什么都没有,除了你的脸。”胡悦逗他:“病句。既然是一片空白,哪里又来我的脸?”他讪讪道:“热昏了。”她又笑:“你爸和你妈呢?”他老实回答:“没想起来。”她伸出手指,在他鼻尖上轻轻一点:“你这个人啊——”

“你为什么会和我交往?”胡悦很怕他问这句。幸好没有。倒不见得多难,直接、含蓄、真诚、俏皮、欲言又止……三秒钟内,她至少能想出十种风格的回答,而且还都不是假话。主要是不想多提。恋爱中愈用力的那一方,心思便愈多,问题也多。程家元在这方面其实还属于克制的,比她原先想的要好一些。他到底不像面儿上那样憨傻。她猜他好奇的地方有很多,除了交往的原因,还有她为什么喜欢陶无忌、陶无忌是否喜欢她、苗晓慧是否知道她喜欢陶无忌等等,绕口令似的问题。当然,有些事,他到底是忍不住。比如,问她为什么会文身——肩头上那只浅棕色的小猪,直径不过寸许,线条也秀气,只是女孩子身上文头猪,委实少见。她回答:"我属猪。"他哦了一声,没往下问。她把高中那阵在夜店打工的事情告诉他:"我曾经是个问题少女。"她似真非真的口气,多少有些唬到他了。他问她:"为什么?"她伸出两根手指放到嘴边,做了个抽烟的动作:"空虚、无聊。"说完朝他看。那瞬,她为自己这么促狭的举动而惭愧。倘若他就此被吓跑,那她可以安慰自己,是他甩了她,她只是说出真话而已,恋人之间不是应该坦白吗? ——很卑鄙。他看了她一会儿,忽地,把她揽进怀里,动作有些笨拙,不像恋人的亲昵,更接近于朋友间没有丝毫狎昵的拥抱。她听到他在她耳边轻声说了句:"可怜的孩子。"声音微微发抖。安慰人的技术不够老练,听着竟有些滑稽了。她怔了怔,始料未及了,正要开口,他颤声加上一句:"以后不会了。"把她抱得更紧些。她伏在他怀里,感受着他咚咚的心跳。半晌,她喃喃道:"这件事,我只告诉你一个人。"他使劲点头:"我明白的。"——弄巧成拙。胡悦暗自叹口气。程家元在她后背轻轻拍着,一遍一遍道:"没事的,没事的。"她眼圈红了一下,不知怎的,竟想起当年在夜店喝醉时,那人缓缓走近的情景,也是这样,蹲下来,轻拍她的背:"没事的,没事的。"声音温柔得让她眼泪忍不住地往下流——她只当自己很坚强,其实不是。从来不是。

苗彻半夜接到苏见仁那通电话,便再也没有睡意,翻来覆去,索性爬起来上网。美国那边是白天,QQ 上玛丽的头像亮着。一会儿,她发过来:"更年期到了,失眠了?"他回个白眼:"男人更年期没这么早。"她打个大大的笑脸:"你可说不准。"沉默片刻,他忽问:"你觉得,朋友是个什么概念?"她奇怪:"半夜三更聊这个?"他道:"不回答也行,反正你也没什么真正的朋友。"她道:"朋友,差不多是知己的意思吧。"他琢磨着这个词,半晌不语。她问他:"跟赵辉闹矛盾了?"他反问:"你怎么知道?"她又打个大大的笑脸,得意道:"你以为你朋友很多吗? 算来算去也就这一个。"

每周一上午是分行领导例会。赵辉收到苗彻的短信:“有空的话,见个面?”他没回。散会后,找顾总聊了几句。一些支行网点内控不到位,安全门损坏,印章回收混乱,还有 ATM 机加钞时未做有效隔离。小事情,本来几分钟便能说完,有心拖长,话题一个套一个,公事加闲话,聊了近一个小时。回到办公室已是吃饭时间,也不去餐厅,让秘书代买了个盒饭。算好午休差不多结束了,他才回消息:“抱歉,上午开会没带手机,刚看见。一会儿要去虹口支行。有事吗?”把手机调到静音,放进公文包,自欺欺人的架势。半晌拿出来看,没动静。不禁松了口气,又觉得无力。一摸,额头上竟有些微汗。

吴显龙昨晚过来:“放心,吓唬一下而已。”又说,“人没事,已经送到医院了。”挑程家元下手,还是先斩后奏。吴显龙的解释是:“怕你难做,也怕你担心。”赵辉那瞬其实是有些火大的。但周琳和孩子们都在。吴显龙还给东东带了一套原版的凡·高画册:“一百年后,别人就拿你的画册当礼物了。”东东笑得眉飞色舞。几人像往常那样吃饭、聊天,俨然是最亲近的。结束后,赵辉送吴显龙下楼。

“阿哥,”他斟酌着措辞,“我宁可你直接找苏见仁,没必要动小孩子。”

“找他儿子更有用。你自己也是当爹的,该懂这个道理。”

赵辉沉默一下:“如果还是没用,怎么办?”

吴显龙也沉默一下:“那就继续,直到有用为止。”

赵辉想去找苏见仁,手机拿起来,又放下。当初薛致远扬言要对蕊蕊下手,他急得六神无主。苏见仁此刻什么感受,他完全能想象。打蛇打七寸。吴显龙和薛致远是一样的心思。赵辉挺内疚。但那视频确实要命。显龙集团买地的那十一亿,倘若再加上视频,就像文章后面加了注解,真正是一目了然。吴显龙便是再急,嘴上也是波澜不惊,手上却是凌厉的。“我晓得你有点儿生气,”他对赵辉道,“可该做的还要做,否则就连生气的机会也没了。”

想来想去,见面不合适,发消息也不合适。周琳提议:“我再去找他一次好了。”赵辉没答应。到这地步,便是苏老爷子从棺材里跳出来也没用了。索性也不再去想。吴显龙劝他:“静观其变,他被逼急了,自然会来找你。他要是不动,我们再想办法。”

晚上加班。赵辉独自在办公室坐着。倒不是为躲苗彻一人。这时候其实谁都不想见。便是对着周琳和两个孩子,故作轻松地聊天,也伤精神的。赵辉觉得累,靠在椅子上,一会儿竟睡着了。恍惚间,赵辉梦见苏见仁奔过来,手里扬着法院传票,狞笑着:“你完了,等着坐牢吧!”把传票扔在他脸上。他接过一看,竟又成了一张支票,金额后面长长一串“0”。苗彻跳出来问他:“你是为了这个吗?为了钱?”他想说不是,喉口被什么堵住似的,一个字也说不出。这时,蕊蕊的声音在后面响起:“爸爸,我又看不见了——”他霍地转头,蕊蕊脸上都是泪,一双手在前面摸索,“爸爸,我什么都看不见——”他心如刀割,伸手去揽女儿。蕊蕊的脸别过来,又成了吴显龙,叹口气,在他肩上轻拍:“跟人品没关系,运气有点儿糟。”

赵辉迷迷糊糊也不知睡了多久,听见有人敲桌子,睁开眼,瞥见苏见仁站在眼前。赵辉哦的一声,没让睡意停留在脸上太久,抬腕看表:“你晚到了一刻钟。”苏见仁拉开椅子,坐下:“你又不是我女朋友。”赵辉停了停:“——我刚才梦见你了。”

“亏心事做多了,自然会做噩梦。”

“‘亏心事’这个词,有时候跟‘不得已’是一个意思。”赵辉起身给他倒了杯茶。

苏见仁嘿的一声:“能说出这种话,证明我今天没白来。伪君子要摊牌了,很好。”

赵辉不语,做了个“请喝茶”的手势,从抽屉里掏出一本旧簿子,封面已经褪色,纸张卷起毛边。“——李莹的日记。”苏见仁一怔,赵辉说下去:

“李莹有写日记的习惯,从中学到大学,再到工作,足足写了十几本。她走后,我每天都看她的日记,时间长了,几乎能背下来。她的文笔比我好,情感比我细腻,看问题也比我清楚。她提到那时班上的一些同学,也包括你。”赵辉说到这里,朝苏见仁看去,“你知道,她是怎么评价你的吗?”

苏见仁瞥一眼那本日记本,想说“随便”,嘴上已蹦了出来:“怎么评价的?”

赵辉看日记:“她说,她思想比较守旧,对‘高干子弟’有种与生俱来的反感,从小连环画看多了,觉得有钱人家的公子哥儿都是调戏良家妇女不务正业。其实静下心来想想，班上那么多男生，你对她的感情最深。有一篇日记，是你结婚那晚，喝完喜酒回去后她写的，她说她为你觉得可惜。这话她从来没当面对我说过，连一丁点儿都没露过。那晚你喝醉了，错跑到女厕所，她就在旁边，看你抱着马桶狂吐。她很想安慰你，但不方便，只能出去叫人把你扶走。她还说新娘子的长相，'一看就是苏见仁不喜欢的那种，锅盖脸翘嘴巴'，'主持人让他们接吻，新娘子把嘴凑上来，新郎官却一个劲儿往旁边让'。李莹在日记里像个孩子，甚至有点儿痴头怪脑。后来我整理了一下，除了我和家人，你是她日记里提到最多的人。"

苏见仁拿茶杯的手，有些微颤。他没料到赵辉会说起这些。这个夜晚，因为李莹，气氛变得与想象的完全不同。"少来这套，"他做出完全洞悉的模样，"我没工夫听你瞎扯。"

"李莹一直对你觉得抱歉，"赵辉翻过一页，"她说她拒绝你那天，你什么话也没说，还跟她笑笑，说没事。她只当你心理素质这么棒。谁知你接下去就生了一场大病。"

"腮腺炎。"苏见仁忍不住回忆，"其实跟她没关系，是别人传染给我的。"

"那也是因为受了打击，抵抗力下降。你是个痴情的人，老苏，"赵辉认真地道，"你是我这辈子见过最爱钻牛角尖的人。你这样很累，自己累，别人也累。如果李莹还在，你觉得她会希望你背负这样的感情直到老死吗？"

苏见仁拿起茶杯，冷笑："没用的，老赵，你说什么都没用——我看穿你了。"

"你以为我在说假话？"

"真话假话都无所谓。我知道你叫我来是为了什么。别以为打这种温情牌，讨好我几句，我就会乖乖投降。你错了，今天就算李莹活过来劝我，也没用。"

日记本放在桌上。好一阵沉默。苏见仁几次想去触摸日记本，手指抽动几下，放弃了。"如果不是你，李莹不会死得那么早。她要是嫁给我，我无论如何也要把她的病治好。至少不会让她走得那么辛苦。我也不会舍得让她生二胎。我会把她当成心肝宝贝，捧在手心里。"说着，竟有些激动，鼻尖微红。

赵辉点头："你说得没错。虽然我不太欣赏你的为人，但论对李莹的感情，你真不输给我。"

“别来这套。”苏见仁哼一声。

“你以为我在讨好你吗?”赵辉摇头,“恰恰相反,我是想说些掏心窝的话,要是觉得不中听,也请你忍耐一下。你以前应该不太有机会从别人嘴里听到,今天我替你做个总结——老苏,你是个痴情的人,没错,但你更是个打着痴情的幌子任性妄为的老顽童。因为你父亲的关系,你做事从不考虑后果,自以为真性情,其实是不负责任。你挑拨那些人跟S行打官司,在我车子里放摄像头,向国土局举报显龙集团买地资金违规,不是因为你厉害、能干,而是因为你爸,他老人家不在了,但人脉还在。还有你的兄弟姐妹,你大姐在妇联,二哥是外资银行高管,三姐夫是高院庭长,五弟妹在市委办公厅。托你爸的福,你们一家人混得都不错。血浓于水,他们就算再看不起你,关键时刻还是会拉你一把。所以你有恃无恐,可以放心大胆地胡闹。你是为了周琳吗?你是这么催眠自己的吗?帮帮忙,如果真是为了她,就该让她幸福。口口声声最心疼她,却见不得她好,也见不得她爱的人好,你算什么英雄?不过就是出口气罢了。像熊孩子往别人家扔砖头,纯粹搞破坏,然后乌龟头一缩,被人发现也没关系,反正爸妈会赔钱的。老苏,你就是这样的人。别怪别人看不起你,你自己回想一下,这辈子你做过几件让人看得起的事?如果周琳是被我抢走的,你这么做也说得过去,可问题是,周琳是被我抢走的吗?李莹是被我抢走的吗?老苏,你到底是在气别人,还是在气你自己?”

赵辉飞快地说完,瞥见苏见仁脸色青一阵白一阵,并不打住:“——昨天周琳还跟我建议,想要生个孩子。她说现在不生,过几年就成高龄产妇了。”

“你怎么说?”苏见仁一字一句迸出。

“我说,很好啊。其实我心里有点儿顾虑,毕竟我这么大岁数,儿子都快上大学了。但我只能百分之百地支持。一个女人要为你生孩子,如果你也爱她的话,就要抛开一切。让别人笑话吧,背地里骂我老不正经。无所谓。这是男人的担当。我这么说你可能很难理解,因为你很少替别人着想。说你是个渣男,你多半觉得冤枉,但事实是,你心里只有自己。”

“我知道,你是希望我冲上去打你一拳,”苏见仁朝他看,“然后你可以大做文章。”

“电视剧看多了,老苏,”赵辉苦笑摇头,“如果你是分行行长,这招或许还有用。不管你承不承认,目前我比你更有身份,真打起来肯定是我吃亏。”不待他开口,赵辉径直指着墙上的一幅肖像画,“——我儿子替我画的,怎么样,还过得去吧?他说他想当画家,我嘴上泼他冷水,心里还真有几分得意。这孩子从小没妈,我也不太管他,心思都在他姐姐身上,没想到他倒挺争气。”又打开抽屉,拿出几幅,素描或是水彩,都是东东平日的习作,赵辉带到单位,准备找人做成案头册,时常翻看。他递给苏见仁:“到了我们这个年纪,自己怎样都无所谓,关键是孩子。孩子好了,我们才会好。你说是不是?”说着朝他看。

“少提孩子!你们再敢动我儿子一根毫毛,我就跟你们拼命!”苏见仁激动起来。

赵辉摇了摇头,往他杯子里加了些茶。

“拼命有用吗?你为了争一口气,不管儿子死活,他要真有什么不测,你再来找我拼命,有用吗?你自己也吃过薛致远的苦头,该晓得,这圈子的水有多深,人心有多狠。”赵辉说到这里,想起吴显龙那句“你若实在搞不定,还是我来,人家喜欢寻死,能有什么办法”,心头一紧,语速陡地放缓,语气也变得柔和,“——老苏,你不是没有路走。把家元交给我,我替他牵线搭桥,当自己儿子一样栽培。我们都老了,自己苦一点儿委屈一点儿又算什么?孩子才是我们的未来。你要是答应,我保证把你丢的面子加里子,让你儿子统统给你找回来。要是不答应也没关系,你就继续,我的车子在楼下,轮胎刚换过,你再拿碎玻璃去扎好了。”

晚上十一点整。苏见仁的脚步声在走廊里渐渐隐去,有气无力的。刚才临出门前,他丢下一句:“我知道,造星你最拿手。”说的应该是陶无忌,赵辉揣摩他的口气,该是妥协了。玩笑开得不伦不类,是自己找台阶下。孩子是软肋,轮到谁都一样。他竟还问赵辉讨了一幅东东的画:“我认识一个中央美院的教授,拿去给他看看。”铁板着脸,说讨好的话。赵辉比他还要难受,手心里全是汗。苏见仁只当他笃定,其实不是。原先想好的话,被这人一条条顶回去。李莹也没用。只能见招拆招。也是以毒攻毒,把他贬到低得不能再低,再拿儿子吊他的劲道。这么先抑后扬,比好好劝他更奏效。赵辉长长叹了口气,踱到窗边,瞥见苏见仁缓缓向路边走去。苏公子到底是上了年纪,白天有锦衣华服在身,再油头粉面地讨嫌,精神气还是在的;晚上便不同,黑夜把线条描得深了,轮廓凸显出来,无所遁形，老头子就是老头子。再踟，再折腾，再气不顺，终究是个老头子，黑幕中，颓唐得可怖。赵辉猜想自己也该是如此。还有铁窗里的薛致远，和此刻多半对着手机在纠结的苗彻。便是旁人看来，再轰轰烈烈，自己心里明白，不过热闹一时罢了。各有各的窝塞，藏在皮肉下，像黄梅天蚀骨的湿毒，外面看不出，要拿陈年的艾条在火上烤了，来来回回，彻头彻尾地炙出。却也伤元气的。年龄是硬伤，再怎样都是禁不起。赵辉心里又叹口气，竟没有半分侥幸逃过的欣喜。情绪像这无边无际的夜，一点儿一点儿，悄然弥散开，渗入每处肌理。

嘎！

一道尖厉的刹车声，在深夜里显得格外刺耳，仿佛要撕破耳膜，将什么东西剥拉开。

赵辉惊呆了，瞥见苏见仁的身子被撞得飞起，在半空中划了个弧线，回到地面。砰！那瞬，空气仿佛凝固了。周围死一般寂静。隔着玻璃，光线界于明暗之间，既能望见对面，亦能照见自己。那张脸掩映在大厦间，忽隐忽现，看不清表情。赵辉怔在那里，手脚都是僵的。大脑一片空白。像此刻不远处的陆家嘴绿地，灰黑得空空洞洞。

也不知过了多久，赵辉走上一步，恍恍惚惚地，拿头去撞玻璃，咚！咚！嘴角竟还带着笑，先是哑笑，到后来都笑出声了，连带着眼泪也一并下来。猛地一拉百叶窗，将自己遮个密密实实。——这个无法形容的男人，竟是可笑到这般境地。

二十五

东东停了几秒，转身朝外走去，到门口又停下，却不回头：“爸，人生到底是怎样的？是您平时跟我说的那样吗？”

追悼会那天，上海是40℃高温。今年创纪录了，连着一周都是40℃。大厅里却冷得彻骨。空调开得低是个原因，再加上那样的场合，本就透着寒意。主持人是个二十来岁的女孩子，生得瘦瘦小小，声音脆得像是撑不住。苗彻写的悼词，说到一半，苏见仁的前妻便晕了过去，几个女眷扶起她，拿风油精给她嗅。赵辉与周琳站在后排，听苗彻说“我与他同窗四年，同事二十多年”，鼻子酸了一下，低头去看脚尖，眼镜上沾着些雾气，拿纸巾擦拭。周琳伸手过来，与他相握。他依然不抬头，做了个“我没事”的手势。苏见仁的遗照挂在正中，平常基本不戴眼镜的人，竟挑了张戴金丝边眼镜的，浅色衣裤，站在树下，笑不露齿，很有些书卷气——真正是苏公子了。

吴显龙也送了花圈。本来托赵辉带过来，赵辉没搭腔，他便另外叫人送到殡仪馆。“兄弟，”他对赵辉道，“如果这个世上有谁是我真正想守护的，你肯定算一个。”

晚饭在浦东一家餐馆。老板经营丧葬一条龙，从医院到豆腐饭，跑进跑出的都是亲戚。凶肆生意，却也忙得脚底飞起。喝完糖水，端菜上酒，再把来宾的回礼挨个送上。碗碟、毛巾、糕点。苗彻与赵辉、周琳一桌。席间，苏见仁的几个兄弟姐妹过来敬酒。“谢谢——”大姐说着，眼圈红了。旁边有人问人找到没，是说肇事的司机。大姐说，牌照是假的，车速又快，监控里什么也看不到。众人都叹息，又说天网恢恢疏而不漏，早晚能抓到。苗彻斜地里一只酒杯递过来，与赵辉一碰，没头没脑地说道：“为这话干杯。”

“今天不开会吧？”临走时，苗彻冒出一句。

“周六。”赵辉道。

“那行，待会儿聊几句。周六比周日好，聊晚了也没事。”苗彻飞快地说完，问周琳，“——借他一晚上，行吗？”

周琳朝赵辉看了一眼：“你们随便。”

地段有点儿偏。两人就近找了个韩国小馆，点了啤酒和炸鸡。“最近流行这么吃。”苗彻道。赵辉为他倒上酒。也不碰杯，各自喝着。“老苏下个月过生日，他月份小，下个月才满五十一。”苗彻肿着隔夜的眼泡，叹口气，把酒一饮而尽，朝赵辉看，“知道我为什么要找你聊天吗？”不待他回答，径直道，“其实我跟你根本没什么好聊的——我就是想看看，今天晚上你会是什么表现。杀完人，再去参加这人的追悼会，看着他变成一缕烟。听别人说‘天网恢恢’的时候，还要做出一副同仇敌忾的模样。对着最要好的朋友，谎话张口就来，眼不眨心不慌。老赵，我就是想看看，你会做到什么地步。”

赵辉摇头：“该说的话，我跟警察都说了。就算再问一百遍，还是那句，我什么都没做。我叫他到办公室，是因为他认识中央美院的老师，我想让他帮东东搭个桥。至于那辆车是哪里来的，车上是谁，为什么要撞他，是存心还是意外，我完全不知道。”

“深更半夜聊孩子画画，还专门跑到办公室。你们没手机？没加微信？你以为我是三岁小孩？”苗彻哈的一声。

“你不信，我也没办法。”赵辉看着酒杯，有些累。声音发涩。

“晚上千万别做噩梦。”苗彻想这么说，忍住了。喉咙口吊着几千几百句话，竟完全说不出来。眼前这人，二三十年来无话不谈，比亲兄弟还亲，此刻竟想结结实实抡上一拳。像科幻电影里那些特效镜头，一拳打出身体里的黑影，魔鬼或是别的什么异灵，人才能恢复正常。魔鬼附身——苗彻一直念叨着这个词。从接到同事电话，说老苏出事了，直至现在，苗徊依然有些回不过神，像做梦。110电话是赵辉打的，警察调了S行的监控，苏见仁九点一刻走进赵辉办公室，十一点整离开。一切正常。人是当场死亡，肇事车辆没有开车灯，撞人后也没有丝毫停留。苏见仁手里有一幅被血浸透的油画，落款是“赵东”。画上的女人留着齐耳短发，脸颊圆润，向外伸开双臂，眼里闪着光。那是另一个世界，触手可及却又深不见底。女人的眼睛会说话，像无线电波，频道加了密，别人收不到，只说给她爱的人听。

“题目叫《妈妈的拥抱》。”——赵辉记得，那天晚上苏见仁对着这幅画看了半晌。那瞬，赵辉被一种无法言说的内疚充斥着。对苏见仁，也对李莹，还有东东。像溺水的人抓住的那根救命稻草，到头来终是这一根。黔驴技穷，只有他自己清楚，却又屡试不爽。苏见仁望着画的神情，虔诚得像个孩子，眼泪在眼眶里打转。赵辉知道他会挑这一幅。

东东也被叫到公安局问话。那是出事的第二天。赵辉陪在旁边。回去后东东问他：“干吗要把画送给苏见仁？”他反问：“你不是想当画家吗？帮你介绍个名师不好吗？”东东破天荒头一回，用有些狐疑的眼光看他：“这件事，是不是跟你有关系？”赵辉迎着他：“没错，如果不是我把他叫到办公室，他就不会碰到这场车祸。”说这话时，周琳也在，替蕊蕊缝一粒掉了的扣子。她低着头，似是没有听见父子俩的对话。夜深时，她告诉赵辉：

“苏见仁赌球，欠了高利贷一大笔钱，利滚利，七位数跳到八位数。他还不出钱，准备跑路去毛里求斯。你说，那些人怎么可能放过他？”很认真的神情。

“什么？”他一时没听明白。

“很快消息就会在网上传遍。赌球，欠钱，跑路，被高利贷追杀。大家会知道，这事跟赵总你没关系，所有对你不利的传言，都会因为这个事实而不攻自破。”

“阿哥设计的？”赵辉忍不住苦笑。

“准确地说，是他拜托我设计的。”周琳停了停，“——苏见仁一直有赌球的习惯，而且赌得不小。这是真的。我甚至还知道他最近投了哪两支球队。”

“你没必要为我做到这种地步。”赵辉有些痛苦地说，“我知道老苏去世，你也很难过。我宁可你骂我几句,甚至打我几下。”

周琳摇头。“这事本来就跟你没关系。”她说到这里加重语气,“退一万步说,就算真的有关系,我也不在乎。对我来说,除了你,别人都无所谓。我只希望你能好好的。为了你,我可以做任何事。”

那晚两人紧紧地拥在一起,什么也不说也不做,就是紧紧拥着。赵辉闻到她头发丝里淡淡的清香,玫瑰花的味道。他把头埋在她的丝绸睡衣里。她轻抚着他的后背,一遍一遍地。唯有这样,他才能勉强睡着。十几年来,他从未如此地依恋一个人。她比他年纪小得多,他从未将这层意思对她提过,自己也觉得难以启齿。尤其是她与他这样的组合。旁人只当周琳是小鸟依人,爱他的才,也贪他的权。其实她倒更是他的支撑。纤纤素手,替他撑起一片天。女人的力气,是巧劲,四两拨千斤,又是润物无声。

“我该拿你怎么办呢?”最后,苗彻这么问他。三五分酒意,刚刚好。有些high(兴奋),脑子却还清楚,理智也在。彼此不致太难看。

赵辉不语。是真的累。说什么都累。不想解释,也不能发泄。索性沉默着,陪他喝完最后一杯酒。

“该怎么办就怎么办。”赵辉听见自己有些涩然的声音,“你不必为难。”

“我不为难。”苗彻说完这句,拿出皮夹子,在桌上留下几张钞票,起身走了出去。

赵辉没回家,在公交站的长椅上坐了一夜。几个未接电话,都是吴显龙的。最后发了一条微信:“兄弟,放心,后天照样上你的班。一点儿事没有。”赵辉懂他的意思。那天从医院出来,赵辉径直去找吴显龙:“有用吗?这样有用吗?”他激动得满脸通红,以至于说到一半便呛得咳嗽起来。吴显龙给他倒了杯水,示意他坐下慢慢讲。“阿哥,”赵辉调整了一下情绪,“撇开人命不谈、法律不谈、道德不谈、做人的底线不谈,统统不谈,我们现在只谈利益——你这样做,对我们有一丁点儿好处吗?狗急都会跳墙,你是在逼他们摊牌。”

“不会。”吴显龙说得很有把握。

赵辉原地站着不动,朝他看,沉声道:“他,是我同学,一个宿舍住了四年的同学,却活活地死在我眼前。我亲眼看到车子从他的身上碾过去,全都是血——”说到这里喉咙哽住，霍地背过身。心口那里像被刀刺中，疼得直冒冷汗。深呼吸，吸气，呼气，再吸气，再呼气。他提醒自己克制。几十年的惯性了，碰到再大的事也要沉住气。

吴显龙沉默了几秒，道：“他是个定时炸弹，成事不足，败事有余。”

“一条人命。”赵辉低低道。

不久，中学生油画比赛公布入围名单。东东以一幅《黄昏的雪山》跻身决赛。为了这幅画，吴显龙带他在云南待了近十天，在玉龙雪山脚下转了一圈又一圈，才拣定“黄昏”这个主题。雪山的黄昏是有层次的，晚霞嵌在云里，像匠人手里的秦糖，一根根丝抽出去，成了各种形状。界限分明，却又缠缠绕绕。吴显龙白天陪他，公司有事便回上海，办完了再飞过来，那几天六七个来回都不止。吴显龙设宴为东东庆祝，把赵辉的父母也请了过来：“也好久没一起热闹了，沾东东的光，大家聚聚。”吴显龙称呼赵辉父母“阿爸、姆妈”，亲自派人接送，结束时还送了赵辉母亲一条爱马仕的围巾。“姆妈，”吴显龙叫得亲亲热热，“阿弟的姆妈，就是我的姆妈。趁现在身体好、跑得动，多出来吃吃白相相。”

吴显龙向赵辉展示一套样板房的照片。“老南市区，靠近西藏南路，放在过去是有些偏，现在也算黄金地段了。明年底交房。我留一套八楼的给阿爸、姆妈，小高层，两室一厅。小区门口就是超市和菜场，离医院也近。养老是没话说的。”瞥见赵辉嘴巴一动，抢在前头拦住他，“阿爸、姆妈现在住的房子没电梯，年纪大，上去总归不方便。中介我来找，现在置换，时机刚刚好。明年底房价有一波大涨，错过这轮，以后内环的新房子，起步价每平方米十二万。”

“毛头很贴心。”赵辉姆妈对儿子道。

“老邻居嘛。”赵辉笑笑。

隔天，赵辉把八千块钱给吴显龙。“吃饭的钱，该我来。还有那条围巾。阿哥替我做东，替我孝敬父母，不好意思。”

吴显龙没接：“我们之间，算不清的。”

“我知道。没有阿哥，我根本活不到今天，几十年前就被火烧死了。”

“没有你，我到现在也就是个小包工头。二十多年前的五十万，放到现在是多少钱？以你的为人，帮我到这一步，我就算天天请你吃饭，天天送你妈围巾，也不过分。”

赵辉沉默着。

“兄弟，”吴显龙在他肩上拍了两拍，“还是那句话——如果这个世上有谁是我真正想守护的，你肯定算一个。有你，就有我。有你，才有我。这辈子，阿哥不管对人家怎么过分，对你肯定是真心实意。你可以在心里骂我一千遍，就是一点，不要把我当外人，不要不睬我，要永远当我是兄弟。”

赵辉去了趟杭州。每年分行都有疗养指标，他从不去，今年是个例外。招待所在西湖边上，硬件设施一般，但胜在地段好。窗户打开，正对着苏堤，一池荷花开得娇艳。杭州分行一个姓王的副总，原先是浦东支行的财务部经理，也是财大毕业，跟赵辉关系不错，邀了他喝茶。老王当初晋升时遇到些坎坷，后来调到杭州才提了正处。“撇下老婆孩子好几年，还不知道啥时候回上海——没你命好。”赵辉劝他：“各人有各人的运气。上海摊子大，人多是非多，不如你在这西子湖畔喝喝茶来得惬意。”这人知道赵辉与顾总的关系，话里多少有些那意思，眼看着下半年职务评定就要启动，能升一级最好，就算升不了，人总该回上海才是。“都是校友，自己人——”连东西都准备好了，一个盒子递过来，打开，里面是一只纯金的小老鼠，眼睛上嵌着两粒碎钻，倒也别致可爱。“听说蕊蕊的眼睛好了，爷叔不能当面恭喜她，心意总要表示一下的。也不是什么值钱的，小姑娘属老鼠，属相是顶有福气的——”赵辉自是不收，话说得很实在：“不收你东西，大家交情摆在那里，有机会还能替你争取一下；收了东西就等于贴张狗皮膏药在嘴巴上，想说也不敢说了。”老王只得作罢，苦笑：“你还是老脾性。”赵辉停了停，问他：“听说苗彻也在杭州？”他点头：“大前天到的。”压低声音又道，“你们俩都是老脾性不改。苗大侠一来，杭州就连着几日雨下个不停，愁云惨雾，气氛相当沉重。”

这人也是老门槛了，看出赵辉这趟来杭州，其实是为了苗彻。“两兄弟闹矛盾了？”他问赵辉。赵辉顺着他：“所以托你做个和事佬。”老王会意，当晚便邀了苗彻出来。“老朋友难得碰个头。”当初大学里组社团，文学、乐器、体育、戏曲……五花八门一大串，苗彻是班委，学校规定班委必须参加社团，苗彻挑来挑去，没有合适的，索性自己组了个相声团。响应的人几乎没有，好不容易来了一个,便是这位仁兄。两人做了几年的相声搭子,苗彻逗哏,这人捧哏。联欢晚会也上过几次,效果竟也过得去,算是填补了学校曲艺这块的空白,意义重大。因此这人相邀,老搭档一场,苗彻也不好拒绝。说好只是坐坐,到了饭店,才发现赵辉也在。

“校友,又是老朋友,这算不算是‘他乡遇故知’?”老王一拍桌子,夸张地道。

“还‘久旱逢甘霖’呢,诗背得这么溜,你怎么不去当作家?”苗彻嘲他一句,转身便要走。老王死活把他按下:“来了好歹喝杯酒再走嘛,杭州是我的地盘儿,给我点儿面子。”

“于公,你是被审行,请审计人员吃饭属于违规;于私,我也没心情喝这杯酒。”苗彻面无表情地说完,正要离开,赵辉已抢在前头站了起来,对老王道:“晚上我约了个朋友,先走一步。你们玩得开心些。”朝苗彻看一眼,见他大剌剌地重新坐下,拿过菜单:“现在好了,苍蝇被赶走了,有啥好吃的好喝的尽管端上来吧,肚子饿得很。”

赵辉沿着苏堤散步。周琳打来电话,告诉他两个孩子都很好,东东在家画画,她陪蕊蕊上名著赏析课:“今天上的是《红与黑》。小姑娘出来问我,于连到底是好人还是坏人。我告诉她,于连其实有点儿像蒋芮。”赵辉听了笑起来:“这招旁敲侧击不错。”周琳也笑:“你这个亲爹只知道和稀泥,恶人让我来当。”赵辉纠正她:“上海话不叫和稀泥,叫捣糨糊。”周琳嘿的一声,又问他:“心情好点儿没?”赵辉告诉她:“刚被人家赶出来。”周琳停了停:“——几时回上海?”赵辉说:“你要我几时回来,我就几时回来。”周琳笑道:“我不催你,你自己看着办。革命靠自觉。”

挂掉电话,赵辉收到老王的消息:“我把他灌个七八分醉,你再过来。”

“干吗?乘人之危抢他钱包?”赵辉开玩笑。

“喝醉了好说话些。兄弟俩哪有隔夜仇?”老王趁势问,“你怎么得罪他了?”

“工作上的事,其实也没啥。苗大侠就这个脾气,你懂的。”

杭州之行有些莫名其妙,像个笑话。赵辉在高铁上回想吴显龙的话,“我不会让把柄落到他们手里的”。是说那个视频,苏见仁存在优盘里,吴显龙连优盘带手机,还有他常用的电脑加笔记本、iPad、MacBook,凡是带存盘功能的,变戏法似的统统搬了过来。“他居然没做备份。优盘里就这个视频,还中了病毒。笔记本里存的全是A片,iPad里也有。吃不消这人。”吴显龙口气里带着调侃。赵辉是真的有些吃惊了,问他怎么弄到手的。“兄弟,我说过,薛致远是前车之鉴,我不会洗干净屁股等人家来抓。”说这话时,吴显龙从抽屉里拿出一把榔头,对准优盘狠狠地砸下去。那晚两人聊到半夜。吴显龙向赵辉讲述当年做水产运输,手下有个驾驶员,开车技术不错,手脚却不太干净,有一次偷偷把货调包,送到目的地时一堆死鱼烂虾,害他赔了五千多块钱,差不多是小半年的盈利。“当年那小子二十岁不到,平常阿哥长阿哥短,跟我挺亲。一共有三次。我没戳穿他,心想事不过三,如果再来一次,就不客气了。谁知他竟真的没有再犯。后来我才知道,原来那阵子他老娘生重病,急需用钱。之后,他再也没有做过一件对不起我的事。他跟了我二十多年,从小鲜肉变成大叔,好几次我眼看着就要变成穷光蛋,一无所有,他都跟着我,忠心耿耿。有些事情我不用多说,只需露个意思,他就能帮我搞定,是我最得力的手下。”说到这里,吴显龙停顿一下,“——那天晚上,开车的就是他。”赵辉不语。吴显龙说下去:

“他后来跟我提起过调包的事。我装作不知道,说算了,过去的事不提了。他说:‘阿哥你不用骗我,我晓得你是老屁眼(方言,意为精明能干的人),什么都瞒不过你。’他问我为啥不计较,换了别人老早翻毛腔(方言,意为生气)了。我说可能是因为从小被家人扔在上海,所以特别害怕别人不理我,我受不了朋友对我说,拜拜,以后各走各的路,受不了世界上只剩我一个人。我想创建我的世界、我的王国,可是如果最后只剩下我一个人,那又有什么意思?我不想这样,害怕得不得了。你们可以看我不顺眼,打我、骂我,甚至踩扁我,但是,千万别离开我。”

那晚赵辉自始至终都沉默着。最后吴显龙喝醉了趴在沙发上。赵辉拿过毯子替他盖上。吴显龙兀自絮絮叨叨,甚至还编了个故事,说他不是故意的,他只是想吓唬一下苏见仁,是那人收了竞争对手的钱,故意陷害他,才把人撞死的。“——就是之前那家拍地的公司,被我摆了一道,所以想借这机会报复我。”他很诚恳地看着赵辉,嘴里散发着呛人的酒味。赵辉都有点儿替他难过了。绕那么大一个圈,其实真正想说的,就是最后那句——“千万别离开我”,忒孩子气了。

故事像时下流行的脑残狗血剧,逻辑混乱,漏洞百出,但还是打动人。编故事的和听故事的,都是搭配好的。什么人听什么故事。一个萝卜一个坑,逃不掉的。一句“千万别离开我”,看似普通,却不偏不倚,正中赵辉的命门,奇经八脉,统统被制住,又酸又麻,连带着眼圈都红了。赵辉不知道自己竟是这么没原则的人,想到“原则”两个字,又忍不住笑。这当口儿想这个,不是讽刺是什么?有什么尖利的东西在胸口那里挠,火辣辣地生疼,又是一种牵丝攀藤的钝痛。吴显龙大着舌头说到东东:“你说,他决赛画些什么好?”赵辉道:“看他自己。”吴显龙道:“这孩子聪明,也许真能成大器。”赵辉叹道:“爹妈都望子成龙,这世上真正成龙的又有几个?”吴显龙看着他,嘴角咧了一下,似是想笑。眼皮耷拉下来,到底是屏不住了。抓住他的手,往自己肚皮上一放,喃喃道:“我六十多了,除了你们,什么都没有。”——总算是睡着了。许久,赵辉把手抽出来,替他将毯子再盖严些。窗外传来断断续续的知了声。半夜了,还是闷热。

过了几日,赵辉接到一个电话。对方称自己是油画比赛评奖小组的工作人员:“请问,您是赵东同学的父亲吗?”赵辉挺意外:“有事吗?”那人问:“决赛作品你们已经交上来了是吗?”赵辉更是奇怪:“没有啊,孩子还没画呢。”电话那头停顿一下:“那只有麻烦您亲自来一趟了。”

到了那里,工作人员递给赵辉一个大信封:“您自己打开看吧。”赵辉接过,从信封里取出一张叠起的画纸,展开,正是那幅《妈妈的拥抱》,血渍斑斑,皱巴巴的,几乎要碎开。“赵东”的名字旁加了一行黑色的小字:“我爸爸是杀人凶手”。旁边还坐着几个人,都朝赵辉看,眼神透着异样。赵辉停了几秒,把画重新塞进信封:“——可能哪里出了点儿岔子,这个我带走。谢谢。”

东东连着两天都没回家,电话里说是跟同学去崇明野营。“哪个同学?”赵辉很少这样追问。“你又不认识。”电话那头口气有点儿硬。第三天又是一个电话。“看通宵电影。”懒洋洋的语调。赵辉握着电话的手微微发颤,那瞬有些撑不住,想大声道“小赤佬你给我滚回来”,话到嘴边,成了不温不火的一句:“好,自己当心点儿。”

凌晨两点,东东回到家,没开灯,径直走到自己房间,抓了几件衣服塞进包里。出来时瞥见阳台上有个黑影,先是一唬,随即才看清是赵辉。“爸。”他叫了声。赵辉做个“嘘”的手势,示意他轻声些。东东走过去,见父亲手里拿着半截烟,穿着背心短裤,倚着栏杆。“不是看通宵电影吗?”东东顿了顿:“——看到一半就出来了。不怎么好看。”赵辉吸一口,烟头上亮了一下,朝他手里的包望去:“又要走?”东东不吭声。

父子俩伫立在黑暗中,各自不动。半晌,赵辉沉吟着,挥了挥手:“我像你这个年纪,也离家出走过。没事,想走就走吧。自己去体味人生。你也不小了。”东东停了几秒,转身朝外走去,到门口又停下,却不回头:

“爸,人生到底是怎样的? 是您平时跟我说的那样吗?”

赵辉以前也想象过这样的时刻,与儿子认真地探讨人生,聊一些从男孩到男人必须思考的问题,打破象牙塔的束缚,深刻全面地剖析社会,实打实的,不说空话和废话,同时又把伤害降到最小,尽可能温和、客观地帮助他了解世界,引导他前行的方向,让他懂得,人生许多抉择都不容易,包括每一次尝试、坚守、迂回,甚至是妥协。他希望儿子对未来始终怀有憧憬,永葆赤子之心,却又不至于走太多弯路,吃太多亏。他想让东东知道,爸爸爱他,爱这个家,爱到无法形容。他想说的有很多,多得能说上几天几夜,恨不得一股脑儿塞进儿子的脑袋里——但绝不是现在。

东东的背影,被路灯拖得时长时短,很快便淹没在黑夜里。赵辉站在阳台上,烟抽了一根又一根,像此刻静不下来的思绪,被凌晨的风扯成烟圈般的一缕一缕。如果有面镜子,他猜想镜子里的人必定是脸色青灰,眼睛布满血丝,胡茬延展到鬓角,落拓得像个瘪三。他走到儿子房间,打开抽屉翻看衣物,计算儿子这次出去的天数。床头装着李莹照片的相框被儿子拿走了。赵辉在儿子床上坐了一会儿,随即躺下来。枕头上有儿子的气味,半大男人的腻腻歪歪的头馊气。他以为这个晚上注定不会成眠,谁知没有,辗转反侧一番,到底是睡着了。

次日去浦东支行开会,赵辉特意到业务部转了一圈。程家元坐在位子上,见他进来,脸色一变。大家都站起来,叫“赵总”。程家元动作慢了半拍,却又用力过猛,腿后侧撞到椅子,咣当一声,椅子向后倒在地上。他慌忙扶起。赵辉走过去,在他肩上一拍。程家元本能地一让。旁边人都看着。赵辉停了停,瞥见他额角那块胎记,因此刻的情绪而愈加颜色分明。忽想起那晚苏见仁气不过的模样:

“我儿子,哪里输给别人了?”只几秒,又黯淡下来,“我有责任。要不是我,他会比现在更好。”——赵辉觉得,这父子俩情绪复杂时,眉宇间的神情竟是一模一样,像倔强,又像任性,底气却又不足。那幅画的事,赵辉本来还有几分存疑,现在看程家元惶惶的样子,自是敲定了。也难为这孩子,温室里长大的花,竟也能想到那样血淋淋的招数。被逼出来的。赵辉望了他一会儿,将他按回座位:“坐。”程家元木木地坐下,眼睛不看他,身体是僵的。赵辉停顿几秒,这青年脸上所有熟悉的因素,都触动着他此刻无法言说的心境。半晌,赵辉微微侧身,靠近他耳边,柔声道:

“你爸爸,远比你想象的还要爱你。”

二十六

苗彻率三处针对浦东支行贷款业务进行动态监测审计。这也是S行维护金融安全的新举措,打破定期审计的常规,根据行业舆情进行预判,防患未然,尽早发现风险苗头。

转眼便过了立秋。白天还是热,早晚却凉爽许多。地上零星有了些落叶,乍看依然翠绿,细纹里却已透出微黄。秋意是毛孔里触到的久违的凉风,些许的鸡皮疙瘩。暗中舒口气,总算是入秋了。秋老虎再厉害,终究时日无多。最后放肆一把,也就罢了。

苗彻率三处针对浦东支行贷款业务进行动态监测审计。这也是S行维护金融安全的新举措,打破定期审计的常规,根据行业舆情进行预判,防患未然,尽早发现风险苗头。这项行动主要是持续关注贷款质量的变化情况。苗彻亲自跟进,点了几个案子,让业务部的同事提供资料:"别挤牙膏,也别给多给少,下班前我要看到所有的文件,一张纸都不能少。"

两周后,苗彻把审计报告交到主任手里。别的一笔带过,重点是嘉定龙星公司的商用物业抵押贷款,期限十年,一共十一亿,其中九亿用来归还股东借款,两亿用于装修。

"评估报告上写原投资成本是十三亿,目前评估为十八亿。但八年前,龙星公司在我行贷款开发这几座写字楼,白纸黑字写明,建筑成本只有三亿,很明显评估报告作假。十一亿贷款发放后，经调查，并未归还股东借款，实际投入物业装修的工程款也只有五千万，其余十亿五千万统统转入其总公司，也就是显龙集团，用于土地开发。目前，借款人偿债能力不足，现金流紧张，向典当行、小贷公司和自然人高息融资余额五亿多。可以预估，其向我行偿还本息资金将完全依靠民间高息融资。风险分类评为正常三级。”

苗徊说完，瞥见主任神情间有些微妙。主任放下文件，斜睨他：

“看来，传闻是真的？”

“什么传闻？”

“你和三十九楼那位，有点儿不开心。”

“开不开心，跟这事没关系。”苗徊避开主任的目光，“我知道这桩案子牵扯比较大，您要是支持，我感激您；您要是有顾虑，就把责任全推在我身上，说我先斩后奏一塌糊涂。只要案子能查清，就算革我的职，我也无所谓。”

“不用革你的职，”主任道，“人家已经提出辞职了。”

赵辉从顾总办公室出来，迎面与苗徊撞个正着。两人互望一眼。“你也找顾总？”赵辉问。苗徊扬了扬手里的文件：“是啊，把审计报告拿给他看——辞职可以，问题查清楚再走。”赵辉点头：“好。顾总就在里面，你进去吧。”

蒋芮搬到陶无忌家。与上次净身入户不同，这次懂事了许多。超市去一趟，冰箱里啤酒饮料装满，速冻饺子买了两袋。客厅空调应该是有了年头，只吹风不制冷，跟电风扇差不多。在二手市场买了一台，隔天便安装好，果然清凉许多。陶无忌问他：“股票涨了？”他笑得贼兮兮：“小看我。好歹也在国有银行上班，这点儿钱还拿得出来。”陶无忌摇头叹道：“论对本职工作的热爱，谁也不及你，整天把国有银行放在嘴上。”蒋芮把家里打扫一遍，角角落落都拿抹布擦了，连床都拖出来，几百年的蜘蛛网和蟑螂屎全部搞干净，再推进去。睡袋也弄了个新的，征得陶无忌的同意后，在他床边地上铺开，躺下。“上次搬过来，还是去年这时候吧？转眼就一年了。”两人一上一下地聊天。陶无忌说他：“有了女朋友是不一样啊，背心短裤都换了新的，连漱口水也用上了。”蒋芮哧哧直笑：“你懂的呀。”

“在业务部干得怎么样？”陶无忌问。

“这话像领导的口气。”蒋芮啧啧道，“能理解，审计干久了嘛。”

陶无忌双手交叉放在后脑勺，看着天花板，缓缓道：“话里有敌意啊。”

“有个屁敌意。就算有，也是你们搞审计的先有敌意。”蒋芮顶回去。

停了停，陶无忌问他：“你爸最近好吗？”蒋芮先是不语，忽地唱起了《红灯记》：“临行喝妈一碗酒，浑身是胆雄赳赳。鸠山设宴和我交朋友，千杯万盏会应酬。时令不好风雪来得骤，妈要把冷暖时刻记心头——”陶无忌嘿的一声：“唱得不错，你爸教的？”蒋芮道：“他现在样板戏越唱越溜，捡易拉罐比那老头还利索。教会徒弟饿死师傅，小区里生意被我爸抢个大半，老头恼火得很。”陶无忌道：“那也挺好。”黑暗里蒋芮翻了个身：“——挺好？”陶无忌停顿一下：“你妈应该觉得挺好。”两人沉默片刻。蒋芮道：

“你说，要是哪天赵总提出想见见我父母，怎么办？”

“船到桥头自然直。”陶无忌道。其实他真正想说的是：“不管你怎么讨好他，应该都不会有这一天。”——当然不会说，说了就是准备翻脸了。好不容易营造出的一团和气，买空调打扫卫生，功夫统统白做。他猜蒋芮也是这么想的。记忆中两人这样不咸不淡地交谈，顾左右而言他，却又小心环顾，唯恐踩地雷的架势，好像还是第一次。陶无忌想起昨天与苗彻聊天，“你们这些小孩啊，一个个都是人精”。苗彻倒没有生气，只是很感慨，说上周蒋芮一出苦肉计演得着实精彩，资料催了几次还没给全，苗彻亲自过去讨，这小子嘴里兀自不三不四油腔滑调，苗彻火起，在他胸前推了一把，他趁势便摔地上了，动弹不得，把支行刘总也惊动了，救护车送到医院，好大的阵仗。说是坐骨神经受伤，要养一阵。苗彻赔了医药费倒没什么，主要是这个时候出这事，有些添乱。“你在厦门伤了手，他在上海伤屁股，”苗彻问陶无忌，“一个师傅教的吧？”陶无忌只有笑，知道苗彻已是极不容易了。审计时劳心劳力，自不必多说，更烦的是业务外的事。

谁会想到，那笔十一亿的资金，一夜间竟填了上去。掐着时间，似是故意跟审计组逗着玩。前脚报告写完，后脚便接到消息，“案子结了”，文件资料再交一套上来。股东的还款，还有装修的款项，各归各处，清清爽爽。也不能说一点儿问题没有，但至少面儿上已经挑不出毛病了。“当中有点儿误会，资金链这东西，都懂的。”据说对方公司的人也很抱歉，说给大家添麻烦了。组里的人面面相觑,从没见过这种情况,变戏法似的。十一亿又不是十一万,这情节太富戏剧性,让人猝不及防。赵辉在这当口儿提出辞职,谁都看得出,是将苗彻的军。之前传言已经很多了。苏见仁的死是由头,滋生出各种版本的故事。谁的嘴都不是吃素的。通常愈是做事靠谱的朋友,留给旁人的想象空间便愈是大。这方面赵辉和苗彻都比较要命。少林和武当打架,不论谁输谁赢,江湖上先要笑倒一片。好在是文明社会,凡事到底要讲证据,公安局和纪委都有了定夺,众人嘴上也只好收敛,心里俱是盼着再生些枝节才好。相比而言,赵辉的人缘更对路些,苗彻则多少有些讨嫌,平常那样六亲不认,也该得些教训才是。都说他被顾总好一顿数落,弄了个灰头土脸。顾总的办公室在三十九楼最东头,走廊深处,隐秘性好,隔音效果也极佳。但那天顾总应该是有些生气,声音大得从门缝里传出来,让人听了个真切,诸如"你苗彻也不小了,不能意气用事,要顾全大局"那种。据说还爆了两句上海话粗口。顾总是被上次厦门分行的事弄得有些怕了,求情的、骂娘的、看好戏的,煮粥似的隔一阵便冒个泡。八亿不是小数目,十一亿更不是小数目。上海人查上海行,全国都听到风声了,眼睛都往这边斜。顾总还有大半年便要光荣退休,这时候禁不起任何差池。倘若赵辉真有事便也罢了,偏偏人家河边走了又走,一双鞋硬是滴水不沾。这苗彻等于是送上门讨骂。陶无忌听周围人把这些话传来传去,心里挺不是滋味。挨领导骂倒没什么,陶无忌知道苗彻不在乎这些。况且传言夸张的成分太多,审计部归总行管,分行领导一般不干涉,顾总便是对苗彻再有意见,面儿上也不会太过分。陶无忌是想到苗彻这阵子通宵达旦,写报告时那般兢兢业业,有些替他惋惜。"惋惜"这个词,陶无忌从未想过会用在苗彻身上。那样刺猬似的一个人,浑身上下捋不到一根顺毛。走近时瞥见他头顶一片青灰,白头发竟是越熬越多。相比以前的案子,这次他更多的是自己使劲,加班也是一个人。其余人乐得躲懒,意思意思便罢了。只有陶无忌,默默在旁边陪着,打下手。

"你别那么拼。苗彻再怎样也不会把女儿嫁给你的。"临睡前,蒋芮冒出一句。

"那你呢?"陶无忌问他。

"我跟你不一样。说实话我从来没指望过。没有希望就没有失望,赚一点儿是一点儿。人家给我多少，我就拿多少。”蒋芮停了停，看他，“——我以为你该明白的。”

“我明白。”陶无忌忽然觉得，无话不谈也挺可怕。这样剥皮拆骨地说事，像直接生吞一只没放作料的白切鸡，原汁原味得让人难以忍受。到底是需要些加工修饰才行。人和事都是如此，彼此留些余地，才好相处。那天，赵辉把陶无忌叫到办公室，恰恰就在苗彻被顾总“训话”的同时。苗彻进了东边那间，陶无忌进西边这间。“我和你未来岳父搞僵了，”赵辉开门见山，“你站哪边？”不待陶无忌开口，又说下去，“除了晓慧我给不了，其他东西，我大概都可以给你。”——那天也是这样剥皮拆骨地说事。陶无忌还是第一次听赵辉这么说话。领导的声音有些异样，神情也与平常不同。应该是觉得不妥，赵辉说完便笑笑，有些自嘲的。看在陶无忌眼里，生出些别样的感慨。陶无忌说：“赵总您一直对我很好。”真心话，说了好多次。两人沉默了一下。赵辉问他：“你猜我现在最想要什么？”陶无忌摇头。赵辉道：“以前我看过一个科幻电影，叫《时光之沙》，拿到装满时光之沙的瓶子，转一下开关，就能回到过去。”陶无忌问：“您最想回到哪个时间段？”赵辉怔了怔，一时竟回答不出。陶无忌道：“要真有这东西，我也想弄一个，回到从前我妈还没死的时候，看看她长什么模样。”赵辉停顿片刻，伸出手，在他头顶轻轻抚了一下：“可怜的孩子。”

事后苗彻没问他，他也没提。中午吃饭时，二处的张处长说总部每年从各地抽人进京做汇总业务，已点名要了陶无忌。“小同志，你现在名气响得不得了。”苗彻先是不语，忽地迸出一句：“他是香饽饽，大家都要争。”陶无忌细辨这话，第一次觉得，苗彻竟是有些依赖自己的。下班时，苗彻头一个离开办公室。大家都心领神会。前阵子忙成狗，结果证明竟是一通白忙，身心俱疲，难不成还要加班？便也纷纷散了。陶无忌跟在苗彻身后，不远不近，隔开二十米。走到停车场，苗彻在车前停下，回头看他：“你也开车来的？”陶无忌吐一下舌头：“我的车还在4S店，开不出来。”苗彻看了他一会儿，打开车门坐进去：“上来！”陶无忌依言上了车，问他：“去哪儿？”苗彻笑笑，眼望前方：“反正不会送你回家。”

“说出来你也许不信，就算晓慧不是他女儿，我也会帮他。他是个有信仰的人。我佩服他。”那晚，陶无忌这么对蒋芮道。他猜蒋芮不会信。果然，蒋芮笑笑："少唱高调。像你这种高中就入党，一路学生干部做到底的朋友，高调唱得连自己都信以为真了。"陶无忌学程家元的口气："白相得好，花腔女高音，调子又高又转。"蒋芮笑道："没错。"停顿一下，陶无忌问他："坐骨神经好些没？"蒋芮也停顿一下："又来了，又来白相花腔女高音了。"两人都笑。笑声戛然而止，像墙上的钟摆那样机械而应景。

不到半个月，那案子重被提上来。众人纳闷，苗徊前几日还是煨灶猫似的模样，每天晚来早退，甚至还有人猜他要放长假，烧烧香去去霉运什么的，谁知一下子便满血复活，神采奕奕。厚厚一沓审计报告，交至主任面前。"十一亿不可能从天上掉下来。"话里透着得意。主任朝他看，竟不知说什么好了，赞也不是贬也不是，半晌说了句：

"——眼圈都和熊猫的一样黑了。"

是陶无忌最先发现的，整整两个通宵，把分行这阵子所有的 case 全部查了一遍。起初连苗徊都说不会："换了你，到这步还敢再找 S 行吗？忒胆大包天了。"陶无忌有不同看法："十一亿不是小数目，短期内找别的金融机构难度太大。他们不会舍近求远。"果然查到一笔，还是浦东支行，几周前给东园发展有限公司发放房地产开发贷款，一共十九亿。项目施工方为西康建筑工程有限公司。客户提供的工程合同金额为二十三亿。陶无忌上网查备案信息，发现该项目的实际备案金额只有九点五亿，相差一倍多。单位造价也远远高于市场同类项目水平。显然，这笔业务存在造假，融资方利用不实工程合同套取信贷资金。再查下去，东园公司和西康建筑公司都未做集团授信，从"企查查"和"启信宝"上看，表面也看不出与任何集团有关联。陶无忌利用 S 行的非现场审计系统编制了一个审计模型，发现这两家公司的通讯地址与显龙集团旗下另一公司的完全一致，登记的电话也是同一个。那笔融资是以工程款的名义划入 H 行，陶无忌托了一个在 H 行上班的同学，查出这笔资金不久便划回东园公司，然后转入显龙集团旗下公司在 H 行的账户。几经转手，最后又划入 S 行龙星公司账户，偿还了之前的十一亿。很显然，当初显龙集团拍下土地后，便将土地转让给东园公司，由东园公司去做房地产开发贷款，拿到融资后，再转入龙星公司。这招借鸡生蛋，也算做得隐蔽了，绕了几个弯，藏在百来个 case 当中，金额大是大，但若不细看，漏过去也是分分秒秒的事。便是查到了，单看合同文件，也觉不出异样来。之前从未在公共网站上查过备案，一是想不到，二是也太费力。亏得陶无忌仔细，又勤勉，大海捞针，大胆假设小心求证，总算是没有错过。连苗彻也忍不住夸赞："你小子，好像真的是个天才。"

那晚两人共同将审计报告完成，已是凌晨，拉开窗帘，灰白的光影透进来，房间陡地换了色调。隔夜的空调，值此日夜交替之际，嗓音像拖拉机，散发着混浊又腻歪的气息。苗彻说："我去冲个澡。"抽屉里竟然还有备用的衣服和毛巾。他问陶无忌："你去不去？"陶无忌稍一迟疑："内裤不换倒也算了，主要是没东西擦身。"苗彻哈的一笑："少发嗲，我换下来的脏内裤，送给你擦身。"

职工食堂对面就是浴室，跟厕所连着，平常很少有人光顾。水龙头一个个试过去，竟只有一间能用。一老一小背对背，屁股蹭来蹭去地洗澡。水流很小，地方又逼仄，这人身上的肥皂泡，很快又冲到那人身上，笑骂声不断。苗彻扯开喉咙，将那首《海阔天空》唱得沙哑而有气势：

"……多少次迎着冷眼与嘲笑，从没有放弃过心中的理想……原谅我这一生不羁放纵爱自由，也会怕有一天会跌倒，背弃了理想……今天我，寒夜里看雪飘过，怀着冷却了的心窝漂远方……天空海阔，你与我，可会变？"

水雾中，苗彻的身体随着歌曲节奏一顿一顿，脚踩地打拍子。狭小的空间因这歌声，竟有种别样的辽阔，拓出一条无形的路，上下左右地延展。隔得太近，陶无忌先是想笑，继而瞥见他闭着眼睛，唱得越发动情，到那句"天空海阔，你与我，可会变"，神情间不知是惆怅还是期待，一曲唱毕，嘴形兀自许久不变，老僧入定般。水滴落在他身上，仿佛也配合这氛围，密密延延，水汽升腾到半空，恰恰是脑袋与身体的接缝那里，似是脱了节，边界却又不怎么分明，有些挣扎的迷蒙景象，氤氲出几分悲壮来。

"苗处，腹肌怎么只有一块？"

"管好你自己，后面全是槽头肉，切下来可以炒一大盘。"苗彻回击。

洗完澡，两人在支行附近的茶餐厅吃早饭。带着周身肥皂清香的两个男人，山青水绿，脸颊微红，兴致很好地点了肠粉、虾饺、叉烧包、马拉糕，还有双皮奶。两人端起有些混浊的、年份不明的普洱，碰了杯。苗彻问陶无忌："你有没有觉得,我现在很开心?”陶无忌沉吟一下:“三分开心,七分安心。”苗彻翻个白眼:“少玩文字游戏。”陶无忌给他夹了一筷子肠粉,又拿起茶杯与他一碰,很郑重地说:“苗处,我敬您。”

其实那天陶无忌没有把心里话说出来。他最想说的是——“我有点儿担心您”。不合适,太煞风景了。虽然后来事实证明,他的担心完全正确。但至少那刻,苗彻混合着亢奋和戚然的复杂情绪,被漏进桌角的几缕晨光凸显得异常醒目。他像个唠叨的老太婆,翻来覆去地对陶无忌说,他是多么热爱S行,热爱审计这工作:“我喜欢公平,还有干净。”陶无忌打趣:“所以单位里会放一套换洗衣服?”他摇头:“两码事。”停顿一下,忽又说到赵辉,“其实他——”带着怅然和惋惜,叹息声戛然而止,“算了,不提了。”

审计报告送上去的第二天,苗彻被叫到主任办公室。他有心理准备,挨骂、劝退,甚至讨打都有可能。谁知竟不是。主任把一张照片递过来——他与老王并坐着喝酒,桌边一瓶茅台,看神色,两人都有个七八分醉。苗彻先是惊得说不出话来,盯着照片足有十来秒。电光石火,又是细雨斜风。随即便想通了,还笑了笑。一颗心直落到底,像被人用棒子死死抵住,从下往上。那人的脸瞧不甚清,只是个轮廓,五官隐在幽暗处,叫他“兄弟”,声音仿佛从很空旷的地方发出,隐隐回荡。——苗彻怔怔的,忍不住又笑,摇头。

主任问他:“几时的事?”

“我的私人珍藏,1995年放到现在,为的就是跟好朋友一起喝。”——苗彻记得杭州那晚,老王拿出茅台,再三强调这是私人小酌,跟公事不搭边。放在平常,苗彻自是不会答应,公事外面套个私人交情,这种把戏他见得多了。但那晚他真的很想喝酒。赶走赵辉,他立刻便接过老王递来的杯子。果然是好酒。不多时还换了地方,西湖边的私人会所,更雅致些。窗格映出树枝的影子,微微晃着。后来好像还下了点儿雨,淅淅沙沙的声音。那晚也记不清喝了多少,似是一直在聊天。他原本话就不少,喝醉后尤其如此,那晚更是。酒意混着伤感,一杯接一杯。老王谈不上是密友,算有些渊源。那晚从相声谈起。主题是,不完美的校园生活,不完美的大学同窗,以及不完美的现实世界。酒鬼想要讲些大道理,就跟玩弹皮弓差不多,一会儿扯得很远,一会儿又拉得很近。自以为收放自如,其实相当可笑。

“赵辉把你当一辈子的好兄弟。”那晚，他隐约记得老王说过这句。

“什么是兄弟？”他回答得很促狭，仿佛看透一切，“兄弟就是用来两面三刀的。”

“三刀六洞。”老王顺着他胡说八道。

他哈哈大笑。又是一杯酒下去，笑得眼泪都出来了。

照片拍得很清晰。拍照的人应该离得不远。角度挑得不错，苗处长手端酒杯，眼神迷离，似笑非笑，有些尽在不言中的意思。茅台酒是亮点。公事也好，私事也罢，已是不重要了。上个月银监会还下文要整顿行业纪律和风气，字里行间很是用劲。八项规定高高悬在头上，白纸黑字，何况还是审计部的人。抓贼的被人抓。

赵辉因为提出辞职，被顾总批评了一通。“你以为上班是小孩子过家家，想不玩就不玩？我以前怎么没发现你是这么不负责任的人？”赵辉低着头，手机在裤袋里振动，没理会。顾总当过兵，声音响亮，中气足，坐着也是笔挺，军人的架势。赵辉觉得，这时候承认错误有些早，便不吭声，低着头。顾总也是个举一反三的，竟又提到戴副总，用了“宁折不弯”这个词：“你以为当领导宁折不弯就是好的？错，忍辱负重才应该！你再委屈再倔强，就算从三十九楼跳下去，照样是个不明不白，是好是坏都被人兜头一把盖住，再拿橡皮擦擦个干干净净不留痕迹——”赵辉是头一回听顾总提戴副总。去年戴副总出事，行里做善后工作，费了不少功夫。涉事金额其实并不十分惊人，换个人挺挺也就过去了。戴副总死后，悄悄撤了几个牵连的人，这事便算压下了。顾总是替戴副总不值，便格外地对赵辉生气，该说的不该说的，统统蹦了出来。赵辉是他看着入行的，自己人，处世做事也都无可挑剔。顾总上了年纪，越发惜才，怕他冲动，也怕他做傻事。“不批！”顾总把辞职报告扔给他，“回去好好反省！”

赵辉退出来，掏出手机，三个未接电话。回拨过去，老王的声音带着哭腔，说这两天被纪委查怕了：“事情搞得这么大，不会真把我兜进吧？那样我就冤死了。”这人每天十七八个电话，赵辉也有些不耐烦了，知道他是要讨句准话：“打过招呼了，走过场而已。退一万步说，就算眼下真吃点儿亏，忍一忍，不出半年，铁定让你回上海跟老婆孩子团聚,升一级。"宽慰的口气,"有我在,放心。"

下了电梯,赵辉瞥见苗彻迎面走来,下意识地站住,心头颤了一下。苗彻脚步不停,径直从他身边走了过去,仿佛没见到他这个人似的。赵辉原地怔了几秒,又向前走去。脚下不知被什么绊了一下,踉踉跄跄差点儿摔跤。心口隐隐地疼,继而又是空落落的感觉,像被剜去一块,疼得不着力,无根无据的,带累着全身都是异样的窝塞,古怪又无从追究。

二十七

“找一个好孩子，栽培他、扶持他。自己犯过的错、走过的弯路，无论如何要提醒他注意。自己没做到的事、圆不了的梦，盼着他来替自己达成，不留遗憾。这种感觉，就像是把人生重来一遍。”陶无忌听了说：“时光之沙。”赵辉点头：“没错，你就是我的时光之沙。”

陶无忌记得，被赵辉叫去谈话那次，是下午两点。与苗彻乘同一趟电梯。按下“39”，陶无忌说了句“这层还是第一次来”。苗彻道：“上面的指纹也贵重得很。”开玩笑的口吻。两人在电梯口分道扬镳，一东一西。陶无忌敲门前，回头看了一眼苗彻，见他也在看自己。两个男人应该是觉得有些婆婆妈妈，便都笑笑，各自进门。陶无忌那瞬是想起了父亲——他背着行李往站台里走，父亲在后面叫：“路上小心，好好工作！”声音过于响亮，引得旁人都朝这边张望。陶无忌回头，瞥见父亲脸上堆着笑，手挥得刚硬有力，像所有长辈为小辈度身定制的那种氛围，赞许、鼓励、希冀，稍带些不舍。按说这时候是笑不出的，父子俩分开总是有些伤怀的事。陶无忌只好也报以微笑，手臂在头顶甩出一条很潇洒的抛物线。男人间喜欢这样，拿那种洞眼很大的筛子，把无用的、可有可无的东西统统筛掉，留下来的都是真生活，贼骨挺硬。不这样，仿佛体现不出男人的粗犷和大气,像女人了。

但赵辉不一样。那天他跟陶无忌聊了很久,也是以一个长辈的身份,但要细腻委婉得多。他问陶无忌:“知道薛致远吗?”陶无忌回答:“知道一点儿。”他提起“凤凰男”这个词,说薛致远也是个“凤凰男”。他用了“也”这个字,在陶无忌觉出反感之前,便已表明态度:“我不认为‘凤凰男’是个贬义词。现在这个社会,有太多聪明人,喜欢把人归类,这类人是怎样的,那类人又是怎样的,很没有道理。‘凤凰男’在我看来,就是出身一般但非常要强的人,很努力,也很优秀。世界上有好人也有坏人,‘凤凰男’里面也有好有坏,这跟是不是‘凤凰男’没有关系。”他说薛致远是个失败的例子:“被人骂总不是好事。你虽然年轻,却比他沉稳得多,品行也好。我一直很感激我的老师。现在我愈来愈明白老师当年的心情。找一个好孩子,栽培他、扶持他。自己犯过的错、走过的弯路,无论如何要提醒他注意。自己没做到的事、圆不了的梦,盼着他来替自己达成,不留遗憾。这种感觉,就像是把人生重来一遍。”陶无忌听了说:“时光之沙。”赵辉点头:“没错,你就是我的时光之沙。”

陶无忌那瞬是有些触动的。领导的语气恰到好处,郑重而又亲切,不给他压力,也绝不像在开玩笑。这时候似乎是要有所表态的,否则就是没礼貌了。陶无忌鼻子酸了一下,好像许久以来就是为了这刻。十年寒窗,所有的辛苦,既是实打实的,又像拔丝香蕉那些拉出的线,一种缠缠绕绕、牵丝攀藤的不易。连从家到学校的那条路,因为没有母亲的陪伴,似也比别人的要长一些,难走得多。之前所做的一切,应该都是为这刻而铺垫的吧。没有人比他更了解自己。比如“时光之沙”,他说想回到过去看看母亲的模样,话是不假,但放在那当口儿,他知道怎么说更让领导动容,一句顶一万句。偏偏还是不假思索,完全条件反射。陶无忌想起老家门前那条青石路,树影在河浜里轻轻摇晃。初秋时分是最美的,还未到十分绚烂,却已有了些蓬勃的意思。将近未近的感觉。最值得期待。

“谢谢赵总。”他诧异自己竟还是这句。

赵辉笑笑,只当他客气。小男生乖一点儿也好,锐气放在里面,显得有教养。

“我们还没加过微信呢。”赵辉拿出手机,扫了一下陶无忌的二维码,“如今这世道,加了微信才算认识。”又微笑,在他肩上一拍,“去吧。”

苗彻离开分部那天，处里同事为他办了一场送别宴，就在分行隔壁的韩国烤肉馆。包厢里两条长桌，苗彻坐居首那头，陶无忌辈分最低，坐末席，烤肉倒茶。没点酒。倒不是规定严到这个地步，主要是苗彻自己不想喝，众人怕触他心境，便也都陪着。气氛总体不错。分部的主任和副主任都来了，劝他："下面有下面的好，天高皇帝远，无拘无束自由自在，更能放开手脚。你又做过审计，六扇门改行当江洋大盗，知己知彼，黑白通杀，你说，谁还弄得过你？"是说他被贬到路支行当行长。话说得实惠得过了头，半是劝解半是玩笑，但道理不错，是真心为他好。又提到张江支行，行政上比一般的路支行高半级不说，今后几年发展都是热点，大有可为。苗彻听着，不附和也不反驳，只是称谢。

陶无忌烤肉的技术不错。尤其牛仔骨，讲究火候，时间太短不行，骨头旁边都是生的；太长也不行，成肉渣了。陶无忌技术好，手脚也利索，牛肉猪肉鸡肉轮番上阵，单煎、翻面，再夹到各人碟里，行云流水一气呵成。旁人夸他"能文能武，烤肉也是把好手"。他听了笑笑，自己不怎么吃，只是照顾众人。见苗彻也基本不动，便拿过一片生菜，放上两块肉，卷起来蘸了酱，递给他："苗处。"苗彻接过。"今天陶大侠变小媳妇了，"苗彻一口吞下，"我看过几集韩剧，里面的女人都是这样给男人包烤肉。"陶无忌道："他们是男尊女卑。"苗彻问："你和我女儿吃烤肉，是她给你包，还是你给她包？"陶无忌道："当然是我包她吃。"苗彻斜眼看他："真的？"陶无忌正色道："您看我的手势就该清楚了，都是平常练出来的。"

苗彻笑起来，手作势在陶无忌头顶打了一下："你小子，真该去演滑稽戏。"

"是有这打算。"陶无忌停了停，"——您都不在了，待着也没劲。"

"什么叫'不在了'？"苗彻皱眉，"你小学语文是体育老师教的？再说了，少在我面前装腔作势，烤几块肉就真把自己当小媳妇了？大脚装小脚，无聊啊。"说着摇头，嘴一努，示意陶无忌再包一块肉。陶无忌动作飞快，转瞬便包了一个递过来。

"在审计部好好干。"临分开时，苗彻丢下一句。陶无忌沉默片刻，点头："嗯。"苗彻停顿一下："——其实，你不必走我的老路。你，可以比我走得更好。"陶无忌朝他看，还未开口，苗彻又继续道，"以前，你是我的兵，我说话要像个长官。现在不一样了，我可以像老子训儿子那样，给你一点儿比较中肯的建议。"

陶无忌又点头,等了半晌,见他并不往下说。苗彻掏出烟,自己点上,吐了个烟圈,忽地叹气,摇头:

“算了,你这小兵油子,比狐狸还精。我这点儿人生经验,也作孽兮兮,没啥好炫耀的。”

苗晓慧来接父亲。她等在饭店门口,双臂张开,斜倚着那辆红色迷你酷派。苗彻拍着胸口,做惊讶状:“哎哟! 哪里来的漂亮车模?”苗晓慧嘻嘻笑着,上前一把揽住父亲的胳膊:“走,回家。”苗彻道:“深更半夜,浦东浦西绕一圈,你一个小姑娘,我不放心。”苗晓慧讨好的神情:“不绕,到家就不走了。行李在后备厢,今天搬回去。”苗彻看一眼陶无忌,笑意慢慢渗出来,嘴上还要犟:“又卖乖!”陶无忌叹道:“晓慧非要回去,我也没办法。”

苗彻父女离开后,陶无忌原地待了一会儿。今晚的气氛,是有些内敛的,或者说表面与内里是截然不同的。说笑、安慰、插科打诨,像一个巨大的锅盖,兜头兜脸把油锅盖住,掀不起什么来。任凭里面烧焦、变质,只是不理。苗彻脸上的神情,全程波澜不惊,笑或不笑,都柔和得很,在陶无忌看来,竟像是戴个面具那样别扭。连话也说得不详不尽。那句“你不必走我的老路”,其实该有下文的。无穷的意思。真正该像老子对儿子那样,酣畅淋漓一番。陶无忌等着,像小鹰站在崖边,战战兢兢的,被老鹰拎起来硬生生抛向天空,稚嫩的翅膀划出人生第一道精彩——偏偏什么都没有。那样戛然而止,本就是个悲剧。

赵辉站在角落,路灯在地上投下一道长长的影子,脸浸在暗处,看不甚清,唯独眼睛那里有光闪过。陶无忌猜他应该站了许久。刚好是苗彻适才上车的位置。陶无忌犹豫着是否要过去打个招呼。好在黑暗是天然的屏障,有自顾自的借口,少了麻烦。仿佛谁也不曾看见谁。陶无忌把目光移开,做出若无其事的样子,从另一边离开。

出地铁口时,接到程家元的消息:“没在家?”他回过去:“五分钟。”快步走到家,果然见程家元坐在台阶上,双手抱膝盖,盯着脚尖看。“有事?”陶无忌问他。

“没事,就是想找人说话。我猜你也是。”

“没错。”陶无忌点头。

蒋芮适时地出现,刚和赵蕊看完电影回来,说晚饭吃得有点儿油腻。“一起喝茶。”三个男生就近找个茶馆。聊天节奏没有因为多了个不速之客而犹犹豫豫，相反，更加迅速地奔向主题。程家元说：“这几天我一直在问自己：一、要不要留在S行；二、如果还留在S行，应该怎么做；三、我到底想成为怎样的人。”

蒋芮笑起来：“半夜聊这些，太高大上了。”陶无忌问他：“难道你不考虑这些？”蒋芮依然是笑：“考虑也考虑，不用拿到台面上。很多事情不是比谁叫得响。我站到屋顶上大吼一声，我是好同志！我要好好干！就真是这样了？——喊口号没意思的。”陶无忌道：“主要是思路没你清楚，要定期捋一捋。”蒋芮哎哟一声：“别人说这话也就算了，你陶无忌这么说，还给不给别人活路？”说着朝程家元笑笑，“他这人就喜欢假谦虚，显得他很有涵养，人又聪明。又红又专。”陶无忌也笑笑：“其实是草包一个，既没品又无能，很拿不出手。”

谈话陷入一种很微妙的氛围。虚话套实话，捧人加骂人。蒋芮是因为上午被赵辉说了一通，新近的两笔贷款，一笔五百万，一笔三百万，程序上有些问题，被风控部弹回来。都是朋友托的关系户，想着金额不大，又仗着是赵辉介绍入行的，便放肆了些。赵辉话说得不重，但意思很清楚。刚进来就这样，别人小三子还要装一阵呢，胆子有点儿大了。又提到赵蕊：“你们都年轻，要把精力多放在学习和工作上。”蒋芮心虚，前几天蕊蕊外婆过生日，他跟着去了，舅舅舅妈阿姨姨父见了一圈，亲亲热热，俨然一家人的模样。唯独不敢看赵辉。赵辉也是好功架，听众人提议“小伙子不错的，蕊蕊早点儿结婚成家也好”，也不反驳，只是坐着吃菜。蒋芮母亲一次无意间看到蕊蕊的照片，也吃了一惊：“你谈朋友了？”蒋芮没说是，也没说不是。蒋母也是眼尖，竟瞧出蕊蕊眼睛似乎不太好：“这小姑娘，有点儿斜眼？”蒋芮没好气：“角度问题。再说了，人家手好脚好，能看上你儿子？”蒋母听这话，便问姑娘父母是做什么的。蒋芮告诉她：“行长。”蒋母顿时惊得说不出话来。蒋芮觉得，比起陶无忌，自己的境地更可笑，连两情相悦那一层都完全不同，哄傻姑娘玩罢了。说人家父亲嫌贫爱富，自己都叫不响。不是一回事。也因为这样，便越发气不过。这“气”，还不是直截了当，而是七缠八绕莫名其妙。赵辉对陶无忌的器重也是一桩。朋友是镜子，心情好时可以正衣冠，倘若不顺，颓意也悉数被映在上面，一丝一毫都逃不脱。

“我不能跟你比。”蒋芮对陶无忌道，笑容有点儿僵。

“阿大阿二排排坐，谁都别笑话谁，也不用假客气。”陶无忌拿起茶杯，与他一碰。

“上海话越说越溜了。”蒋芮叹道。

程家元说到父亲：“——有点儿想他。”两人听了，都不语。程家元凄然道：“二十年没有他，也这么过来了。现在才真成没爹的孩子了。就算想要骂他嘲他，也不能了。”陶无忌劝他：“你只当还和过去一样，人是在的，只是看不到罢了。”程家元放下茶杯，把头埋在手心里，看不清表情，半晌，声音从手指缝里飈飈地透出来：

“我该怎么办？……”

三人都去了陶无忌家。程家元睡沙发。“上次来这儿，还是一年前的事。”他胡乱擦了把脸，躺下。蒋芮缩在睡袋里。床上是陶无忌。统共四十来个平方米，能听见彼此的呼吸声。关灯后，聊天继续。蒋芮说赵蕊居然还懂得让他用避孕套，说是周琳阿姨教的，用了不会生病。黑暗中，另两个男生都沉默着。蒋芮应该是觉得丧气，拿脚碰了一下程家元：“你呢，到哪一步了？”程家元说：“我比你纯情。”蒋芮嗯的一声：“明白，就是搞不定的意思。”

“我会和胡悦结婚，也会继续待在S行。”程家元忽地提高音量，“我会做得更好，让我爸在天上看到，后悔为什么直到最后才让我知道他是爱我的。”声音有些哑。

临睡前，话题终于回到最初的状态。也许是半夜那种界于清醒、迷糊之间的状态，让人更容易考虑一些有关现实和梦想的事。蒋芮说要攒钱，把欠赵辉的三十万先还了：“钱财上清了，其他才好谈，否则自己都觉得没底气。还有我妈，她说浦东地方大空气好，想把老房子卖掉，买到浦东。可浦东房价是什么概念？就算是外高桥那边，新房子也要五六万一平方米了。算来算去起码还有两三百万的缺口。我妈说了，一半靠我爸捡破烂，一半靠我。”陶无忌开玩笑：“你妈把国有银行和捡破烂的放在一个层面。”

程家元问陶无忌：“苗处走了，你有什么打算？”陶无忌道：“打报告，调到张江支行。”蒋芮说他：“瞎讲！”陶无忌笑了一下。

“那桩案子呢？”蒋芮又问，“还查不查？”

“不知道。”陶无忌思索片刻，回答。

“不知道，是什么意思？查还是不查？”

“还没想过。”陶无忌问他，“你觉得呢？我该不该查下去？”

“爱查不查，”蒋芮嘿的一声，“关我屁事。”

沉默了几分钟，各自睡了。陶无忌听见程家元的呼噜声，起初音量不大，渐渐地，气势便出来了，只能捂上耳朵。蒋芮不停地翻身，隐隐有叹息声，应该也在遭罪。陶无忌有些好笑，又想起那天赵辉说当年和苏见仁一个宿舍：“他呼噜声最响，大家都吃不消，最后只好派人守在旁边，声音一上去，就捅他的腰眼，再响，再捅，几次下来，就好了。”程家元把画寄出去的事，陶无忌也是后来才知道，否则肯定拦下他了。那是程家元情绪最失控的一段。陶无忌和胡悦围着他，把从网上看来的那套心理疏导的办法生搬硬套，其实自己也没把握。相比之下，胡悦更专业些，话也说得到位。她说：“你爸在天上看着呢，你不好好的，他怎么看得下去？我爸妈也在天上看着，所以我只能笑，笑给他们看。为了你妈，还有我和无忌，你也要好好的。”程家元先是不动，随即把头伏在她肩膀上，哭出了声。

审计报告在主任那里放了一阵，没下文，苗彻人一走，便成了悬案。众人知道厉害，也都不敢再提。电脑里有底稿，陶无忌看了又看，再去查东园公司那笔房开贷，说是相关资料被上面封存了，暂不对外开放。新来的处长是个女同志，姓郭，四十出头，做事和说话一样，都是温温柔柔，讲究稳扎稳打。下一站是去青浦，例行审计。案子不大，拖的时间不短，要大半个月。陶无忌临行前去张江看苗彻。交通很方便，2 号线地铁站出来便是。楼面规模不能跟分行比，小巧玲珑的一幢，旁边是个街心花园，绿树葱茏，环境优美。接待员听说找新来的苗总，亲自把他迎上去。办公室比之前大了一倍不止，桌椅也气派得多，沙发能躺下来睡觉。苗彻站在门口，崭新的工作服，领带也系上了，衬得人更挺拔威武，很有些封疆大吏的气派。苗总相当官方地跟陶无忌握了手，关照底下人：

“倒杯咖啡进来。”

陶无忌坐在沙发上，喝一口现磨的咖啡。苗彻从抽屉里拿包饼干出来，拆开，递到他面前。陶无忌说不饿。苗彻说是晓慧买的：“我不怎么吃零食，放着也要过期，你就当帮个忙。”陶无忌拿了一片：“这里挺好。”苗彻道：“这两天在翻以前的文件，从审计的眼光看，很要命。你突然跑过来，吓我一跳。”陶无忌笑笑：“明天去青浦，张江暂时不查。”苗彻嘿的一声：“青浦那边要双脚跳了。”陶无忌停顿一下，叫声“苗处”：

“——那案子，我还是想查下去。”

苗彻没吭声。陶无忌道：“前几天跟两个朋友谈理想谈人生，半夜里哭哭笑笑，话说得很煽情，把自己都给感动了。今天过来，就是等您下命令，给我鼓个劲，加个油。”

“为了晓慧？”苗彻冒出一句，“讨好我？”

陶无忌怔了怔：“不全是。”

“没必要，”苗彻摇头，“真的没必要。”他想着要说一番道理出来，翻来覆去竟只是“没必要”。瞥见陶无忌脸上有些错愕的神情，他把“没必要”说得越发硬邦邦，一点儿余地不留。

手机摆在面前，半小时前苗晓慧才发的消息：“爸，别跟无忌说。”

苗彻是昨晚见到那青年的。巧也是巧，他下楼倒垃圾，一辆白色特斯拉停在旁边。青年替苗晓慧开车门，两人互道“再见”，手牵了半天才放开，依依不舍的。苗彻脚下慢了半拍，那青年看见，忙不迭打招呼：“爷叔好。”苗晓慧有些慌乱，竟还替两人做介绍。苗彻提醒她：“我们见过。”问候老邻居，“你爸妈都好？”那青年倒是落落大方、不卑不亢的，离开时还说改日再正式拜访。回到家，苗彻问女儿：“什么状况？”苗晓慧红着脸，嘴上撒娇：“你上次不是说他蛮好吗？所以我听你的话，试试看呀。”苗彻停了几秒，又问：“陶无忌知道吗？”苗晓慧先是不语，随即拉着父亲的手甩了几下：“爸，你先别告诉他——”

倘若放在一年前，苗彻是要去庙里烧香还愿的，现在情形似乎不同。跟玛丽聊 QQ 时，苗彻说了这事。玛丽打个大大的惊叹号：“这下你开心了！”苗彻不表态，问她怎么看。玛丽说：“迟早的事。”这话又是出乎意料了。也不好意思细问，以免显得太迟钝，便一直沉默。对着女儿也是如此。倒谈不上支持还是反对，主要是没回过神来，只能装酷，仿佛莫测高深。苗彻想，这是个看不懂的世界，一个个泥鳅似的难以捉摸——其实也对，连赵辉都会变成那样，天底下还有什么是不会变的？

“我不知道该怎么回答你。总而言之，不查也罢。”

苗彻不看陶无忌，把话说得飞快。盼他别问，又盼他问个明白，心里有些窝塞。半晌，问他要不要再加点儿咖啡。陶无忌说不用。“一杯就够了，喝多了胃疼。”看出苗彻心里有事，陶无忌停顿一下，“——苗处，我记得您跟我说过，先进您当，黑锅我背。现在反过来了，我在审计部好好的，您倒是降了职。教会徒弟饿死师傅，我要真没良心，拿着您教我的东西眼开眼闭左右逢源，也不是做不到。问题是，过不了自己这关。我的优点缺点您都知道。您也别怕我吃亏，我虽然年轻，但一点儿也不娇气，脸皮厚心肠硬，您绝对放心。”

“我没啥不放心的。”苗彻丢下一句。那话在嘴里打转半天，终是说不出来。苗彻装作无意间问起：“跟晓慧好吗？”陶无忌说：“蛮好。”苗彻朝他看，也不知再说些什么。在这孩子面前竟从未如此局促过。“——有事打我电话。”最后这句，竟也是极官方的。

陶无忌到青浦的第二周，胡悦也来了，说有个孤儿院的朋友过生日：“到早了，抽空陪你吃个午餐。”吃饭时，陶无忌见她手边一个精致的手袋，问是不是生日礼物。胡悦便拿出来，打开，一副金色袖钉。陶无忌啧啧道：“原来是男性朋友——会戴这么时髦的袖钉，人肯定很帅。”胡悦笑了笑：“其实是个秃子。乡下人，没什么品位，恨不得打一副纯金的给他才好。”

青浦之行比想象的要复杂一些。倒并非审计上的事，主要是坏了一笔五亿元的基金，到期兑付不出，客户冲到支行理论，闹得很凶。审计组在楼上，听楼下乱得跟菜场似的，高音喇叭循环喊着：“抢钱啦！杀人啦！救命啦！”声嘶力竭，也不知是谁想出来的。几个女同志忍不住，扑哧笑出声来。郭处叮嘱她们：“管好自己。现在不好好查案，坏账在你们手里漏掉，过几年人家闹起来，只有哭的份儿了。”大实话，也有威慑力。再过一阵，便有知情的人打听出来，那案子是两年前的，算起来似乎与死去的戴副总也有关。众人更是不敢再提。关于戴副总的事，至今仍是个谜。传闻倒有各种说法，为名、为利、为女人，无非是那些老套路，竟从未坐实过。连具体涉及哪几桩案子，也只有极少数核心人物才知道，其余俱是编故事，比说书的还精彩。

青浦支行有些狼狈。审计组是钦差大臣，眼皮底下出这岔子，虽说是过去的案子,终归难看。行长姓张,四十多岁,当了六七年副职,上个月刚刚转正,跟郭处有点儿交情,吃饭时便凑上来聊天,东一句,西一句,其实是探口风。陶无忌也在边上,郭处给两人介绍:"张总。陶无忌。"那人打个哈哈:"我算什么总啊——"朝陶无忌看一眼,笑笑,"久仰大名。"陶无忌觉得这笑容有些暧昧,记不清几时与他有过交道,嘴上客气道:"张总。"

晚上,支行邀审计组去青浦当地的剧场看文艺演出。区文工团的班底,热闹为主,档次一般,联欢会性质。陶无忌本来跟一个同事坐一起,那人看了半场,有事先走了。过了片刻,旁边又坐下一人。看去,竟是张行长,白天穿的是工作服,晚上换了套浅咖色西装,粉色衬衫配格子领带,皮鞋锃亮,还喷了香水。陶无忌隐约听人提过,张总平常注重生活品质,穿衣着装比较考究。"草台班子,入不了市区来的同志的法眼。"他眼望前方,陶无忌怔了几秒才明白这话是对自己说的,只好客气道:"我是小地方人,到大上海来,看什么都是好的。"半是调侃半是自嘲。"我知道,你是山东人,"他道,"财大毕业。你们这届分到S行的不少。"陶无忌道:"也不算多,加上我四个。"他嗯了一声:"都是人才。"

陶无忌觉得,跟这人说话有些莫名的别扭。敌意不似敌意,亲切不像亲切,还是少搭理为妙。张总道:"我当年也想考财大,差了十几分,志愿没填好,一捋到底,进了大专——"手机振动一下,有消息,他拿起来看。陶无忌瞥见他拇指上戴了一枚硕大的宝石戒指,男人戴首饰倒也少见,目光又扫过他袖口,熨得笔挺有筋,金色的袖钉熠熠发光,甚是显眼。陶无忌不觉一怔。他继续道:"你们这届有个小姑娘,姓胡还是姓吴——"陶无忌提醒他:"胡悦。"他道:"没错,胡悦——你们熟吗?"陶无忌道:"一般。"他笑笑,神情更是暧昧:"真的?"陶无忌不再吭声,瞥见他顶上一头乌发,发际线太过泾渭分明,边界像拿尺画出来似的,那般乌黑浓密,大片大片地铺将开来,反倒假了,戴帽子的感觉。陶无忌心里一动,闪过胡悦那句"其实是个秃子"。此时,台上越发热闹了,应该是接近尾声。红红绿绿、男男女女,唱的唱,跳的跳,笑得灿烂无比,光打在人脸上,五官凸显了,但因一个个俱是如此,反倒成了千篇一律,机器人似的。音乐声震得人耳膜发颤,硬生生造出一派花团锦簇。台下众人却依然安静坐着,连神情也不曾变过,只相距不过几米,便像是脱节了,中间隔着几百个朝代似的。

又过了两日，审计时忽听旁边人大叫一声："不会吧！"说浦东支行出事了，给众人看朋友发来的视频。手机拍的，镜头晃得厉害：一个戴眼镜的中年妇女去拽柜台里的年轻女职员，边拽边喊"侬只死女人，勿要面孔的狐狸精"，那女职员用手护住头，勉强招架，样子很狼狈。旁边几个工作人员赶过来劝，因对方是女同志，又不好很用力，反倒处于下风。

陶无忌只看了几眼，便认出那女职员是胡悦。"去年跟你差不多时间分进来的小姑娘，是吧？"旁边人推他一下，问道。他含糊应了声。一会儿，那闹事女人的身份也被搞清楚了："青浦支行张总的夫人。"众人还来不及惊讶，那人又加上一句，"戴副总的妹妹。"

陶无忌犹豫了许久，要不要给胡悦打电话。朋友圈上传得沸沸扬扬。程家元应该也知道了，问他自然不合适，问当事人也不合适。陶无忌把手机握了半日，外壳都握热了。打开微信，与胡悦最近的聊天记录是"朋友生日"那天的。他问她："生日派对热闹吗？"她回答："还行。"他又问："寿星喜欢金色袖钉吗？"她回了个大大的笑脸。

"如果需要找人说话，尽管开口。"犹豫再三，他发了这条过去。

半晌没回音。陶无忌坐在座位上，看表，晚上九点差一刻。同事们都回招待所了，偌大的办公室里只他一个。他对着电脑，文件铺开，却什么也没看进去。又过了片刻，手机响了，胡悦发了个地址过来，是离青浦支行不远的某个茶室。

"有空吗？聊聊。"

陶无忌很快到了那里。人很少，灯光昏暗。胡悦坐在角落位子，戴着口罩。陶无忌走过去，坐下。茶和小食已点好了。只陶无忌面前一个杯子。"我不喝，"她指指口罩，"有点儿感冒，别传染给你。"陶无忌嗯了一声，没忍住："下手这么狠？"

她知道他误会了，把口罩摘掉给他看，脸上完好无异。"我一直护着脸。你从视频上应该看到的。"陶无忌只好点头。她又戴上口罩。"这样隔一层，像戴个面具，自在些，否则待会儿有些话说不出来。你知道的，我这人比较怕难为情。"她竟还开玩笑。他忙道："你说。"

"还记得告解亭的小故事吗？你告诉我的。"胡悦停顿一下，叹口气，口罩朝外略微凸起一块，语气在刹那间变得异常郑重，"今晚，你就是我的告解亭。"

二十八

赵辉沉默片刻。"——阿哥，我现在的办公室，以前是戴副总的。我常常站在窗台前，想，他怎么会真的跳下去？千古艰难唯一死。换了我，不会有他那种勇气。"

吴显龙这些年建了不少楼盘，最钟意的，是苏州的"绿岛"。两年前落成，十来幢高层，走环保风，时下流行的"低碳建筑、科技住宅"。外墙大理石干挂，内园绿树成荫。临着太湖，湖景一览无余。当年还创了个单日销售量的纪录。"绿岛"这名字有两层意思：一是环保、绿色，二是他生母的名讳里有个"绿"字。吴显龙幼时常听邻居唤她"绿 ya"，起初以为是"绿雅"，后来才知是"绿芽"。曾问过她为何叫这个"芽"，她说老早人取名哪儿像现在这么讲究？尤其女孩，都是张口便来。她自己也是瞎猜，或许出生时有谁正在择绿豆芽，便得了这名，也未可知。吴显龙叫了她一世孃孃，自始至终那个"妈"字未出口。憋着气，也不知是对谁。算起来孃孃也是受害者，撇开旧社会男尊女卑通房丫头那层不提，她竟是一天好日子也没过上。做小做妾，当牛做马，落下一身病，四十出头便没了。总算是死在老宅。她说她一辈子都在这房子里，没出过上海，也不知道外面的世界如何。吴显龙把这话记着，给楼盘取名时，一下子便定了"绿岛"，几乎是下意识的。照孃孃生前最喜欢的一套淡青色旗袍，式样上稍稍改些，定做了几十套给售楼小姐当工作服。宣传海报上也是一位穿旗袍的清秀女子，倚在廊下，面前一杯茶、一本书。人淡如菊、山水入画。“绿岛”两个字是吴显龙自己写的，从小练字，童子功扎实是扎实，但到底并非专业。之前那些楼盘都是重金请的名家墨宝，唯独这次，他想亲自写。

可洋相竟也是出在这个楼盘。上周，2 号楼顶层复式失火，烧死了女主人和一对五岁的龙凤胎。现场消防器材不规范，消防栓没水，加上小区绿化妨碍了消防车辆，一场普通的火灾足足持续了三小时才被扑灭。这事一度上升到微博热搜榜首位。男主人在失事楼下设了灵堂，无数人前来吊唁，鲜花摆满小区。舆论矛头直指显龙集团。吴显龙处理危机公关也算有些经验，这些年大大小小的楼盘，各种事情也经历了不少，但这次比较棘手。网上那对龙凤胎的照片，粉妆玉琢，可爱到了极点。女主人也才三十出头，很温婉贤淑的模样。帖子下的几万条评论看得吴显龙心惊肉跳，那几日连门都不敢出，生怕斜地里一个汽油瓶扔过来。那户的男主人做玉石生意，家道殷实。事发第二天，苏州分公司的负责人便上门拜访，赔偿金额提到一个相当高的水准，人家理也不理，表示绝不接受私下赔偿，只要显龙集团公开道歉，给个说法。吴显龙自是不会答应。企业公开道歉，那便等同于下跪讨饶，露了怯，今后在这行便再也抬不起头了。只是该打点的还是要打点。各级机构，还有媒体。官家不出面，媒体不发声，任他吵到天边去，也是无用。老百姓兴致来得快，散得也快。吴显龙想通这点，便只是装聋作哑，再不放在心上。

事情一桩接着一桩。青浦那笔基金还是前年做的，用了些手段，直接转到天鹅岛项目下。后来项目黄了，钱也打了水漂。资金链断了接，接了断，早忘了哪笔是哪笔了。本来算好两年期限一到，便从别处挪些过来，谁知屋漏偏逢连夜雨，火灾那事后，公司股票连着几个跌停，西藏南路那个在售的楼盘也大受影响，算下来损失了八九亿都不止。吴显龙头都大了，想来想去，只有找赵辉：“兄弟，想想办法。”

青浦那事，照规矩下一步便是走法律流程。国有银行，信誉是头一条，金额再高也是刚性兑付，不让客户吃亏，也不会把事情闹大。但哑巴亏是不吃的。告上法庭，抵押品强制拍卖，融资方征信度大打折扣，弄不好还会被央行认定为失信企业，以后寸步难行。真是那种小企业，倒闭也就罢了，横竖也就是个死。显龙集团到底盘子大得多,爱惜羽毛,就很难过了。加上苏州“绿岛”火灾的事,被舆论推到风口浪尖,人肉搜索,兜头兜脸来个大起底,虚的实的,新账旧账一起算,一棍子打死也不是没可能。

赵辉问起那笔基金的由头:“阿哥你找的戴副总?”

“前年。托了个中间人。”

“他妹妹?”

吴显龙不意外。赵辉是多聪明的人,况且情况也不复杂。戴副总当时分管信贷。青浦支行的副行长是戴副总的妹夫。托人要托到点子上,光这层关系就足够了。其实也是先斩后奏,贷款先办好了,再去拜见戴副总。重点倒不在青浦这笔,一枪头生意没意思,细水长流才是王道。万事开头难,有了第一次,后面自然好说。妹夫违规,做大舅子的再硬气,终究有限。妹夫是外头人,妹妹却是自家人。何况还不是普通的妹妹。兄妹俩年纪差了十几岁,早年父母上班,早出晚归,妹妹倒有一半是他带大的。长兄代父,对这妹妹着实是疼爱。一年暑假,他带妹妹去游泳,中途拉肚子,临时把妹妹托给旁边人,火急火燎解决了再出来,却不见了妹妹踪影。以为是沉到了水底,在场众人把游泳池找个遍,却不见踪影。总算有人给了线索,说看见一个女孩自己跑到外面去了。再找,从下午直找到半夜,好歹是找到了——小姑娘掉到窨井里,亏得一只鞋子落在外头,让人发现了,否则真要出大事了。头砸在窨井沿上,血出了不少,医生说性命倒是无忧,只是今后免不了要留疤。那天父母自是百般焦急,哥哥更是自责到极点。后来果然留了疤,从耳际到前颈,蜿蜿蜒蜒一条。便一直留长发,大热天也是披着。腿不知怎的,竟也有些一高一低,成了跛脚。虽不致影响生活,到底是难看。找对象的标准因此降了三分,更不敢耽误,大专毕业便匆匆嫁了,还是嫁到郊县。妹夫原先在邮电局上班,嫌钱少活儿多,去求大舅子,调到S行。戴副总看在妹妹的分上替他办成。这人会钻营,十来年工夫便升到支行副行长。做事风格与戴副总有些不对路,也不好十分劝他,毕竟是亲戚,也怕妹妹多心。显龙集团那笔贷款,戴副总起初并不知情,后来妹夫说要给他引见个人,架势有些隆重,只得去了。

吴显龙至今仍记得那天见面的情形。“他真的跟你很像呢。”他对赵辉道。

“戴副总是我很敬重的人。”赵辉缓缓道。

“是个好人。”吴显龙叹息。他说那天戴副总基本没吭声，只他妹夫一个人穿插全场。“这个瘪三。”吴显龙这么评价姓张的。六十万现金，崭新的票子，装在一个考克箱里，这人没怎么迟疑便收了下来。贷款也批得很快。吴显龙这些年打过交道的人太多了，几个回合便能掂出分量。这人属于骨头轻的。安吉一套小联排，挂在戴副总妹妹的名下，手续都办妥了。那顿饭是试金石，也是透个底，木已成舟的意思。下一步就该是锦上添花才对，你好我好大家好。当着外人的面，戴副总自是不会说妹夫，连责备的眼神也没一个。自始至终沉默着。又像在思考。不喝酒，也不怎么吃东西。

“我做好了被拒绝的准备。”吴显龙对赵辉道，“谁知过了两周，我单独请他喝酒，他竟然同意了。——你猜是什么原因？”

“跟他妹妹有关？”

“没错。姓张的见没下文，便吵着要离婚，这女人舍不得，去求她哥哥。她说她无论如何不会离婚，还说如果离婚了，她就去找爸妈。她爸妈早在七八年前就相继去世了。”

“这女人，是戴副总的死穴。”

“没人能滴水不漏。”吴显龙叹了口气。

赵辉沉默片刻。“——阿哥，我现在的办公室，以前是戴副总的。我常常站在窗台前，想，他怎么会真的跳下去？千古艰难唯一死。换了我，不会有他那种勇气。”

“这种事，不必向他学习。”吴显龙开了句玩笑，却也是有些苍凉的。这当口儿谈这个，其实有些不合适，悲剧色彩忒浓了。凡事都有成有败，运势也是有高有低。倘若受到些挫折，便往那处想，真是什么事都做不成了。赵辉会说到戴副总，也正常——把自杀的前任抬出来，封吴显龙的嘴。朋友之间其实也是见招拆招，有时比普通人更难做，很无奈。何况这人还真是与他有关，他造的孽。五十多岁便没了，也实在是刚硬。始料未及。这阵子吴显龙被人骂造孽，耳朵几乎起老茧了。无数人在网上指名道姓地骂：“吴显龙，去死吧，下地狱吧！”公司每天都要扔掉几麻袋匿名信，如果拆开，上面问候他祖宗十八代的，应该也不在少数。

人生不如意事常八九。个个如此，逃不脱的。倘若今晚不提戴副总，话还好说些，到这步，当真是难讲了。站在赵辉的角度，吴显龙猜他会从戴副总妹妹联想到蕊蕊，小姑娘将来找对象，只怕也是桩难事。好与不好，关乎一生一世。

周琳厨艺愈来愈有长进，买来螃蟹，与年糕一起炒，放生抽与冰糖，最后大火收汁，红红亮亮一大盘。连保姆都说“周小姐在，我要下岗了”。蕊蕊嫌吐壳麻烦，周琳便替她把蟹肉剥出来，放在汤匙里蘸了汤，一口口喂她，见赵辉摇头，便道：“人家眼睛还在康复期。”赵辉反问：“吃螃蟹要用眼睛？”周琳嗔道：“怎么不用？难不成像你这样烂嚼一通？”又道，“小姑娘眼睛要养养好，将来有的是地方要派用场。最起码选老公就要擦亮眼睛。”赵辉点头：“那倒是。”问她公司里最近有什么情况。周琳停顿一下：“你阿哥这阵子有点儿发急。”

赵辉懂她的意思。周琳的投资公司是名副其实的“通道公司”，显龙集团旗下几乎所有的子公司都通过她来融资。她提供担保，协助搭桥。基本上，吴显龙的每一笔融资，都牵扯到她。“天生的公关材料，自己人不用，可惜了。”吴显龙当初这么对赵辉说。台面上的理由，惜才重才，怎么说都合适，也好听。没事便没事，倘若有事便完全不同，刺啦一下，把表面那层剥开，只留个赤裸裸的核。人情话、场面话、悄悄话、心里话……统统过滤掉，剩下的只有大实话，却也是最不好听的——拉住周琳，他赵辉便走不脱，成了一根绳上的蚂蚱。好兄弟一条命，赵辉觉得，这也没什么。人人都要拽根救命稻草，他本就是吴显龙最亲近的人。天底下的事若都这样剥皮拆骨地看，那便一桩也经不起推敲了。相比过去，赵辉现在竟愈加豁达了，看人看事，面儿放得更宽，也更能觉出人生的不易。像小时候喜欢走“上街沿”，宽不过两三寸，手臂张开，走得颤悠悠，一不留神便失去平衡。那种抖抖豁豁的执着，差之毫厘失之千里的局势，虽是玩笑，却也透着辛苦。赵辉是知道其中艰难的。

“爸爸也一直在思考，思考怎么生活、怎么做人，思考怎样才能让你和姐姐过得更好。”

昨晚，赵辉这么对东东说。小家伙在外面晃荡了两个礼拜，晒得皮肤黝黑，总算是回来了。周琳去长途汽车站接的他。这段时间他只与周琳联系。周琳给赵辉看她与“赵公子”的微信聊天记录。“你儿子像个诗人。”她抿嘴笑。赵辉认真看东东那些信息:“我想去远方,可是脚下好像被什么绊住。我听见我爸在叫我,还有我妈,虽然她走的时候我还小,但我居然听到了她的声音,你说怪不怪?”“我画画的时候经常想,这世界是什么颜色?是五颜六色吗?画上好像是的,但真实的世界不是。我一直有个疑惑,我眼睛里看到的红色,在别人眼里也是这个颜色吗?会不会只是叫法相同,而看到的却是完全不同的颜色?也许别人眼里的绿色,才是我看到的红色?”还有一次,他问周琳:“你了解我爸爸吗?”周琳回答:“对自己所爱的人,有时候不必完全了解,只要信任就可以。”他发个“撇嘴”的表情:“唯心主义。”周琳道:“心是骗不了人的。退一万步讲,要是心真的被骗了,自己是觉察不出的。别人不说,你就一辈子不知道。所以要想幸福,就信自己的心。没错的。”

“你才更像个诗人。”赵辉说周琳。

父子俩在书房里谈到深夜。其实也没那么多话,大部分时候是沉默。男人间的对峙、质疑、坦诚、思考。从那幅画开始。

“你真的托他向美院的老师引荐?”东东问。

“对。”

“人是谁撞的?”

“不是我。”

“但是跟你有关系?”

“有。”

赵辉做好被追问下去的准备。谁知东东竟打住了。

“爸爸,”小家伙低着头,声音有些低沉,“我相信你。我的心告诉我,我爸爸是个好人。所以,我相信你。”

赵辉本来认为这次谈话会是一次父子间的斗智斗勇,像为油画填色,某些地方加重,某些地方一笔带过,左挡右支中杀出一条险路。至少对他来说是如此。但那刻,他看到自己的眼泪落到手背上。可笑的是,他脸上居然还带着为人父者专属的表情,矜持、端严,或是别的什么,似是随时准备对儿子晓之以理。他没料到自己会哭。他此刻的模样,与他的心情一样矛盾。东东说完那句,站起来。赵辉下意识地也跟着站了起来,有些仓皇的——门就在旁边,怕儿子一走又是两个礼拜。与此同时,他觉出某种压迫感,儿子的身高已明显超出自己,肩头也宽了许多。真正是男人间的对峙了。五官还有些稚气,却也是充满生机的。

“我决赛画什么?”东东忽问他。

赵辉停了停:“你自己定吧。这方面我是外行。”

“给点儿建议。”

“要不,还是画你妈妈?”

“——再看吧。”东东考虑了一下,“反正还有时间。”

吴显龙再来找赵辉,是一周后。青浦的事已压了下去。短短几天,整个人竟似又老了七八岁。两人到分行附近的一家饭店。赵辉去趟洗手间,回来时见他在看手机,眉头紧蹙,额头上沟沟壑壑。瞥一眼,应该是在看微博。吴显龙也不瞒他:“那对龙凤胎的爸爸,开了个微博,粉丝有几百万。”赵辉哦了一声。

“每天刷一遍,就当是电疗。”他道,“能治病,也能吊精神,比喝咖啡强。”

“阿哥,你要保重身体。”赵辉是说他脸色太差。

“我没结过婚,也没有孩子,”吴显龙道,“但我可以想象那个爸爸的心情。我请了一支顶尖的律师团队,找他的漏洞,还买了几千个水军,黑他的微博。但我自己也注册了个号,每天为这人点赞,甚至还在评论里支持他,我说:‘希望你好好的,吴显龙那个浑蛋,老天会收拾他的。’奇怪的是,我这么说了以后,心里舒服极了,血压也下去不少,好像真的有种同仇敌忾的感觉。阿弟你不晓得,其实我很讨厌我自己,从小就是。我是个多出来的人。老天给过我很多次机会自生自灭,但都没成功。我一直有这种感觉,现在活的每一天,其实都是多出来的。我今年六十岁,按十六岁死掉来算,我多活了四十四年。”

“你十六岁,我七岁,那年你把我从火里救出来。”赵辉回忆道。

他点头:“没错。”

赵辉为他的杯里续上茶:“阿哥,我们都上了年纪了。想开点儿,身体要紧。”

“老薛进去也有小半年了。”吴显龙忽然说到薛致远。赵辉点头:“五个月不到。”吴显龙叹道:“致远信托当年多风光啊,说败落也就败落了。这个圈子里的人,都是在跟老天赛跑。趁老天爷眼开眼闭,一路到终点也就罢了。倘若老天爷认真起来,一个也逃不脱。"

赵辉不语。吴显龙像个累到极点的人,反有种颓废的亢奋。通常这样状态的人,喜欢说一些总结性的话,仿佛看透世情,絮絮叨叨,说自己,也说别人。一会儿又回忆过去。他说孃孃要是在世,一定不喜欢他经商。"她不识字,最佩服有学问的教书先生。不过她也说了,我生就一副贼骨千千(方言,意为贼兮兮,不正经)的模样,老师是肯定当不成的。最好是学一门手艺,或者当医生,走到哪里都饿不死。我孃孃是老派人。"赵辉道:"老派有老派的好,新派也有新派的好。"吴显龙摇头:"你这话说了等于白说。"赵辉笑笑:"阿哥天生是发财的命。"

初秋的雨日,比黄梅天还要邋遢。地上湿得打滑。毛孔黏腻得令人心烦。撑不撑伞倒无所谓了。水汽像女人用的保湿喷雾,兜头散落下来,雨露均沾,逃无可逃。吴显龙说想散步,赵辉便陪他。两人沿着陆家嘴绿地,缓缓地走。吴显龙说起青浦那笔基金:"搞定了。还是那个瘪三。"赵辉点头:"哦。"吴显龙忽然笑了笑:"你总是这样。搞不懂你是早就知道了呢,还是不屑于多问。"赵辉道:"都不是。阿哥反正会说下去,我只要竖起耳朵听就行。"这话有些佻皮。吴显龙又笑了笑:"我偏不说,吊足你胃口。"

认识青浦张行长,还是吴显龙的一个"小朋友"帮的忙。小朋友比吴显龙小了好几轮,算是忘年交。"男的女的?"赵辉问他。吴显龙一笑:"这不重要。"他说和这小朋友很投契,一见如故,除了相识的地方容易让人误会,其余都非常完美。

几年前,某夜总会,靠近城乡接合部,门面绚烂得过了头,反倒土气。走进去,女孩们浓妆艳抹,看不清本来面目。笑容也是流水线上的产品,复制再粘贴。他很少挑这种地方谈生意,但对方喜欢。一个土地局的朋友,年纪其实挺轻,手一挥,很熟练地招来几个女孩。边喝酒边聊天。女孩们叽叽喳喳的说话声盖过了两人的聊天声。他只好把手机拿出来,屏幕朝下,放在桌边。录音。倒不是真要怎么样,主要是有备无患,留个后招。服务生进来送酒时,不慎把手机碰掉在地翻了个面儿。红色的"录音"键在屏幕上很是显眼。一个女孩抢在那人发现之前,把手机捡起,还给吴显龙。后来他问她:"为什么这么做?"她道:"你坐着一动不动,不喝酒也不揩油,是个老实人。不能让老实人吃亏。"说这话时,她扒在他的车窗上,问他讨一支烟,宝蓝色的眼影在路灯下闪着荧光。他为她点上火,看她熟练地吐着烟圈。他猜她想敲竹杠,手已经摸到皮夹子了,她忽问他:“你属猪?”他怔了一下,想起刚才聊天时好像提过。她说她也属猪,又问:“你几月份的?”他让她先说。她说:“7 月底。7 月 27 日。”他又是一怔,回想刚才哪里说漏嘴了。她掏出身份证,在他面前一亮:“看你的表情,就知道我们是同一天生日。不想说就别说,老爷叔腼腆唻。”女孩提醒他留意信用卡,“建议你换芯片卡”。他依言改了密码。果然不出两天便收到银行的短信,提示他三次密码输错,卡被冻结。还是在异地。夜总会这种地方,鱼龙混杂,在角落装个摄像头,把你的密码记下来,再复制一张卡,分分钟的事。老爷叔不好生受小姑娘的恩,便又去了一趟夜总会,买了个最新款的 iPhone(苹果手机)。他竟然看到她在角落里哭,眼泪落下来,面前茶几湿了一摊。“Lucy!”他叫她的英文名。她抬起头,睫毛膏化开,成了熊猫,涂着大红唇膏的作孽兮兮的熊猫,鼻头和嘴唇一样红。那天是 7 月 27 日。“我想我爸妈。”她哽咽着。他这才知道她是个孤儿,把 iPhone 递给她:“生日快乐!”两人买来蛋糕,上面插两根蜡烛,各人吹灭一根,为对方唱生日歌,一遍中文版一遍英文版。他从没想过会和一个陌生女孩一起过生日。他不作兴这些,平常最多也就是吃碗排骨面。“我也没有爸妈,”他安慰她,“这没什么,真的没什么。天塌不下来。”两人你一杯我一杯地喝酒。她喝醉了,吐得稀里哗啦。他替她收拾干净,轻拍她的背:“没事的,没事的——”她伏在他怀里,哭得像个孩子,眼泪鼻涕擦了他一身。

“我对她没有别的意思,跟男女感情没关系。都是孤儿,大家抱团取暖。”

吴显龙告诉赵辉,那女孩很聪明。“是大聪明,不是小聪明。到了我这个岁数,看得太多了。小聪明是棱角分明,把什么都放在脸上。大聪明反倒随和得多。她是个大气的女孩。这些年,我们偶尔见面,大多是短信联系。她叫我老爷叔。天底下的事情就是这么奇怪,认识一辈子,不见得彼此了解,有时候萍水相逢,竟能成为知己。”

她不化妆的时候,很清秀,干干净净的模样。话不多,但比别人更能说到点子上,而且绝不让你难受。他有阵子以为她是薛宝钗一类的人,后来知道不是。她还是个孩子,懂事、善良是与生俱来的,境遇再不如意,也改变不了。这是他最欣赏她的地方。跟她做朋友很舒服。有首歌叫《小小的太阳》:"……你像一个小小的太阳,有一种温暖,总是让我将要冰冷的心,有地方取暖……"她之于他,便是如此。小小的彼此心照的忘年交。

张行长那时还是副行长,对她是真爱,用他自己的话便是,"鬼迷心窍了"。她安排这人与吴显龙见面。她怎么说,他便怎么做。裙下不贰之臣。有阵子他竟想要离婚,被她劝住了。这些年,她与他保持着友好的若即若离的关系。他愿意为她做任何事。除了姓张的,女孩拿橡皮筋扎住的一捆名片,里面有的是吴显龙能派上用场的。她挑出来给他,与他一起筛选、商量。有时候她甚至比他看得还要清楚,大势、时局、眼下和未来——她与那些人说话的样子,分寸拿捏,连吴显龙也觉得吃惊。这小朋友是老天爷送来给他的。

吴显龙卷起袖管,上臂文了一只棕色的猪头。

"她也文了?"赵辉问。

"对,"吴显龙点头,"是她提议的。我说我怕疼,她说没事,眼睛一闭牙一咬,就过了。结果她一边文一边尖叫,差点儿被人家踢出来。我说过,她还是个孩子。"

二十九

这半年来，陶无忌打心底里敬重苗彻，更生出几分感同身受。苗彻的想法，他竟能完全领悟到。苗彻做的事，他也不由自主跟着。嘴上不说，但心里拿定主意，要成为像苗彻那样的人。

“其实也没有那么疼。主要是害怕。”

胡悦向陶无忌介绍文身时的细节。先消毒，将图案线条转印到身上，再割线，将多余的颜色拭去，开始“打雾”，也就是上色，用排针刺入皮肤。这是最疼的。但真到这一步，其实也服帖了，被师傅骂得没脾气了，“不做就出去，又没人强迫你”，便只得忍着。最后点高光，上白色。大功告成。老爷叔在旁边也是脸色煞白，龇牙咧嘴。总算没叫出声，比她强些。在淮海路靠近思南路的一条小弄堂里。六七年前那里有不少小店，门面开在里头，很幽秘。都是朋友介绍来的生意。老板信佛，墙上贴着一章章手写的经书，字体各异，应该是不同人抄的。正中一朵石雕的莲花，坐在小池塘里，底下灯光打上来，有些端严的意思。店名也叫“莲”。两人结束后找了家酒吧，也是就近的。“古代人止痛都用酒。”老爷叔开玩笑。她喜欢和他这样坐着，喝酒、聊天。想说什么便说什么。想哭便哭，想笑便笑。从未有人给过她这种感觉。年纪也是个缘故。隔得远了，反倒生出些亲近来，长辈与小辈那种，还有景仰。老爷叔是当得起“景仰”这个词的。倘若没有他，她是要沉下去的。旁人眼里看着再怎么讨喜，自己心里明白，其实自己眼里的世界无趣到了极点。像走在悬崖边，眼一闭，便径直掉下去。也不觉得可惜的。是他撑起了她。或者说，是两人互相支撑。她伸出的手，被他抓得牢牢的。他说他的故事，她从中看到自己的影子，一丝一缕，再亲切不过的。他是她心中的那个“底”，厚实、可靠。几十亿人中，找不出第二个。是知己，更是亲人。

“替他做事，其实也是替自己做事。我和老爷叔，是天底下最亲的人。”

她瞥见陶无忌喝了口茶，神情虽不变，眉宇间却有些勉强。换了其他人，听得早跳起来了。他只是静静坐着。小朋友与老爷叔的传奇，她娓娓道来，像在说别人的事。告解不就是这样吗？只管述说，不带感情，好坏尽让对方去评。她头一回在陶无忌面前生出些促狭的快意，小陶啊小陶，也让你尝尝这滋味，听人叹苦，为人排解，一担子压在你肩头，看你如何是好。心里却叹口气，自这一日起，她与他便再也回不到从前了。好同学，好朋友，在此刻打上一个大大的问号。她给自己走了一步死棋。其实也是没法子。这些年，早料到会有这天。她说出来，或是他看出来，早早晚晚的事，躲不过的。

“苏处的那个优盘，是我偷的。家元那几天情绪很差，我去他家陪他，溜到书房。保险箱密码是家元生日，试了两次就拿到了。这东西是老爷叔的硬伤，不能留着。”

“你知道苏处是怎么死的吗？”停了停，陶无忌问。

“是质问？”胡悦朝他看。

“不是。是疑问。”陶无忌加上一句，“告解亭里的神父不会质问。”

胡悦笑了一下，摇头，笑容有些涩然，为此刻的氛围更添上几分诡异。她拿过茶壶，为他续水：“车祸第二天，我陪老爷叔去签了个器官捐赠同意书，他说死后要把所有的器官都捐出来。我问他为什么，他说，积德。还有戴副总跳楼那次，他隔天就去了贵州郊区，一口气建了二十所希望小学，叫‘尚德小学’。你大概不知道，戴副总的名字就叫戴尚德。我说他，打一巴掌给个甜枣，如果天底下的事情都可以这么操作，那就没有‘作孽’一说了。我是倚小卖小，除了我，没人敢这么说他。老爷叔自己也讲过，全天下他只听我一个人的，我是阿姐，他是小弟。这自然是哄我开心，他若是早点儿结婚生子，只怕我比他孙女也大不了几岁。”

“我们还是朋友吗?”结束时,她这么问他。

陶无忌点头,为了强调,还把她的手握住,放在手心里捏了两捏。她笑笑,把另一只手也放在他的手上。手心冰冷。他只当没察觉,也报以一笑。竟有些莫名其妙的仪式感了。也是极不自然的。手握了一分钟才放开。胡悦又笑了笑,说:“好,再见吧。”

她没开车。他想也对,心情不好开车容易出事,便替她叫了出租车,目送车子驶远,在夜幕中渐渐消失。陶无忌那瞬有些后悔。她这样深夜跑来,满腹心事,只吐露给他一个人听,他却像个傻子似的,反应统统慢半怕,笨拙无比。她到底是怕给他添压力,从头到尾面带微笑,好像委屈的不是她,竟是他似的。她的语速比平常稍快些,故意不给他思考的时间,让他来不及反应。他猜她是不够自信的。那些事,真正是忒离奇了,让人咋舌。她说到“老爷叔”三个字时,微微摇头,嘴角却又带着几分宠溺,真正是自己人的感觉。她总是这样,对着钟爱的人,便全身心投入。便是错,也让人不忍说她。

“我自己觉得不全错,旁人却未必这么想。只盼你别做那些模棱两可的事,让自己后悔,哪怕身不由己也别做。你有条件做个好人,一个真正意义上的好人。”片刻后,她给他发来消息。有些话到底是要写下来才对,一句是一句。说了反倒可笑了,隔夜菜的味道,样子不变,意思却完全不同,像嘲人了。台面上未必能说出口,等分开了,看不见人,才好说心里话。

不久,便传来胡悦辞职的消息。行里议论了一阵,也没声音了。原配斗小三,小职员被支行长夫人逼走,热闹一时罢了,不值得多提。要命的是青浦支行那笔贷款。一周前新贷的五亿,还了前年那笔基金。张行长也算是胆大了。胡悦一副金袖钉、几道小菜,便哄得他乖乖听话,还价也没有半句。是在他家里。胡悦亲自去菜场挑的濑尿虾、鲳鱼和梭子蟹,宁波海鲜正当时。汤是“虾兵蟹将”,鱼是葱烤,再加个绿叶菜,简简单单,却是好味道。酒也是她带来的。吴显龙挑了瓶年份不错的红酒。她说海鲜该配白酒,又换了瓶阿根廷的白葡萄酒,产地是冷门,酒却是异常地好。吴显龙有些心疼,说便宜这个瘪三了。胡悦说,舍不得孩子套不到狼。吃饭时张行长一双眼睛始终盯着她,倒不是色眯眯,而是眷恋到极点，痴汉模样。他道："我真的离婚算了。"胡悦径直扔下一句："离婚干什么？我又不会和你结婚。"她不怕他恼火，适时泼点儿冷水，兜头一棍子，免得他痴头呆脑。他果然不生气，只是问她下次几时再见面。她啐道，这次还没结束呢，又问下次。他讪讪的，偎着她，嗅她发间的气息。那天若不是最后杀出个程咬金，本也称得上是完美，该喝的酒，该办的正事，都没落空。谁会想到他老婆说好去普陀山烧香，在外头住一晚，八点不到竟回来了。招呼也不打，一边开门一边嚷着："那边小海鲜实在太灵光，忍不住买了些，等不及明天，索性今天就拿回来给你尝——"鞋脱到一半才看到房内两人。俱是错愕的表情。女人手里的塑料袋滑落，袋口破了，一只梭子蟹爬出来，满屋海腥气。她瞥见桌上的鱼蟹。三人怔了半晌。气氛抑郁得叫人想杀人。还是张行长打破沉默，竟是破口一通骂："上海没海鲜啊？菩萨不拜，香不烧，这么急赶回来，寻死啊！钞票多啊，烧汽油白相啊！"胡悦朝他看，有些意外了。女人被骂得一愣，许久才反应过来，大叫一声，没头没脑地朝胡悦扑去："侬这只死女人——"张行长双手擒住，往沙发上一甩，脸上无比嫌恶："死远点儿！"

男女间，用力多的那一方，自是吃亏。天底下都是如此。颠扑不破的真理。

那晚向陶无忌告解完，胡悦坐在出租车里，翻看以前的微信。大学同学的群。无非嬉笑怒骂，逢年过节说些祝福的话。毕业后便更敷衍了。另一个上海同学的群，人少些，也更体己些。去年这时候，她调来S行，每人一句"祝贺"。苗晓慧艾特陶无忌，"不许趁机对胡悦动歪脑筋"。她率先跳出来发了个贼忒兮兮的"可爱"表情。再往前翻，大四下学期，苗晓慧问她："你为什么没喜欢上陶无忌？"她回道："你怎么知道我不喜欢？"愈是这种时候，愈不能往后缩，抖抖豁豁反倒惹人生疑。这方面的分寸，她一直把握得很好。好得过头，就成惯性了，自己也糊涂了，好像真的不曾喜欢他，清汤寡水的朋友，比千足金还要纯的。她说"祝福你和晓慧能一直走下去"那瞬，是真的发自内心。在她看来，只要他好，她便是不好也不打紧的。这层意思，她告诉过吴显龙，心里盼着被老爷叔数落一通，促狭话扔几句，反倒舒坦些。谁知老爷叔叹了口气，在她肩上一拍："你啊，前世欠了他的。"上周，苗晓慧给胡悦打电话，说她爸爸已经见过那青年了："你说，我什么时候告诉无忌？"小心翼翼地征询胡悦的意见。胡悦道："早点儿说吧，拖得越晚对他越不公平。”口气不怎么好。她猜苗晓慧应该能听出来。其实已按捺住了，她是想狠狠发一通火的。只可惜发火也不是人人能做到的。有些人天生可以发火、胡闹、被原谅，有些人却只能倾听、劝慰和原谅。分工不同。又忍不住自责，若早些把陶无忌抢过来，便不致到这地步。好心办坏事，说的便是她。到这一步，再怎样都已晚了。

审计组枪头一转，竟要了最近几桩案子来看。说好是查上半年，这一下变生仓促，谁都没料到的。张行长问郭处怎么回事。郭处并不与他多言，只说现在审计模式与过去不同，灵活得多，不拘泥于形式与时限。张行长想，这是屁话，上面不授意，底下哪来的闲工夫？又不多半毛钱奖金。只是不知是哪里出了纰漏。隐约听吴显龙提过与赵辉的关系，按说应该是牢靠的，退一万步，便是有事，也不该这么快。

人手一份材料。陶无忌只看几页，便去问郭处：“来真的？”郭处看他一眼，笑笑：“这话可不像陶大侠说的。”郭处很温婉的一个人，圆脸，皮肤白净，笑起来眼睛弯弯的，看着比实际年龄略小些。这几年升得有些快，又是女同志，行里流传着不少关于她的绯闻。人却是不错，工作认真，性格也好，与被审行打交道不卑不亢，相比苗彻那时，倒有些以柔克刚的意思。陶无忌看过她写的报告，文字很漂亮，据说是中文系毕业，做了五六年行长秘书才转到审计的。除了陶无忌，底下人也俱是有些纳闷，但也不敢多问，各做各事。周末加班，把审计报告赶出来。与被审行开交流会时，张行长双手抱胸坐在一边，神情委顿。前年的基金和今年的贷款加起来，情况不可谓不严重。他也没心思辩解了，对方一看就是有备而来，自己倒成瓮中捉的那只鳖了，心里只想着会到哪一步。他托胡悦向吴显龙转达，“无论如何这关要过掉，否则大家都没好处”。胡悦嘴上答应，却没睬他。吴显龙早问过赵辉了，青浦这么突如其来，究竟什么状况。赵辉说：“人太张扬，不是好事情。”吴显龙琢磨这话，矛头该是对着张行长，倒不见得是冲自己而来，稍稍放些心。又问胡悦：“那瘪三得罪谁了？”姓张的到底与胡悦更亲近些，有些事自己未必清楚，胡悦多少该知道些。“嘴巴欠，喜欢惹事。”胡悦是说戴副总去世那件事，传言很多。人活着的时候不见得对他多好，人死了倒抱起不平来，一本正经要讨公道，说姐夫死得“冤枉”。虽是私底下说，但指名道姓，天底下没有不透风的墙，他又是那样个性的人。“活该。”胡悦说他。他叫屈，说他也冤，人人都骂他独吃自家人，害了姐夫。骂名跟死人挂上钩，一辈子都难洗掉。要不是抱了几分愧疚，那神经病女人，自己还会与她拖到现在？张行长讲起来也是一包泪。胡悦嘴上不以为然，但到底相识多年，他对自己这般掏心掏肺，要说完全不触动，也不至于，偶尔也劝他：“你这种材料，走到今日也不容易，好好对老婆，好好过日子。”是为他好。但娘胎里带来的性格若能说改便改，天底下也没有傻子了。到底是惹祸了。忍你一时，难不成还会忍你一世？戴副总的事，在S行是禁忌，知情或是不知情，都不敢提。张行长对胡悦聊的那些细节，她当故事听，也并未告诉吴显龙，却在告解那晚，漏了一些给陶无忌。

“世事险恶。读书时听到这个词，只是一笑了之。人这辈子，真正觉出世事险恶的，应该也是少数，大都是无病呻吟，夸大其词。我希望你永远都不要体会到这种感受。”

她点到为止，不想吓坏他，也怕他反感，把她看得愈加复杂。倘若他以为她还有别的心思，那她更是欲哭无泪了。她在他面前总是这样，说话做事都一绕再绕。既怕他不懂，又怕他全懂；既怕他吃亏，又怕他顺得过头，后面跌得更惨；既盼他做个好人，又怕他太好了，反衬得她无所遁形。一会儿想通，一会儿又纠结，反反复复。最后总是一句——她之于他，终究只是个过客。这总结客观得恰到好处，断了念想，也不致伤得很了。她安慰自己，若想要回报，又何必找他？老爷叔说得对，前世欠了他的，这债找别人讨便是，亏本买卖这辈子只做他一家，也就罢了。那晚胡悦想到这儿，把口罩往上拉些，手挡住眼圈，佯装朝别处看，心头酸得要命，连带五脏六腑都要酸出水来。

蒋芮抢了一个同事的客户。那人是个老员工，吊儿郎当老吃老做，对客户并不怎么上心，被蒋芮钻了个空子，靠三寸不烂之舌，硬生生抢了过来。一家对外贸易公司，规模不小，每年两三千万存款逃不脱的。同事恨得牙痒痒，去经理那里告状。这人说话也促狭：“他对人家讲，他是行长的毛脚，人家拎得清，当然掉方向啦。”蒋芮猜想这话必然传到赵辉耳里，等着被开销（方言，意为责骂），谁知竟没有。他愈加悬着心，想着与其担惊受怕，不如直接送上门，倒还落个干脆。赵辉见他来，也没怎样，略提了一下那事，只怪他不该抢客户：“大家在一个办公室上班,抬头不见低头见,多尴尬。”蒋芮竟有些委屈了:“您该知道我为什么这样。”赵辉奇道:“为什么?”蒋芮怔了一下,到底没有直说,拿陶无忌来做类比:“他为什么来的S行? ——我比他更有诚心,也更有耐性。”余光瞥见赵辉若有所思,心头一凛,想,别惹恼了他才好。赵辉停顿片刻,缓缓道:“所以呀,你们是好朋友嘛。”

蒋芮特意提了一下东园公司的那笔房开贷,上个月赵辉交代他办的。蒋芮头一回做这么大的case,又是赵辉派下的,自是尽心。单看材料并无异样,心里清楚,天上不会掉馅饼。这时冷不防提出来,有些突兀。“赵总给我机会,我一定好好干,不辜负您的厚望。”面儿上很诚恳,一丁点儿别的意思也不露。赵辉朝他看,沉吟着:“——倒也谈不上厚望,你是我介绍进来的,别给我闯祸就行。”蒋芮忙拍胸脯担保:“不会不会,您是蕊蕊的父亲,就跟我自己的父亲一样。您好,我才好,这道理我懂。”表忠心的痕迹有些重,急吼吼了。他朝赵辉偷看一眼,还好,脸色不差,眉宇间似是还温和了些。一激动,又是一句:“您放一百二十个心。”

蒋芮问陶无忌:“敲未来老丈人竹杠,会有啥后果?”陶无忌愣了愣:“没敲过。——又问赵总借钱了?”蒋芮摇头:“准确来讲,不叫敲竹杠,用‘要挟’大概更合适。”陶无忌吸了口气,不再往下问。蒋芮停顿一下,有些哀伤的口气:“别看不起我。”

周末,陶无忌去苗彻家。邀请有些突然,苗彻一个短信:“有空吗? 来我家吃饭。”中午约,晚上去。他问苗晓慧,半晌没回复,心情忽有些激动,预感这将是一次里程碑式的会面,有承前启后的意义。没有西装,凑合着把工作服熨了一下,皮鞋擦得锃亮,头发吹得蓬松,往镜子前一站,小伙子还挺精神。在附近超市买了补品和水果,叫辆出租车直接过去。苗彻开的门,露半个脑袋,又冲进厨房。“没菜,烧个老鸭汤,在小区对面的盒马鲜生买只帝王蟹清蒸,再拌个黄瓜,马马虎虎吃吃。”陶无忌忙道:“不马虎不马虎,这么高大上——”等了半天,没见苗晓慧出来,不禁纳闷,嘴上兀自闲聊,“苗总真是时尚啊,还会在盒马鲜生买东西,我爸跟您差不多年纪,连支付宝是什么都不知道。”借着去卫生间洗手,瞥见两间卧室都空着,没人。阳台上晒着衣服,粗略一看,全是男式的——猜想父女俩又闹别扭了,晓慧多半搬回了胡悦家。怪不得不回信息,应该是心情欠佳。陶无忌顿时失望了。半日的希冀落空,一脸颓丧,被苗彻看个正着。

“陪老头子吃饭不长肉,我懂的。”

陶无忌挤出笑容:“就怕您看着我,吃不下饭。”也是有些泄气的。

“吃得下吃不下都要吃,身体是自己的。人家好不好,那不重要,关键自己要好。人这辈子,不见得碰到的都是对路的人。人家对我好,那当然最好;人家对我不好,日子也要过,而且还要过得更好,气死他!”苗彻飞快地说完,往两个杯子里倒满酒,递一杯到陶无忌跟前,开场白忒铿锵有力了,瞥见这小子一副不明所以的模样,重重地与他的杯子一碰,“干! 今天不是上级对下级,也不是长辈对小辈,而是两个男人喝酒,就这么简单! 使劲喝,喝完我们再聊。我有很多话想对你说,不喝醉说不出来。”一饮而尽,呲着气,朝陶无忌看,努力想让神情更有内容些,为下文做铺垫,也可省力些。但不好把握,反弄得脸抽筋似的,面瘫即视感。“陶无忌!”他猛地叫道,唬得陶无忌忙应一声,坐得更直些。苗彻嘴巴动了动,却一个字也没说出来。唾沫没咽好,反被呛得咳嗽了。自己也觉得窝囊,一跺脚,又是重重地干杯:“喝! 喝了再说!”

其实那晚,除了补品和水果,陶无忌还准备了另一样礼物,放在口袋里,预备相谈甚欢时拿出来,锦上添花的效果。他猜苗彻应该万万想不到——苏见仁那优盘里的内容,他做了备份,就在追悼会第二天。小心些总是没错的,有备无患。这事跟程家元都没提,怕加重他的压力。再说也不想弄得满世界都知道。他也算是谨慎了,这阵子一直守口如瓶,怕再出事端。等风声过了,才拿出来,第一个便要告诉苗彻。陶无忌想象着苗彻知道后的神情,忍不住一阵激动。那刻该是有些悲壮的,眼泪也要掉下来的。他从未想过会和一位长辈生出那样惺惺相惜的情谊来,而且还是苗晓慧的父亲。有时他觉得苗彻是老天爷派来磨炼他的,像《西游记》里那些菩萨、尊者,便是帮忙也不肯好好的,变这变那,非让人兜个大圈不可。但为人真正是没话讲的。这半年来,陶无忌打心底里敬重苗彻,更生出几分感同身受。苗彻的想法,他竟能完全领悟到。苗彻做的事,他也不由自主跟着。嘴上不说,但心里拿定主意,要成为像苗彻那样的人。

——到底是没拿出来。苗彻告诉他:“晓慧有新男朋友了。”他听了一怔,第一反应便是，老同志这招太烂。及至苗彻把微信聊天记录给他看——苗彻说“我忍不住了，晚上跟那傻小子摊牌”，苗晓慧说“你再等等”，苗彻说“那你自己说”，苗晓慧说“那还是你说吧，我不知道该怎么说，等你说了我再说”——陶无忌把手机还给苗彻，脑子有些乱，脸上倒是挂着笑，嘴里不由自主地开始胡说八道：“你们说的压根儿不是这事，别以为我看不懂。我又不是傻子，骗不了我。苗总您老这么棒打鸳鸯，有劲吗？您非要晓慧嫁不出去才罢休？”苗彻又翻出一张合照，苗晓慧与那青年并肩站着，手挽手，脸贴得很近。陶无忌看也不看，头别向另一边。苗彻凑近了，还没说话，陶无忌竟把耳朵捂住：“您什么也别说，说什么我也不会信。我自己去问晓慧。”那瞬便想站起来就走。但没动。反倒更从容了，倒酒，吃菜，心里想的是：“不能走，走了就僵了，中计了，成真的了。”一口酒喝得太快，喉咙一紧，全吐了出来。苗彻倒了杯水给他，刚喝进去又吐出来。陶无忌喉咙竟似不听使唤，完全不能吞咽。强自抑制着，还是笑，鼻子一酸，眼圈跟着红了。心里嘿的一声，低下头，又去拿酒，被苗彻拦下：“我给你叫车。你先回去。”他不依，较劲似的，坐着不动。苗彻扶他起来，懊恼得很：“是我不好，我沉不住气，其实应该让晓慧自己说的。你们俩的事，我一天到晚这么起劲做啥！”陶无忌摇了摇手，只是不动。苗彻停顿一下，忽地用力将他拽起来：“走，回去吧！”去拿手机准备叫车，手一松，陶无忌整个人瘫在地上，醉了的模样，手凭空抓了两记，又落下，无力地。苗彻朝他看了一会儿，叹口气，也跟着一屁股坐下来，沉默半晌，在他肩上拍了拍，有些哀伤：

“长痛不如短痛。我是为你好。”

三十

世界最大的单体卫星厅——浦东机场卫星厅三期融资、W 航空公司并购巴西机场，这两个项目赵辉竟不假思索便接了下来。“想做点儿事情，”他对吴显龙道，“不光为自己，为家里人，为几个小的，也为 S 行。往大里说，也希望上海越来越好，国家越来越好。”

国胜基金的上市答谢酒会，在市中心一家五星级宾馆举办。顾总和赵辉都在被邀请名单里。S 行多年的合作伙伴，公募或是私募，行里一大半基金都是与国胜合作。老总姓于，四十出头，却已是这行的老人了。国胜连着几年销量排在全市前三，稳稳的一线基金公司。

顾总与于总很熟，一直在角落里聊天。赵辉到餐台拿饮料时，瞥见吴显龙从门口进来，挥了挥手，叫声“阿哥”。吴显龙走近，拿了杯饮料，朝那边努嘴：“小于快拜顾总当爹了吧？”赵辉笑笑。吴显龙朝四周看看，压低声音：“不是 S 行，国胜现在也就是个三线小公司，别说上市，连吃饭都难。”赵辉道：“人也是聪明的。”吴显龙道：“聪明人多了，还要看胆子大不大。”赵辉停顿一下：“老薛胆子也大。”吴显龙道：“那就剩最后一条，看运气了。这世界不管什么行当，到头来全是靠天吃饭。”

赵辉知道吴显龙对国胜有点儿心结。当初他在青浦贷的那几笔，全是通过国胜发售定向基金。上面指定的，没的选。国胜有一阵资金链不稳，差点儿关门跑路，好不容易才稳住。违规那些就不提了，也不止他一家如此，人人心知肚明，不说穿罢了。吴显龙上了年纪，对那些太张扬的人便有些看不惯。尤其在这人手里也吃过苦头，几亿险些打水漂，还落个不明不白。过去的事不提了，这行的规则是，永远捧着强势的，好坏不论。但终归心有余悸。面儿上还是一团和气，否则也不会来参加酒会。

于总见到他，立即迎上来："多谢吴总捧场。您气色不错，越来越有范儿了。"于总是北京人，一口地道京片子。

"最近野山参吃得有点儿多。"

"哎哟，那也不行，秋天了，您当心上火。"

"没事，上火了再吃西洋参。做我们这行，都是先管眼前太平，后面的事，走一步算一步，见招拆招。你懂的呀。"吴显龙笑笑，见不远处有熟人，打个招呼，过去了。

离开时，赵辉在楼下遇见陶无忌。原本说好让陶无忌也来的，但他没进去，只在大堂等着。赵辉特意向顾总介绍陶无忌："就是审计部的那个孩子，去年分来的。"顾总说了些鼓励的话："赵总跟我提过好多次，把你夸得天上有地下无，早就想郑重见一回了。小伙子越长越精神了。"赵辉奇道："您见过他？"顾总道："救人那次，倒吊在二十三楼的，不是他吗？网上还有照片，各种角度的。我还点赞了。"几人听了都笑。

送走顾总，赵辉问陶无忌："为什么不进去？"陶无忌道："我在楼下等着就行。"赵辉看他："现在不像我们那时候，年轻人多见见大场面，多认识一些人，没坏处。"陶无忌道："我知道，您是为我好。"赵辉笑了笑："我是单相思。'求之不得，寤寐思服。'"

陶无忌坐赵辉的车回去。外面下着雨。今年秋天雨水特别多，连着几周都是滴滴答答。一场秋雨一场寒。赵辉忽说起李莹，说她并不是他第一个女朋友，在她之前，他交往过两三个。"早来的未必就是对的，分开也不见得是坏事，是给合适的人腾地方。"他朝陶无忌微笑，不再往下说。陶无忌猜他已经知道了。

与苗晓慧正式分手不过几天工夫，行里便传开了，被视作一桩攀高枝的典型失败案例。陶无忌说："我是癞蛤蟆想吃天鹅肉。"避开赵辉的目光，笑笑。赵辉停顿一下："塞翁失马，焉知非福？"

他给赵辉看手机里的视频——赵辉与吴显龙在车里说话的那段。赵辉惊讶的神情在脸上蔓延开，还未说话，陶无忌已飞快地把视频删了。两人沉默着。空气有些凝结。赵辉干咳几声，问他要不要喝水。陶无忌说不用。他便自己拿了瓶水，拧开，抿了一口，还是干咳，喉咙有些难受，什么也咳不出来。陶无忌说："您在前面放我下来就行，我从后门进去，省得您绕了。"赵辉说："绕一段没事。跟你多聊会儿。"

回到家，陶无忌看手机，一连串未接电话，除了苗彻、蒋芮，还有苗晓慧，连打了三个。应该是蒋芮告诉她的，分手那天他一宵没睡，高烧发到四十度。这两天电话一直不断，他都没接。别人再怎样安慰都是多余的，关键还是看自己，要自我排解。刚才，赵辉这样劝他。"我觉得自己像个笑话。"陶无忌差点儿这么说，忍住了。那晚苗彻对他说"对不起"："其实，我倒是越来越不讨厌你了——"苗彻说到一半停下，应该是觉得这话没名堂。放在那个时候，换个脾气差的，促狭话就扔过去了。陶无忌也想扔，积聚了一年的情绪，不管是怨气还是别的什么，想全部释放出来，否则人会疯的。那时候骂娘应该也没关系的。

有人拿钥匙开门。他猜是苗晓慧。门没反锁——果然是她。包放下，她递给他一块巧克力："吃不吃？"他认得巧克力的牌子。大学里，她第一次跟他说话，就是问他巧克力吃不吃。她一直喜欢这个牌子，口味没变过。她是个念旧的姑娘，甚至有些婆婆妈妈。他曾经开玩笑，说她是傻大姐的脸蛋，老太婆的脾气。很长一段时间内，陶无忌觉得如果他和她之间有一个人会变心，那也多半是他。她像个小妹妹那样依恋着他，无话不说，他俩之间没有秘密——他想到这，便觉得别样的窝塞，比悲伤还悲伤的感觉。

"是我不好。"她道。

"没什么好不好的。"他摇头，"这种事没标准答案。"

"我也不知道为什么。"她有些苦恼地说，"我本来以为会一辈子喜欢你的，可是不知道为什么，慢慢地就喜欢上别人了，一点儿办法也没有。"

他朝她看。她有些不好意思,红着脸,吐了吐舌头。他把巧克力还给她:"我不吃。"她道:"吃吧,我多得是。"剥开包装纸递到他面前。他只好接过,塞进嘴里。她没变,还是那个单纯的女孩。对于两个刚分手的男女来说,此刻的气氛友好得有些别扭。她居然还向他建议:"胡悦不错啊。她跟程家元已经分手了,你可以去追她。"陶无忌仔细辨别,确定她完全不知道胡悦暗恋他的事。"如果你愿意,我也可以帮你介绍别的女孩。"她很认真地道,扳手指,向他细数研究生同学里合适的对象,有些他认识,有些不认识。她完全抽离出原先的身份,站在一个纯粹的朋友的立场上,给他择偶的建议。某某某,家里条件一般,可是漂亮啊,身材也性感,你们男人不就喜欢这个吗?某某某,长相普通,父亲却是一家公司的董事长,妥妥地可以少奋斗十年。还有某某某,性格比胡悦还要好,会做饭会织毛衣,标准的贤妻良母。——忘掉一个人最好的办法,便是爱上另一个人,还有什么比介绍新女友更有诚意的道歉方式呢?陶无忌又好笑又悲凉。被这样的女孩甩掉,似乎连生气都找不到由头,反显得自己心胸狭隘了。人家说了,不爱了,那又有什么法子?便是夫妻间,说离婚也离婚了,何况只是男女朋友?"爱"是个狡猾无比的字眼,既无上限亦无下限,蜜里调油时能上天入海,分手时便一文不值。全凭一张嘴,爱,或不爱。就那么简单。旁人摸不着看不见,也管不了。叫天天不应,叫地地不灵。再委屈也只得忍着,无处申诉。

"那个男人,"陶无忌停了停,"——是不是挺好?"

她点头,几秒后笑笑,又加上一句:"你也挺好的。"

"我没有他好。"陶无忌居然还客气了一下。

"差不多,你们各有各的好。"她道。把房门钥匙放在他面前。还有戒指。

这个夜晚,因为苗晓慧的造访,这段戛然而止的恋情,镀上了一层说不清的颜色。像是铁锈色,一沉到底;又像是那种镶满亮片的舞台服,光芒在表面凸起,大片大片的,看不分明。倒让人暂时忘却伤心了,而是陷入沉思。陶无忌想起赵辉说的:"有时候我反而盼着周围全是坏得生蛆的人,那样倒也干脆了,待人做事也方便了。怕就怕人人都有一番道理,说出来也觉得没错。不好不坏,凑起来便成了一堆烂摊子。这时候,你恨不得有架飞碟从天而降,让外星人抓去,那样才好。"赵辉说这话时,一声轻叹,摇头,笑容却依然清澈。他对陶无忌说,有些事情,早经历比晚经历要好。年轻是本钱,底子好,复原得快。老了再挨一刀,便难挨了。陶无忌说:"就跟打预防针差不多,有些针是终生免疫,越早打越合算。"赵辉微笑:"没错,是这个道理。"

"我跟赵总很谈得来。"苗彻向他摊牌那天,陶无忌这么说。

"那就去吧,"苗彻道,"真心话,不是嘲你。"

"赵总比你有人情味,一看就很有涵养,谦谦君子。"所以说酒是个坏东西,很要命。

"没错,你总结得对。去吧,我祝你一切顺利,芝麻开花节节高。"

"嘲我?"

"说了是真心话,不是嘲你。"

"一听就是在嘲我。"他坚持。

"那你要我怎么办? 跪下来求你?"苗彻忍不住提高音量,做了个"逐客"的手势,往外赶,"去吧去吧,哪里好就去哪里。我祝福你。退一万步讲,你这样的人将来当上行长,总比那些戆大关系户要好。我是为S行着想。所以,再说一遍,这是真心话,不是嘲你!"

"上海人为什么说'嘲',而不是'嘲笑'?"他很认真地请教。

"哎哟!"苗彻朝天翻个白眼,露出苦相,"因为上海人会过日子,能用一个字说清的,绝不浪费唾沫说两个字。"打开门,一把推他出去,"走!"

请的那几天年假,原先是订了三亚的自由行,没告诉苗晓慧,想给她个惊喜,现在自然去不成了。自由行是预付款,不能改期也不能退。陶无忌想了一圈,去找程家元:"有兴趣吗?"程家元皱眉:"两个男人——"陶无忌道:"双床房,问题不大。"

"庆祝双双被人甩?"程家元问。

"随便,想庆祝什么就庆祝什么,"陶无忌提醒他,"酒店钱我出,机票你自己买。吃饭和景点,我们一人一半。"

淡季,前台升级到海景套房。陶无忌事先发了邮件,说是求婚纪念日。酒店做了蜜月布置,床上用玫瑰花瓣铺了个大大的心形,浴缸里放满水,也撒了花瓣,旁边是巧克力和香槟,房间里都是五颜六色的气球。两人都有点儿发蒙。程家元问陶无忌:“不是说双床房吗?”陶无忌反问:“不花钱住套房,你有意见?”

头天晚上居然还送了情侣套餐。露天座,海风将粉色帷幔吹得一阵阵飘起。牛排也是心形的。周围俱是一对对情侣。侍应生点蜡烛时,有些诧异地朝两人看,酒差点儿倒出来。陶无忌说他是第一次住这么好的酒店,“居然是跟你”。举杯与程家元一碰:“草蜢有首老歌,《失恋阵线联盟》,知道吗?”程家元说:“知道。”陶无忌说:“失意的人,要团结起来。”程家元不解:“团结起来,把那两个女的揍一顿?”

“跟女的没关系。就男的和男的。”

“别再男的和男的了,”程家元朝旁边瞥一眼,“人家眼珠都快掉出来了。”

陶无忌拿过餐巾,忽地起身,在程家元脸上抹了一把:“看你,吃得嘴边都是酱汁。”惊得程家元差点儿摔下椅子,一把夺过餐巾:“你干什么!”

“今天怎么不穿那件红的?”陶无忌重又坐下,一脸正色,“我喜欢你穿红的。”

程家元嘿的一声,停了停,翻个白眼,逼尖嗓子:“讨厌!”

大海有疗愈的作用。尤其晚上,一眼望不到边际,天与海,都是茫茫,黑暗中混作一团。没有方向,人成了宇宙中不知所终的一点。只看得见星星。海风扑面而来,咸咸的,混着腥气,还有冰冷的石头味——应该是拍打着礁石而来的。海浪声忽远忽近,忽轻忽重。没有节奏也是一种节奏。那瞬的感觉是,人像被什么包裹着,明明是赤膊上阵幕天席地,却连毛孔都有种被关照的滋味,轻轻拂着。仿佛有人在耳边低语,或是挠痒痒。像婴儿在母体里,便是不见天日也不打紧,自有自的徜徉。从头到脚都觉得充盈。惬意得莫名其妙。

程家元说,其实是他甩了胡悦:“我提的分手。”

“不想让她难做,”陶无忌懂意思,“所以抢在前头当恶人。”

“别搞得像很了解我似的。”程家元嘿一声。

“晓慧那个新男友,我见过照片,他们看着挺配。”

“结婚要是请你,你去不去?”

“去。在酒宴上偷偷开瓶最贵的酒,让那男的心疼得没法入洞房。”

两人都笑,挓挲手脚躺在沙滩上,一动不动的。

程家元说赵辉找他谈过一次:“浦东机场卫星厅三期融资招标,他带队,点名让我写方案。”陶无忌一怔:“大项目啊。”程家元点头:“经理也找过我了,叫我这阵子别的不用管,只盯这一个项目就行。”陶无忌问:“你怎么说?”程家元道:“我说再考虑考虑。”

“浦东机场卫星厅是配套上海发展的大工程,是世界最大的单体卫星厅,市领导非常重视,做成了就是几十亿的大单。这种机会放过了,以后不见得再有。”陶无忌停顿一下,“——赵总应该是好意。上海话怎么说来着? 挑侬上山?”

“‘挑侬上山’不是这个意思。”程家元纠正他,“不是好话。”

“挑侬发财?”

程家元点头:“差不多。”

浦东机场那个项目,顾总是上周交给赵辉的。“你办事,我放心。”赵辉应承下来。卫星厅计划2019年建成,为浦东开发三十周年献礼。前两期融资,S行都排在后面,这次是势在必得。还有一桩,W航空公司并购巴西机场,S行已经介入,但据悉某国外投行也蠢蠢欲动。论经验,S行把握不大。“这种跨国并购,S行还没真正做成一次。成不成就看你了。”顾总开玩笑,“都是民航业,跟飞机杠上了。”赵辉得令,当天便凑了个班底,大致与“上海1号”那次相同。另外提了两个新人:程家元、钱斌。

“做生活都有点儿牵丝攀藤。”业务部经理实话实说。

“年轻人嘛,多给机会,多向老同志学习,才能进步。”

赵辉那瞬脑子里忽冒出“造星”两个字,想了半天,才记起是苏见仁说的。人不在了,承诺依然要兑现。相比前阵子,赵辉最近竟愈来愈平静了。也不知怎的,人一松,想做的事反倒多了。按说这两个项目不接也可以,单凭“上海1号”一桩,也够光荣到退休了——他竟不假思索便接了下来。“想做点儿事情,”他对吴显龙道,“不光为自己,为家里人,为几个小的,也为S行。往大里说,也希望上海越来越好,国家越来越好。”

“你境界比我高。”

吴显龙几句话在嘴里含了半天,还是说了出来:“阿弟,这几天我想了又想,显龙集团现在是到生死攸关的地步了，股票天天跌，拆东墙补西墙，好几笔融资都出问题，眼看着就要关门大吉。本来呢，让它自生自灭也不是什么问题，但我就是不甘心。我跟老天爷斗了一辈子，还没出生就在斗，孃孃起初不想要我，吃堕胎药，又跳又蹦，可我还是生下来了。我不甘心，不到最后一刻，我绝不甘心。——最后一次，阿弟你帮我最后一次，好坏只搏这一记。这次过后，我保证再也不来烦你。”

“这一记”是指徐家汇一幢三十层的写字楼，七八年前建成，几乎是空关。目前与一家跨国酒店集团在谈，准备将其中二十三个楼层改建成五星级酒店。此外，江浙好几处烂尾楼也将同时改建，商场或是酒店，还有分时度假公寓。吴显龙给赵辉讲他的一系列计划，步步为营，精打细算，讲到后来鼻头都亮了。他像个老小孩，一口气始终是憋着。身体再差，精神头儿总是足的。像他说的那样，跟老天爷斗。赵辉有时候也可怜他，又有些不解，无儿无女，这样拼又是为谁？像一道复杂无比的数学题，sin（正弦）、cos（余弦），又是开根号又是求幂，结果到后来竟是个“0”——白忙一场。

赵辉没接口。吴显龙懂意思，便不再往下说。愈是好兄弟，愈是要留余地。也不冷场，径直谈东东的事。吴显龙问：“决赛画什么，定了没有？”赵辉笑了笑，伸一根手指，戳在自己胸口上。吴显龙道：“画你？”赵辉道：“也不知画成什么样子。”

他说东东画好后，没给任何人看，便寄了出去。“孩子一大，便管不住了，只得由他。”

“反正你底子好，美男子一个，也不怕。”

“那种抽象派也麻烦的，画出来哪里还像人？”

赵辉瞥见吴显龙失落的神情，藏在笑里。像女人没涂匀的粉脸，面儿上浮着一层，有些突兀。他不容易，赵辉也不容易。忍住不看、不听，硬下心肠只是插科打诨，顾左右而言他。别人倒也罢了，偏偏是吴显龙。赵辉心里也粗粗替他算过，翻身要多少数目。老阿哥是有些豁出去了，像赌博的人，愈到后来愈是胆大。赵辉想劝几句，又觉得既然帮不上，多说只是触人家心境，便只字不提。从东东又聊到蕊蕊。吴显龙问蕊蕊眼睛最近怎样。赵辉说，蛮好。吴显龙说：“蕊蕊好,你才好。”赵辉说:“没阿哥帮忙,我们都好不了。”吴显龙说:“你帮我更多。”两人嘴上竟越来越客套。愈是这样的话,有口无心,反而愈是说得利落。赵辉最后一声“阿哥”出口,声音竟有些发颤,与眼下的气氛不符。

“阿哥,我最近常常想起小时候的事。那时候条件不好,但日子过得蛮惬意。”

“小时候觉得惬意,那是以前,现在你再去过过看。”

“等再过几年,我退休了,你也退休,我们一起住到乡下去,肯定也惬意的。”

吴显龙朝他看,半晌,笑得有些凄然:“我没那个福气。”

赵辉那瞬也有些凄然。不敢再说,也不敢停下,只是闲聊。提及那两个项目,吴显龙道:“我帮你也想一想。”赵辉想说不用麻烦了,嘴里出来的却是:“谢谢阿哥。”

不久,开方案讨论会。十来个人,程家元坐在最边上,依然有些犟头倔脑,眼睛自始至终不看赵辉,却是听得挺认真。别人讨论时,他插了两句,不在点子上,但也不算太傻,比想象中好许多了。他与钱斌负责执笔。赵辉冷眼旁观,觉得他对钱斌多少有些敌意。钱斌怎么进的S行,人人清楚。赵总的心腹,专用来挟制他的,他必然这么想。赵辉倒也不是完全没这个意思,橄榄枝伸过去,被他不情不愿地握住。赵辉是想着苏见仁最后那面,言辞间都是对儿子的情意。好几次晚上做梦,都梦见他咬牙切齿的:“我儿子,哪里输给别人了?”一会儿气急败坏,一会儿又煨灶猫似的。赵辉也是有儿子的人,知道他那瞬是什么心情。老苏是个可怜人,看着毫不可怜的可怜人,才是真可怜。赵辉一想到这些,鼻子便一阵发酸,心揪得生疼。那天程家元原是一口拒绝的,转身就走。赵辉叫住他:“你若想踩扁一个人,先要自己站稳才行,否则就是笑话了。”程家元盯着他半晌。赵辉迎着目光,神情温和,心里竟有些害怕,怕他最终拒绝。“你父亲希望你比他强,他到不了的境地,盼着你能达到。你将来会成为怎样的人,我说了不算,你父亲说了也不算,归根结底还是看你自己。”赵辉说完这两句,瞥见这孩子眼圈一点儿一点儿泛出红色,眉宇间的愤慨依然还在,像个徽章,贴在面前,也是保护色。到底还年轻,娇生惯养长大,哪里经过这样的事?线头还理不出来呢。赵辉是在教他踏入社会第一课,懂得人的不易。做人不易,识人也不易。人是天底下最复杂的东西。倘若能三言两语说清，那便不是人了。人生路上那些荆棘丛，谁又不是徒手劈开一条血路？总要先闯了再说。入了门，才有下文。

还有钱斌，最近见了他，话竟比以前更少了。赵辉知道是什么缘故。哪里都免不了有是非。旁人嘴里说出来的，加上自己心里想出来的，拼拼凑凑，真真假假。他每隔几周便去看薛致远，老薛那里自然也少不了，是番外篇，愈加绘声绘色。那天他冷不丁冒出一句，说想辞职，亲戚开了家小饭店，邀他去帮忙。赵辉劝他考虑清楚："国企有国企的好——"心里明白这必定不是关键。这小子性子也着实犹豫，应该是早下过决心了，却又缩了回去，不说留，也不说走。卫星厅那个项目，他对赵辉说没信心，赵辉倒要反过来安慰他，谁生来就会做的？经验便是这样积累起来的，难不到哪里去。钱斌有些沮丧："赵总，我知道您是为我好，可我实在不是这块料。要不，我还是回家跑我的钢材生意去——"赵辉又好气又好笑："钢材生意？现在顶难做的就是钢材生意，连贷款也批不下来！你在业务部上班不知道？你要真有这扑心，十个卫星厅项目都搞定了。"

第一版草案很快交上来。机场集团是信用七级客户，期限五年，基准利率下浮百分之十，按季付息，每年浮动一次。相应风险防范和资金监管附在后面。四平八稳得过了头，不好不坏，也是意料中的事。赵辉当即驳回："没有亮点，最多只能喝汤，肉没份儿。"还有并购那个项目，"就你们写的这种融资方案，小学生作文似的，再过一百年，都别想比得过那些跨国投行。什么'中国银行走向世界'，说说罢了，这辈子想都不要想！"话说得有些重了。大家都不敢作声。具体执笔的两个小的，钱斌始终低着头，程家元则一直在转笔，技术又不好，转几记便掉下来，吧嗒、吧嗒。赵辉说他："要玩回家玩。"众人面面相觑。做不到牵头行，哪怕排第二，也是失败。赵辉忽有种预感，这或许是他职场生涯最后一个项目。凄凉从底里直透上来，却又无从说起，自己也有些莫名其妙。面儿上竟比平常更加自若。底下用力。"上海 1 号"几乎都成行里的标杆了，这次是自己跟自己较劲。

顾总劝他不用急："慢慢来，才五十出头，我明年退休，来得及。"领导私底下讲话又暖心又实在。赵辉是接班人，顾总一步步拉上来的。后面的事，八九分把握是有的，但剩下那一两分，真正是说不清的。赵辉也不是没落空过。顾总又交代了一个case:国胜的私募基金,稳健型,针对少数私行级客户。赵辉过了一遍,也是例行公事,安排下面人操办。国胜的于总,好几次邀他去打高尔夫,金卡会籍都送到家了,被他退回去。顾总嘱咐的事,做便是了,又何必单独与这人再牵上一段? 不是赵辉的风格。

那天,视频删了,赵辉与陶无忌在车里聊天。赵辉问他:“为什么?”陶无忌摇头:“我也不知道。”停了停,“——总觉得下不去手,您是那么好的人。”两人都沉默着。赵辉那瞬竟有些唏嘘,喃喃道:“我当不了你这句话。”眼圈也热了。被这稚气未脱的青年,三言两语便触到心底最柔软的地方。像李莹去世那天,两岁的东东颤颤巍巍地过来,给他擦眼泪,软软的手指,又痒又暖,眼泪更是止不住。但过后仿佛真能抚平些什么。他说“您是那么好的人”,又说“换了谁我都不可惜,唯独您”,应该也有点儿难为情,忒老气横秋了,对着领导说这些,点评似的。赵辉这辈子听过无数褒赞,唯独这次,既感动又惭愧,还有些别样的怅然。许久,他叹了口气:

“谢谢。”

“直觉告诉我,我没有做错。”陶无忌停顿一下,“但我是审计人员,不该感情用事。这是第一次,也是最后一次。从现在起,我会公事公办。您给我做个见证。”

“好。”赵辉点头,伸出手,与他的一握。握得很用力,像是害怕会有什么漏掉,要紧紧握住才行。

三十一

那瞬竟似也明白了，大势已去，都听到心里那声叹息了。

赵辉去张江支行开会，迎面遇见苗彻。两人并不停顿，继续往前走。赵辉是去卫生间，出来时见苗彻等在门口，倚着墙。赵辉一怔，停下脚步。苗彻眼睛看地板，声音像冰：“你没必要这样。”

赵辉懂他的意思，是指力荐他去法兰克福分行担任副行长的事。法兰克福是欧洲金融中心，法兰克福分行是S行在海外设置的最大一个分支机构。金融机构的海外拓展第一把手通常由总行领导担任，副行级，下面设两三个副总，从各地抽调。按说苗彻刚出了事，级别又降了半级，无论如何不够资格。赵辉拜托了顾总，一层层上去，才算达成，已有了八九分把握。消息传得也实在是快，不少人向苗彻道喜。海外分行自由度相对高，拳脚施展得开，地方又好，通常都争得打破头。苗彻是让人跌破眼镜了，贼配军半年不到便咸鱼翻身。

“上面需要一个分管风险的副总，没人比你更合适。”赵辉道。

“也挺好，”苗彻道，“免得在上海一直见面，尴尬。”

“不是为了这个。”赵辉想说下去，又放弃了，“再聊吧。”

开会时，苗彻好几次瞥过赵辉，目光又滑了开去，倒有些心不在焉了。海外分行是跳板，但他这个年纪，又经历了那些，自是早看开了。原本是想候在门口，冷冷地把话甩过去——“不用你帮忙”或是“我拒绝”，到底没出口。前一晚，陶无忌突然来找他，说有个在 A 行做客户经理的学长，最近见面时聊起，S 行新发的一个私募基金相当火，回报率比市面上高了不少，手里好几个高端客户都买了。陶无忌本来也没放在心上，回去后恰恰又接到一个旧客户的电话，那人原是老关的客户，许久不曾联系，也问那基金的事。陶无忌说自己不做业务了，从微信上转了程家元的名片给他。再过几日，遇见程家元，说基金早售完了："哪里还轮得到他？私行级客户一个个排队，跟抢似的。"陶无忌便很诧异，当天问业务部讨了材料来看。国胜基金发售的混合型基金，营销报告上写该基金百分之七十用于投资国债、央票，百分之三十投资股权，评级为稳健型。收益率是七个点，高得有些离谱。再细看下去，报告存在严重作假，实际情况为投资国债还不到百分之十，绝大部分都用于购买公司股权——那家公司，竟是显龙集团。基金的签售人，是赵辉。

"等您下命令。"陶无忌对苗徊道。深夜，电话也不打一个便过来。打开门见是他，苗徊忍不住吓一跳，想这小子别是来闹事的。看神情无异，放心一半，没闻到酒味，又放心一半。基金材料的复印件摆在桌上，按说这也是违规，内部资料不许外传。

"你现在不归我管。"苗徊道。

"习惯了，不跟您说一声，心里没底。"

"做不成我女婿还这样？"

"就算您是我仇人，也一样。"

陶无忌与苗晓慧分手后，苗徊与他还是头一回见面。苗徊猜想日后再见这青年，必然是公事公办，一笔带过。女儿都移情别恋了，撇开这层，两人便什么也不是。他自是不必再小心奉承这讨嫌的老家伙，任劳任怨，挺打不还手。不往家里扔砖头就算客气的了——满脑子尽是"可惜"两字，又无从说起。一年时间，说短不短，说长不长。短得倏忽一记，什么都留不住；长得又似是能看到一生。想起那个凌晨，两人挤在分行厕所旁的浴室洗澡的情形，竟是始终不能忘怀。好好的《海阔天空》，被自己的破锣嗓子唱来，一天世界一塌糊涂。男人到底是要豪气来撑的，气干云天，否则算什么男人？生活愈是鸡零狗碎，愈要有那股劲，胸口一团火烧得旺旺的，活出些意思来。这些话苗徊藏在心底，找不到人说，便越发地牵记这小子。私底下问女儿，为什么分手。苗晓慧说，不知道，突然就没感觉了。他道，谈恋爱才两三年就没感觉，将来结婚还要一辈子呢，没感觉怎么办？苗晓慧道："结婚不一样的，再说你和妈不是也离婚了？"他说："我和你妈是性格不合。"苗晓慧道："分手都有理由，不是当事人不会明白的。"苗徇想这话也对，不论异性还是同性，相处之道终是最大的学问。别说一两句话，便是长篇大论也很难说尽。他与玛丽，何尝不是一团乱麻？到这一步，早忘了当初孰是孰非了。都说岁月不留情，其实也留情，经年累月，那些乱七八糟的，竟都忘了，留下的全是朦朦胧胧的好意。苗徇这样想，倒并非为女儿开脱，主要是有些感慨，说不出的滋味。回想几个老同学，苏见仁、薛致远、赵辉，也真正是说不清的。是非对错，像晕开的水彩，边界模糊难辨。想一圈，一声叹息。苗徇对陶无忌说掏心窝的话：

"我常常在想，不管怎样，我比他们幸运。一是活得好好的；二是做的每一件事，都是我自己想做的。不被人逼，也不逼人。"

"希望这次不落空。"陶无忌道。

苗徇不语，半晌，叹口气："——去吧。"

赵辉开会时收到苗徇的短信："晚上有时间吗？"心头一震，抬头，瞥见苗徇在圆桌对面托腮看手机。沉吟片刻，回过去："我让司机先走。坐你的车。"

"我也不开车。自己叫出租车。"

苗徇把饭店地址发给赵辉。下班后，他先过去。坐了一会儿，赵辉也到了。点菜。苗徇拿出一瓶茅台："我自己买的，没杭州老王那瓶好。他的是年份酒，我的是大众版。"赵辉知道这是骂人，脱掉外套坐下："酒你的，饭我请。"苗徇把酒打开，两人杯子里都倒上。"虽然没你有钱，但一顿饭还请得起。"菜单递给赵辉，"你点。"

本邦菜馆，改良得更为精致。道地的味道不变，更多了些舶来的趣意，融合得不错。环境也优雅。人均五百以上的餐厅，苗徇在点评网上查了一圈，特地挑了这家。以往两人吃饭，都是平价的小馆子，今天是有些郑重了。悲壮的意味在那刻便存下了。面对面吃饭喝酒，以后怕是再也不能了。场景一旦被定格，像照片那样，便只剩下回忆了。苗徇心里难受至极，许多话呼之欲出，又不知该怎么说。那瞬竟有些任性,想,又怎么了?别说不信他杀人,就算真杀了,又怎样?便是丧尽天良坏事做尽,负了天下人又怎么了?赵辉依然是他的朋友、他的知己,二三十年无话不说穿一条裤子的好兄弟,亲得不能再亲。谁若是背后骂他,自己一记大头耳光抡过去,换了你试试,看能不能做得比他更好些!天底下也只有一个赵辉,才能做到这种地步。风凉话谁不会说?仁义道德谁不会搬几句?不轮到自己头上,说再多也就是一个字:屁!两个字:放屁!!三个字:放臭屁!!!——苗彻一仰脖子,将酒喝干,杯子重重地放在桌上:

"我脑子搭错了,请你喝酒——"低下头,佯装去整理衣角。鼻角抽动,他索性拿纸巾狠狠地擤了一记,脑浆擤出来的声音,听得人头皮发麻。"秋天干燥,老鼻炎又发作了。"他连着擤了几记,鼻尖红得像被人打过一拳。越擤越多,止也止不住,连带着眼圈也红了。眼泪鼻涕一团。他胡乱擦拭,做出很爽的样子,叫服务员:"纸巾还有吗?"

赵辉朝他看了一会儿,缓缓举杯,也把酒干了:"喝酒没什么,不是朋友也能喝。"

"肯定不是朋友。"苗彻又将酒一饮而尽,说得斩钉截铁。

饭店在新天地旁边。两人吃完出来,苗彻忽然提议在附近走走:"吃得太多,不消化。"两人便沿着黄陂南路到自忠路,再是马当路,最后绕回淮海路。手插口袋,各自默默走着。一圈绕完,苗彻说,再绕一圈。赵辉同意了。最后一共绕了五圈,花了近两个小时。谁也不说停,脚后跟似装了弹簧,也不吭声,一路往前。谈恋爱时才有的劲头。好不容易刹了车,到底有些晚了。两人原地停顿了几秒。苗彻问他:"怎么回去?"赵辉说:"坐地铁。"苗彻嗯了一声:"我也是。你10号线直接到,我再换2号线。"

"不是一个方向。"赵辉道。

"谁跟你一个方向?"苗彻忽觉得这话有些别样的意味。

在地铁站里道了别。苗彻回头看赵辉,等在相反方向候车,背对着自己。两辆地铁差不多时间进站。苗彻上了车,再瞥一眼赵辉。隔着二十米,门在那刻相继关上,一张脸瞬间便看不分明。地铁缓缓启动。那情形又有些滑稽,像两只被关在笼子里的动物,各自滑了开去。苗彻转过身,整个人撑在扶手上,眼泪终于落了下来。与此同时，一种巨大的失落感悄无声息地袭来，无数情绪倏地聚集，担心、悲愤、怀疑、惋惜……瞥见旁边人诧异的目光。他拿出手机，点开一张照片，给赵辉发了过去。

赵辉看那照片，是他与苗徊的合影。依稀是去年这时候，两人突发奇想，在S行大楼下站定，让人拍了一张，“认识了几十年，好好的合影也没一张”。当时赵辉还笑：“要拍就在单位楼下拍，要的就是这效果。可以当工作照用的。”照片上，两人互搭肩膀，笑得灿烂无比。苗徊这马大哈，竟一直没把照片发给赵辉，直至今日才想起来。赵辉盯着照片看了足足有三分钟，把手机放回口袋。

接下去的事，说突然，又不突然。赵辉想象过无数次，被说穿那刻会是什么情形，哪桩案子，被哪个人，又是在怎样的情形下，漏洞在哪里，关窍在哪里，可以怎么补救，等等。唯独这桩是有些意外了。国胜基金买下显龙集团的股权，他竟完全不知情。吴显龙那边，因是国胜基金在操作，也没有过多去打听，及至事情败露了才过来。“阿弟，我害了你。”吴显龙嘶哑着声音，眼珠像得了甲亢那样朝外弹出，脸上的肉陷下去，只一张皮吊着，头发花白稀疏，脸色倒是红得出奇，斑斑点点凸起，浮在面儿上一层。这模样竟有些可怖了。他翻来覆去地说对不起，到后来完全是自言自语，像老式的录音机，倒带，播放，再倒带，再播放。他说：“阿弟你不要急，我来想办法。”又道，“没有过不去的河，信我。”

赵辉想，阿哥竟是比他还乱了方寸，到底是人不是神。倘若每次都能化解，那也真正出奇了。国胜基金本已是他最后一搏。该是求了于总。本是双赢的事，那边要做大，这边要救急，一拍即合。S行发售也是稳妥的，多年合作伙伴了。绕过赵辉，本意自是不坏，怕他难做，也怕他担心。谁知还是牵扯在内了。顾总亲自交代的项目，又是国胜基金，赵辉竟也没有细看，便安排下去。其实该多个心眼儿的，稳健型基金，那样高的收益，又不是活雷锋，白送钱给人。审计部写好报告，反馈给分行。统共不过几天工夫。赵辉觉得，众人看自己的目光都有些不同了。据说审计部那边又是赤膊上阵了，郭处原是想按下不报的，陶无忌等了几天没动静，跳过她直接找主任。郭处那样温婉的一个人，居然也拍了桌子，训人时声音高了八度，连隔壁几个处也惊动了。陶无忌这次是真的出名了。新同志这么做，等于是豁上了，做好被扫地出门的准备。辞职报告也一并写好。苗彻的老路子。既然要做,那就往死里做。

“成功了至少对得起自己;要是失败了,就真的没名堂了。”陶无忌学他以前的话。

“失败了就来张江,我们一起干。”苗彻道。

吴显龙絮絮叨叨地聊与国胜基金合作的细节。他说姓于的比薛致远还贪心,到底年轻几岁,心气也更高,收购了不少公司的股权。前阵子还与S行合作,为离岸公司F集团融资一亿美金,用于对某房地产项目的股权并购,这项目被视作帮助境内企业盘活资产、实现多元化融资的一大创新案例。“我想来想去,S行发国胜基金的产品,哪里还会有问题?谁晓得老鬼失匹,审计部那个小赤佬坏的事。这世界,不怕穿鞋的,就怕光脚的。小赤佬一身精光,天不怕地不怕,一门心思扑过来,神仙也拦他不住。早晓得上次就给这小赤佬一点儿颜色看。”渐渐有些凶狠起来,说赵辉,“还是你心太软,那次要是把苗彻弄得再难看点儿,杀鸡儆猴,也没这些事了。”赵辉只是不语。吴显龙说完了,整个人往沙发上一瘫,老僧入定般,手里两只钢珠转得滴溜儿快。赵辉知道他在想对策,忍不住劝他一句:“阿哥,身体要紧。”吴显龙手一挥,不耐烦道:“晓得!”赵辉便也不再提,装作不知道他再次晕倒入院的事。助理与赵辉关系不错,私底下把吴显龙的病情透了个遍。医生的意思是,再不注意调养,脑梗分分钟要人命。应酬多饮酒无度,不运动,思想负担又重。心脑血管病便是这点讨厌,平常没事便罢了,等到有事,毫无征兆地,人便一脚去了。放在这当口儿,赵辉连担心的话也不知该从何说起。频道不对,时机也不对。况且彼此彼此,自己这头也是一团乱麻。那日去探顾总的口风,半天说不到点子上,竟是没一句准话。赵辉听得没着没落,那瞬竟似也明白了,大势已去,都听到心里那声叹息了。像秋天树叶落下那刻,飘飘荡荡无牵无倚,从下往上看,更是壮观,满天满眼俱是金黄,纷纷扬扬的。明明预示着萧瑟,却又茂盛绚烂,反比夏天的景色更美。说它轻巧,仿佛不着力似的,但从心里过一遍,竟是另一种踏实,只看怎么去想了。

浦东机场卫星厅和W航空那两个项目,众人只当赵辉必定没心思了,谁知赵辉跟没事人似的,反比之前更加上心。方案改到第五稿,赵辉亲自把程家元和钱斌拉到身边,手把手地提点。旁人倒也罢了,单单留下这两个小的,加班到半夜。两人稍有倦怠,立刻被他一通训斥。之前的案例,堆得像小山一样,参考、比较、计算、汇总,务必要得出一个最佳方案。写了改,改了再写,一遍一遍。程家元哪里吃过这个苦头,嘀咕道:“你让别人去写吧。”赵辉道:“我只要你们写。”程家元脾气上来,不管不顾:“我知道,你是想赎罪。”旁边钱斌听了,只是不响。赵辉神情不变:“对,我就是想赎罪。你给不给机会?”程家元嘿的一声。赵辉又说一遍:“你给不给?”程家元朝他看,那瞬也顿住了。橙黄的灯光打在三人脸上,淡淡晕开来,有种莫名的肃穆的感觉。半夜的生物钟,人介于清醒与迷糊之间,说话也比白天要大胆。“还有要说的吗?”赵辉看着两人,缓缓道,“如果没有,我们就继续。”最后这句,他更像是说给自己听,“只许成功,不许失败。”

周琳前阵子去报了个煲汤班,老师是退休的香港老厨师,教一众阿姨妈妈煲南北杏花胶猪肺汤,说秋冬天干燥,又有雾霾,喝这汤最合适,润燥又清肺。周琳便依样将东西买齐,煲了一个下午。晚上端出来,也学广东人的吃法,将汤渣挑出来放在一旁,只喝汤。盐是后加的。赵辉喝一口,果然清甜,说周琳:“你这样我便放心了。”周琳问他:“放心什么?”赵辉一笑,并不说明:“反正就是放心。”周琳朝他看,有些倔强的:“我的汤,只给你一个人喝。”赵辉嗯了一声:“那也很好。”两人沉默着。吃完饭,周琳陪他看电视。两人坐着,互挽着手,十指紧扣。周琳感受到他掌心的温度,比平时略冷些,还有些湿。“中医说,手心潮乎乎的,是有湿气。”她变戏法似的拿来哈慈五行针,让他躺下,衣服撩起来,沿背上膀胱经来回走罐,手法很是熟练。“罐印发紫,说明身体里寒气湿气都很重。一定是夏天空调吹多了。”赵辉开玩笑:“小姐你几号?”周琳在他头上轻轻一点:“老实点儿。”

周琳说她以前是十指不沾阳春水的。“女人的手,是第二张面孔,金贵得很。我每天都上手膜,定期做指甲,还有保养。认识你以后,我是一门心思要毁了这第二张脸,又是学做菜煲汤,又是学按摩。所以说一物降一物,老天爷都配好的。为了你,别说把手弄粗糙些,就算让我一下子老二十岁,我也无所谓的。”

他把她搂在怀里:“你听我给你讲道理——”她忙不迭避开,孩子气似的捂住耳朵。“不听不听,你乖乖坐着,听我说。”她自顾自地说下去,“人与人也是不同的,什么样的人,做什么样的事,这也是老天爷配好的。我这样的女人,外头看着娇气,其实里面相当厚实。”她说到这里笑笑,“你该清楚的,我可不是一般人。

所以尽管放心。听我的,没错。”

“拿你当人肉蚊香?”赵辉冒出一句。

“环保高效无毒。”她自觉玩笑开得有些不合时宜,又是一笑,把头埋在他怀里。

周琳瞒着赵辉,动用所有的社交圈,朋友托朋友,辗转找到国胜基金的一位高管,这人与于总关系有点儿僵。近来国胜一味做大,急功近利,而这人是偏保守的,做得不太顺心,便一直有跳槽的想法。周琳征得吴显龙同意,在下游公司设个位子,环境地段都高大上,头衔编得也响亮,薪金比之前高了两倍不止。猎头消息传过去,这人顿时心动。周琳趁机再问他国胜的事,这人也是骨头轻,美色当前,再几杯酒下肚,便将国胜暗地里那些勾当说了不少。周琳也不瞒他,说有朋友吃了冤枉官司,要讨个公道。那人跟着义愤填膺起来,说姓于的最不是东西,该吃点儿苦头。周琳不动声色,提了最近那笔基金,听他将来龙去脉说个清楚。那人还偷了几份内部文件过来:“投名状交给你了——”周琳笑道:“您是弃暗投明。”那人恨恨道:“恶人自有天收。”

没几天,一套整理好的资料便送到S行审计部。国胜这笔总值三十八亿的私募基金,存在报表造假、虚假销售的情况。不止这笔,之前好几个项目都被掀了出来。赵辉听说后,顿时猜到是周琳的手笔,国胜蓄意作假在先,S行就算是合作方,顶多也就是个审查不严。赵辉是签售人,责任自是难逃,但到底不会太严重。赵辉没料到周琳动作居然这么快。这阵子怕她冲动,已有些提防了,劝是不听的,但老太婆念经,也讲了一遍又一遍。他知道她为了他,什么都敢做。薛致远那次,她不是也豁出去了?他怕她做傻事。倘若她为他再伤一次,那他真是无地自容了,不如死了算了。那天他对她说:“你应该有更好的归宿。”怕她激动,站开两米,很认真地看她。他是真心为她。他年纪比她大得多,眼前情形又这样,他不想拖累她。她竟只是笑笑:“少来。”他也不知该怎么说了,好像说什么都不合适。她拿出软逗佻皮的作风,死活不听。他拿她没办法。

赵辉有种不祥的预感。其实真该劝住她的,一是没必要让她蹚这浑水,二是也透着不妥当,忒冲动了。果然,过几日,顾总把他叫到办公室,说国胜那边投诉了,“色诱高管”——原话该是更不堪些,顾总嘴上留了情面。“周琳是你的人,对吧?”赵辉不语。顾总说那人统统跟于总交代了,周琳主动贴上去,送钱送人,为的就是诬陷国胜。“小于来找我诉苦,我把他顶回去了,什么诬陷不诬陷,这事本就是国胜理亏,赚钱也要讲规矩,都合作这么多年了,还搞那些乱七八糟的,弄得大家都被动,胡搞嘛。”

到这步,周琳有些懊恼,回头再想,这事于总必定早就察觉了,故意不戳穿,布一个好局。她前脚刚走,于总后脚便去安抚,软的硬的。那人本就是个窝囊废,见状立刻又倒戈。于总再一封投诉信甩到S行,其实她又不是行里员工,这封投诉信明摆着是冲着赵辉。本来七分过失,这么一折腾,倒坐实十分了。她也不是寻常女人,既然错了,便不再多想,立刻便思考下一步。她问赵辉:“要不要索性闹开,兜底来个大的?”又说,“天底下没有不透风的墙,谁也别把谁当傻瓜。”赵辉明白她的意思。金融这行,真要往死里闹,弄个鱼死网破,便是神仙也禁不住。但同归于尽,到底是伤元气的,何况还是女人?他无论如何不会同意。

央行和银监会这一阵在肃查银行基金产品,尤其是私募基金,愈是数额大收益高的,愈是查得紧。国胜这笔基金,不揪出来还好,眼下这个局面,自然是撞在枪口上了。融资方是吴显龙,已有些不言而喻的意思,现在去基金公司搞事的又是周琳,一个是自家兄弟,一个是自己女人,这架势等于向全世界宣布,他赵辉才是这项目的策划人,旁人倒是冤枉的了。板上钉钉,百口莫辩。仿佛一下子,赵辉便被推到悬崖边上。赵辉不禁想起戴副总。巧也是巧,也是几笔国胜基金,坏账数目倒在其次,关键是两头的错都并在他一人身上,不由分说的。于总那样的老油条,又有人担着,他却是无论如何承受不起,连解释也觉得无颜。错就是错,一步错,步步错。愈是素日里端正的人,愈是对自己苛责,一分一厘都要跟自己计算清楚。赵辉也不是没有经历过大风大浪,恶天险地里闯出一条路,即便难看,每一步都是实打实的,线头在自己手里,要松要放,再艰难总有希望过得去。但这次不同,完全是不动声色,猝不及防,便被逼到死胡同里。兜头一张巨网,黑压压的,再挣扎也只是缠得更紧些,空间更逼仄,都有些透不过气了。

他不许周琳再动,劝她:“你好好的,我才会好好的。否则我这一辈子也不会安心。”周琳伤心起来,哭道:“我好好的,你要是不好,我又怎么会好?”赵辉轻拍她的肩:“就算这样,你也要好好的。不管我好不好,你都要好好的。”她含泪看他:“说绕口令吗?”他笑笑,将她搂得更紧些,嗅到她头发间的香味,那一瞬想的是,倘若能跟这女人白头到老,便是让他少活十年,也是心甘情愿的。可惜做不到。老天爷给了他机会,李莹不在了,却让他遇到她,除了容貌,连待他的心也是一模一样。有时候他想,单凭这点,便已今生无憾了。

别的都罢了,赵辉心里只是有些放不下两个孩子。尤其蕊蕊,大姑娘的模样,却终是长不大。可怜的宝贝。周琳那晚也把话说开了:“有我在,你还怕别人欺负她吗?我周琳是谁?不欺负人就算客气了,谁敢反过来欺负我孩子,我让他吃不了兜着走。”他点头称谢,有些郑重的意思了。周琳扭头不看:“我不是为了你。我是真心喜欢他们。”他更是感激。把蕊蕊叫到身边,不管她明不明白,该叮嘱还是要叮嘱。谁知蕊蕊却一直念叨蒋芮最近不怎么找她了,有些伤心。她朝赵辉看,希望父亲能替她解决这件事。赵辉沉吟一下,告诉她:

“宝贝,没有人会一直陪着你,即便是爸爸妈妈也不能。”

蕊蕊的神情一点儿点儿黯淡下来。赵辉觉得这话对女儿来说,也许有些残酷,但他必须让她懂这个道理。他告诉女儿:“你不能够指望天底下每个人都喜欢你,你能做的,就是让自己变得越来越优秀、越来越坚强,这样,将来才会有更多的人喜欢你。”小姑娘到底比以前机灵了,张嘴来一句:“我眼睛不好呀。”赵辉忍不住笑:“近视眼有什么了不起?你周琳阿姨也是近视眼,不照样好好的?”周琳在一旁点头:“我是戴隐形眼镜。”赵辉把女儿揽进怀里,对她道:“爸爸爱你,非常爱你,爱得不得了。爸爸希望能一直陪着你。但是,爸爸也许做不到。爸爸希望,你能过得很幸福,不管爸爸在不在,你都要乖乖的。爸爸为了你,什么都愿意做。你是爸爸的宝贝,永远都是。”赵辉说到后面,有些哽咽,听见女儿轻轻嗯了一声,那瞬再也忍不住,眼泪落下来。仿佛又回到十几年前,他抱着小小的蕊蕊,翻来覆去地,在她耳边道:“爸爸在,一直都在,爸爸永远不离开你。”

很快,东园公司那笔房开贷也被捅了出来,据说是蒋芮亲自到审计组交代的。除此之外,去年好几笔与显龙集团有关的案子,统统被摆到台面上,彻查一遍。赵辉听闻,竟也不觉得意外了。蕊蕊看病那笔钱,到底是被识穿了。吴显龙怎么转的账,他又如何一笔笔拆开,化整为零转到捐款户头,一目了然了。那几桩 case,一个个单看,倒也罢了,连起来便清清楚楚,俨然是他赵辉下的一局好棋。致远信托、显龙集团，又是同学又是朋友，真正是面面俱到。还有周琳那层，更是锦上添花的好戏。丝丝入扣，一点儿破绽也不露的。

吴显龙死的前一晚，赵辉与他喝酒直到半夜。真到了这步，两人半句泄气话也不讲，只是喝酒，气氛倒也不错。赵辉说："阿哥，现在我要好好劝你了，别的都是假的，身体顶要紧。"吴显龙道："身体是革命的本钱。"赵辉点头："留得青山在，不怕没柴烧。"吴显龙摇头叹息："都是湿柴了，烧不起来了。"举杯与他一碰。

吴显龙说："这两天我老是做梦，梦到孃孃。她问我：'你这样有意思吗？有意思吗？'翻来覆去这句，眼睛一直盯着我。我说：'有意思啊，怎么没意思？'也是翻来覆去这句。她问我，我问她，也不嫌烦，一晚上热闹得很。早上起来还记得清清楚楚。"赵辉叹道："阿哥想孃孃了。"吴显龙顿了一下："我想她吗？我自己都不知道。"赵辉道："当然想，有谁不想自己的亲人？阿哥你再硬挺，这层总归逃不脱的。"吴显龙摇头："我不想，我谁都不想。我是孙悟空，从石头里蹦出来的，没爷没娘，赤条条一个人。"说到这里笑了笑，酸楚从笑意里直透出来，那张老脸在灯下皱纹密布，沟沟壑壑。"阿哥对不起你。"他对赵辉道，"打心底里对你觉得抱歉。"

赵辉摇头："自己兄弟，不说这个。"

"是真的。"他道，"你不晓得，我每次看到你，都在想，是我害了这家伙。囡是个好囡，轧了坏道。说的就是你，你轧了我这个坏道。"

赵辉与他碰杯："那说明我还是立场不坚定。真要是个好囡，枪指着太阳穴也没用。"

"总而言之，是我对不起你。"吴显龙叹息，想要再说下去，竟是无力得很，思绪也乱，只得打住。他叫赵辉"阿弟"，两人还拥抱了一下。彼此闻到对方身上的酒味，都笑笑，说，今天喝多了。

香烟惹的祸。赵辉走后，吴显龙兀自喝酒、抽烟。烟蒂散落一地。他不喜欢住家保姆，钟点工每天来五小时，打扫卫生。到了晚上，家里空荡荡，只他一人。通常他晚上也极少在家，除了睡觉。家与宾馆差不多一个意思。十来年前老屋拆迁，他便搬过来，自家开发的楼盘，靠近苏州河，顶楼复式，视野极好。有星星的夜里，看出去，天空像是丝绒的质地，荧光点点，童话世界似的。他喜欢这种出世的感觉。骨子里他其实是有些孩子气的。胡悦说过他,“老爷叔还是个小囡囡呢”。那时他在给新建的楼盘起名字,与几个朋友搓麻将,说这局怎么和的,便叫什么名字。谁知恰恰是垃圾和。他也是率性,真定了“腊喜”两字,算是谐音。又说这楼盘倘若销售过十亿,便赤膊围着外滩跑一圈。结果销售刚破十亿,他便真的跑了,初春的天气,只穿一条短裤,从十六铺到外白渡桥,跑了一个多小时,引得无数人围观。他拿出准备好的横幅,在胸前展开,“热烈祝贺腊喜顺利开盘”。——吴显龙想以前的事,一会儿信心满满,仿佛全世界都是自己的,一会儿又颓废到极点,到头来他只是一个人,什么都落空,没爷没娘的倒霉蛋罢了。

一个烟蒂扔在窗帘边,没熄灭,火渐渐蔓延开来。悄无声息的。待吴显龙发觉,客厅里已完全烧了起来。他想跑,身上却一点儿力气没有,醉得透了。手机就在不到一米处,他伸手过去,竟怎么也够不到。头愈来愈晕,酒精的关系,还有吸入的浓烟。他倒在地上,那瞬整个人已是没知觉了,连惊惶也忘了。忽想起四十多年前,老宅那场大火,赵辉至今仍感激他。其实从没人知道,那火竟是与他有关。他在家里抽烟,不知怎的,便拿烟头点燃了蚊帐。活着没劲,他想死。却被人发现,早早打了 119。劲头一过,他又害怕起来,怕孃孃发现他抽烟。孃孃不许他抽烟,他一直掩盖得很好。其实从小学二年级起他便成了烟民,甚至还抽过大麻。除了胡悦,他没对其他任何人提过。他本就是一个荒唐的人。那天他是真的想死。死亡,像个幽灵,一直飘忽在他左右。他对赵辉说,按十六岁死掉来算,自己多活了四十四年,是真话。他好像随时都有死的准备。活到现在,已是奇迹了。

火愈来愈大。脑子里先是空荡荡,继而又想起苏州“绿岛”的那个女人和龙凤胎。他造的孽,倒让孃孃的名讳蒙羞了。真正该叫“腊喜”才是。那对龙凤胎的照片,他每次上微博都要反复地看。那家男主人上传了不少之前的生活照,两个小家伙可爱到了极点。人到底是没耐性的,这事的关注度每天都在下跌。跟帖的评论越来越少。代理律师让他稳住,说过不了多久,事情就结束了。大功告成。他松口气,却总是想起那对龙凤胎,遏制不住地想,想男孩圆圆的小鹿似的眼睛、女孩细细的两个小辫子。火光里可怜的孩子。

是报应。意识丧失前的最后一刻,他这么想。

三十二

“以前中国人没有自己的民航客机，被外国人看不起，花钱买人家的东西，还要受人牵制。现在不光有运-10，C919也出来了，论技术，一点儿也不输给那些波音、空客，再也不用看人脸色了。民航业是这样，金融业也差不多。……看着吧，中国的银行早晚能排在世界前列！”

浦东机场卫星厅银团贷款结果揭晓那天，是阳光明媚的好天气。从三十九楼看去，尤其如此。S行以三十六亿三年期赢得牵头行。又一个漂亮的大胜仗。此外，W航空收购巴西机场管理公司百分之三十的股权，S行报告书呈上去，反馈消息回来，对方相当满意。虽未最后敲定，但十之七八应该是有了。刚好前不久中国与巴西签署了“一带一路”新闻交流合作协议，放在这当口儿做成这case，意义更是不同。W航空的老总是中国第一批空军转业，老民航，军人做派，讲话也是刚硬：“以前中国人没有自己的民航客机，被外国人看不起，花钱买人家的东西，还要受人牵制。现在不光有运-10，C919也出来了，论技术，一点儿也不输给那些波音、空客，再也不用看人脸色了。民航业是这样，金融业也差不多。国有银行的前景好得很。大家条件差不多的前提下，我肯定让国有银行牵头。这次做好了，下次还找国有银行！自己人先捧自己人，接着，外头人才会一个个凑过来。看着吧,中国的银行早晚能排在世界前列! 中国人只要用心做一件事,就没有不成的!”

祝贺电话和短信不断,一个接一个。赵辉索性把手机关了,泡了杯茶,站在窗前,久久不动,竟说不出是高兴还是悲伤。告一段落,好像这四个字更合适些。

他想,此刻眼里看见的,与当初戴副总眼中所见,该是并无二致。一样的处地,一样的视角。若非被逼到绝处,又有谁会舍生求死? 这绝处,也是因人而异。各人余地不同。一步之遥,这人还宽绰,那人竟已是到底了。逃无可逃。若是勉强苟活,真正是比死还难过的。

——三十九楼的视角有些奇特。高是高的,却还未至那种超然通透的地步。左右都是高楼,倒有些阡陌比邻的亲密意思。明晃晃的外墙反光玻璃,仿佛无数面镜子,夹杂着正午的阳光四散投射,刺得人睁不开眼。一只脚还踏在地上,晃了两晃。人有些晕,却不难受。深吸一口,从鼻腔到胸肺,转个圈再出来。窗台上那株兰花,叶茎已出了花苞,心爱物什,舍不得糟蹋,往旁边稍移开些。另一只脚也跨上去。窗户开到最大,足够一个身子进出。

黄浦江上传来汽笛声,沉闷又宏壮,像极了这城市的底色。即便是莺歌燕舞、热闹璀璨,其实也是藏了三五分,往里收的,力气不放在面儿上。这城市的人,又有几个说话是张口便来,不管不顾的? 俱是屏气敛息,笑不露齿。有好,也有不好。事倍功半还是事半功倍,真正难讲。倒是有些沉着的气度。总比那些张牙舞爪的要好看。不小家子气。不论黄浦江这头,还是那头,差别只在表面,内里的东西,着实是差不多的。他诧异自己在这当口儿,竟是愈想愈多了。思绪起个头,后面密密层层,刹不了车,忍不住又苦笑。

脚,一步步移过去,终于到了边缘。身子晃了两晃。手扶住窗框。风打在脸上,汗毛一激灵,人也跟着猛地一颤,兜头一盆冷水浇下的感觉。

只当是蹦极,他对自己说。

上周,赵辉与东东去参加油画比赛的揭晓典礼,在某中学的礼堂。最终是没得奖。主办方将所有的参赛作品陈列出来,供来宾观赏。赵辉终于见到自己那幅肖像,之前东东怎么也不肯拿出来。画上,他倚着栏杆抽烟,头微微前倾,似在沉思，眼神有些深邃，望不到底。斜地里一只手伸向他，看不出是谁的，空间上应是有一段距离。手心伸展朝上，凭空去触赵辉的脸，像是抚摸，又像是探寻。那角度更像是托着赵辉的脸，下巴那块。色彩上用了些心思，层次分明，也有些诙谐的意思。

“那只手是我的。”东东告诉父亲。离家出走那晚，他看到赵辉在阳台上抽烟。他本想走的，但不知怎的，竟躲在树下，望了父亲许久，一动不动，下意识地伸出手，想要触碰父亲。他用手做成半圆，托举的动作，环绕赵辉的脸。虽然一个楼上，一个楼下，隔开老远，但感觉中，他仿佛真的触到了父亲，像在父亲的下巴轻轻搔着。

“这幅画叫《手心里的父亲》。”

赵辉定定地望着画。

“我想要托住你，爸爸。虽然我还小，位置也低，但我想告诉你，我已经是男子汉了，我可以帮着托住你，还有这个家。妈妈不在也没关系，你有我，有赵蕊，还有周琳阿姨。就算天塌下来，你还有我们。——我的心不会骗我，我爸爸是个好人，我相信你。”

那天临下班前，赵辉请了年假，出来时迎面碰到陶无忌。“赵总。”这青年顿了顿，动作慢了半拍。赵辉也停顿一下。旁边人来人往，见到他，叫声“赵总”，都是尴尬的神情。赵辉一一回应，又朝陶无忌看，猜想他会如何。以两人此刻的境地，在旁人眼里，该是仇人相见分外眼红才对。他陶无忌挑的头，辞职报告摆在那里，演的好一出《逼宫》，一查到底的架势。苗疯子的关门弟子，也难怪如此。

“赵总，明天有空吗？去趟巴城，吃大闸蟹。”他蹦出一句，“我开车。”

“买车了？”赵辉问他。

“借的。就是驾照刚拿到没几天，不能走高速。”

“行啊，慢一点儿没事，兜风嘛。”

工作日路上果然顺畅。走国道，一个多小时也就到了。赵辉说他：“拿我练手。”陶无忌道：“老驾驶员也不见得牢靠。”是说车祸那次。赵辉忍不住笑：“秋后算账吗？”陶无忌也笑，忽道：“其实，我挺怀念那场车祸。”

“为什么?”

“总算有机会接近大领导了,心里别提有多激动。”他道,“您别笑我,我说的是真心话。我从见到您第一眼开始,就在想,我该用什么办法讨好您,让您记住我。”

“坦率地说,我能看出来。”赵辉微笑,“年轻人嘛,这也没什么。”

“一直很惭愧,您总是把我说得那么好。其实我可以打几分,我自己知道。有时候反倒是因为您把话说在前头,我要是不做得好点儿,就跟对不起您似的。”

“那也不错。”

“跟晓慧分手后,说实话我犹豫过,既然苗总都当不成我老丈人了,我还讨好他干什么?您对我这么好,我索性跟着您算了。那些案子也统统不查了,睁只眼闭只眼。查出来又怎样?不多我一分钱奖金,伤精神,还得罪人。”

“真的?”赵辉惊讶道,“那这几天在审计组上蹿下跳的小子是谁?你的替身?”

陶无忌笑笑,有些不好意思。

“还是那句话,查谁我都无所谓,唯独对您,一边查一边纠结。”

大闸蟹配黄酒。陶无忌要开车,便只吃蟹不喝酒。赵辉说蟹性极寒,劝他多吃姜醋。他抓起一把姜便送进嘴里,酸得眉毛倒竖。赵辉吃蟹很细致,拿工具,连腿里的肉也剔得干干净净,吃完凑起来还是一整只蟹。陶无忌说,赵总做什么都是认认真真的。

“做人太认真,不见得好。”赵辉告诉他,欧阳老师去世前一晚,他与老师聊天,说做人太累,想要率性些。老师说,行啊,想干什么就干什么吧,不管好坏,只挑喜欢的去做。“——终究只是说笑罢了。你是怎样的人,老天爷都给你定好了,再怎样也出不了这个框去。天底下的事,对别人交代总是方便的,难的是自己对自己交代。”

他又说陶无忌:“所以你也不必纠结。怎样的人,做怎样的事。再给你一百次选择,你还是会这样。何况,我们不是说好了?”陶无忌知道他说的是那晚两人定下的公事公办,再不留情,瞥见赵辉脸上竟是毫无责难之色,心里一酸:

“赵总——”

赵辉挥了挥手，温言道：“你不用说，我都明白。你没有错，你要坚信这点。你现在做的一切，都是正确的。否则我当初也不会推荐你去审计部。你果然没有让我失望。你愈是公事公办，就愈是证明我的眼光没错。如果你现在停下来，我反而不会原谅你。我说过，你是我的时光之沙。我做不到的事，盼着你能替我做到。我希望你能成为一个高尚的人，即便再逼不得已，也不要放弃理想放弃信念。不管生活变成什么样子，高尚的人总是值得尊敬的。——还记得白衬衫的故事吗？”两人不约而同想到那个下雨的夜晚，“所以记住，你现在做的每一件事，不光是为自己，还是为我。就算将来有再多人骂我，至少有一点他们要服气——我挑人的眼光还是不错的。”他说着，露出微笑。

“无论如何，我都敬重您。”陶无忌沉默良久，道。

赵辉在他肩上拍了拍：“你是个好孩子。很开心能够遇见你。”

——赵辉的脚，缓缓从窗台上下来。瞥见不远处的“上海 1 号”，已初具雏形，耸入云层，像山顶蓄势待发的鹰隼，随时要振翅飞翔似的。连着陆家嘴那片林立的高楼，形态各异却又浑然一体。花园石桥路 1 号，当初李莹对他说的时候，他兀自笑，说浦东的路名好奇怪，像是小村庄的名字，有山有水那种。李莹说浦东过去是小家碧玉的气质，现在越发大气——当得起这“1 号”两字。

赵辉依稀看见李莹，在马路上缓缓走着，从这条弄堂穿到那条弄堂，劳动剧场、烟纸店、轮渡口，还有浦东公园。她抬头看他。她还是旧日模样，衣着素净，笑起来眉眼弯弯。“我最不放心的，其实是你。”声音也是不变。他亦望着她，想去握她的手，不知怎的，却总是够不着。她的笑容始终那样温暖，又动人，与二十岁时一模一样。她是个好女人。他一世忘不了她。他喉口有句话憋着，好不容易出来，却是——“你放心”。他瞥见她点头，笑容更灿烂了。她说：“花园石桥路 1 号，你上班时望出去便是，那是我家。”他使劲点头：“我晓得，我晓得——”鼻子一酸，没忍住，哭了出来。她还是笑，声音像从很远处传来：“你这样，让我怎么放心？”他把头点得像鸡啄米：“你放心，放心——”竟停不下来。

岁月是有叠影的。倏忽间，人与事，影影绰绰，竟瞧不分明。唯独心中感觉是不变的，条件反射似的，触及旧伤口，猛然一凛，像在提醒，那段是抹不去的。一生一世的。结了疤，在心底筑起厚厚一层，为的是让人更坚强，后面便是再被伤，到底好许多，有了缓冲的余地。她便是他心里的那层底。若没有她，他不会是现在的他。

还有老师。赵辉前几日去扫了墓，放了一束鲜花，还有一盒油墩子。他站在墓前良久，看老师那张小照片。黑白照，轮廓更分明，面容也清癯。老师是个美男子呢。回忆与老师共同度过的那些日子，他耳边反复回响着那句——"你是我最钟爱的学生，我希望你能过得好，过得称心如意"。老师的声音轻轻柔柔，像是从很远的地方传来。

下午五点，赵辉走出大楼，一眼便见到周琳在马路对面，朝自己挥手，旁边站着蕊蕊和东东。他原地停顿几秒，仰起头，蓝天白云，空气里弥漫着沁人心脾的桂花香气。正是好时节。他快步走过去，一把将三人环住，搂得紧紧的。那瞬只觉得便是天塌下来也没关系的。路过的人都奇怪地朝他们看，想这家人倒是豪放，在大街上这么抱作一团，也不知为了什么。

冬去春来。又是一年初始。

蒋芮跳槽去国胜基金，照例又是请一众老同学和朋友吃饭。在国金中心的利苑。众人都说他请客规格高了许多，薪水应该不少。他笑而不答。席间有人问他，怎么去的国胜。他依然不答，只是插科打诨，又问程家元："你几时请客？"是指程家元评上分行先进的事。程家元同他开玩笑："奖金还没这顿饭钱多。"蒋芮道："你是新贵。还有我们陶总，都是S行的未来之星。"陶无忌嘿的一声："不能跟你比啊，都高级经理了。"旁边一人插嘴道："而且还是领导亲自点将，地位自然不同——怎么，顾总也有女儿？"后面这句压低声音，惹得众人都偷笑。另一人道："没有女儿，认干儿子不行吗？我们蒋经理是什么人，同一个招数能使两遍？"蒋芮只当没听见。陶无忌问他："在浦东买房的事这下有着落了？"他扳指头算："一个厕所够了，争取今年把厨房挣出来。"又说新公司美女不少，"替你们两位介绍介绍？"陶无忌道："你先把自己搞定再说，五克拉的钻戒早点儿送出去。"众人又是一通笑。

结束后，陶无忌搭程家元的车去地铁站。一路上微信响个不停。程家元说这阵子被一家贸易公司盯得很紧：“资质不够，搞劲倒十足，不是请喝酒就是请唱歌。到底是客户，也不好意思把他加黑名单。”说话间，电话又来了，那头应该是十分热情，连拒绝的余地都不给。程家元一副生吞老鼠药的表情，尴尬得滑稽。挂掉电话，程家元央求陶无忌陪他一起去：“我实在应付不了这些人——”陶无忌笑：“你是男的，难不成还怕他们吃了你？”程家元道：“我要是女的倒好了，一句‘妈妈规定我十点之前必须回家’，倒太平了。”陶无忌拗不过他，只得答应。

路上有些堵，红灯一个接一个。程家元问陶无忌：“去看过他没？”陶无忌知道说的是赵辉，去年底判的，入狱三年。“上周刚去过，精神不错。”又道，“还遇见了钱斌。”程家元嗯的一声。他本来与钱斌并不十分对路。东园公司房开贷那笔，蒋芮和钱斌都是经手人，审计组还没查到，蒋芮便已一五一十透了个遍。再去问钱斌，钱斌平常那样软弱的人，竟三缄其口，任人追问，只是沉默。众人因这事，便多少有些鄙夷蒋芮，都是赵总带出来的，若是不得已也就罢了，这样主动跳出来撇清，总是不太厚道。钱斌因这事差点儿被贬到前台，亏得赵辉素日人缘不错，业务部两位经理尽力保全，加之卫星厅项目又立了大功，这才让他继续留在业务部。

“赵总让我向你学习。”那天从监狱出来，钱斌这么对陶无忌道。这人终是有些木讷，半天只这一句，前后不搭的。陶无忌也不知说什么好：“——赵总一直对我很好。”钱斌主动与他加了微信。“以后有不懂的，就来向你请教。”客气得过了头。陶无忌猜想这或许是赵辉教的，一字不落地拷贝，也有些慌了：“哪里，我们互相学习。”

到了约好的酒吧，陶无忌与程家元进去，见了贸易公司的代表，互相介绍，客套话说上几句，便是喝酒。那人说今晚还有一位，马上到：“我们公司的财务总监，大家见个面。”程家元纳闷：“你们财务总监，上次不是见过了？”那人解释：“是新来的，前天刚刚上任。这位可不得了，我们老板亲自挖来的，年纪轻，路子却极广。论聪明能干，十个男人也不是她的对手。”程家元闻言一怔：“是女的？”话音刚落，便听旁边一个脆生生的声音：

“两位好。”

两人听这声音熟悉，齐齐看去，不觉怔住了——

眼前的年轻女子，竟是胡悦，长发微鬈，妆容艳丽，边说话边脱去大衣，露出里面的紫色修身长裙，衬得身材曼妙婀娜。这妩媚的模样，与之前完全是判若两人。两人那瞬大脑短路，手脚不听使唤，下意识地站起来，兀自没回过神，动作都有些顺拐了。她似是完全没察觉，从手袋里拿出名片，艳红的指甲，双手递上：

“我是 Lucy 胡。初次见面，请多指教。”灯光下，笑靥如花。